# 学校委托管理的理论与实践

蒋志明　许　苏　盛明秀　等著

北京大学出版社
PEKING UNIVERSITY PRESS

**图书在版编目（CIP）数据**

学校委托管理的理论与实践/蒋志明，许苏，盛明秀等著．—北京：北京大学出版社，2010.11

ISBN 978-7-301-17945-1

Ⅰ．①学…　Ⅱ．①蒋…②许…③盛…　Ⅲ．①郊区－农村－义务教育－研究－上海市　Ⅳ．①G522.3

中国版本图书馆 CIP 数据核字（2010）第 200608 号

| | |
|---|---|
| 书　　　　名： | 学校委托管理的理论与实践 |
| 著作责任者： | 蒋志明　许　苏　盛明秀　等 著 |
| 责 任 编 辑： | 陈新江 |
| 标 准 书 号： | ISBN 978-7-301-17945-1/G • 2984 |
| 出 版 发 行： | 北京大学出版社（北京市海淀区成府路 205 号　100871） |
| 网　　　　址： | http://www.pup.cn |
| 电 子 信 箱： | zyjy@pup.cn |
| 电　　　　话： | 邮购部 62752015　发行部 62750672　编辑部 62754934　出版部 62754962 |
| 印 刷 者： | 河北滦县鑫华书刊印刷厂 |
| 经 销 者： | 新华书店 |

787 毫米×1092 毫米　1/16　13 印张　316 千字

2010 年 11 月第 1 版　2010 年 11 月第 1 次印刷

定　　　　价：32.00 元

# 序

随着我国教育事业的不断发展，教育公平和均衡问题变得更加突出，实现教育均衡发展、全面提升教育质量是摆在我们面前的艰巨任务。义务教育均衡发展是一项系统工程，这项工程的实施要求政府首先进行管理转型，即从教育管理走向提供公共教育服务。

公共教育服务就是政府代表公共利益，利用公共财政使得所有老百姓都公平享有的基本教育服务，它具有公益性、公平性、非竞争性的特征。在服务供给方式上，政府可以直接提供公共服务，也可以通过购买服务、委托管理等方式间接提供公共服务。政府要提高公共服务的效率，就应减少对微观事物的干预。微观领域、专业领域的公共服务，因为专业性太强，政府可能会力不从心，完全可以通过社会性的或非营利性的组织机构承担这种服务。浦东新区委托依托闸北八中的成功教育中心管理东沟中学就是这种制度性设计的产物。2007 年，上海在总结浦东成功委托管理经验后，陆续在金山、奉贤等郊区实施了义务教育学校委托管理。

在义务教育委托管理中，我们充分利用了优质学校的优质资源，帮助郊区的薄弱学校提升了办学的质量。金山区作为该批次学校委托管理活动的参与方，在模式实施的同时，结合本区的实际情况，通过问卷调查以及对国外相关模式如美国的特许学校和英国的"教育行动区计划"等的探讨，对受援区区域委托管理保障机制进行了研究，以确保受援区学校在委托管理过程中获得实效。通过研究和实践，金山区探索出了深化委托管理的有效经验，如组团发展，以实现师资共用、共同发展；成立管理委员会；学校结对，由优质学校派遣校长。这种将教育管理主体进行转移的方式，也为其他区域学校委托管理工作的发展提供了新的借鉴。

《学校委托管理的理论与实践》一书，正是金山区教育局在经过了委托管理保障机制研究后得出的理论与经验总结。该书由委托管理研究的理论框架、委托管理的国际比较、委托管理的管理制度、委托管理的文化困境、委托管理的校长研究、委托管理的教师保障、委托管理的学生保障、委托管理的评价保障以及委托管理的实践探索九部分组成，分别从控制、发展、预防三个角度阐述了委托管理框架的基本理论，确立了以区域需求和个人需求为主体的区域保障机制的理论框架；通过比较美国的"特许学校"以及英国的"教育行动区计划"与我国的委托管理模式，分析了三国间，主要是中国与其他两国模式的异同点；并且依托这类理论框架从管理制度、文化保障、校长研究、教师保障、学生保障、评价保障几个方面探讨了建立委托保障的理论体系和实践经验。通过这本书我们能够看到中国教育发展历程中的一种新的实践探索和经验总结，而这种探索对于实现学校改进、促进教育均衡发展已经并将继续发挥积极的作用。

尹后庆（上海市教委副主任）

2010 年 7 月 10 日

# 目录

# 第一章　委托管理之国际比较

伴随我国社会经济形势的巨变，教育领域也出现了许多以往未曾有过的新问题，或是原本就存在的一些小问题衍生出的新问题，并且呈现愈演愈烈的趋势，如教育资源的配置不均衡、择校风的盛行等。这一系列问题甚至已经影响到整个国家的教育质量，乃至人民群众的日常生活，已至不容回避、必须解决的地步。上海基础教育领域中出现的委托管理模式便是伴随着这些矛盾逐渐形成的一种新生事物，它慢慢地将我们针对薄弱学校管理的理念付诸实践，让我们得以凭借这些实践来探索真正适合于薄弱学校的管理模式。

通过与其他国家类似模式的比较，可以获取很多有助于我们完善管理模式的经验。所以让我们首先一起进入关于委托管理模式国际比较的章节，感受一下各国不同模式的特点。

## 第一节　美国特许学校

### 一、美国特许学校实施背景

一直以来，大多数美国人都对自己国家在短短 40 多年间所建立的公共教育制度及所拥有的教育能力感到无比骄傲和自豪，然而苏联升空的卫星打碎了美国民众心中的美梦，他们开始质疑自己国家公共教育制度的完善程度。为此，在 20 世纪中后期美国进入了教育信念的危机时代，美国政府进行了多次教育改革，然而改革却并未取得如期的成功，反而让美国公众对传统公共教育失去了信任。

美国 1983 年发布的报告《国家处在危险之中：教育改革势在必行》和美国前联邦教育部长威廉·J·贝内特在 1988 年向时任美国总统里根提交的关于美国自 1983 年以来的一系列教育改革报告，足以说明美国传统公立中小学学生学业成绩的日益低下。1983 年的报告提到美国社会的基础教育在当时已经受到了"日益增长的庸庸碌碌的潮流的侵蚀"，半文盲的比例明显增高。1988 年的报告更是给出了让人震惊的数据：中学生中有 95％无法达到高级阅读能力的水平，学生总体的写作能力远落后于 1974 年同级学生的水平；在数学、历史、地理等各学科方面都表现出了这种学业水平的低下，如 43％的人不知道第一次世界大战发生的时间，近 30％的学生无法在地图上找到密西西比河的位置。因此，国家教育处于危机之中的提法被正式提上了美国公共教育的日程。另外，从美国民众对于美国公共教育的评价来看，从 1974 年到 1981 年认为国家公共教育水平为 A 等的从 18％降到了 9％，认为水平为 D 等的却从 6％上升到了 13％。这种国家公共基础教育危机使得美国不得不提出各种应对的改革方案，期望通过行之有效的改革来扭转传统公共教育在各方面的劣势。

美国教育行政效率的低下，也引起了民众对于公共教育的不满。众所周知，美国是一个典型的分权制国家，这不仅表现在行政事务上，同时也表现在其他各个领域，教育也是。在教育领域，这种分权制使得中央领导与地方管理的政令不一，地方各行其政，直接导致了学校管理的混乱和办学目标的盲目，结果教育的整体性功能无法发挥，无法对社会的改变和进步起到促进作用，反而急需社会民众来改变学校。为了改变公共教育的这一尴尬状况，美国自20世纪80年代以来掀起了"重建学校"运动，而特许学校便是该项运动中的一项改革计划。1991年明尼苏达州率先制订了《特许学校法》，并于次年开办了第一所特许学校——"城市中学"。

除了传统公共学校的一系列问题如民众信任度、学生学业水平、行政制度等危机导致薄弱学校问题外，择校制度也成了薄弱学校问题产生的推力。从美国建国前后到20世纪五六十年代中期萌芽、20世纪60到80年代发展、80年代中后期以政策的形式正式形成的择校制度，打破了学生就近入学的限制，让学生能够有机会选择对自身发展有益的学校。优胜劣汰的竞争方式，使得学校间产生了明显的优劣差异，导致了薄弱学校和一些地区教育薄弱状况的产生。这种地区间教育发展的不平衡，使得国家教育的整体性无法充分发挥。为了改变这种状况，促进各区之间教育的均衡发展，必须采用特殊的方法，推行一种切实可行的教育办学方案，促成低学业水平的地区尽快实现与学业水平相对较高的区域的对等。

另外，教育市场化理论的提出奠定了特许学校形成的理论来源。美国经济学家弥尔顿·弗里德曼（Milton Friedman）和奥地利经济学家弗里德里希·冯·哈耶克（F. A. Hayek）主张物品和服务的提供通过市场来进行是最佳选择，公共服务如福利、教育也必须模拟市场的机制。费里德曼在其1955年发表的《政府在教育中的作用》一文中提及，一方面，国家教育之所以恶化就是因为国家对教育的垄断，这种教育制度的长期垄断，让教育内部缺乏了应有的活力，导致效率低下；另一方面，家长们为了让孩子接受好的教育就采用搬家的方式，选择教育质量好的学区，但有一部分学生因为家庭条件的限制而无法通过搬家来实现这种教育选择，更不可能进入学区内质量好而收费昂贵的私立学校。因此他提出，政府虽然有出资和承担教育的责任，但并不一定需要由政府直接负责，可将直接承办权交给政府外的个人、团体或企业，让他们开办公立学校，以此打破国家对教育的垄断，增强公立学校的活力和竞争力。并且，针对无法选择良好教育的学生家庭，他提出了这样一种计划，即在学校教育中实行"教育券"制度，让家长凭借"教育券"就能够让孩子进入任何一个愿意接收他的学校学习，采用这种方式对国家教育实行改革，实现达尔文式的优胜劣汰的竞争方式。

经济学家们的这些市场竞争的思想在美国教育领域掀起了轩然大波，引发了教育市场化改革的浪潮。到了20世纪90年代，"特许学校"、"特许专营权"以及"盈利教育"等纷纷出现在教育领域中。北师大的曾晓洁教授认为："美国公立学校'改制'——特许学校的推行正是这种主张市场规律及'竞争原则'政策思想的体现。"[①] 同时，该管理模式对于学校管理采取的是一种校本管理的思想，形成了每一所特许学校的不同特色，这种校本管理的思想形成了特许学校管理学的理论背景。

---

① 曾晓洁. 美国公立学校"改制"的政策分析 [J]. 教育科学，2002 (3)：41.

美国是一个典型的教育分权制国家，地方学区拥有绝对的教育控制权，掌控着中小学的教育方针、教育经费、人员聘用等。因此，学校难以对本校的管理理念进行完整、有效的运作，无力改善学校当中应当改善的问题，于是，人们呼吁应放权给学校，让学校获得校本理念运作的权力。校本管理即以学校为本位的管理方式，《美国教育家百科全书》（American Educators' Encyclopedia）对于校本管理给出了这样一种解释："校本管理就是一种通过向学校系统下放权力以提高公立学校质量的策略。在实施校本管理的地方，应把相当大的决策范围的权力如经费预算、人事管理和课程设置等下放给地方单位、校长、教师和家长，每个人都参与决策。"这种方式将权力放给了教育的基层单位——学校，让他们拥有课程自主、财政自主和人事自主，在学校、教师、家长，甚至学生代表的共同决策下进行学校管理，以提高学校管理的效率。特许学校就是这样一种管理思想的集中体现——拥有高度的责任感，不受学区内规章制度的约束，因此也拥有了高度的自主权，并且强调了家长的决策参与。

### 二、美国特许学校模式介绍

#### （一）特许学校概念的提出

了解特许学校，我们首先需要了解的是"特许"一词的来源。"特许（Charter）"在英文中的含义是：an official document stating that a ruler or government allows a new organization, town or university to be established and gives it particular rights. 中文意思为：统治者或政府准许成立新的组织、城镇、大学等并授予某种权利的特许状、许可证、凭照。

早在中世纪，欧洲各国为了让教授会和同乡会将大学办在自己的范围内，就开始发给一些大学一种特许状，凭借此状，这些大学可以进行某些商品或服务的专营，以达到吸引办学的目的。但真正提出现代意义"特许学校"的是美国教师巴德（Ray Budde）。他在1970年便向当时的新英格兰地方教育董事会（Local New England School Board）提出利用"特许"来进行教育改革的建议，并在《特许教育：学区新模式的关键》一书中对"特许"一词给予了阐述。他主张地方教育董事会与教师签订"特许状"，授予教师相应的特权，让他们能够有足够的空间和时间探索提升教育质量的新模式。到1988年，巴德又把"特许"一词引入了他所提交的一份名为《特许教育：重建学区》（Education by Charter：Reconstructing School Districts）的报告。在这份报告中，他提出了关于"特权"的具体实施建议，包括：建立更严格的学习课程和毕业要求，为年轻的父母们提供幼儿抚育和学前教育帮助，教师要对学生的学习结果负责等。并且进一步强调以授予"特许状"的方式，给予一部分教师特权，让他们能够按照自己的教学方式进行教学改革，对学生进行更加有益的指导，相应地，教师必须对自己所采用的教学方式所带来的结果高度负责。在这一阶段，这种"特许"所针对的并不是一整所学校，而是以一种校内校的方式让学校中的部分教师以及部分自愿参与的学生享有特许权，让教师能够不受规定的教学大纲的限制，使用自己的教学方法对学生进行教学。20世纪80年代后期，美国费城在学校中开办了这种学校，并把它们称作"特许物（Charters）"。这些学校通常利用课余的时间，以丰富有趣的课程计划来吸引学生。到1989年，这种"校内校"在费城大受欢迎，形成了现在特许学校的实践来源之一。

也有人称美国前教师联合会主席艾尔伯特·山克（Albert Shanker）为特许学校之父。1987年，他在参观德国西部科伦市的豪尔威德综合中学（Holwaide Comprehensive High School）后提出了特许学校的设想。在山克看来，当时的美国传统公共教育与德国相比较缺乏教学计划的灵活性、真正的责任等，如学校应该重视的是学生的学业水平而并非一些毫无意义的数据，所有的教育改革措施最终的目的都是为了实现学生学业水平的提升等。他认为固守传统的美国公立学校是失败的，在这些学校中，教师仍旧无法满足学生的个别需求。为此，山克在1988年首次公开表达了特许学校的概念，并且依据当时已有的"校内校"模式，建议向整所学校实施"特许状"管理模式。

（二）特许学校的含义

关于美国特许学校的概念，一般有以下几种表述。

一是特许学校倡导者布鲁诺·曼诺（Bruno Menno）所给的定义，他认为："在合同期限内（一般为5年），按照特许状或合同的规定，根据学校自己的计划教育学生的一种独立的可选择性公立学校，要对特许状中的条款负责。只有完成这些条款的规定，才能继续运行。作为选择学校，允许学生和教师的自由选择。"

二是美国教育家卡伊曼（Marjorie Cayman）提出的，他认为："特许学校就是指不受传统公立学校法规约束而独立运作的公立学校。特许公立学校由多种团体发起，由州政府颁布特别许可证，从而保证它们能够达到州政府制定的教育水平。这些学校各自设置自己的课程，可恢复传授基本知识与技巧的教育方法，采用现代教育方法、或专收问题学生。"

三是印第安纳州教育政策中心（IEPC）调研员马克·布勒（Mark Buckler）的观点，他认为："特许学校是由教师和其他人与公共机构负责人签订合同计划经营的，由政府出资、注重结果、独立的可选择的公立学校。"

四是特许学校研究专家丹尼·威尔的观点，他认为："特许学校是按照合同（即特许状）创办的公立学校。这些特许状由公共机构授予家长、教师、学校管理人员、非盈利机构组织在公立学校体系内提供选择的机会，结构公共经费，不得歧视或排斥任何学生，向公众负责。"

五是2000年1月美国联邦教育部所发布的《特许学校状况》第四年度报告的解释，报告指出："特许学校是通过与州机构或地方委员会签订合同的方式而成立的公立学校。学校应在合同设定的框架内运营，由政府提供教育经费，学校有充分的自主权，可以免受其他传统公立学校必须遵守的规章制度的约束。但在享受相当自主权的同时，必须承担合同规定的提高学生学业成绩目标的责任。"[①]

在这些对于特许学校的定义中，都包含了以下两个对特许学校的描述：第一，由政府与学校签订相应的办学合同，即特许状，并且特许学校必须严格按照特许状所签订的条款对学校实行校本运作，特许学校承办者（可以是个人、企业或者团体）必须对学校的办学结果、学生的学业水平高度负责；第二，特许学校是一种独立运行的具有选择性的公立学校，可以免受州政府所制定的、其他传统公立学校必须遵守的政策的约束，拥有与高度责任成正比的高度自由权，包括人事的自主、财政的自主、课程设置的自主等。

---

① 韩伏彬．美国特许学校研究［D］．河北师范大学，2003．

（三）实施现状

1. 授权机构

授予特许学校特许状的机构类型和数量因州而异，一类为由地方委员会或州级机构授权的单一类型，另一类则是由地方委员会和州一级团体等多个机构提供授权的复合型模式。其中授权机构为地方委员的有 14 个州（在这 14 个州中有 8 个州的地方委员会需要上级机构做出最后批准），为州级机构的有 7 个州（一般都是州教育委员会）。余下的 16 个州采用的授权模式都是复合型的授权模式。

2. 学校类型

分为两类，一类为新建的特许学校，另一类为由原有的公立和私立学校申请转制成特许学校。

3. 合同期限

大多数州的合同期均为 3～5 年，但时限最长的有 15 年，时限为 15 年的州都要求每 5 年进行一次学校评估。

4. 学校申请

特许学校的建立需要向相应的特许学校授权机构提出申请，在申请前申请者必须要有明确的办学理由、办学目的、办学使命、办学的具体目标和目标的实现计划，同时还必须了解特许学校所在的州的必要办学背景。此外，办学申请者还需要组成一个办学核心小组，该小组成员必须包括课程和教学、公关和市场、财政预算、管理和经营、法律顾问等方面的专家。在正式提交特许学校申请之前应当将申请材料递交给区领导或是对此有鉴别能力的专家，并与他们进行交流。

5. 学校经费

特许学校的经费主要来自联邦和各州。联邦以拨款的方式支持学校办学，而各州除了拨款，还提供办学场地、低息贷款等支持。在使用方面，特许学校具有自主性和灵活性。除了经费的来源，经费的使用也非常关键。由于特许学校拥有高度的财政自主权，因此，财政经费的使用方式、途径直接关系到学校学生的学习资源的利用率、学习质量的好坏等。

6. 学校教师

特许学校对教师的聘用享有比传统公立学校更大的自主权，因此，有部分特许学校大胆聘用了一些无教学资格证书的教师，让他们发挥所长，为特许学校的学生提供了不同的学习视野。[①]

### 三、美国特许学校模式特点

1. 公立性

特许学校的经费来源与一般公立中小学的经费来源相同，接受州或地方的生均经费，除此之外，特许学校能够得到州所提供的低息贷款或无息贷款。但是，绝大多数州还是以提供或租借学区闲置的设施和设备的方式，为特许学校的办学提供帮助。

---

① 韩伏彬. 美国特许学校研究［D］. 河北师范大学，2003.

2. 自主性

特许学校除了需要遵守有关健康、安全等基本原则外，在学校管理与教师聘用等方面享有充分的自主权。可以自由调配资金的使用；聘用没有教师资格证但有一技之长，能够提供给学生所需教育的教师，让学校中的教师层次变得多样化，使学校的学习充满活力。

3. 广泛性

特许学校打破了传统公立学校就近入学的约束，增加了招生的广度。它提供给了家长和学生们自由选择的空间，接受跨学区的入学方式。

4. 责任明确

特许学校在办学初所提交的合同中提出明确的办学目标，如必须负责提高学生的学业成绩等，如果无法完成目标，那么特许学校授权机构有权中止合同。[①]

# 第二节 英国教育行动区计划

## 一、英国教育行动区计划实施背景

1979 年，"市场理论"开始在英国教育界盛行。《1998 年教育法》将竞争机制引入教育领域，"标准"、"等级"开始主导各类学校的发展，导致学生学业质量低下的学校生源大幅减少，甚至不得不关闭，由此产生了薄弱学校问题。随着薄弱学校发展不平衡问题日益突出，公众对学校教学质量产生不满。英国新政府在 1997 年 7 月发表的题为《学校中的卓越教育》（Excellence in Schools）白皮书中曾提及英国教育两极化问题特别突出，虽然一流的学校和学生均能够与其他西方国家的同类学校相媲美，但一般学生的学业水平却令人担忧。为了改变这种现状，工党新政府提出了面向大多数学生的"教育行动区"这一改革策略，并且在《学校中的卓越教育》一书中明确规定："2002 年之前，政府要致力于学生学习成绩标准的提高，实现教育机会均等，尤其要消除处于不利地位学生的厌学情绪及学习成绩低下的状况。制定教育行动区计划，将表现不好的学校与处于最不利地位的地区纳入到计划中，帮助那些教育标准低下的学校以及学习成绩不佳的学生摆脱困境。"因此，英国政府在《1998 年教育法》中正式颁布实施"教育行动区计划"，以期能够给予环境不良地区的学生新的机会。在政府将竞争机制引入教育领域后，开始依据学生的考试成绩来区分学校的优劣，并且将结果公开，扩大了家长的知情权，同时也扩大了家长的选择权，形成了优胜劣汰的择校形式。这一策略成了它的政策基础。

另一方面，新一届工党政府上台后所奉行的"第三条道路"的"中间路线"，既延续了前保守党政府私有化、市场化的许多政策（即尊重教育消费，主张将市场竞争机制引入教育中），又发扬了"包容"与"繁荣"这两个基本特征，因此制定了"教育行动区计划"这一面向大多数学生，尽可能帮助一切需要帮助的学生的政策，将他们所奉行的"中间路线"在教育上具体化了。

同时，在公众对于教育不满的呼声与日俱增的形势下，英国政府也必须推行这种借鉴

---

① 金添. 美国特许学校法解析［J］. 比较教育研究，2008（3）：86—90.

了"教育优先计划（Educational Priority Program）"、"城市计划（Urban Program）"等教育改革方案的"教育行动区计划"，以此将教育的利害关系纳入教育改革的队伍，凭借社区参与、赋权运作等方式，让教育改革更有成效。

## 二、英国教育行动区计划模式介绍

### （一）模式含义

英国教育行动区计划模式，是英国政府将教育薄弱地区学校的管理权向社会公开招标，由工商企业、学校、家长、地方教育当局和其他机构、部门组成一个联合体，向中央教育主管大臣提出申请，接管学生学业表现不良的学校的一种以吸引社会力量参与教育薄弱地区学校管理、运作的学校管理计划。[①] 这类学校一般设立在学生学业成绩低下，需要采用特别方式进行学校教育的城镇或乡村地区。在这些地区，当地原有的教育行政部门往往无法改善教育薄弱的状况，因此，不得不邀请有志于教育改革事业的企业、团体、学校、家长以及其他部门组成管理共同体，一起对学业水平低下的学校进行管理。

1998 年秋，英国政府批准成立了第一批教育行动区，之后又先后两次批准成立了共66 个教育行动区，到 2001 年又增加了 7 个，数量上升到了 73 个，覆盖了英国全境，并且几乎多数的"教育行动区"都设立在了英国最为贫困的城镇和乡村。英国政府除了给予"教育行动区"日常的财政预算外，还需要特别向每个教育行动区加拨 25 万英镑的特殊教育经费，同时，英国政府要求各"行动区"每年也必须自行从其他各企业或商业单位筹集到相等数目的配套资金，以期能够吸引社会力量进行办学，以迅速优化薄弱学校的管理结构、资金运作方式以及人事状况，快速扭转学校学业水平低下的状况。

事实上，英国的"教育行动区"计划与美国的特许学校有着极大的相似之处，其实质都是将教育的直接承办权转移给了自愿承担相应责任的个人、家长、企业、团体等，但学校的性质依旧不变，同时，也在学校引入了市场竞争理论，实行竞争的学校运营机制。

### （二）模式实施现状

1. 授权机构

英国政府在关于"教育行动区"计划的相关法律中明确规定了行动区的选择要使用国家竞标程序，教育行动区的学校名单由国会提出，并由国务大臣批准，由行动论坛进行管理，直接对执行责任的国务大臣负责。因此，可以说英国"教育行动区"计划的授权机构为英国政府。

2. 学校类型

在社会经济相对困难的同一地区，将大约 15 至 25 所学校联合在一起，将这批学校的管理权向社会进行公开招标。

3. 合同期限

"教育行动区"计划的法定运行年限为 3～5 年，第一批行动区已经在 2003 年 8 月结束。

4. 学校申请

"教育行动区"计划中学校的申请不是由单一的个人或集团进行申请，而是要由将建

① 贺武华．英国"教育行动区"计划改造薄弱学校的实践与启示 [J]．教育科学，2006（6）：78—81.

立教育行动区当地的工商企业、学校、家长、地方教育当局和其他机构、部门组成联合体，向中央教育主管大臣提出申请，接管这一批薄弱学校。在递交申请的同时，必须同时递交一份期限为 3 年或 5 年的行动计划，阐述准备实施的具体措施。在教育行动区正式成立后，成立行动论坛作为行动区的管理组织，以确保参加行动区的每所学校教育标准的提高。

5. 学校经费

英国政府对教育行动区的拨款除了日常的预算外，还要向每个行动区加拨 25 万英镑，同时也希望行动区能够吸引社会力量，每年从企业或商业单位筹集到相等数目的资金，以充实教育行动区管理计划的经济实力。

### 三、英国教育行动区计划模式特点

1. 规范性

"教育行动区"计划的运营从办学申请、具体实施都在英国政府为此专门制定的一系列法律法规指导下进行。以教育行动区中薄弱学校的确立为例，政府制定了八方面的评估标准来评估该学校是否为薄弱学校。

2. 高效性

"教育行动区"计划的管理结构简洁，提高了办事效率，并且其高度明确的权责划分充分保证了学校管理的有效性。

3. 广泛性

"教育行动区"计划在提高学校质量的同时，首要的任务是服务社区，可以说该计划实行的是一种社区共建的模式，由学校和当地的合伙人共同制订计划并执行。

## 第三节 中、英、美三国模式比较

### 一、委托管理模式

我国的委托管理模式是由政府选取的优质学校派驻管理团队对需要进行改进的薄弱学校进行全方位的管理，主要针对薄弱学校教学质量低下进行相应的改革。在学校的选择上，由学校自身申请与学校所在区域教育当局选择相结合，由教育当局出面签订为期 2 年的合同。在管理过程中，学校的公有性质不变；课程结构、教师聘用制度、财政管理制度等基本不变，学校获得有限的自主权；由管理团队根据受援学校具体状况制定适合的具体实施方案，并由负责合同签订的教育当局组织专家团队，在管理的初期、中期和终期分别对管理的各个方面进行初态评估、中期评估和终期评估。在经济上，除了日常的生均费，受援学校所在区域的教育当局和上一级教育行政部门还分别拨付一项专用资金，用以支付委托管理期间所需的额外支出。如在上海市金山区 2007年实施的第一轮委托管理工作中，作为受援学校所在区的金山区教育局和其上一级教育行政部门上海市教委，分别支付了一部分的专项资金用于此次委托管理工作以及教师培训等。

## 二、三国委托管理模式的不同点

### （一）模式提出背景不同

我国委托管理模式是基于城乡教育发展不平衡，农村地区由于办学条件、师资水平、学校管理、生源质量等方面比较薄弱，造成教育质量不高。薄弱学校产生的一个主要因素是学校管理的缺失。因此，为了改善薄弱学校的教学现状，提高教学质量，我们提出了用"以优带弱"的方式进行管理的委托管理模式，对已有的薄弱学校进行管理。相对而言，美国特许学校管理模式和英国的"教育行动区"计划是在民众对本国公立学校教育不满背景之下，由政府开展的增强公立学校教育竞争力的一系列关于公立学校的教育改革。这两类模式与我国背景方面不同。另一点不同是英美以择校制度作为政策基础。但三者之间也存在相同点，如都引入了经济学中的原理作为理论来源。

### （二）管理实施主体不同

我国委托管理模式是由当地教育行政部门为中介与市区优质学校签订托管合同，由市区的优质学校对与本区县结对的受援区学校从学校管理、教学优化、教师发展及学生成长这四方面实施较为全面的管理。美国特许学校是由特许授权机构（一般为地方委员会、州委员会）与一些团体、企业包括教育工作者、家长、社区领导在内的个人签订合同、互相承诺的一种办学形式。英国的"教育行动区"计划也采取的是社区、学校、家长等多方组成管理机构——行动论坛对委托管理工作进行全面管理。英、美两国的管理主体更为多样化，尤其更多地吸引了社会力量以充实学校的办学实力，提高学校管理的全面性和有效性。三者相比较而言，我国的委托管理模式中具体实施管理的主体比较单一，仅由支援学校的校长和一些优秀教师组成，而英美两国的管理模式中具体实施管理的主体则是由各领域的人才包括律师、财会、课程专家等组成，更多样化。

### （三）授予权主体不同

在美国，许多州的特许学校授权主体呈现多元化特点，他们可以是当地的学校委员会，也可以是州委员会。在密歇根州这一特点更为突出，当地学校委员会、中间学校委员会、社区学院及州的公立大学都可以成为特许学校的授权主体。在我国现行的委托管理工作中，管理权的授予来自当地教育行政部门，在授权主体上具有单一性。在英国也是如此，行动区必须向中央教育主管大臣提出申请。

### （四）学校管理自由度不同

我国委托管理模式中，支援方学校虽然在教师培养模式等方面有较高自主权，但对于教师聘用、课程设置等方面没有大自主权，依旧必须按照原定的国家标准实施。支援方除了承担提高学生学业成绩的任务外，还需要承担学生各方面素质培养的任务。而特许学校和"教育行动区"在管理上都充分享有教师聘用、课程设置、经费使用等方面的办学自主权，给予了学生及教师极大的自主权，同时他们也需要承担提高学生学业成绩的责任。

### （五）管理年限不同

我国现行委托管理模式的每一个管理阶段的时限为2年，在这2年中交付管理任务的相关教育行政部门组织评估团队对支援方学校在受援方学校中的工作进行3次评估，包括初态评估、中期评估以及终期评估。美国特许学校在时限上多为3～5年，最长的为15年，对于最长年限的州每5年由给予特许政策的机构进行相关项目的评估，以鉴定进行管理的团体或个人是否实现了接受特许状之前所订立的管理目标。英国教育行动区的法定运行时限为 3～5 年。相同的是，在管理工作结束后管理者是否继续与被管理学校签订合约的决定权在当地相关教育行政部门。

（六）管理主体形成方式不同

我国委托管理是由当地教育行政部门经过慎重考察选择出相应的支援学校作为管理者进行管理。而美国的特许学校则是由愿意进行该项目的团体或个人提出管理计划并进行申请，待授予特许状的教育行政部门通过了计划的审核后才授予特许状，准许其对学校进行管理。英国的行动论坛则是由将建立教育行动区当地的工商企业、学校、家长、地方教育当局和其他机构、部门组成联合体。

（七）监督约束主体不同

我国委托管理工作中，对工作起监督约束作用的主要是当地教育局。美国特许学校除了接受授予特许状的州机构或地方委员会的监督外，还受到全国教育协会（NEA）和美国教师联合会（AFT）这两个美国规模最大的教师工会的约束，这两大组织为了保持自己在公共教育中的重要影响和扮演的角色而对特许学校提出种种要求，进行约束。

### 三、三国委托管理模式的相同点

1. 实施管理的学校性质相同

三类管理模式中，虽然学校的管理者有一定程度上的变化，但是其学校的性质依旧是不变的，为所属权依旧在国家手中的公立性质学校。

2. 经费来源相同

除了接受教育行政部门提供的常规生均经费外，三类管理模式都还接受由相关行政部门或国家对于这一项目提供的特殊津贴和专项资金，为委托管理的开展提供强有力的资金保障。

3. 目的相同

三者的目的都在于提高薄弱公立学校的教学质量与提高公立学校的竞争力。

### 四、国外委托管理模式对我国的启示

（一）减少学校内部冲突

美国特许学校模式带给我们的首要启示是，在委托管理工作运行过程中尽可能减少学校内部的冲突，这种冲突主要是指学校内部管理的冲突和校园文化的冲突等。如由于学校主要领导因角色定位不准确而产生的角色混乱而导致的冲突，管理团队采用过于强硬的措施介入已有的学校管理模式而产生的人际冲突等。因此，在管理工作实施的过程中，管理团队必须因势利导，在受援助学校已有的特色及规章制度的基础上采取"掺沙子"的管理方式，让派出管理团队的支援方学校的优秀管理、教学经验能够慢慢地渗透到受援助学校已有的模式中，以激活学校原有的、陈旧的模式，在潜移默化中带动受援助学校实现由量变到质变的进步与发展。

（二）转变教育行政部门的职能，给予学校更自主的办学空间

美国特许学校由政府提供相应的经费，在管理实施的过程中只要遵循最基本的办学原则，完成一定教学目标，其他方面包括教师的聘用、教学课程的设置等均享有很大的自主

权，同时可以免受学区大部分规章制度的限制和约束。与此类似的是，英国在实施"教育行动区"计划中也给予了管理主体较大的自主权，包括课程设置、教师聘用等方面。这些并不是说政府对于学校的管理完全不管，而是政府部门依据特许学校的特殊性转变了自己的管理职能和方式，通过运用立法、政策指导、经费支持和评价监督等手段对这一管理活动进行宏观调控。

我们现行的委托管理模式是一种基于我国传统学校管理模式的新型的管理模式，其管理主体、管理对象及两者之间关系的特殊性使得当地教育行政部门不应过多地介入具体的管理过程，而应让参与该管理项目的双方学校自主进行管理。而且我国现行的学校管理制度是校长负责制，政府部门的过多介入会束缚管理者的手脚，从而降低管理的有效性。美国特许学校通过授予特许状、签订契约分权的方式，不仅使政府从繁杂的行政管理工作中摆脱出来，同时也使学校获得了相当大的自主权，大大提高了学校管理的有效性。因此，在委托管理工作具体实施的过程中，我们应该签订职权明确的合约，让学校有充分发展的空间。

（三）严格明确学校管理的责任，建立有效的监督评估机制

美国特许学校法明确规定特许学校必须完成合同中所承诺的办学目标，提高学生的学业成绩，否则提供资金的政府部门将中止资金的提供并关闭或撤销学校的特许身份。因此，每一所特许学校的管理者均要对自己的办学结果负责，学校为此建立监督机制和评估标准，并定期向政府和民众汇报阶段情况。在支援方学校正式进入委托管理工作的实施阶段前，应当制定详细、明确的办学目标，严格界定学校的管理责任，建立有效的自我监督评价机制，从学校管理内部实现学校管理质量的保证。

（四）注重权利与义务的划分，根据实际情况建立切实可行的保障机制

美国各州均依据自身的情况制定了相应的特许学校法，从特许学校合法授权者、申请者、特许年限及学校自主权限度等方面严格规定了特许学校管理者及整个学校应有的权利和义务，从行政角度保证了特许学校财政、校务等方面的有序性、有效性。英国政府也针对他们的计划制订了相应的法律法规，以规范计划的实施。

在我国，现行的委托管理模式正处于试行的初级阶段，因此，更应该建立严格的政策性制度，从政策上保障委托管理工作在一个有序、规范的环境中顺利发展。当然，这一保障机制需要结合各学校所在区县的不同状况来建立，并且同时需要参照参与项目双方学校在该项目工作中所处的不同地位来建立，明确双方的责任与义务。

（五）简化学校管理结构，多样化管理主体的组成成员，细化管理主体职能，提高管理的有效性

学校管理结构的简化能够使管理实施过程中的行政审批、指令下达等更为迅速，提高行政效率。多样化的管理组成人员，让管理主体在各方面的管理中都有一方专才，使该团体在管理的各方面都能够做到专业、迅速，从业务方面提高了管理的有效性。管理主体职能的细化，让管理工作尽可能做到面面俱到，可以从细节上提高管理工作的有效性。

# 第二章　委托管理之管理制度

　　管理模式的优化始终是委托管理所期望实现的目标与核心内容，因此，我们在本章中将向大家展现委托管理中关于管理制度的保障。

　　委托管理保障体系中，管理制度是整个保障体系的核心内容之一，是委托管理实施的依据和必须遵守的规则。有法可依，才能指导我们走向共同的委托管理目标。委托管理的保障可分为外部宏观保障和内部微观保障。外部宏观保障主要是从政府层面出发，对整个委托过程实行宏观管理，维护双方利益，以利于支援方和受援方共同推进委托管理，达到预期目标。内部微观保障是指从受援学校层面出发，讨论支援方对受援学校采取的一系列管理措施，以便更有效地实现管理目标。本章主要从微观角度出发，对学校内部管理，包括行政组织管理、班级管理和学生管理的相关理论进行探讨。

## 第一节　管理制度的理论探讨

　　学校管理制度一直是人们讨论的热点问题。研究委托管理中学校的管理制度该如何建立，首先必须对现有的学校管理制度有一个全面了解，并在此基础上去寻找出适合委托管理的管理制度。本节将主要介绍现代学校管理中的主流管理理念及其所形成的管理模式。

### 一、管理的概念界定

　　在谈管理保障之前，有必要对管理的定义做一个简单的阐述。有关管理的概念，有这么几种代表性的观点。[①]

　　亨利·法约尔在《工业管理与一般管理》中阐述到："管理，就是指计划、组织、指挥、协调和控制。"

　　小詹姆斯·H.唐纳利在《管理学基础》中写道："管理就是通过对人和资源的配置实现组织目标的过程。"他还提到："管理，就是由一个或者更多的人来协调他人活动，以便收到个人单独活动所不能收到的效果而进行的活动。"

　　赫伯特·A.西蒙在《管理决策新科学》中认为："管理就是决策。"

　　周三多在《管理学——原理与方法》中提到："管理，是社会组织中为了实现预期的目标，以人为中心进行的协调活动。"

　　芮明杰在《管理学——现代的观点》中写道："管理是对组织的资源进行有效整合以达成组织既定目标与责任的动态创造性活动。"

---

① 孟德泉，刘思正．管理学原理新编［M］．成都：西南交通大学出版社，2009：1-2.

普蒂·韦里奇·孔茨在《管理学精要》一书中阐述到："管理是引导人力和物质资源进入动态的组织以达到这些组织的目标，亦即使服务对象获得满意，并且使服务的提供者亦获得一种高度的士气感和成就感。"

查尔斯 W.L. 希尔等在《管理学》一书中写道："管理，可定义为通过组织他人做成事情的艺术。"[①]

一般认为，管理是根据明确的目标制订计划，通过有效地组织、领导、协调和控制对人力、物力、财力资源进行统筹，以期达到组织的预设目标的活动。在委托学校的管理中，我们也可以理解成薄弱学校借助外部力量，期望提高本学校的教学质量的活动。学校原有组织协同外部力量，重新组合成一个新的组织，由这个新的组织根据组织目标，制定出行政管理和教学管理的计划，并通过对教师、学生、学校硬件设备、财政等有效地协调和控制，来实现组织的目标。

### 二、学校管理制度研究概述

#### （一）学校管理的理念

理论是实践的基础，只有通过科学的理论指导才能进行有效的实践活动。管理是一门艺术，学校管理者在对学校这个具有特殊性的组织进行管理时，首先必须考虑的就是管理理念。每个管理者都有自己的管理理念，而且其各自的管理理念都必须是有理可据的，不是凭空想象出来的。目前，有关学校管理的观点主要有：人本管理理论、校本管理理论、制度管理理论、质量管理理论和学习型组织理论。

1. 人本管理理论

关于人本管理的概念，国内外不同研究学派众说纷纭。人际关系学派较早就已经有"以人为本"的人本管理思想，但是由于科学技术和经济发展的不足，尽管其思想已逐步成熟，但是其实践远远落后于理论。究其本质，人本管理其实就是一种"以人为本"的人性化的柔和管理。人本管理以人性为核心，包括企业人、环境、文化及价值观等四项基本要素，这四项基本要素是学习和建立人本管理时必须予以重视和研究的。人本管理的理论模式是主客体目标协调→激励→权变领导管理及培训→塑造环境→文化整合→生活质量法→完成社会角色体系。人本管理的基本内容有："人的管理第一；以激励为主要方式；建立和谐的人际关系；积极开发人力资源；培育和发挥团队精神。"[②]

2. 校本管理理论

校本管理（School Based Management，简称 SBM）是 20 世纪 80 年代国外的学校改革运动中出现的一种新的教育管理模式。校本管理最基本的定义，是将权力下放至学校。"权力下放"的意思是指教育当局给予学校更大的权力和自由，按学校自己的情况去决定资源分配，对学校的财政预算、课程设置、教科书选择、学校人事决策等方面实施改革。其目的是改革学校的管理系统、优化教育资源以提高教育质量。校本管理采用一种由集体管理学校资源的方式，集体的组成人员主要是学校委员会、学校监督、校长、教师、社区

---

① 查尔斯 W.L. 希尔，史蒂文 L. 麦克沙恩，李维安，周建. 管理学［M］. 北京：机械工业出版社，2009：3.
② 殷玉萍. 基础教育新课程改革背景下学校管理模式的研究，哈尔滨工程大学硕士学位论文，2007：15.

成员以及学生。①

3. 制度管理理论

所谓制度管理是指学校依照国家和地方制定的法律、法令、条例以及单位制定的规章制度进行管理和规范教育行为，努力实现办学目标的管理模式。制度管理理论认为，制度管理具有一定的客观性、公正性和规范性。其管理方式简单明了、便于操作，使每个人的行为都有章可循、有法可依；有明确的行动指南及责任，人们更易明确自己的责任，有效地监督和规范师生员工的日常行为；还能减少管理中的人为性因素，有效地克服管理的随意性和软弱性，增强学校管理的规范性和公正性。与此同时，制度管理理论还强调，在实施制度管理过程中，还必须运用弹性管理。弹性管理在很大程度上含有情感管理的成分，它在管理过程中有一定的灵活性，会因人、因事、因环境、因条件的不同或变化而区别对待。它是制度管理的添加剂，它能融洽干群关系，促使学校工作的正常运转。②

4. 质量管理理论

ISO 是"国际标准化组织"（International Standardization Organization）英文首个字母的缩写，ISO9000 是国际标准化组织颁布的一组质量管理和质量保证标准的总称。我国在 1992 年正式采用了这组标准，大量应用于企业的质量管理。ISO9000 的本质是建立一个保证及提高质量的系统的管理体系，明确保证质量应达到的基本要求；通过对一个组织的各个管理环节的有效控制，使出现问题的可能性降到最低程度；保证产品质量的稳定和提升；以扎实有效的过程管理，确保目标的达成。③

5. 学习型组织理论

学习型组织理论是 20 世纪 90 年代以来在管理理论与实践中发展起来的一种全新的管理理念。至今，学习型组织尚无一个统一的定义。20 世纪 90 年代，美国麻省理工学院教授彼得·圣吉在《第五项修炼》中指出，经济的发展速度来自创新的速度，来自学习的速度。他说："20 世纪 90 年代最成功的公司，是那些基建于学习型组织的公司"，"唯一持久的竞争优势，是具有比你的对手学习得更快的能力。"彼得·圣吉将学习型组织的含义描述为一个"不断创新、进步的组织。在其中，大家得以不断突破能力上限，培养全新、前瞻而开阔的思考方式，全力实现共同的抱负，以及一起学习如何共同学习。"哈弗商学院戴维·A. 加文认为："学习型组织是一个能熟练地创造、获取和传递知识的组织，同时要善于修正自己的行为，以适应新的知识和见解。"美国人力资源管理与培训专家雷蒙德·A. 诺伊认为："学习型组织是一种具有促进学习、适应能力和变革能力的公司。"

学习型组织具有六个要素：（1）以终身学习理论为依据，拥有终身学习的理念和机制；（2）系统思考学习型组织的灵魂，"它是整合其他各项修炼成一体的理论与实务"；（3）学习不仅发生在个体身上，而且发生在团体和组织层面上，尤其强调组织的学习；（4）建立多种学习途径，运用各种方法创造知识、获得知识和转化知识；（5）形成共享和互动的学习氛围，活化生命意义，激发人的潜能，提升人的价值；（6）组织必须可持续不

①　殷玉萍. 基础教育新课程改革背景下学校管理模式的研究，哈尔滨工程大学硕士学位论文，2007：15—16.
②　殷玉萍. 基础教育新课程改革背景下学校管理模式的研究，哈尔滨工程大学硕士学位论文，2007：16—17.
③　殷玉萍. 基础教育新课程改革背景下学校管理模式的研究，哈尔滨工程大学硕士学位论文，2007：17—18.

断地学习，不断地创新发展，提升应变能力。①

以上五种管理理论都有各自的优点和不足。人本管理理论重视人的因素，注重用软性的管理手段，在管理过程中将人作为管理的主体，关心人、尊重人、激励人、解放人、发展人。② 管理的目的不仅是要实现组织目标，而且还要实现个人目标。校本管理理论侧重于政府教育部门对学校的权力下放，学校组织在管理学校事务时更具有自主性。制度管理理论强调人的行为都必须有章可循、有法可依，在管理过程中注重规范性，相对人本管理而言，是一种比较硬性的管理手段。质量管理理论源于企业管理中，因而在教育领域中的使用具有局限性。学习型组织理论重视知识管理，学校领导者是设计师、服务者和训导者。这一点体现了学校管理的特殊性，因为学校是一个传授知识和教育人的地方。构建学习型学校是未来学校发展的趋势。我们在使用这些理论时，必须充分认清它们的优缺点并且创造好实施的环境。

（二）委托管理中学校管理模式探讨

前文中，我们简略地了解了现有的主流学校管理理论的主要思想及各自的优缺点。在委托管理中，学校的组织发生了变化，包括其中的一些规章制度。为了避免造成受援方与支援方之间的冲突，在思考管理模式时一定要慎重选用管理理论。事实是，在实际的学校组织管理中，往往可能需要用到不止一种管理理论，很有可能是人本管理、校本管理以及制度管理相结合。教育行政部门需要给学校个体充分放权，让支援方能够毫无拘束地完成委托管理任务，下放的权力中不包括监督工作。支援方管理者一方面要考虑受援学校原有的文化氛围，积极营造以人为本的管理环境，体现人性化和柔性管理；另一方面，也要适度采用一些硬性规定，使得管理策略能够畅通无阻地实施下去，以达到委托管理的目标。因此，在构建组织管理模式时，必须要考虑这些管理理论的基本原则并将这些不同管理理论的策略有机结合起来。

每种管理理念都有相应的管理模式。人本管理理论有人本管理模式，校本管理理论有校本管理模式，制度管理理论有制度管理模式，质量管理理论有质量管理模式，学习型组织管理理论有学习型组织管理模式。以上这五种管理模式已经通过实践证明其具有可行性的部分。但是，随着我们不断地将各种管理思想和实施模式运用到实际学校管理中，会发现单一的管理模式正在逐渐被淘汰，能够符合历史发展趋势的是多种管理模式的综合运用。不同的管理环境、管理对象需要用到不同的管理模式和策略。在学校委托管理这个特殊环境中，笔者认为，委托管理学校的管理模式应该是"人"、"制"相结，"学习"为标模式，即以人本管理模式为主、辅以制度管理模式并以建立学习型组织为目标的综合管理模式。

首先，委托管理学校的管理模式应该是以人为本的管理模式。受援方学校正是因为存在一些自身无法纠正或改进的薄弱部分，才不得不求助于外界的力量。然而，此类问题并不是所有学校组织成员都能意识到的。往往，思考这些问题的都是处于领导层的学校管理者如校长、书记等人员，而一些中层或是基层的教师，很大程度上仅仅关注自己的专业发展问题，对于学校的发展很少能有宏观的概念。因此，在支援方学校人员进驻到受援方学

① 赵敏，江月孙．学校管理学新编［M］．广州：广东高等教育出版社，2008：36-38.
② 傅冰．以人为本学校管理的理论与实践研究，上海师范大学硕士学位论文，2006：1.

校时，为了避免产生不必要的激励冲突，支援方管理者应该首先采用以人为本的柔性化管理模式。

人本管理模式应包括以下几个方面。

第一是要确立以人为本的管理理念。以人为本，就是要以学生、教职工、领导者为本，充分调动他们的积极性、主动性，并使他们获得不断的发展。[①] 尤其是领导者（校长）要确立以人为本的校长理念，创立以人为本的学校领导。[②] 学校的委托管理是一种特殊的学校管理，是由受援方学校的全体人员和支援方学校的部分人员共同组建而成的新的临时组织。支援方人员作为新组织的领导者，在领导受援方人员时，除了首要考虑的委托管理目标之外，更重要的是为受援方原组织注入一股新的力量、新的管理理念，转变原组织人员的固有思维模式和观念，这是支援方校长的职责之一。在委托管理中，支援方学校的校长都是具有高素质、先进教育理念的有经验的管理者，他们所管理的学校在市区往往享有较高的社会地位，如徐教院附中的校长、田林三中的校长以及建青学校的校长，他们都拥有先进的教育管理思想以及丰富的学校管理经验。

第二是要贯彻以人为本的教师管理。首先要信任教师，促进教师专业发展；要尊重教师，发挥教师积极性和创造性；要发展教师，通过鼓励教师探索创新、实施科研兴师的战略以及教师的在职培训来促进教师专业化发展；然后要树立情感管理、制度管理、成功管理的理念，塑造高素质教师队伍；最后要创新评价机制，评价应重在促进教师发展、重在教师的主体地位以及教师的个体差异，同时应建立多元的评价制度。[③] 要想改变一个组织，使这个组织拥有新的活力，单靠领导方（校长等高层领导人员）一人之力或几人之力是无法达到的，这需要组织全体人员的共同认可。教师，作为学校组织中学生的直接管理者，其自身的成长和发展必须受到关注。学校领导方，即支援方的校长在对受援方教师实施管理时，应尽量采用柔性管理，以教师的成长为本，以教师的发展为出发点，在充分尊重、信任教师的基础上实施管理。实际上，在委托管理的实践中，也确实花了非常大的力度来提高师资的力量，以促进教师专业化的发展，如三位支援方校长都会定期派送或组织受援方学校的教师到支援方学校进行考察学习，或是请专家、学科带头人等到受援方学校来开设讲座，或是组织受援方学校内的资深教师及年轻教师结对带教等，以这些方式来重点培养教师的专业能力。同时，三位支援方校长也要善用教职工大会，让教职工对学校事务的决策发表自己的意见和看法，让决策内容获得全体教职工的认同。

第三是要树立以学生发展为本的理念。要尊重学生身心发展的规律；要尊重学生发展的个性差异；要实现学生的全面发展；要建立民主平等的师生关系；要寓教育于评价中，对学生进行综合性的分层评价；要让每个学生获得赏识、感受成功。[④] 教育的目的在于培养人，学生永远是学校教育的核心对象。委托管理的目的在于改变受援方的薄弱方面，提升受援方教学质量，为受援学校的可持续发展打下基础，而只有学生才能够将这些成果以最淳朴的方式呈现出来。因此，支援方校长都非常重视课堂教学的改革，着力改变原先没

---

① 张祥鸿. 以人为本学校管理模式的创新，华中师范大学硕士学位论文，2004：27.
② 傅冰. 以人为本学校管理的理论与实践研究，上海师范大学硕士学位论文，2006：18—19.
③ 傅冰. 以人为本学校管理的理论与实践研究，上海师范大学硕士学位论文，2006：19—26.
④ 傅冰. 以人为本学校管理的理论与实践研究，上海师范大学硕士学位论文，2006：26—35.

有生气的课堂氛围以及底下的课堂效率；通过加紧对教师专业能力的培养以及课堂教学规范的完善，同时建立新的教学质量分析评价机制，给学生创造一种积极、轻松的课堂环境，更有利于学生的学习。此外，三所学校都会根据各自的特点，开展各种学生活动，如兴塔中学坚守并聚焦学生的素质教育，创建《兴塔简报》学生社团，旨在培养学生开放性发展，如吕巷中学开设以剪纸、武术、合唱等项目为切入点的校本课程。

第四是营造以人为本的学校氛围。要塑造以人为本的学校人文环境，这需要进行价值观的引领、人文精神价值观的培养、优良校风的树立、和谐人际关系的建立以及教师管理人性化这五个方面；要构建以人为本的教学和课堂环境；要更新观念、构建制度、进行教学研究和质量监控；要追求人性化的管理制度。[①] 组织氛围在学校组织管理中有着不可替代的作用。任何管理模式都必须有其生存的环境，实施人本化的管理模式，就必然要营造人本化的管理氛围。学校组织结构中，上至校长领导层，下至学生层，都必须要贯彻以人为本的理念。只有组织中的每一位成员发自内心地认同学校的管理模式，才能使学校的管理更有效、更有质。在此次为期两年的委托管理过程中，这一直是三位校长所努力的方向。毕竟作为外来力量对原学校指手画脚，会引起一些想法，尤其是一旦支援方的管理措施损害了教师的利益后更可能会引起强烈的反对。还因为委托管理的时限较短，只有两年，氛围的营造又绝不是一朝一夕就可以完成的，所以，以人为本的氛围营造其实是所有委托管理措施中最为困难的一环。

其次，委托管理中的学校管理必须辅以制度化管理要求。俗话说没有规矩不成方圆，管理亦是如此。单单强调人性化的柔性管理，可能会降低管理实施的力度和威严性。对于一些必须成文的规定，有必要建章立册，使得组织的所有人员都可以有章可循、有法可依；对于一些有助于学校可持续发展的决策，即使在当时没有得到组织成员的认可，也必须施以强制性手段进行贯彻。因为委托管理是有目标要求的，在短暂的时间内必须完成指定任务是存在一定难度的，这个时候就有必要采取强硬手段，将一些还不能理解这些管理措施的教职工的不同声音压制住，以实现委托管理的目标。

辅以制度管理，就要构建起学校制度管理体系。构建学校制度管理体系包括以下三方面内容。

一是要建立起全面质量管理制度。委托管理的最终目标是提高学校管理效益和教育质量。如果委托管理一味地注重教师的专业化发展和学生的培养而采取人性化管理方式，却无法提高学校的教育质量，就不能称之为成功的委托管理。关于制度方面，在委托管理实践中，这是每一位支援方校长都会做的事情。差别在于，吕巷中学与田林中学原本就是姐妹结队学校，合作已久，所以田林中学的校长是在尊重吕巷中学原有的学校管理制度的基础上加以完善的。而另外两所学校，可能所需花费的时间和精力就要更久更多一些。

二是以激励为导向，形成和实施教职工奖励分配制度。受援方学校往往会存在这样的问题：教师的职业目标发生了偏差，教师不再以教书育人为职责的核心内容，而是受到外界物质世界的刺激和诱惑，对自己的教师职责产生了疑惑和倦怠。在采取以人为本的管理模式时，仅仅关注教师的自身发展是不够的。作为一个社会人，当其必须生存于社会的物质资本得不到满足时，其更高层次的自我发展意识就会受到压抑。尽管我们会说，作为教

---

① 傅冰．以人为本学校管理的理论与实践研究，上海师范大学硕士学位论文，2006：35－48.

师，就必须有做奉献的觉悟，对教师而言更重要的也是精神鼓励，但是，当一个人安于现状的时候，必要的物质刺激也是能够调动起组织成员的积极性的。因此，必须完善教职工奖励分配制度，建立岗位竞争制度。奖励分配制度的提出与教职工的岗位职责密切关联。让教职工充满忧患意识和竞争精神，更有利于教师自身的专业发展和学校总体水平的提高。其实，奖惩制度的建立和完善在委托管理中属于非常困难的一项，因为奖惩涉及每一个教职工的实际利益。当牵涉到利益问题时，往往会使简单的问题复杂化。金山区的三所学校都有各自的奖惩规定，但是这些规定都含糊不清，不能做到人人都心服口服。当支援方试图建立新的奖惩制度时，那些之前的既得利益者（往往这些既得利益者位居中层甚至高层管理地位）的利益受到损害，便会极力阻止新制度的建立。所以，以激励为主的精神奖励结合以工作绩效为基础的奖惩制度是非常必要的。

三是以发展为目标，形成教师专业化发展制度。以教师的专业发展为目标，完善教师培训制度。在以人为本的管理模式中，必然有针对教师专业发展的一系列管理制度。什么样的教师以何种形式获得成长和发展？最终可能获得何种程度的收获？这些，都必须以规范化的手段成为一种评判的制度标准。如廊下中学通过研修作业、专家指导、经验推广等措施来建设教职工队伍；吕巷中学通过校本研修、教学诊断、多方借脑等活动来培养师资；兴塔中学则是建立青年工作组，让兴塔中学的青年教师在这个组织中获得专业发展。

最后，委托管理，旨在建立起一个学习型组织，使受援方学校最终能够获得一种可持续发展的管理模式和发展方向。建立学习型组织是一个长远的委托管理目标，就目前的委托管理形式来看，在短短为期两年的情况下是很难实现的。但是，我们实施委托管理，并不仅仅是想要看到短期的成果，更重要的，就如之前所言，是要把薄弱学校扶上正轨，让受援学校本身具有自我发展的能力，即使委托管理的时限结束，受援学校依然能够在委托管理期间所营造出的良好氛围中继续前行。这一点，才是我们委托管理的最真实也是最终极的目标。

构建起学习型组织的基础主要有以下两个方面。

从观念角度出发，培养组织成员具有系统思考能力。学校组织中的每一个成员都是具有能动性的。学校领导者应该首先意识到每一位教职工都具有一定的决策能力，他们是能够对事务作出自己的判断的。在此基础之上，学校领导者要注重培养教职工用全局视角思考学校事务中的一切问题，因为学校的发展与每一个组织成员都密切相关。实施委托管理，一方面是为了提高学校管理效率和教育质量，另一方面，也是委托管理的深层次目标，是使学校能够走上可持续发展的道路。支援方校长要对受援方学校进行一个宏观的整体规划，这个宏观规划的目标是短期目标与长期目标的统一。除了校长之外，受援方的其他组织成员如教师同样也需要系统思考。教师不仅仅是教书育人，同时还肩负着推动学校发展的责任。这种责任的体现，是教师有意识地主动参与到学校管理工作中。教师应不仅仅把自己看做是被领导的个体，更是一个能够主动参与管理活动的管理者，并积极主动地加强自身的专业素质和能力的培养。支援方校长还必须引领建立起一个委托管理的共同愿景，让全体教职工以主人翁的姿态朝着委托管理的共同目标而努力。

从环境角度出发，营造良好的学校组织文化。良好的学校组织文化是学习型组织建立的基础。[①] 有效且科学的管理制度的形成需要有良好的环境来培育。建立学习型组织就要在每一个细节上体现出"学习"氛围，让身处这一氛围下的教职工能够有意识地以一种积极学习的姿态投入到工作中去。学校可以组织成立一些教师学习团队。这个教师学习团队成员的组成包括资深老教师、已有一定经验的中青年教师以及资历尚浅的年轻教师。团队的组成是以自愿且并具有共同兴趣为基础的。每个团队的人数可以控制在 5～7 人。这些学习团队可以以自己喜欢的方式不定期地进行教学交流和相互学习。同时，校方还可以适当加入激励政策，对那些积极主动学习并且有明显成效的教职工给予一定的精神和物质奖励，以促进这种良好氛围的维持和加深。

### 三、管理保障的实质和意义

管理活动是一个复杂而又多变的行为过程。学校组织不同于企业组织，学校组织不具有生产和盈利性。它是继承和发展人类的文化遗产，是一个服务性的组织，一切都是为了学生的利益。它的管理手段主要依靠的是规范和道德，对于组织内部成员的管理不能采用过于强制性的方式。[②]

管理保障的实质就是对组织的日常活动提供保障性服务。管理保障的核心在于优化管理制度。科学、有效并具有人性化的管理制度对于学校的委托管理是非常重要的，它不仅能够为支援方在实施具体的管理活动时提供参考准则，保护支援方的管理措施，同时也能让受援方更清楚、更明确地了解委托管理的运行依据和过程，使受援方更积极地配合支援方的管理工作。

管理保障的意义在于，保护支援方和委托方的双方利益，促进委托管理目标的实现。支援方对受援学校采取的一系列的管理措施必须有章可依，这样可以使支援方在管理学校组织的过程中能够更有效地制定目标计划，对物力和财力的使用更科学，对人力的使用更柔和、更具艺术性。同时也要保障受援方的利益，不因支援方的管理行为损害受援方的利益，使受援学校组织在日常运行过程中最终能够实现委托管理的预设目标。

## 第二节　委托管理的实施途径

学校的管理制度都有应遵守的原则，即便是在委托管理中的学校管理也同样如此。本节将主要介绍学校管理的基本原则，并探讨在委托管理中学校管理的具体策略。

### 一、委托管理的基本原则

组织管理的实质是建立在人对组织的理解和人的主动行为上的。管理者与被管理者对待控制、职位、手段、愿望的表达等需要多方面的理解和沟通，才有利于组织的健康发展。[③] 因此，具体管理制度的实施，既要体现管理的一般原则，又要体现以人为本的理念以及委托管理的目标要求。总的来讲，委托管理的基本原则主要是科学化、民主化、适应

① 韩延伦，张惠娟，张万波．学校管理．问题、理论及模式［M］．青岛：中国海洋大学出版社，2008：255．
② 吴志宏，冯大鸣，周嘉方．新编教育管理学［M］．上海：华东师范大学出版社，2000：93－94．
③ 林宠明．简论学校管理的科层取向与人本取向，江西师范大学硕士学位论文，2003：3．

性、有效性及系统性原则。

### （一）科学化管理原则

科学化管理原则是指学校管理活动要符合教育科学理论、管理科学理论。[①] 其实质就是在合理、科学的学校管理思想指导下，一切学校管理事务都有统一的执行标准。委托管理的科学化体现在：在先进的教育理论和管理理论的指导下，以实现有效委托管理为目标，修改和完善受援方学校原有的制度标准以及组织机构的设置及人员配备，使原有的管理制度更规范，目的更明确、更具执行力，使各级组织和个体成员能够明确自己的职责分工。

### （二）民主化管理原则

民主化思想原则就是民主管理学校，让全体利益关系人（具体所指为教师和学生）参与管理过程，充分表达权意。[②] 民主化原则是实现委托管理长期性目标的基础。委托管理的长期目标是营造出学校自主、能动、可持续发展的氛围，以使学校逐渐建设成学习型组织。领导层要善于倾听来自基层成员的声音，对于合理的建议要及时采纳，使所有教职工都能畅所欲言，积极为学校发展献计献策。在委托管理中，绝不能为了实现短期目标而采取强硬的专制策略。领导者要注意尊重每一位教职工及学生的意见和建议，即便其建议也许对解决现有的学校管理问题用处不大。实现民主化的形式多种多样，可以利用教职工大会、个别谈话、校长匿名信箱等形式。

### （三）适应性管理原则

适应性思想原则也称方向性原则，是指学校管理活动反映国家对学校教育的要求以及教育教学改革和发展的要求。[③] 委托管理中适应性原则体现在学校的管理活动能够切实地反映委托管理的要求，实现委托管理的目标。支援方校长在实施学校管理时保证委托管理目标的实现，要注意并分析受援方学生的学习力是否能适应自己所提出的教学改革策略。任何由支援方提出的管理策略都必须是在受援方学校原有的管理制度之上提出的修改和完善策略，而不是随意地生搬硬套支援方的方法和策略。同时，支援方人员要积极融入受援方组织中去，建立良好信任、友善往来的人际关系。

### （四）有效性管理原则

管理的有效性就是指管理行为的发出指向所追求的目标，并产生经济和社会效益，提高单位成本效率。也就是说，一切管理行为就目标的实现来说是有贡献的，应产生正面的积极的影响。反之，这种管理行为是不需要发出的，甚至是有害的。[④] 在委托管理中，有效性管理的含义是支援方校长通过一系列的管理措施和手段最终实现委托管理所指向的目标，并使目标具体化呈现。支援方校长要着重教学管理方面的重整和完善。这是整个委托管理的核心，如果实现不了教学管理，无法切实提高学校的教学质量，其他一切都是空谈。

### （五）系统性管理原则

系统是相互关联的元素构成的具有特殊功能的整体。系统性思想原是指学校管理是学

---

① 殷玉萍．基础教育新课程改革背景下学校管理模式的研究，哈尔滨工程大学硕士学位论文，2007：33-34．
② 殷玉萍．基础教育新课程改革背景下学校管理模式的研究，哈尔滨工程大学硕士学位论文，2007：33．
③ 殷玉萍．基础教育新课程改革背景下学校管理模式的研究，哈尔滨工程大学硕士学位论文，2007：34．
④ 殷玉萍．基础教育新课程改革背景下学校管理模式的研究，哈尔滨工程大学硕士学位论文，2007：34．

校工作的重要部分，与其他工作构成整体。不仅表现在内在要素的关系，也表现在社会大的系统中学校存在的状态，在不断的物质能量信息交换中运动。[①] 委托管理是一种一方有所求、另一方有所给的双向互动型管理方式，在这种特殊的管理方式下，系统性思考显得尤为重要。支援方校长在对受援方学校进行管理的过程中，要把管理工作放到受援方学校的整体工作中去，不能脱离学校的环境去管理。同时，还要把学校系统与周边的社区系统联系起来，学校管理工作的任务之一就是要加强与社区的联系，并连接家庭这一环节，形成"家—校—社"三位一体的大系统。

## 二、委托管理的实施策略

前文中我们已经简略探讨了委托管理中学校管理的模式，这种模式的实质是科层化管理与人本化管理的结合。科层维度主要反映在学校组织结构体系里，表现为职位、规范、目标、决策、控制、理性、报酬等方面，它们与管理的等级、标准、计划、组织权威、服从、限制、客观、科学、物质利益等因素相联系。人本维度主要反映在学校人员体系里，表现为地位、信仰、价值、技能、领导、感情、回报等方面，它们与人的主体性、追求、观念、水平能力、沟通、激励、主观性、物质和精神等因素相联系。[②] 这两种维度不是独立存在的，而是相互影响、相互作用，共同作用于学校管理。

（一）重整学校管理的观念意识

在学校委托管理中，要把培养人、发展人作为管理的总目标，支援方校长应当在深刻理解当代教育理论和管理理论的基础上，理性分析受援方学校组织特征，确立受援方学校组织的管理思路，并将这一管理思路下达到每一个组织成员。

1. 委托管理的基本价值取向：促进每一位教师的个体发展

委托管理要实现的是对人的培养，从而带动组织的前进。对人的培养不单单是对学生的培养，更重要的是对教师的培养。学校管理的主要对象是教师，在委托管理活动中也是如此。委托管理的短期目标在于提高教学质量，而实现这一短期目标的关键性人物就是教师。教师个体只有在工作中能获得学习和发展，能积极主动地提高自身的专业素养，才有可能在教学活动中有意识地运用科学的教学方法，从而提高教学质量，使自己在完成工作要求的同时达到自我实现的目标。

2. 委托管理的重要目标：构建组织的共同愿景

这是实现委托管理长期目标的核心基础。委托管理的长期目标是为受援方学校营造出自主、能动、可持续发展的环境，使受援方学校组织转型成学习型组织。因此，构建共同愿景是必须的。支援方校长的任务不仅仅是学校管理工作，还担负着宣传者的工作。支援方校长必须将其对学校教育的理解、对办学思想的理解、对教学的理解、对质量标准的看法、对学校组织中成员间关系的看法以及先进的管理理念都传达给每一个教职工。然后，将教职工对这些问题的看法的反馈再收集起来，从而去获得一种合理的、能够被广泛认同的认识。在此基础之上，去构建组织的共同目标才具有可操作性。

① 殷玉萍．基础教育新课程改革背景下学校管理模式的研究，哈尔滨工程大学硕士学位论文，2007：35．
② 林宠明．简论学校管理的科层取向与人本取向，江西师范大学硕士学位论文，2003：25．

### 3. 以科学管理为基础，融合人本管理

学校委托管理过程要重视"变量"、"操作"、"假设"的研究，也要注重"意义"、"理解"、"情感"的作用。在管理方法上需要科学化、技术化，也应当充满艺术化、人格化。在管理制度上拿捏好强制与自由的度，将规范教育与性情陶冶相结合。在组织行为上使教职工从表面遵守基本的道德法律秩序到内心认同这种道德法律规则。① 在对教职工的工作表现以及学生表现的评价过程中，注意定量评价与定性评价相结合，不过分重视结果评价而转移至过程评价，注意主客观评价方法的结合运用。

### 4. 委托管理的基本要求：民主意识与服务意识共存

学校委托管理，从某种意义上说是一种特殊的服务性工作。支援方根据受援方的要求提供相应的服务，但为了使服务效果达到最佳，这种服务是有偿服务。可以说这是一种商业化的模式。但是，从学校内部看，学校成员所具有的服务意识应该是无偿的，是为了实现学生的发展和学校的发展而自愿地去服务的。学校领导层是为基层教师服务的，学校领导层有义务为教师提供良好的工作环境。教师是为学生服务的，教师有责任教好每一个学生，使所有学生都能获得进步和发展。培养学校教职工的服务意识，离不开学校领导层的民主管理和民主意识的推广和强化。教职员工有权利和义务参与学校的管理工作，尤其是在专业领域的事务方面，教师具有更大的发言权。同时，领导层的管理工作要实现透明化，让每一个教职工都清晰地看到学校领导层所做的工作，每一项制度的建立都必须努力获得所有成员的认同。

### （二）完善学校组织管理结构

#### 1. 建立开放性学校组织

委托管理本身是一个开放的管理形式，因为委托管理牵涉到了两所学校，这两所学校必然要建立起一种相互沟通开放的环境。学校组织本身也是一个系统，包括教学层、管理层和决策层，三者互相协调、适应而成为有机整体。教学层反映学校的技术功能，是组织的重点，要突出教师队伍建设。管理层是管理的功能结构，保证学校教育秩序的正常运行。这一层由专兼职人员担任，有两个作用，一是维护学校物质环境（工人、职员），二是协调学校技术工作，传达信息、反馈效果（教务人员、教师），要做到与工作总量相匹配，并尽量做到简约化，着力提高专业水平。决策层是指领导集体，是管理的关键，应以提高校长的素质为重点。② 三个层次的组织之间的相互沟通必须依靠建立合理的组织运行机制才能得以实现。

#### 2. 建立学习型组织

学校组织的教育使命，决定了学校成为学习型组织的特殊意义，委托管理的长期目标就在于此。个体的成长需要获得环境的支持，而学校组织的成长需要获得每一个成员的支持。委托管理努力将新思想、新理念传达给受援方学校组织，试图能够以此逐渐转变受援方学校固有的行为模式，以此提高学校的管理效率和教学质量。前文已经讨论过学习组织建立的要素，故在此不再赘述。

---

① 林宠明. 简论学校管理的科层取向与人本取向，江西师范大学硕士学位论文，2003：30.
② 林宠明. 简论学校管理的科层取向与人本取向，江西师范大学硕士学位论文，2003：30—31.

3. 建立扁平式组织结构

受援方学校一般存在着组织结构单线过长、管理混乱的问题，因此，支援方校长必须针对这一问题简化组织结构。缩短单线管理的长度，这是组织结构发展的趋势。采用扁平化设计组织机构，有利于精简优化管理层次，提高信息传递，减少不必要的信息失真和沟通障碍。支援方校长在设计学校组织结构的职能时，应精简行政职能，简化中间环节，加强与教学直接相关的教研组、备课组的职能，突出专业学术权威，使学校组织结构不断与教学工作相适应。[①] 学校的委托管理是具有时限的，如何在短暂的时限之内完成较高的预期目标，组织之间快捷、通畅的信息沟通就显得十分重要，只有具备快捷且流畅的组织沟通，才有可能提高管理的效率。

委托管理是一种特殊的管理模式，它是一种委托—代理的契约管理模式，其目的在于提高受援方的教育质量并推进受援学校的可持续发展。支援方和受援方的管理过程都必须获得保障。当来自外部的力量被强行注入一个自成体系的组织时，势必会激起波澜。因此，在支援方对受援方学校进行管理时，更应该注意管理方法。将科层化管理方式与人文化管理方式相结合的管理模式就能较好适应委托管理的特殊环境。因为这种管理模式既能保证具体管理措施的有效执行，又能保证在执行过程中对人的尊重和实现发展人的理念。当组织中人人都得到了成长，势必组织这一整体也会得到成长。

# 第三节　委托管理中的班级与学生

委托管理的目的在于提高教育质量，最直接的受益者是学生，因此支援方在制定管理方案时必须要考虑到学生因素以及由学生所组成的班级。本节主要结合委托管理中的实践活动，分析探讨委托管理中学校对班级以及学生的管理措施。

## 一、班级管理的本质与目标

### （一）认识学校班级的实质

班级是学校根据一定的编班原则正式组建的师生群体，是学校进行教育教学管理活动的基本单位。研究班级管理，首先应对学校班级的实质加以认识。[②] 班级的实质就是班级在学校中是以什么样的一个角色存在。笔者在查阅了相关文献后发现，班级的实质可以归纳为：具有学习能力的，以一定的标准组织而成的，培养、教育与管理学生的最基本的单位，这个单位同时也是社会的缩影。

班级是学生学习的主要场所和单位，学生一般都是以班级为单位进行学习的。班级的组成有一定标准，并非完全随机集合而成。学校必须均衡班级中学生能力的比例，如不能将能力较强的学生或是能力较弱的学生集中安排在一个班级里，因为这样不利于学生的成长和发展。应该按照一定的比例，使一个班级既有能力较强的学生，又有中等层次的学生，也有能力相对较弱的学生。尽管一个班级同时具有三个层次的学生会给教师的教学和管理工作带来一定的难度，但是，既然班级同时也是一个社会的缩影，那么教育学生就不

---

① 林宠明. 简论学校管理的科层取向与人本取向，江西师范大学硕士学位论文，2003：31－32.

② 白云霞. 班级管理的理论思考与实践探索，华东师范大学硕士学位论文，2003：5.

仅仅是传授知识、培养技能，还需要培养学生的社会化。而且，不同层次的学生集合更有利于培养学生的合作互助的团队精神，以及培养学生的集体荣誉感。班级是学校管理学生的最基本单位，所有的学校关于学生的管理工作都是通过各个班级的班主任以及任课老师来实现的，因为这样更便于学校管理学生。将管理职责下放给班主任老师和任课老师，每位老师所担负的职责又不同，不仅能够提高学校学生管理工作的效率，更能实时掌握学生的最新情况。

（二）班级管理的本质

班级管理对学生的成长具有至关重要的作用。班级管理的重要任务是推动班集体的建设。只有形成了班集体，才能对生活在其中的学生施加积极的影响，促进学生的健康成长。对于班级管理的重要性，人们的认识是一致的，但对于班级管理的含义与本质，却有着不同的看法。在班级管理的时空范围、管理主体、终极目标等问题上也尚未达成共识。下面列举对班级管理本质的几种看法。[①]

1. 台湾学者方炳标认为：“班级管理是教师或教师和学生共同合适地处理教室中的人、事、物等因素，使教室成为最适合学生学习的环境，以易于达成教学目的的活动。”

2. 美国的约翰逊（L. V. Johnson）等人指出：“班级管理是建立和维持班级团体以达到教育目标的过程。”

3. 大陆的黄兆龙教授认为：“班级管理就是班集体中学生之间的相互管理。其目的在于通过学生各个方面与各种形式的学习、生活活动，促使其德、智、体、美、劳诸方面和谐发展，整个班级学生整体素质不断提高。”

以上三位学者的观点都有其各自的道理，其核心思想没有改变，都是要达成一定的目标——提高学生各方面的素质，归根到底就是培养人、发展人。也就是说，班级的本质就是一个公共的场所，在这个公共的场所里实现培养人、发展人的目标。

（三）班级管理的目标

根据班级的本质，班级管理的目标就显得非常简单明了。班级管理的目标在于推动班集体的建设，通过班集体建设的过程对处于这个班集体的学生施加积极的影响，促使学生的个性发展和健康成长。

与班级概念不同的是，班集体的概念倾向于在统一价值观念的领导下，班集体成员在心灵上具有强烈的集体观念，把自己作为集体的一分子，以集体的荣辱为自己的荣辱，个体行为遵守班集体所认同的统一规范。这些规范的建立需要班主任根据自己班级学生的特点，在民主的氛围下建立起来，而不是将其他的一些规章制度生搬硬套，否则无法获得学生的认同感。同时，为了更有效地管理班集体，必须培养好学生干部，以同龄人的身份做出的榜样更容易被学生接受。

**二、班级管理的实施策略**

（一）班级管理的基础：班主任队伍的建设

班主任是班级管理的核心管理者，肩负着上传下达的职责。只有建立好班主任队伍，才有可能管理好班级单位。班主任的管班能力直接影响到学校管理学生的效率。同时，班

---

① 白云霞．班级管理的理论思考与实践探索，华东师范大学硕士学位论文，2003：9.

主任对学生的价值观念、行为规范等有着直接的影响。如果班主任缺乏相应的管班能力，势必在造成学校管理学生的混乱同时，对学生的行为规范和价值形成造成负面影响。

班主任管理班级往往会形成两种模式，一种是专制封闭型管理模式，即把班级作为独立在学校集体之外的一个集体；另一种是民主开放型管理模式，即班主任在管理班级的过程中，时刻保持与学校管理、年级管理之间的信息共享和通畅交流。可以断言的是，第一种管理方式必然只能以失败告终，而第二种管理方式，是未来班级管理的发展趋势。因此，建设好班主任队伍显得尤为重要。

委托管理中，吕巷中学的班主任队伍建设颇有成效。吕巷中学提出的班主任理念是：关爱每一位学生，加强爱生教育，树立让每一个学生都能获得成功的育人理念。具体措施有：（1）配制好政教处的工作力量，加强对班主任队伍的管理与建设；（2）运用区内与校内的资源积极开展班主任队伍的培训工作；（3）开设班主任工作论坛，每学期开展一次交流；（4）开展校"师德标兵"和校"优秀党员"的评选工作；（5）每学期在各个年级开展好学科和科、艺、体方面的活动，让校园里既有读书声，又有欢乐声，提高学生对学校生活的满意度；在低年级开展草根文化为主的校园文化建设。

（二）班级管理的核心：构建共同愿景

班级管理的对象是学生。每一个学生都是有着个性的存在。如何让这个充满个性的集体健康稳定地发展，并保有处在这一班级中的学生的个性？这是每一个学生工作者首先要思考的问题。

共同愿景的构建其实就是构建一个共同的班级目标，这个目标必须指向学校教育目标。当然，每个班级可以允许有具有特色的班级目标。这个班级目标必须是在班主任的指引下，以民主的方式提出和通过、获得班级每一个成员认可的目标。以此来指导班级成员的行为表现。在这个共同愿景的指导下，班级能够形成一种良好的人际环境，学生与学生、学生与教师之间的沟通畅通无阻，身处这个班级的所有学生都应该怀有互爱互助的精神，将班级看作学校中的一个大家庭，班级中的成员则是这个大家庭的一分子，是荣辱共进、携手奋斗的好伙伴。

（三）班级管理的外在支持：内外部管理系统的统一

班级有着内部管理和外部管理的双重管理。内部管理是学生自成体系的行为规范和准则，在学生干部的协助下全体学生按照这些规范和准则行事，进行自我管理。同时，学生还能处理一些能够独立承担的日常事务。外部管理是来自班主任、任课教师和学生家长三个方面的共同管理。这三个方面通过及时有效的沟通，共同对班级进行管理。原来的班级管理，只有单方面的班主任管理，学生的自主管理能力和意识缺乏，家长更是忽视了这一块管理的职责。因此，在委托管理实践中，金山区三所学校都从不同程度上加紧了家校联系，向家长宣传了共同管理的有利支持，并且，也确实获得了少部分家长的认可。但是由于学生的家长大多来自农村，有些是外来务工人员，短时间内无法理解这样的一种教育观念，更别说从行为上完全改正了。因此，三方外在系统的共同管理还有待提高。

班级管理的内、外部管理体系并非是独立的，两者往往相互交融、相互合作、支持。外部管理体系是内部管理体系的基础和依托，内部管理体现是外部管理体现的具体表现。内、外部管理体系必须经常进行有效沟通和交流，外部管理体系可以为内部管理体系提供必要的资源和信息，必要时给予帮助和辅导。内部管理体系要定期向外部管理体系给出反馈，这个反馈包括对外部管理体系的作用效果的反馈，也包括对内部管理体现中出现的问题的及时沟通。

（四）班级管理最终目标：构建学习型班级

所谓学习型班级，即学生理解学习的真谛，掌握科学的方法，以自我超越为动力，以创造性学习为乐趣，以共同愿景为指引，尽可能地调动各种有利因素，挖掘出个人潜力，增强团队活力，高效并持续地促进个体突破和团队进步的班级。[①] 具体来讲，就是班级具有一个共同的学习理念，并在外在动力和内在动力的双重激励下实现班级的学习目标；同时，在整个活动中以团队合作为主要形式，实现学生个体的自我进步。

建设学习型班级，就必须提升班级的学习力。强大的学习力是学习型班级的标志。所谓学习力是指一个人、一个企业或一个组织学习的动力、毅力和能力的综合体现。[②] 学习力的提升并非一朝一夕即可实现。必须帮助班级中的每一个学生找到适合于自己的学习动力，即内在动力和外在激励。内在动力是发自学生个体的一种强烈愿望或兴趣的推使，这种动力能够持续地激励学生个体自主、积极地投入到学习中去。外在激励相对内在动力而言，是一种来自个体外部的、具有一定精神和物质刺激的激励，这种激励动力能够在某一时效内达到促进学生个体从事学习活动的作用，但是，可维持时间不长。因此，为了提高班级学习力，关键在于挖掘和培养学生的兴趣点，诱发出学生个体的学习欲望，从而形成一种持久、强大的内在推动力，使学习力不断提高。同时，辅以外在激励，因为再强的内在动力总有消磨殆尽的一天，适时地输入一些外在激励，能够更有效地提升学生个体的学习力。所以说，内在动力和外在激励需要相辅相成的合作。只有个体的学习力获得提升，才能提高整个班级的学习力。

学习力从主体来看，又分为个人学习力和团队学习力。个体学习力比较好理解，传统意义上的学习谈论的主要是个体学习。所谓团队学习力，是指组织作为整体从外界摄取知识信息、内部重组知识结构、不断更新自我的良性循环发展能力。学习型班级建设的过程就是个体学习力和团队学习力共同提高的过程，两者相辅相成、互为依托。团队学习力是由个体学习力所决定的，但它并不是个体学习力的简单叠加，而是对个体学习力的有机整合。个体学习力是团队学习力的有机组成部分，既独立存在，又与团队学习力密切相关。[③]

只有通过班主任队伍的建设、构建共同的班级愿景、内外部管理系统的统一以及学习型班级的创建这四项内容，才能实现有效的班级管理。这四项内容的操作依据必须是本着以学生为本的思想来进行的。

委托管理中的班级管理与普通的学校管理中班级管理的要求是同样的，其中，最困难也是最核心的部分其实是班主任队伍的建设。因为受援方学校原来已成习惯的班级方式根深蒂固地扎根于班主任老师的观念中，所以在委托管理过程中，一方面要培养年轻的新教师成为班主任的新生力量，因为年轻人接受和吸收新事物的能力快于年纪大的人。因此，实施委托管理中的教师培养策略必须加入班主任能力培养这一项内容。另一方面，加强对

---

① 刘建．班级管理创新研究，华东师范大学硕士学位论文，2005：75－76.
② 刘建．班级管理创新研究，华东师范大学硕士学位论文，2005：76.
③ 刘建．班级管理创新研究，华东师范大学硕士学位论文，2005：76－77.

年老资深教师的教育，使他们能够重新转变班级管理的观念。当然，对于有些老教师的好的管理经验也一定要借鉴学习。总的来说，委托管理中的班级管理，以培养年轻班主任为首要任务，同时加强教育中青年和老年教师的班级管理观念，以实现有效的班级管理。

### 三、学生管理的实施策略

（一）学生管理的理念基础：重视以学生为本的管理理念

一直以来，人们对于学生的管理往往倾向于用严格的规章制度限制学生的行为这样的方式。因为人们认为学生还不具备强烈的自我意识，而是习惯于自由散漫的行为方式，如果不用严格的规章制度强制约束学生的行为，学生懒散的一面就会被无限放大，并且一旦这种懒散的氛围影响到其他学生，尤其是在课堂上，教师就难以控制住这种混乱的场面。但是，这种过于严格的规章制度要求在约束学生行为的同时，其实也从一定程度上约束了学生个性的发展。我们既不能否认以严格规章制度为准则的科学管理的有效性，也不能忽略学生管理中的人文诉求。以学生为本的管理理念，是以培养和发展学生个性与能力为出发点，尊重学生、理解学生，并发挥学生自主能动性。以人为本的学生管理采用的柔性管理手段而非强硬的制度手段，是以教为主，以禁为辅的管理手段，即学生管理强调动之以情，辅以民主通过的规章制度来配合柔性管理的一种学生管理手段，其目的不是管住学生，而是教育、发展学生的能力。

（二）学生管理的操作原则：民主、自由和平等

学生群体是一个非常单纯的群体，他们对教师的崇拜和敬畏是成年人无法想象的。学生不会说也不敢说教师不好的地方。很多时候，有些教师往往利用了学生的心理，在管理学生事务时从主观角度出发，忽略学生的需求。虽然在表面上，这个班级看上去很平静，很规范，其实，这样的行为已经在学生心里留下了不可磨灭的印记。这种现象并不是在某一个教师身上才会出现，而是暗藏于平静表现下的普遍存在。这一点其实不用哪一方来点破，教师心中最明了：自己是否对着学生大吼大叫，用自己的意志去决定学生的行为。其实，金山区三所委托管理的学校中同样也存在着这样的现象，导致学生对教师的敬畏已经发生了偏离，畏远远大于敬的程度。

事实上，从金山区三所委托管理学校的实践资料中得知，这些学校原先对待学生的管理工作是采用简单粗暴的形式，学生反映学校甚至存在着体罚与变相体罚的现象。

因此，委托管理工作，针对学生管理这一块采取的措施，是首先转变教师的观念以及改进教师的管理方法。从事学生管理工作的教师首先要懂得民主管理手段。每个学生都有自由行为的权利。想要规范学生的行为，并不是教师单方面提出要求，学生单方面遵守就能实现的，更需要的是教师与学生能够以一种平等的姿态进行对话。师生平等，即学生同样对自我管理享有发言权。这是学生对自由的追求，这种自由是民主管理中的自由，是在一定既成规范下的自由。学生享有自由的权利，是学生有权对管理对象即自我提出意见和建议。

教师实施的是一种外在的学生管理，而学生完全可以从内在个体对自己实施自我管理。在管理过程中，教师应该抛开"我是教师"、"我是管理者"的角色干扰，将自己作为同学生一样的个体，换位思考，假想自己如果是学生，遇到类似的问题，会怎么想，又会怎么解决。教师应放低自己的身份，让学生管理中没有教师与学生的差别，将学生管理内

化成自我管理，教师亦学生，学生亦教师。当然，这种内化也是有其存在条件的，并不是说所有的学生管理工作都适用，只有当学生管理的工作绝大部分牵涉到学生个体利益的时候，民主平等的方法才是最有效的、最持久的。

委托管理的实践证明，只有通过科学有效、民主平等的管理手段，才能获得较好的管理效果。金山区三所学校的学生在两年后呈现出的修养和素质的变化就是最好的证明。

（三）学生管理的本质要求：服务学生的管理

以学生为本的管理，其实就是转变管理者的角色认识。从前，教师将自己视为管理者，管理好学生是职责所在。教师以一种高高在上的教育者、管理者的姿态对学生进行管理，不论采取多么民主多么平等的方法，始终会将自己看做是一个高于学生的存在，学生服从自己的意志就变得理所当然了。因此，现在教师应该转变角色，认识到教育本身就是一个服务性行业，将自己看做是从事教育活动的服务者，而教育服务者的主要工作是促进学生的全面发展和个性发展。以学生的发展为目标来指导自己的教学及管理工作，将学生放在主体位置，以满足学生需求为主，对待学生怀有一颗包容的心，接受学生呈现出的各种个性特点。在管理和指导学生活动中，尊重学生的个性发挥，不用统一模式限制学生的各项活动，鼓励学生展现风采。关于这一点，由于委托管理的时间比较短暂，要求所有的教师都做到是十分困难的，所以，笔者认为，这一要求有必要在今后的后续管理或是其他的委托管理中特别注意。

（四）学生管理的环境要求：营造人文校园环境

学校的校园文化环境是其学生管理的特定环境。学生管理利用校园文化的组织机构来行使管理职能，利用校园文化中的规章制度规范学生的行为，利用校园文化中的文化活动促进管理目标的实现；校园文化通过影响学生管理工作者和学生的价值观念、道德观念、思维方式、行为规范影响着管理目标的确定和实现。学校应努力营造出以培养人、发展人为中心，以增强学生的人文素质为目标的校园文化。[①] 关于学校人文氛围的营造，后文中会有详细的论述，故不在此赘述。

（五）学生管理的结构要求：简化学生管理的组织结构

学生管理的结构简化，其实质与学校管理的结构简化如出一辙。委托管理中，尝试完善受援方学校原有的管理制度和组织结构的目的在于提高管理效率，那么委托管理中的学生管理同样需要提高管理效率。网络式的组织结构比起层级式的组织结构，其组织成员之间的沟通更快捷、更流畅。简化学生管理的组织结构，其实就是减少施加在学生身上来自不同部门的各种管理压力。这种扁平化的网络式组织结构有利于学生与学校的之间的信息沟通的快捷性。在这种方式中，学生与学校组织的沟通不再需要通过教师一级一级向上转达，而是可以直接与学校中层甚至高层领导对话。学生可以根据不同的问题需求寻找不同的组织部门进行沟通。这样，学校管理者就能够在第一时间获得学生的需求变化，并对学生需求快速做出反应，减少沟通过程中信息的失真和延时，以真正实现学生管理的高速有效性。

（六）学生管理的制度保障：建立灵活的学生管理制度

学生管理制度是学生管理的重要内容。在以往以严格制度控制的学生管理中，制度具

---

① 厉爱民．学生管理．从科学取向到人文取向，南京师范大学硕士学位论文，2004：34.

有核心地位。这种制度是非常严格的，具有很强的管束性、统一性、压抑性和惩罚性等特征，这些特征容易引发教师在学生管理工作中与学生产生对立和冲突。过于死板僵化的管理方法还会压抑学生的人性，扼杀学生的能动性。并且，这种管理方法不能从根本上解决学生的行为规范和纪律问题，纯粹是治标不治本的管理方法。

因此，在委托管理中应尝试运用灵活的学生管理制度。灵活的学生管理制度建立在充分尊重及信任学生的基础上。这种灵活的管理制度，给学生充分的自主性，让学生自己建立起自我约束的行为规范和纪律要求，让学生获得心理认同感，从而自愿遵守规范要求。

此外还要用好"少代会"，如兴塔中学就以通过召开"少代会"，增强学生的自信和自主管理能力。只要教师能够加以辅助，一些学生管理的制度和行为规范完全可以由"少代会"制定。

（七）学生管理的有效途径：构建师生共同愿景

前文提到，学校管理需要有组织的共同愿景，班级管理需要有班级的共同愿景，学生管理也是如此。学生管理工作是一件团队工作，需要团队成员的相互配合才能顺利完成。然而，如果这个团队中的成员目标不统一，团队成员以各自的愿景为目标，那么对实现学生有效管理就会萌生出新的阻力，所以，构建师生共同愿景是非常重要的。

共同愿景具有强大的推动力，能够产生持久凝聚力，使师生关系更加紧密。学生管理的共同愿景其实就是学生个体的发展。学生个体对于自身发展程度的认识和教师对于学生发展的期望程度之间必然存在着差距。这样，也就形成了个体愿景。但是，个体愿景中总有一部分相同或者是相似的追求，可以将这一相似或相同部分进行总结和提炼，形成师生的共同愿景，指导教师和学生在学生管理工作中的具体行为。那么如何寻找这种共同部分？这就需要师生之间频繁、有效的沟通。教师必须要成为一个倾听者，倾听来自每一个学生的个体愿景，同时，教师也要将自己对于学生管理工作上的个体愿景与学生进行交流和分享，通过对每个不同的个体愿景的整合来塑造出师生对于学生管理的共同愿景。教师在塑造共同愿景时必须注意，要尊重有差别的个体愿景。共同愿景实现的是集体目标，而个体愿景实现的是个体目标，只要个体目标与集体目标不是截然相反的两个方向，个体愿景就有其存在的理由和价值。

整个委托管理实践中，虽然没有明确提出学生管理制度的建设问题，但是，任何涉及学生活动的举办和与学生利益密切相关的政策都是通过改变教师的观念和行为而实现的。其实，这也体现了委托管理的最根本、最实质的目标问题，即学校的委托管理，终究是以教育人、培养人为目标的。支援方已经将这一精神融入所有的管理工作中。因此，即便我们没有看到非常实体化的文件规则，但是我们也已经深刻感受到了委托管理所带来的巨大功效。

# 第三章　委托管理之文化困境

文化是任何一种管理工作能够顺利实施的核心，是管理能否成功的关键。文化的冲突和认同也是始终贯穿在委托管理过程中的一条主线，在很大程度上能够决定学校委托管理工作的成功与否。因此，十分有必要对学校委托管理中的文化冲突进行一次基于实践的理论分析。

## 第一节　导　论

### 一、问题的提出

在学校教育发展的过程中，由于受受援学校所在地区经济发展水平、学生生源素质、教师素养等多方面客观因素的影响，不可避免地出现一些教育质量低下、管理松散、学校文化环境不良等状况的学校，我们称其为"薄弱学校"。而择校风的盛行又加剧了薄弱学校问题的严重性。随着这类问题的出现，与之相呼应的解决方案也应运而生。这些方案在不断系统化的过程中逐步形成了一种新的学校管理模式——学校委托管理模式。

事实上，学校委托管理模式在我国是一项新兴的学校管理模式。它最早开始于2005年上海浦东新区的一个为快速拉平城乡差距而施行的一种小政府职能转变式的委托管理方式。这种模式植入了成功教育的元素，试图通过一种快餐式的方式加快城乡教育一体化的进程。目前，委托管理模式还未完善，还只是处于探索的初级阶段，因此，在很多方面，包括对管理方式的选择、服务性政策的制定等都还有待进一步改进、完善，进而形成系统且规范的新兴学校管理模式。

可以说，无论是最初浦东新区为了加强城乡一体化，还是后来的上海市教委在全市范围内开始实施学校委托管理模式，都没有在事前形成系统的评价、保障等体系来保证管理的顺利进行。而是试图在模式试行的过程中逐步形成有利于模式发展的各类体系，经过与受援学校、相关行政部门的接触来了解管理施行过程中真正的需求。可以推断，我们所需形成的体系应该是一种向受援区学校倾斜的体系。因此，我们这一课题就是基于为受援区学校利益考虑而进行的一次关于各类受援区保障机制的研究。

在这一研究中，我们从管理系统保障（制度保障、信息保障、评价保障等）与服务系统保障（人事保障、经费保障、社区保障等）两大方面对保障机制体系进行了构建，文化保障便是其中之一。在制定文化保障机制之前，我们必须明确的是委托管理过程中将会形成的文化冲突和冲突形成的原因等。在这种模式的运行过程中涉及了受援方与支援方两方学校，由于两方学校在学校环境背景、学生生源水平、管理方式等方面有所不同而必然会使得两所学校的文化有所不同,所以不可避免地会产生冲突,进而会影响支援方学校各项援助措施实施的全面性和彻底性,同时也会影响受援方援助措施接受的有效性。

金山区在经过了第一轮大刀阔斧的"校校联姻"式的快餐式改革模式后,确实已经取得很大成效。但是,随着第二轮学校委托管理工作的展开,受援区当地学校的文化意识已然觉醒,自我文化意识开始发挥更为强大的自我维护效应,这使得委托管理工作在各方面均受到了阻碍。相比较第一轮委托管理工作而言,第二轮的文化冲突特征更为明显。

本文在第一轮委托管理工作的基础上围绕着受援区学校与支援区学校之间所产生的文化冲突这一问题,通过访谈、资料查阅等方式对相应的管理、教学、校园活动做出了对应的研究、探讨,期望能够为学校委托管理工作在具体实施过程中所出现的类似问题的解决提供理论上的支持与启发。

## 二、研究的内容、意义

现今我国在教育领域极力倡导一种均衡政策。提出义务教育均衡发展是全面提升基础教育质量、推进素质教育的关键,同时也是全面建设小康社会和依法治教、实现义务教育阶段学生"平等接受教育"的必然要求。所以,我国教育行政部门多次强调要加强薄弱学校建设。1986年国家教委《关于在普及初中的地方改革初中招生办法的通知》指出:"切实加强初中,特别是要加强薄弱初中的建设,这是顺利进行初中招生办法改革的重要条件。"1995年国家教委《关于进一步推动和完善初中入学办法改革的通知》指出:"要继续采取措施,加强薄弱初中的建设。"1996年国务院办公厅转发国家教委等部门《关于1996年在全国开展治理中小学乱收费工作实施意见的通知》指出:"地方各级人民政府及其教育行政部门要继续采取措施加强薄弱学校的建设。"1997年国家教委《关于规范当前义务教育阶段办学行为的若干意见》再次强调:"近期要大力加强基础薄弱学校建设,在经费投入、师资配备、干部充实、招生办法改革等方面采取倾斜政策。"1998年教育部还专门发布《关于加强大中城市薄弱学校建设,办好义务教育阶段每一所学校的若干意见》,对加强大中城市的薄弱学校建设提出具体的政策措施[①]。另外,在已经结束的第二轮公开征询意见的《国家中长期教育改革与发展规划纲要》中也指出:"加快薄弱学校改造,着力提高师资水平。""加快缩小城乡差距。建立城乡一体化的义务教育发展机制,在财政拨款、学校建设、教师配置等方面向农村倾斜。率先在县(区)域内实现城乡均衡发展,逐步在更大范围内推进。""鼓励发达地区支援欠发达地区""推进义务教育标准化建设,建立健全义务教育均衡发展保障机制"等。由此可见,加强薄弱学校的建设是一项势在必行的工程。而对于这些薄弱学校的改造与再建设必须依靠外力的扶持与指导,这必然会涉及两所文化背景不同甚至迥异的学校,也就决定了学校委托管理工作过程中文化冲突存在的必然性。

对于该课题,我们研究的目的在于,通过已有的施行资料找出在学校委托管理工作过程中已经出现或潜在的冲突类型,分析该类型文化冲突产生的原因并对此制定相应的对策。这一课题的研究并不是从单一的学校入手,而是从管理者与被管理学校两方的关系入

---

① 朱家存. 教育均衡发展政策研究[M]. 北京:中国社会科学出版社,2003(12):4—5.

手，对其管理过程中的文化冲突及对策进行研究，希望这一课题能够为这项新学校管理模式的发展与完善提供文化建设方面的有效借鉴，同时也为该项工作相关保障机制的建立提供文化参考。

## 第二节　相关概念的界定

### 一、文化和学校文化

#### （一）文化

古往今来人们对于文化内涵的定义有很多。在我国古代便有"以文教化"的说法，《周易》曰："观乎人文，以化成天下。"这里的"人文"指的是社会的道德规范，指的是人类利用文化来教化世人。19世纪开始，"文化"出现了现代的内涵。1871年英国人类文化学家泰勒（Taylor）在《原始文化》一书中写到："文化是一个复杂的总体，包括知识、信仰、艺术、道德、法律、风俗以及人类在社会里所得到的一切能力与习惯。"1952年美国文化学者克罗伯和克拉克洪在《文化概念》中对文化做出了如下定义："文化由外层的和内隐的行为模式构成；这种行为模式通过象征符号而获取和传递；文化的核心部分是传统的观念，尤其是它们所带的价值。"[①] 现今关于"文化"一词的理解大多数是基于著名人类学家克利福特·爵兹（Clifford Geertz）的"文化是意义形式的历史传承"这一理论。该理论认为，这种意义形式既通过各种表现形式传达给外界，又理所当然地存在于我们固有的信念中。

从中我们可以概括出文化包含如下三个内涵，或者可以说它们构成了文化的定义。首先文化是人的文化，是人经由与他人的交往活动而形成、创造的，它也因此构成了人与人之间进一步交往的条件。文化不可能先于人的存在而存在，也不可能离开人而独立存在。从广义上看，文化是人类有意识、有目的的对自然界和人类社会进行的一切活动。在这些活动过程中人理所当然地成为了其主体。其次，文化是共享的，人们在共同的文化背景下，形成了具有共同文化意义的行为模式、思维方式、价值观、信念、假设等，共同的文化将一个群体的人联合在一起，使他们形成了一个关系性的共同体，成为一个特有文化的群体。共享的文化背景让特定的人群持有共同的社会理想、利益目标。最后，价值观是文化的核心。共同的价值观能够让特定群体中的人们产生共同的信念，从而引导他们逐步形成具有共同文化意义的思维方式，并进一步外显出具有共同文化意义的行为模式。所以，我们在研究文化问题时必须重视人在文化中所起的重要作用。

基于以上对于文化内涵的概括，我们得出了自己所理解的文化定义：文化是人类在社会中通过与他人活动共同建立、创造的，以价值观为核心形成共同的风俗、习惯、信念、道德意识、行为模式、思维方式等。另外，文化在全球化成为发展主流趋势的大背景下，成为人们予以越来越多关注的领域，"文化主权"这一概念也被越来越多的人所认识和重视。文化主权所包含和反映的内容包括政治文化、精神文化、经济文化等，它意味着不可侵略性和独立的尊严性。因此，新文化的"入侵"必然会引起旧文化为了维护自己的独立

---

① 转引自何云波彭亚静主编．中西文化导论［M］．北京：中国铁道出版社，2000（9）：5.

尊严和各方面利益而进行的反抗，这种文化的"入侵"发生在我们的教育领域也一样。

（二）学校文化

根据文化的定义，我们可以推断出文化在学校这一特定环境中的定义：学校文化为在学校中教师、学生通过与学校中其他人的社会交流及各种活动的进行，逐渐形成并共同遵循的具有共同价值观的习惯、信念、道德意识、行为模式、思维方式等。从横向看，学校文化可分为管理文化、制度文化、团队文化、物质文化、精神文化、行为文化、活动文化、课程文化、学习文化、教学文化、考试文化等；从纵向看，学校文化可分为表层文化、千层文化、中层文化、深层文化，小学学校文化、中学学校文化、大学学校文化等。[①] 从学校文化的定义及分类中可以看出，学校文化具有传承性、依存性、多样性、自主性、导向性等方面的特点。而且，学校的文化与其所处的小社会的文化有着必然的联系，甚至可以说，学校文化是学校所处的小社会文化的延伸和单纯化。这里所指的单纯化与学校文化所具有的多样性并不矛盾，因为这里所指的单纯化并不是指文化类型的单一，而是指文化的重要体现者——人的身份的单纯化，正是这种单纯化简化了小社会文化对学校文化的影响。在本文中，作者将从学校文化的横向分类对在学校委托管理工作过程中可能产生的文化冲突进行分类探讨。

## 二、多元文化和文化差异

（一）多元文化

现今的世界是一个开放、一体化的世界，其本质就是多元文化。根据沃泽尔的文化发展论可知，文化在经历了一元化阶段、文化接触阶段、文化冲突阶段、文化调停阶段、文化不平衡阶段、文化觉悟阶段之后，最后必然会走向多元文化阶段。

学校对于教师和学生而言就是一个微缩型的社会，在这里也有着其特有的主流文化，除此之外，也会由于教师的引进、管理团队的调换等因素而产生有别于当前学校主流文化的文化元素，对该学校来说甚至可能是一种全新的文化体系，这种外来的文化会对原有的主流文化的某一方面甚至多方面产生冲击。在学校委托管理这一模式中，由于托管团队是带着改变薄弱学校各方面薄弱状况，消除薄弱学校在管理、教学、教师培训等方面存在的弊端，帮助薄弱学校走入良性循环的目的参与到学校管理中的。而且，为了彻底改善薄弱状况学校就必须建立良好的文化环境，因为文化是人类发展的根源，文化的弊端会时时刻刻表现在学校的管理、教学中，所以只有文化的改变才能够从根本上剔除学校管理、教学中的各种弊端。而这一切不能只依赖于一元文化，只有实现了文化的多样化才能避免文化践行过程中的一言堂式的专断，当然在文化模式转化的过程中必定会经历文化冲突这一过程。

（二）文化差异

霍夫斯坦特对文化下了这样一个定义："所谓的文化是在同一个环境中的人们所具有的共同心理程序。"在他看来文化不是个体的特征，而是具有相同社会经历、相同教育经历、相同地域等的一个群体的共同心理程序。因而，只要拥有不同的社会经历、经历过不同的教育、处于不同的地域就会产生文化差异。根据霍夫斯坦特对于文化差异的理解，我们可

---

① 陈晓东．学校文化的生成、诊断及建设［D］．华中师范大学，2007．

以从权力距离、不确定性避免、个人主义与集体主义及男性度和女性度这四个维度来判断文化与文化之间是否存在差异。所谓权力距离是指在一个集体中权力的集中程度及领导的独裁程度，在学校中可以表现为学校领导和教师、教师和学生之间的社会距离（学校在一定意义上就是一个小型的社会，所以我们也可以将学校中领导和教师、教师和学生之间的这种距离关系称为社会距离）；不确定性避免是指在某一环境中人们避免不确定因素的程度，在不确定性避免程度低的环境中人们的生活、工作状态就相对轻松、愉快，相反，在不确定性避免程度高的环境中人们会容易缺乏安全感；个人主义是一种相对松散的社会组织结构，这其中的每个人都更加重视个人的利益的获得，而"集体主义"与之相反是一种紧密的社会结构，它的成员更注重整个集体利益的获得；男性度和女性度则是指社会上居于统治地位的价值标准。当然这四个维度所针对的是不同国家地域的文化差异，如果在学校中我们则可以从以下几个维度对学校文化的差异进行衡量。

一是学校的办学定位。其中包括这所学校希望拥有怎样的师资队伍，期望培养怎样的学生，在培养过程中会采用怎么样的培养模式等。二是学校管理模式及管理目标。学校管理模式中包括对于学校管理制度的建设、校园安全的保证、学校领导管理团体的组建及提升和学校的财务及人事管理。而管理目标则指出了学校在管理的各项指标中期望能够达到的程度。三是师资队伍的建设目标。我们虽然已经在学校的办学定位中指出了师资队伍这一要求，但具体的师资建设所要考虑的不仅是根据学校的办学定位招聘适合学校教学发展的专业教师，同时还需要注重教师的师德建设、班主任队伍的建设、中青年教师及骨干教师的培养模式，还有就是教师中的干部队伍的建设这四个方面的问题。四是课堂教学的效果。包括学校的教学计划的制定方式、教学质量监督机制及分析评价机制和课堂教学的常规项目。五是反馈机制的完善。这里的反馈机制所针对的不仅仅是教学质量方面的反馈，同时也包括学校的人事管理、财务管理、学生管理、后勤管理等各方面的反馈。

在社会中文化的差异是深深根植于人们的思维中的，同样，学校文化的差异也深刻地根植在学校教师和领导干部们的思维中，因此这种差异是很难改变的，它在遇上外来文化强有力的攻击时必然会为了维持其在学校中原有的文化地位而进行顽强的抵抗。

### 三、文化冲突和学校文化冲突

#### （一）文化冲突

在全球化的背景下，文化冲突这个词被人们一次又一次地提及，而事实上，这种冲突自从有了人类文明开始就已经充斥在我们的生活中，它代表着新文化向当地主流文化发起冲击而吹响的号角。

随着人类文明的发展，文化冲突也逐步走向文明，从原先以流血牺牲为代价来换取文化模式变更的方式，到现在的和平对话和时时刻刻都在进行的文化渗透。当然，有进攻必然就有反抗，原有文化模式的引领者便是这股抵制浪潮的领导者，这种对于文化主导地位的竞争使得文化冲突将永远存在于人类的生活之中。在这里我们所说的文化冲突主要是指两种或两种以上的不同文化之间，由于文化差异（这种差异往往可以表现为是一种文化落差，因为在文化冲突中通常会存在着强势文化与弱势文化，这样就极容易形成文化差）导致的冲突，它是人与人之间一种基本的互动方式。文化冲突也可以说是一种文化模式的冲突，当原有的文化模式在根本精神上受到新文化模式的冲击而陷入危机时，新文化模式和原有文化模式就会产生冲突，这种冲突会发生在物质文化、精神文化及制度文化中。

（二）学校文化冲突

将文化冲突的概念具体到学校委托管理的过程中，即为受援方与支援方两所学校由于学校文化差异而产生的冲突。学校的委托管理不仅要改变受援区学校的教学风气，提高受援区学校的教学质量，同时也需要从管理、制度、精神等更深层次上改变受援区学校不良的学校文化，让他们能够有能力在委托管理团队脱手后依然实现学校的可持续发展，从根本上彻底消除受援区薄弱学校的种种弊端。因而，在受援区学校原有的文化模式因为支援方学校管理团队所带来的新的文化理念，以及通过这种新的理念对受援方学校原有文化模式进行改革的情况下，受援方原有文化从根本上受到了新文化模式的冲击而陷入矛盾及自我维护的危机，由危机而产生了文化上的种种冲突。从另一方面说，这种危机也是新文化形成的一个起点，是一所学校从单一文化向多元文化发展的必经之路。

学校委托管理过程中涉及了两所不同的学校，这两所学校所处的社会环境不同（支援方均为市区的优质学校，而受援方则为上海地区郊区的农村学校），因此所形成的学校文化特色及所追求的办学理念亦有所不同，这就导致了两所学校在管理文化、制度文化、团队文化、精神文化、课程文化、教学文化等方面都会存在一定程度的差异，因而在支援方管理团队进入受援方学校进行管理的过程中难免会因此产生或多或少的冲突。根据委托管理模式的特点、工作方式以及支援区与受援区学校的各自特征，作者对于在这一工作过程中可能产生的文化冲突类型做出了大致的推测。

第一，从学校管理层面看，可能会产生的冲突包括：管理文化冲突、制度文化冲突及团队文化冲突。

第二，从学校教学层面看，可能会产生的冲突包括：课程文化冲突、教学文化冲突及考试文化冲突。

## 四、委托管理和学校委托管理

（一）委托管理

所谓委托管理即是指通过政府行为或者特定的中介机构将某一团体的管理权外包给相应的专业机构进行优化管理的一种管理模式，这种管理模式是基于经济学家们的教育市场化理论而提出的。英国、美国早在20世纪末期就根据这种经济学的理论提出了学校委托管理这一新型的学校管理模式（即英国的"教育行动区计划"和美国的特许学校），并在相应区域转变或建立了相关的学校，同时制定了类似于《特许学校法》等相关法律法规。委托管理这一模式最先在经济等领域实行，例如酒店的委托管理，之后这种模式又开始逐步转移到了政府公共服务中，如福利、教育等领域。

（二）学校委托管理

我国的委托管理模式是由政府选取的优质学校派驻管理团队对需进行改进的薄弱学校进行全方位的管理，但主要是针对薄弱学校教学质量低下进行相应的改革。它是在"明确政府公共服务的基础上，将政府公共服务实施中的具体事务，委托给专业化的机构，激活管、办、评分离并联动的机制，扩大优质资源的辐射效应，推动义务教育的均衡发展"。①为此，上海市政府在 2007 年秋正式在上海实施了学校委托管理模式。学校委托管理的方式可以分为两大类，一是帮助受援区学校更换校长，组建新的学校领导班子，与此同时，需要派出专业的教师团队参与受援区学校的具体教学工作；另一类是不更换受援区学校的校长，由支援方学校直接对原有的领导团队进行充实或调整，并派出教师参与具体的教学工作。具体细分的话还可以将其分为以下两种情况：一是实行学校管理委员会领导下的校长负责制，由受援区学校的校长担任委员会副主任；二是支援方学校派专员担任受援区学校的副校长、校长助理或者校长顾问直接参与学校管理。在上海市金山区第一轮的委托管理工作中所采用的管理方式就是第一类，即直接更换受援区学校校长、组建新的学校领导班子，并派出教师专业团队参与受援区学校的具体教学工作，实施 100％的委托管理。但是，在随后开展的第二轮委托管理工作中，委托管理的方式有了其他形式的改变。

委托管理模式不同于传统学校管理模式的特征在于：第一，它采用了契约管理的方式，重在明确支援方学校与受援区学校双方的责权，采用购买服务的方式，为管理活动提供专项经费；第二，通过团队协作的模式，进行有领导、有组织、有管理、有制度的管理，并且有目的、有监管、有考核地实施计划；第三，为保障管理项目的有效推进建立第三方监督体系，运用上海市教育评估院以及受援区教育局的力量实施第三方监管，这一方式也是对义务教育管理体制的一种创新。

在学校的选择上，由学校自身申请和学校所在区域教育行政部门选择相结合，由教育行政部门出面签订为期 2 年的合同。在管理的过程中，学校的公有性质不变，课程结构、教师聘用制度、财务管理制度等基本不变，学校获得有限的自主权，由管理团队根据受援学校具体状况制定适合的具体实施方案，并由负责合同签订的教育行政部门组织专家团队在管理的初期、中期和终期分别对管理的各个方面进行初期评估、中期评估和终期评估。在经济上，除了日常的生均费，受援学校所在区域的教育局和上一级教育行政部门还分别拨付一项专用资金用以支付委托管理期间所需的额外支出。如在上海市金山区 2007 年实施的第一期委托管理工作中，作为受援学校所在区的金山区教育局和其上一级教育行政部门上海市教委分别支付了一部分的专项资金用于此次委托管理工作，用于支付教师培训等。与美国的特许学校以及英国的"教育行动区计划"相比，我国的委托管理模式所拥有的自主权限远低于英、美两国。在教师聘用、课程设置、经费使用等方面还必须遵从国家的规范、课程标准等。同时，我国的委托管理的主体、监督主体仍然来自于相关教育行政部门的行政行为，而英、美两国则更多地依靠社会群体的力量实施管理。另外，英、美两国还针对这类特殊的学校运作模式建立了相应的法规及保障体系，这一点是我国目前的管理模式所没有的。

## 第三节　学校委托管理过程中文化冲突的类型

在上一节中，我们对学校委托管理工作过程中可能出现的文化冲突做出了推测。经过更加具体的资料分析、访谈研究等，我们整理了管理工作中已经出现或潜在的文化冲突类

---

① 杨琼. 如何完善委托管理模式［N］. 中国教育报，2008－7－23.

型，可以分为管理层文化冲突、教学层文化冲突以及校园活动层文化冲突三个大类，并在此之下分为管理文化冲突、制度文化冲突、团队文化冲突、课程文化冲突、教学文化冲突、考试文化冲突等几个小类。

### 一、管理层文化冲突

#### （一）管理文化冲突

我国目前实行的学校委托管理模式是由市区的优质学校派遣校长所带领的管理团队进驻受援区薄弱学校进行全方面管理，目的是为了让优质学校的校长能够带着自己学校优秀的教师人才及较为优秀的管理理念针对受援区薄弱学校在管理、教学等方面的问题进行相应的优化。然而由于两所学校所处的学校文化背景不同，支援方与受援方校长在自己原学校所执行的教学理念是依据学校所处的社会环境所进行的，它不可能割裂当地文化单独存在，管理与文化的割裂只可能造成管理执行力的欠缺，而不能进行有效的学校管理。正是由于文化的这种差异使得受援方学校不可能马上直接接受支援方学校所带来的学校管理理念。尽管这种管理理念对于支援方学校而言是一种优秀的管理理念，但这种管理理念对于受援方学校来说不适合，甚至有可能是超过了受援方学校发展水平的一种理念，这种不适合导致了受援方学校当地教师对于这种管理模式的抗拒，便无可避免地造成了双方在学校管理文化方面的冲突。

#### （二）制度文化冲突

制度文化是管理文化的具体表现形式，包括具体的学校教学制度、安全管理制度、人事制度、财政制度等，管理上的缺陷也真实地反映在制度的缺陷中。在这些受援区的薄弱学校中，制度的制定往往是粗糙的、缺乏相应的规范性的，同时在制度上的执行力度不够强硬，导致很多教职工对于制度的约束性没有充分的认识，这也反过来诱发了学校管理的混乱。为了规范学校各方面的管理就必须从具体的制度入手，完善各项制度的规范性、执行力，然而这种习惯的扭转确是一项艰巨的工程。当地学校的教师已经习惯了这种似是而非的制度管理方式，一旦借由外力的介入而对其进行强行的扭转，他们就会因为这一扭转过程中所产生的疼痛感而做出本能的反抗，特别是在人事制度和财务制度方面。这两方面无论在哪里都会成为众人所关注的焦点，它们涉及教职工们的直接利益。我们权且将这种因为制度的转变而带来的反抗、冲突称为学校制度文化的冲突。参与我们课题研究的三所受援区学校中就出现过由于人事变动造成的教师消极怠工而引发冲突的案例。

#### （三）团队文化冲突

我们所指的团队文化冲突也可以概括为一种教师文化冲突。在委托管理项目中，支援方学校以团队进驻的方式派遣了相关的领导及教师进入受援方学校，担任校长或相关科目的教研组副组长等工作，负责以先进带后进的方式，依托支援方学校优秀的资源优势改善受援方学校教师在业务上不精、不强的局面，帮助他们摆脱因"技艺不精"而带来的困境。然而薄弱学校在教学上的陋习及弊病并不是一朝一夕所能改变的，正如教师们在业务上能力的缺乏并不能发生一跃千里的变化。但是由于托管的时间限制，支援方管理团队又必须在这期间使其有所转变，所以在一些改变上难免会出现扭转过度的问题，这就造成了当地教师们对于这些改变的反感及抗拒。但我们可以认为，相对于制度文化等方面的冲突，这类团队文化冲突表现得并不显著。这一是因为多数教师对于自己业务上的素质还是有一定追求的，因此也相对愿意接受这种文化的改变，甚至在有些学校多数教师对于这种教学文化的改变还是持比较欢迎的态度的；二是因为这类文化的冲击并没有直接影响教师团体的利益。

## 二、教学层文化冲突

### （一）课程文化冲突

课程在学校中作为一种文化的载体总是承载和传递了这一学校相应的文化，能够表现出一所学校特有的课程文化特征，尤其是一所学校的校本课程，更是反映出了该学校具有学校本土特色的文化特征。在提及学校文化因为其独特的个性而引发冲突时，我们曾提到，在受援区学校往往会有以应试教育为主的现象，而这种注重应试教育的风气与我们现今所倡导的新的课程理念却背道而驰。我们现在所提倡与执行的是一种以人为本、整体协调的开放性课程观，这种课程观要求必须将学生放在课程教学的第一位，以学生的需求为本，整体协调好学生专业课程的学习与其他技能课程、研究性课程的学习，注重培养学生自主学习和思维创新的能力。如果要在受援方学校已经形成应试教育习惯的情况下，在两年的时间内将以人为本的新课程理念植入到学校的文化中，除了将面临学校教师们对于课程理念可行度的质疑，还要面临学生如何在兼顾其他技能发展的基础上同时提高学业成绩的难题。他们往往会发出这样的质疑：原先一直专注于学生学业成绩的提高都没有很好的效果，现在又要兼顾其他素质的发展，这样能做好吗？因为这种担忧和质疑，导致当地的教师及基层领导不愿意执行新的课程教学理念，而支援方学校又必须通过这种途径去消除当地学校在课程中的弊端，双方在课程文化方面的矛盾由此而生。

如在我们进行课题研究的廊下中学、吕巷中学和兴塔中学都普遍存在着以下的课程问题：第一，所开学科课程基本充足，但均存在语、数、外等文化知识类科目的课程课时超过市课程计划要求，同时在延伸学生兴趣方面还有待加强；第二，缺乏对教学质量的监督，即使学校领导对教学质量有所重视，也因为没有建立良好、有效的监督保障机制而使得教学质量的监督不够彻底，措施不够扎实，资料不够齐全；第三，没有控制好学生在学校活动的总量，超过了市课程计划。根据调研结果，吕巷中学学校规定学生早晨 7：15～7：45 为早读课，中午 12：20～12：40 是午会课，并且这些课程多为教师用以补课的时段，由此直接导致了学生缺乏兴趣活动的时间。在学生的问卷调查中显示，觉得在学校的学习生活"一般"和"不愉快"的占 32.66%。这些受援区学校课程中的弊端都是我们在委托管理工作中所必须改进的问题，但同时这些问题并不是一朝一夕形成的，因此课程设置的转变和优化就不可能直接、快速地产生最佳的作用效果。而且，在课程优化的过程中，教师们为了固守原有的课程模式就会对新的模式产生抵触的情绪而产生文化冲突。

### （二）教学文化冲突

教学质量的改变除了改变学校领导干部及教师们的课程文化理念外，还需要改变的是教师们的教学方式。所以在托管团队中，除了专职行政事务的校长外，其余的三到四位教师均为原学校中各自专业教学领域中的佼佼者，他们在进入受援区学校后往往担任教务及相关教研组的副手，所承担的任务主要就是帮助当地的教师提升在教学方面的专业素养，对他们在备课、上课、评课等环节进行指导。也通过委托管理这一平台，组织相关教师参加一系列有关的课程培训，同时也组织课程相关的教研员等教学专家定期到学校对当地教师的教学进行评价与指导。可以说这种教学的指导是受到了绝大多数教师欢迎的，但也会存在这样的教师，认为自己学校的教师素质还是很好的，只是因为地域的关系导致教师流动的速度较快。而且因为习惯性的思维，有些安于现状的教师不愿意改变。而事实上，在这些学校中普遍存在着超编的现象，有充足的教师资源却没有充分优良的教师资源。在课题进行的过程中，教学评估专家们针对课堂教学质量进行了专门的评价。在廊下中学听课、评课后，被评为"一般"或"较差"的占76.4%，吕巷中学和兴塔中学均占55.6%。在评价中普遍存在着教师课堂教学方式陈旧，改革意识不强，对课堂教学缺乏积极性。教师注重应试教育，对课程的执行力较差，使得二期课改的要求无法进一步落实。而委托管理团队对其进行管理的其中一项重要任务就是改善、提高学校课堂效率和质量，所以围绕着究竟要不要进行相应的改变便发生了冲突。

（三）考试文化冲突

考试可以说是中国学校文化中非常独特的体系。考试对于每一个学生来说是家常便饭，然而应该怎么考？考什么内容？考完后用什么样的标准来评价学生？这些是我们近年来一直在争论的问题。在访谈中我们发现，当提及"考试"时受援学校教师都谈到当地学校在考试制度上的不规范性，包括考前试题的编排、考中考试纪律的规范、考后试卷的批改、试卷质量的分析以及对学生的评价等，他们在这些方面有些规定却缺乏良好的执行力，也有些有大框架的规定却缺乏细节的强化。针对这些情况，托管团队重新做了规范性的重组，组织教师们参加专门的复习课教学培训，对教师的考中纪律、考后试卷评析等都做了严格的规定，同时期望能够制定相关的评价细则。但是，长期形成的考试文化不仅让当地的教师形成了相应的模式，也让学生们适应了这种粗糙的考试模式。因此，这种考试文化的改变不仅涉及教师考试文化的改变，同时还涉及学生考试文化的改变。这种学校中广泛性的文化扭转容易出现群体性的抗拒，引起两种考试文化之间的冲突。

**三、校园活动层文化冲突**

这类文化冲突在前一章节中并未提及，这是由于在正式进入课题研究之前我们没有预计到在校园文化上也存在着较为明显的差异，但经过课题中对相关教师进行访谈，我们了解到市区学校的校园活动与郊县地区学校的校园活动，由于学生家庭经济条件、小社会环境等的差异而有所不同，因此，过多的校园活动植入就容易造成冲突。但可以认为这是一类并不显著而且出现概率较低的文化冲突。

校园活动文化主要指的是学生的各类学校文化活动，如读书节、体育节、艺术节等。这些学生活动基本上都是依托于学校的社区文化组织的，所以依托乡镇文化建立起来的受援区学校学生活动都比较具有本土特色，如草编、剪纸等。另外还有一些传统的项目，如体育节、艺术节等，当然这些传统的项目也是具有当地特色的活动。在学校委托管理项目中，管理团队们除了带去教学、管理方面的理念和经验外，还将学生活动也带到了受援区学校，如在城区学校很常见的航模比赛这类的科技型节目。但与计划有出入的是，因为受当地学生家庭经济条件或者学校经济条件等的限制，这些活动在这类学校往往没有什么市场，没有办法得到普及，只能提供给少数在这些方面做得较为优秀的学生展现自己才能的机会。这就与支援区学校期望将这种科技文化元素带入受援区学校学生校园文化生活中的想法大相径庭了，同时也容易引发当地学校教师对于是否应该花这些钱来维持表面上的文化的争议，引起校园活动层面的文化冲突。

## 第四节 学校委托管理中文化冲突形成的原因

在强调全球化的时代中，文化被许多民族国家作为保证民族独立的最后一重屏障推上了国际舞台，民族文化的传递、民族传统的保障、民族精神的振兴更成了国家利益的重要组成部分。文化不仅是政治、经济的衍生，更是人们精神的寄托，是民族的灵魂和象征，是民族国家凝聚力和统一合力的源泉，并认为一旦放弃文化的独立就等于放弃了民族的独立。某些发达国家凭借着他们在经济、政治上的主导地位，在全球推销附有文化内涵和意识观念的"消费品"，从而从文化上对其他发展中国家或不发达国家进行侵略。他们推行这种文化侵略既是为了获得国家政治、经济、文化有益的利益，又是为了树立价值观、伦理观等的文化主导权，通过这些他们就能够按照自己的意愿和生活准则来主导其他国家的发展方向。尼克松在《1999：不战而胜》中写下："播下思想的种子，这些种子有朝一日会结成和平演变的花蕾。"在现代，到处充斥着肯德基、麦当劳的香味，飘荡着流行的欧美金曲，漂浮着美剧的泡沫……发达国家的消费文化正在以惊人的速度渗透进每一个国家和民族的文化中，然而作为拥有独立个性的民族文化的国家，是永远不可能允许其他国家的人在自己的国土上感受到播种收获的快乐的，也不可能会容忍他们在自己的文化领地上兴风作浪，因此，文化的斗争和冲突就无法避免。

在学校领域中的文化也有这些特征。一所学校的学校文化反映了这所学校经营者的经营理念、管理模式的优良、教师们的专业素养及心理状态、学生们的素质技能，它让我们对于这些抽象的名词有了形象的认识，让我们有了具体的评价标准。一旦外来的文化试图在这片原生的土地上占有一席之地，甚至期望能够改变这里原生文化的生存状态，那么文化的拥有者们就会利用文化来抵制外来文化的"侵入"，这种"侵入"与"抵制"就构成了我们学校文化冲突形成的两大主体。

### 一、学校文化独有的个性所导致的文化冲突

扩张性、广泛传播性和无限性是文化所有的个性中最为突出的三个方面。文化是不易操作的，它反映了人类的进步与发展，让人们从文化的发展中看到了社会的进步。学校文化也同样具有这样的特性，它依赖于社区文化而建立，不同的社会经济、政治环境所产生的社会文化环境有着或多或少的差异，这使得社区所在的学校形成了其独有的个性文化，这种个性渗透在学校每一位教职员工的骨髓中，形成了共有的心理程序。这次我们课题研究中接触的学校就是一些有着鲜明的、独有个性的文化的学校。

这些受援区学校，均位于上海市的远郊地区，学校文化紧紧依赖于当地乡镇的文化存在，沿袭了当地乡镇文化中的优势与劣势，形成了与支援方学校城市市区文化有着显著差异的文化体系。其区别主要在于：管理制度缺乏细化，执行力效率低下。与上海中心地区快节奏的城市文化相比，乡镇文化相对松散，在管理制度上也没有进行有效的细化，所实行的是一种粗放型的管理方式。在这种文化长期的熏染之下，当地学校的管理者们也形成了大事化了的粗放型管理意识，对于学校各项管理规章的制定、执行也采用了粗放型的管

理方式。相对而言，在上海中心地区，学校处在一个管理制度较为规范、完善且竞争相对激烈的环境中，学校管理者们均有着进行优质化、精细化管理的意识，所以在学校管理的各项规章制度方面进行了相对于郊县学校更为细致的制定。尤其是那些优质学校往往有着较为深厚的文化积淀和优良的文化传统，其规则经过了一系列的修改、检验，因此也形成了相对较为完整的体系。当这种相对细致的管理体系的制定参与者与执行者们来到了一个管理欠缺、不规范的环境中时，必然会希望能够通过管理制度的细化改变该环境中主体发展状况。如在学校委托管理工作中，支援方学校会通过细化各项管理制度来增强受援助学校各项工作的执行力度，这种执行力度的强化对于那些安于现状的教师及原学校领导来说可以称得上是一次冲击，这种冲击触及了他们在制度执行上的一些底线，并且囿于生活范围的狭小，受援助学校教职工们对于新事物的接受能力并不高，眼睛所触及的只有眼前的利益，各项制度的细化极有可能会影响他们当前利益的实现，因此就会引起当地学校教师、甚至一些学校领导们不合作、甚至消极怠工的抵抗。在我们课题研究的过程中对一位支援方学校派遣去受援区学校兼任的校长进行访谈时，他谈到了他们在这所学校开展委托管理工作时所遇到的重重阻碍。大体表现为：

第一，进驻的管理团队希望能够帮助受援方与支援方学校接轨，但是学校基层的领导和一线的教师并不能了解这些做法，因此没有切实地去实施托管团队所带来的新的理念。

第二，教师的眼界还是很狭隘，只看到眼前的利益，不明白委托管理的资金为什么不用于改善教师的福利。

第三，学校高度重视应试教育，学生各方面的技能及多元化发展受到限制。

第四，领导的教育理念和教育执行力不协调，仍然采用粗放型的教育方式，对课改缺乏细致的理解。

第五，受当地社会大背景的影响，学校内部问题逐渐扩大，导致了薄弱学校的形成。

以上所举出的五个问题仅仅是为了说明社会文化的独特所导致的学校文化中显现的各类问题。无论是对理念的不理解、注重眼前利益的思维方式，还是粗放型的教育方式等都和当地的社会发展水平有着紧密的联系。只有社会经济发展达到了一定的高度，才能够给人们创造一个文化发展的稳定的物质环境，而这种发展更多地应该依靠当地自身的自然发展，一旦由外力的介入而对当地文化进行移植就必然会发生排异现象，就像我们的器官移植一样，在手术后的一段时期内必须对机体采取相关的抗排斥措施来保证机体能够良好地适应外来器官。因此，我们在坚守当地优良文化个性、改变文化个性中弊端的同时，也应该采取适当的措施缓和这种排斥现象，即缓解文化的冲突问题。

### 二、传入学校文化超出当地学校文化的适应能力所产生的文化冲突

当人们将一种相对先进的文化带入一个相对落后的区域时，由于当地人们的思想长期处于一种稳定、落后、保守的状态，先进文化必然会引起当地人们思想上的混乱和心理上的压力。文化的发展程度需要与物质的发展程度相适应，所以当文化先进于物质发展水平时，必定会引起混乱，引发新文化模式与当地原有文化模式之间激烈的矛盾及冲突。引起人们对当前现实的不满情绪，他们可能会选择抛弃本文化随波逐流跟随着新文化的脚步，也可能紧守本文化与外来的新文化做激烈的抗争。

学校文化亦是如此。在我们学校委托管理的项目中，支援方学校的文化形成于相对

成熟的市区文化的背景之下，在这种环境下形成的学校文化具有细节性、时代性、规范性等特点。细节性指的是在规章制度的制定、教学活动的开展、文化活动的组织等方面都能够形成完善的规划，注重细节的实施；时代性指的是学校所开展的教学活动、文化活动能够紧扣社会动向，也有组织相应活动的能力，如组织航模比赛等；规范性指的是学校在组织相应的教学活动、学生文化活动时能够制定规范的活动规划。而受援方学校的学校文化多形成于经济发展较为落后的郊县地区，受郊县地区文化的影响，受援方学校在细节性、规范性上无法与处于城区的支援方学校相比较，并且因为地域的限制，尽管有网络等便捷的通讯渠道，但还是会因为物质条件等种种因素而无法紧扣社会的发展而发展自己的文化。所以，当支援方学校带着对他们来说习以为常的理念来到受援方学校，并期望能够将他们认为优秀的学校管理模式运用到受援方学校时，受援方学校对于这种模式或者理念很有可能根本无法适应，这种运用就会落入生搬硬套的境地，因为无法适应而产生了文化冲突。我们同样也以访谈过程中或是资料查阅过程中所了解到的相关实例来进行说明。

第一，这些薄弱学校在管理政策上经常会存在因为没有科学的管理理念而产生的政策性缺失；这些学校校长基本上承担了学校事务的责任，导致基层的领导、一线的教师对于很多政策性问题一知半解，不能明确执行下达的命令，或者配合学校的各项举措，更有甚者，有的教师还会和学校领导对着干。

第二，学校即使有较为全面的规范，但在细节上却过于疏忽，使得规范的执行缺乏力度。如在考试制度上，没有形成良好的考试习惯，包括考前的复习、考后的阅卷、质量分析等，过程过于粗糙。

第三，学校与家庭的联系较少，教师和家长间缺乏沟通，导致教师和家长对于学生在学习习惯等方面缺乏了解，而且，对于差生往往是以不惹祸为标准进行一种半放弃式的管理。

先进的文化能够带来先进的管理理念和管理制度，将先进的管理理念和管理制度带入某一个机构或体制就意味着将一种先进的文化带入了这个机构。但要以相对落后的理念来接受相对先进的理念就如同让一个小学生去解决一道初中的一次函数题一样，或者更确切地说，就如同强迫一个孩子用他的小脚去穿一个高他许多的大人的鞋子，不合脚的鞋子让他根本无法正常行走，这时就容易发生"穿"与"不穿"的冲突，学校委托管理过程中亦是如此。这种至少在初期会存在的不适应问题必然会导致"执行"与"不执行"的冲突，甚至是"执行"与"反抗"之间的冲突。

### 三、学校利益重组引发的文化冲突

在每一个团体中都有已经形成习惯的利益模式，或者说是一种已成型的利益链，不管这种利益链是良性的还是非良性的。因此，一旦因为外力的介入而使得这一利益链发生了变化，影响了其中部分人的利益，那么这部分人就会为维护自己的利益而抗拒这种改变，所以说利益的转移或重组是引起文化冲突的重要原因。随着全球化的发展，文化取代了国家主权和意识形态，成为国家利益的象征。同样的，文化的功能及作用在学校中也成功地成为一所学校的代表与标志，转变成为一种学校中的"软权力"。因此，在学校委托管理工作过程中也有这种因利益重组而引发的文化冲突问题，其中最重要的量部分就是人事变动和财政变动而引发的冲突。

### （一）人事变动

在学校委托管理项目中，托管团队所派遣的成员中包括了一位学校行政事务的决策者——校长，在受援区学校这位校长替代了原学校校长的职位，而原学校校长担任学校的副校长。尽管这一管理模式并没有在其他学校领导层的人事上进行过大的变动，但因为学校行政事务的最高负责人的改变会导致很多行政策略有所改变。这种改变对有些人来说可能没有大的变化，而对于另一些人来说就可能是极大的变动，这种变动极有可能损害了他们的利益，导致他们消极怠工。在委托管理项目中的某受援区学校，就因为人事变动后学校教师和原领导不满这种变换，而不断和学校领导发生冲突，甚至在大约半年的时间里使得工作一度停滞不前。

### （二）财务变动

这里的财务变动主要指的是在财务制度上的完善和细化。在上文中曾提及受援区学校多数没有完善的制度，即使在一些相对较好的学校中有覆盖比较全面的制度内容，也缺乏规范的细节，特别是一些重要的制度，如财务、行政管理、校园安全等。财务所涉及的是学校中每一个教职员工的直接经济利益，因此财务上的制度的细致化、规范化必然会损害部分人的利益，会遭到部分人对于委托管理工作及政策的较为直接的抗拒，甚至是反抗。因此增加了委托管理工作的执行力度。

## 第五节　解决委托管理过程中的文化冲突的原则与途径

文化的矛盾和冲突不同于我们平时因为某些突发原因或事件而产生的不和谐。由突发事件而产生的冲突往往带有时效性（特指短期性），只是在当时的情况之下才会产生；而文化的冲突往往是由于长期以来在某些观念、执行方式、规范力度等方面的不同而产生的，因此通常具有长期性、固执性。这种冲突有别于事件冲突的另一方面在于它无法通过几次的调和解决问题，只能通过产生文化冲突的双方经过较长时期的相处、了解、理解及磨合来解决问题。作者在遵循一般文化冲突解决策略的基础上提出了对于解决学校委托管理文化冲突的两个原则，并且通过参考其他行业对突发事件的应对策略，结合学校委托管理工作的具体情况，从理论上概括了五条文化冲突解决的途径。

### 一、解决文化冲突的原则

#### （一）双赢原则

我们在解决事件冲突时，常采用"进攻性解决策略"、"问题解决策略"、"妥协策略"这三种解决的方式。进攻性解决策略是指当事人通过自己的权力渠道，通过威胁、惩罚等手段来解决问题的方式；问题解决策略是指冲突双方通过协商，结合事件结果对于双方当事人的影响来制定问题解决的方式；妥协策略则是通过其中一方当事人让步的方式来解决冲突。但无论采用何种方法都应当遵循双赢的原则，从当事人双方的角度出发，采用最合理的解决策略，寻求最优化的解决途径。学校委托管理项目无论对支援方学校还是对受援方学校而言都是一次重大的事件。因此在项目执行的过程中一旦遇到冲突时，可以采用问题解决策略，以双方共同沟通、协商的方式，找寻最佳的解决方案。当然在这一策略中并不排除一方做出妥协与让步。

### （二）效率原则

除了双赢原则外，在处理冲突的过程中还应该遵循的一个原则是效率原则。对于委托管理这种较大的项目来说，可以通过双方的沟通、协商来解决相应的矛盾及冲突，但不能忽视的是，即便在这种可以被称之为大型的项目中也不可避免地会出现一些小范围的矛盾与冲突，当遇上这种对全局并没有重要影响的冲突时，可以采用搁置或忽略分歧的办法，即采用妥协策略，这样能够使冲突解决得更有效率。但是我们不能因为一味地为追求效率而轻易地采用进攻性策略，这种策略只有在双方保持合作的意愿很薄弱并且这一冲突的性质和后果严重的情况下才能够采用。

无论我们在工作过程中遇到何种类型的冲突问题，都应该遵循双赢原则和效率原则来排除工作推进中的障碍。值得注意的是，除了在遇到冲突时及时加以解决，我们也应该注重冲突的预防工作，思考通过何种途径才能够避免支援方与受援方两方学校在工作中发生冲突。下文在分析解决文化冲突的途径时，不仅会对冲突的解决途径提出办法，还会对冲突的预防提出相应的解决方式，包括应急预案的设立、保障机制的建立等。

## 二、解决文化冲突的途径

### （一）在正式进入托管程序前，让双方学校在教学、校园文化等方面都进行相应的接触

在我们课题进行过程中，也接触过相对比较成功的案例。后来通过访谈等方式了解到，这个案例中的支援方学校与受援方学校在该委托管理项目之前就已经有所接触，在教学、管理等方面进行过相应的交流。这种交流让双方的教师及领导们对彼此都有较为充分的了解，所以在委托管理团队正式进入受援方学校时，当地的教师及基层干部们对于领导层人事变动，以及托管团队从支援方学校带来的新的管理理念和管理制度，不仅没有出现排斥及抗拒的心理，甚至还采取了积极主动的配合态度，努力达成委托管理团队所指定的目标，提高自身在管理教学等方面的能力。

在美国的特许学校计划中，特许学校的转制或成立需要学校或相关责任人向特许学校授权的行政部门提出申请，在授权部门审核通过后才能够转制或成立。在这之后政府以类似于竞标的方式比较各托管团队的管理方案的优劣，然后选择最适合的方案的提出团队接管特许学校的相关行政、教学、文化重塑等任务。而我国委托管理计划基本上以通过教育行政部门进行选择，根据学校情况配对为主。这种方式很容易造成支援方学校对受援方学校情况没有充分的了解，在制订计划时容易发生计划脱离实际，帽子大于脑袋的情况。这样就在很大程度上导致双方在某些问题，特别是一些敏感问题上的误解，托管工作中的冲突也由此产生。所以我们可以在确定支援方学校的基础上，针对每一所受援方学校选择2～3所适合的支援方学校，让受援方的教师及校领导与受援区学校所在的教育行政部门，根据支援方提出的学校整改方案和应急预案，并参考支援方自身的办学理念和传统文化模式，来选择适合的志愿学校。同时，在受援方、支援方与教育行政部门正式签订管理合同之前，让受援方与支援方的学校进行前期的接触，这种接触应当是一种全方位的交流，包括学校的管理方式、学校领导的管理方向、教师培养模式、教学模式、学生活动等几个方

面，而不是仅限于教学。

（二）制订完善的计划，并提供相应的预案

不论一个项目的规模大小、重要与否，在项目正式实施之前都必须对项目做出详细的规划，包括项目的目标、项目实施的对象及负责人、项目实施过程中应遵守的规范、项目实施过程中可能出现的突发状况及其应对措施（也就是我们通常说的紧急预案）、项目实施后可能会出现的结果预测等。这些内容中对于可能会出现的突发状况及其应对措施的制定尤为重要（以下简称紧急预案）。因为在计划实施过程中，变化往往会超出计划，需要对当时的状况做出正确、适当的判断以决定计划继续执行的调整方向。这里重点向大家介绍笔者对于这种紧急预案建立的想法。

1. 什么是应对预案

在介绍应对预案的制定等情况前，我们必须了解什么是应对预案。应对预案通常是指政府及企事业单位在应对自然灾害、事故故障等紧急情况下，从领导组织、分工负责、协调配合、新闻宣传、后勤保障等方面做好预期计划的，在遇到紧急情况后立即实行的一种以应对突发性事件的方案。在学校委托管理过程中我们所指的应急预案则是指在支援与受援学校双方在委托管理计划实施的过程中，为应对因管理工作的计划缺失或管理方式不当等引发的各类行政、文化冲突或突发性的各类冲突而制订的方案。这一方案以包括领导组织、分工负责、协调配合、后勤保障、校内宣讲、相关行政部门支持这五个方面为基础制定，以缓解项目实施过程中过激冲突的产生。

2. 制定应对预案的准备工作

企业若要制作应急预案，需要先对其固有危险做出评价，并对历年的工伤事故、严重程度以及企业生产所需的各类材料的危险程度做出统计。在学校委托管理工作过程中若需要制定相应的应对预案，就必须先对工作过程中固有的冲突做出评估。比如在新文化理念推广施行的过程中当地教师可能因为对当地文化的坚守而抗拒新的文化理念，尽管这些新的文化理念有助于他们改善落后的教学方式及相对低的教学质量。这种抗拒可能会达到何种程度，都需要做出推测，还需要对以往相关的案例中所出现的冲突类型做出统计。因为我国目前在学校进行委托管理的历史很短，所以这种统计只能参考英国"教育行动区"计划、美国"特许学校"或者委托管理工作在其他（例如酒店）管理中的相关经历，对他们在工作实施过程中所经历的冲突类型做出统计，以作为预案制定的参考。另外，需要对委托管理团队将带入受援方学校的、为实现新理念而制定的行动的影响范围或当地教师们对此的接受度做出适当的分析。例如教师们对于为了实现以人为本的新课程理念而采取的一系列教师培训、教师资源重组会出现哪几种反映？支持的占多少？反对的占多少？中立的占多少？并且分析他们支持、反对或中立的原因。这些准备工作能够帮助我们理清预案制定的脉络，让我们清楚地了解，我们应该针对委托管理工作实施中的哪一步或者说哪一方面的内容，制定何种程度的应对预案。

3. 预案制定目标的选择

在学校委托管理中预案制定的目的是，一旦冲突发生，能够得到有效的控制，最大限度地减少冲突所造成的不良影响，避免冲突发生后相关部门或人员因缺乏协调性而手忙脚乱，甚至造成工作停摆的现象；或者因为临时采取措施，有时不仅达不到控制冲突的目的，而且会激化冲突或者工作成效倒退。例如，一线教师因为某些政策上的改变要求他们对自身做出相应的调整，而这种调整对他们来说可能是比较大的改变，而且这种改变对于他们长久以来所形成的行为方式可以说是一种难度较高的挑战，他们因此而与托管团队的相关领导及学校其他基层干部发生冲突时，贸然的批评或是强制的执行会使这些教师没办法调整好面对这些冲突的心态，使他们对学校领导失去信心，反而激化了一线教师与学校领导干部之间的矛盾冲突。因此，我们必须在前期准备（包括委托管理的各项目标、实施计划等）充分的条件下，确定我们预案所针对的目标，并以此为参考制定详细的预案。

4. 预案的主要程序及内容

无论是何种类型的预案，我们首先应该做的就是通过组织的手段来保证预案有顺利进行的可能性。在一般的预案中会设立应急指挥部，同时成立人员联络组、应急分队、接待组等，而在学校中，我们只需要设立相应的领导小组（一般可以以校长或学校党委书记领衔）、应急工作小组、人员联络组即可。

（1）领导小组负责冲突发生时的方向性决策问题。其职责主要包括：负责学校委托管理项目期间应急预案的制定、修订和审批；组织应急工作小组，并负责对相关组员进行培训；督促相关责任人做好应对各项突发事件的准备工作（包括各项物质准备和精神准备）；发生突发事件时，负责人员调动的最后决策与实施过程的监督工作；向上级有关部门和参与委托管理项目的其他兄弟校、姐妹校通报事件的情况与应急措施采用后的效果。其中负领导责任的一把手必须把握全局，而其副手则要在一把手不在的情况下代替其职责，做好组织、监督工作。

（2）应急工作小组负责弥补冲突发生时可能产生的任何工作上的缺失，例如教师消极怠工时代课教师的组织。所以应急工作小组成员可以包含各个岗位的教职员工，平时他们就职于各自的岗位，一旦发生紧急状况便能及时顶缺。另外，应急工作小组成员应该定时参加相关项目的培训，并且有服从应急领导小组调度的义务，当然应急小组的成员也有优先参加相关专业素质培训的权利。

（3）人员联络组负责与相关责任部门间的沟通交流以及应急人员的联络，及时传达应急领导小组的决议、任命，并定期向领导小组反映应急组成员的建议、要求，协调好应急预案中相关教职员工、领导干部的关系。

除了相应的组织准备我们还应该做好物质材料的准备，这些准备需要根据预案中所针对的各类冲突的性质进行。如，针对因为政策性问题出现的冲突应准备相关政策的详细资料和有关的案例的相关材料；针对文化问题产生的冲突需准备受援方学校和支援方学校的文化背景资料（包括该校的办学理念、学校运作体系、传统的学生活动）。

在应对措施的准备上可以针对冲突发生的不同性质以及冲突发生的范围、程度来制定相应的应急措施，包括人员再分配、相关责任人停职、紧急集中动员等。

在冲突处理完后，做出相应的事件分析及处理报告以备案，其内容应包括：冲突的内容、造成的结果和影响、冲突发生的原因分析、对冲突处理的意见、冲突处理的结果等。结束后相关负责人应及时做出汇报及做好存档工作。

在通讯、联络方面，负责人员必须明确相关应急人员的联络方式，如手机、固定电话、电子邮件地址等；明确联络网，分工明确，由专门人员进行专项的负责，明确外部人员的联络方式（这里的外部人员指的是能够在冲突发生时给予指导或建议的专业人员，包括行政的、教学的等），可以是对应的教育行政部门负责委托管理项目的领导干部，也可以是其他同样参与项目的兄弟学校的校领导以及优质学校的优秀管理人员和学科教学能手等。

在制作预案的过程中值得注意的是，我们必须结合学校的实际状况，在对受援方学校通过调查问卷、个别访谈等方式进行调查后再针对学校在管理、教学、活动等各方面的状况制定具体的预案，在实施的过程中也要注重对预案实施的监督，保证实施过程的顺利和问题的完善解决。

（三）尊重本土文化，不对其根本性传统文化进行颠覆性的改变

本土文化反映了一个地域发展的历史轨迹，它之所以能够存在并影响着生活在这一地域中的人们的生活习惯、思维方式，肯定有其存在的必然性和合理性。这种必然性和合理性表明，它对于当地的人们而言是最适合他们目前的经济发展水平和生活状况的，因此，本土文化必然会成为新的文化模式发展的根源与基石。也只有在本土文化基础之上发展起来的新的文化模式才是稳固的、能够实现可持续发展的。所以，我们在委托管理工作的过程中可以采用掺沙子式的方式，让新的管理理念文化逐渐地渗透到本土文化中，让当地的教师可以在不知不觉中接受这种改变，接受这种新的文化模式。

（四）放缓前进脚步，尊重当地教师意愿

做好事前的调查、访谈工作，了解当地学校领导及一线教师、学校职工们真正的需求，以帮助他们解决现实问题为目标进行文化熏陶。冒进曾经是我国在大跃进期间所犯的致命性错误，这种错误就在于我们没有正确评估我们自己的实力，贸然地将经济发展的目标锁定在前苏联等当时算是发达的国家上，结果导致我们自己的国家在经济、政治、文化上都远远落后于别的国家。可见冒进只会带来不良的后果，所以在学校委托管理工作中，我们不能急于求成，只能按照预定的目标与计划稳步前进。同时，我们也应该尊重当地教师的意见，毕竟当地教师也是委托管理工作的工作对象之一，得到了他们的全力配合，我们的工作就能够事半功倍。

（五）建立相应的文化保障机制

我们在之前的一篇课题阶段性成果的论文《中、英、美三国学校委托管理之比较研究》中，提及过在美国和英国委托管理模式中所涉及的关于学校委托管理保障机制的问题。在美国，关于特许学校必须完成的所承诺的办学目标在美国特许学校法中提出了明确的规定，一旦出现了没有完成预定目标的情况，提供资金的政府部门就将终止资金的提供并且撤销特许学校的特许身份，或者关闭该所特许学校。在这一过程中，每所学校的管理者都必须对自己的办学结果负责，因此，必须建立相应的监督机制和评估标准，并要向有关部门及民众做定期的汇报；在英国，政府也制定了相应的法律来保障"教育行动区"计划在实施过程中的合法性、有效性。所以，在支援方学校正式进入委托管理工作前以及实施管理的过程中必须严格制定相应的保障机制，并且根据目标实施的情况做出适当的调整。其中包括制定详细、明确的办学目标，严格界定学校的管理责任，建立有效的自我监督评价机制，从学校管理内部实现学校管理质量的保证。

从缓解文化冲突的角度来看，我们可以在保持当地学校原有传统文化根本的基础上制定既可促进新的管理理念的文化在受援方学校的渗透与执行，又可缓解因为学校文化独特

的个性及传入的学校文化超过当地学校原文化发展认知水平等而产生的矛盾和冲突。所以，在文化冲突方面我们可以从以下几点来制定相应的保障机制：

第一，在受援方学校和支援方学校正式签订的合同中，必须包含受援方学校通过支援方学校对其在管理、教学等方面进行整顿后所应实现的具体目标的附录，以此确保支援方学校在受援方学校的有作为。在美国的特许学校和英国的教育行动区都对此作了严格的规定，甚至制定了相关的法规来确定该项的合法性和规范性。他们都强调在申请接管特许学校或成立教育行动区的同时，必须提交一份为期3～5年的行动计划，具体阐述他们在改进这类学校的教育质量、管理品质、文化模式方面准备采取的革新措施和整改策略。这种方式除了能够帮助需要进行整改的薄弱学校找到最为适合的管理团队，同时还能为管理团队树立明确的整改方向、程度和步骤；

第二，在管理团队实施委托管理工作的过程中，必须保证一切行政事务的公开和透明。政务公开是我国这几年提得最多的一项利民政策，公开的目的就是为了让普通的民众能够清楚行政事务的运作流程，以此减少民众对于政府工作的疑虑，以及民众与政府部门因行政事务操作过程中的黑箱现象而发生冲突的可能性。在学校委托管理工作的过程中，行政事务的公开和透明同样能起到相同的效果。行政事务的公开和透明能够减少当地教师对于政策问题的疑虑，帮助他们了解托管团队为改善薄弱学校状况而采取的各项措施、政策，同时减少了因政务不公开产生误会而引发的冲突；

第三，在管理工作实施过程中必须保证双方学校的信息对等，以促进文化的交融和多元文化模式的实现。信息不对等是团体或单位之间合作无法顺利进行的重要原因。合作双方的关系必须建立在信息共享的基础上，只有实现了信息共享才能实现信息的对等，信息的对等能够让受援区与支援区双方的学校对彼此更加了解，也更容易实现双方默契的培养；

第四，成立工作监督小组，督促工作实施的公平性、有效性。如果缺乏相应的监督机制，那么我们托管团队所做的工作便容易遭到当地教师或其他并没有真正了解情况的人或群体的质疑，使我们的工作缺乏可信度。

# 第四章　委托管理之校长研究

校长是学校管理中的核心力量，校长的理念直接关系到其对学校事务的执行方式。

校长是学校变革与发展的引领者，对基础教育具有决定性意义。因此，探讨校长专业化的理论基础与实践路径，提升校长个体的专业素养，实现校长群体的专业发展，促使校长专业化就成为教育理论界亟待解决的问题。本章在对校长职业发展进行梳理的基础上，阐述校长职业化和校长专业化的产生与发展，并对"职业化"与"专业化"之争进行理论分析和逻辑辨析，最后对校长专业化的理论与实践进行全面的分析与阐述。

## 第一节　校长职业发展的历史溯源

校长是一种职业，是人类社会发展和教育活动发展的必然产物。《现代汉语词典》认为，职业是个人在社会中所从事的作为主要生活来源的工作。[①]《台湾职业分类典》指出，职业是个人所担任的任务或者职务，它需满足三个条件：有报酬；有持续性而非机会性；为善良风俗所认可。[②] 在很多国家，中小学校长是一个被明确界定的职业类别。在《中华人民共和国职业分类大典》中，中小学校长被列为一个独立的职业，是在中学、小学担任领导职务并具有决策、管理权的人员。加拿大的《职业分类词典》将校长职业的任务确定为"通过部门负责人和监督人员，对某一公立、私立或商业学校的教师职员和辅助工作人员的活动，给予计划、组织、指导和控制"。[③] 由此可见，校长是一种职业，是一种被明确规定的区别于其他职业的一种职业。因此对校长职业进行历史考察是探讨校长专业化问题的重要前提。

### 一、西方校长职业发展历程

校长是一种职业，是人类社会发展和教育活动发展的必然产物，在学校教育制度化和规模化的过程中而产生，和其他所有职业一样，也有着自己的历史发展历程。

在西巴尔（Sippar）出土的文献资料，以及在考古发掘出的远古学校中，有着对校长最早的记载。约在公元前2500年，古巴比伦是最有权势的统治者，在那时就出现了学校。随着学校的产生，学校管理者、教育者和教育对象也随之产生。校长被尊为"学校之父"，是受师生敬仰的领袖。校长、教师、学生互称"同事"，都自称是"学校的成员"。人们称颂他："校长，你是塑造人性的上帝"。又说："你真是我敬爱的神。你将我这不懂事的孩

---

① 中国社会科学院语言研究所词典编辑室. 现代汉语词典［M］. 北京：商务印书馆，1996：1616.
② 李轶，褚启宏. 校长角色与职能的再认识［J］. 教育理论与实践，2005（4）.
③ 朱开炎. 论中小学校长的专业化［J］. 教育评论，2003（2）.

子培养成有人性的人"。有的还写道："他指导我的手在泥板上书写，教导我怎样好好行事和谈论好的意见，教导我注视那些指示人们取得成就的规范"。当校长走访学生家庭时，总被安排在最荣誉的座位上。人们崇慕他是伟大智慧和知识的化身，博学多才，是"富有卓识的文士"。[①] 那时的教师则被直译成"泥板书舍的书写者"，文献中载有"教授计算的教师"、"教授测量的教师"、"教授测丈的教师"、"教授苏美尔文的教师"、"教授图画的教师"等等名称。[②] 教师在维持教学秩序时说："……你们为何竟不顾一切而争执不休？校长是无所不知的，甚至连他也叫我出面维持秩序了。……"[③] 可见，在远古时代，就已出现校长职业雏形，而且不同于教师职业，具有较高社会地位，受到人们尊重。同时，校长在诞生之初就具有管理教师的职责，是学校的领导者，对儿童教育极具影响。

在古希腊罗马时期，出现了两位伟大的校长——柏拉图和亚里士多德。柏拉图创办了一所学园，称阿加德米。他在学园授课、著书和研究，把数学作为一门非常重要的必修课程。亚里士多德也开办了一所学院，称吕克昂（Lyceum），他在这所学园，一边教书，一边写作，其大部分著作在此完成。在公元前 338 年至公元前 30 年的希腊化时期，出现一种"语法学家"（Grammarian）的学者，他们开设许多学校，收取学费，教授文法、修辞和逻辑等所有课程，他们具有较高的社会地位，还享有某些特权。可见，在古希腊罗马时期，校长大都是比较有名的学者，他们开办学校，工作重点是组织与实施日常教学工作。

在 17 世纪，大教育家夸美纽斯也曾担任过校长。1614 年他任拉丁语学校的校长，专心研究教学改革问题，曾编写教学法指南书《简易语法规律》，撰写《泛智学校》，对学校组织进行严格和精确的说明，认为学校应由 7 个部分和要素组成：1. 用来进行教和学的对象；2. 教和学的人；3. 教学的工具、书籍等；4. 用来进行教学的现场；5. 规定进行作业的时间；6. 工作本身；7. 休息和假期。制定了学校工作的学年制度，规定了学校中各成员的职责，建立学校文件的保管制度，明确了对新教师和外籍教师的态度，以及考试制度等，校务会议由教授和级任教师组成，校长任主席。由此可见，在这个时期，校长不仅从事教学工作，而且开始关注教学改革，探索学校管理的理论建构和实践运作。

此外，培养教师也是社会赋予校长的一个重要职责。在产业革命之后，英国在发展师范学校的同时，采取"见习生制度"（Pupil－Teacher System）来培训教师，即在初等学校中选出优秀的 13 岁左右的少年做习生，由接受国家视察的学校校长用带徒弟的办法把他们培养为教师。一般订立 5 年契约，在此期间，见习生充当校长助手，跟随校长见习学校事务与教学，每周有 5 天在学校，放学后，由校长为其讲授 1 个半小时的学科知识。[④]

在学校教育的初期，由于学校规模不大，学校所开设的课程相对稳定而门类较少，教学组织工作比较简单，原本不多的教师互相进行直接的沟通就可以处理学校的运转。19 世纪中期以后，随着教育规模的扩大、教育结构的分化、课程的复杂化和教师人数的增加，学校内部的协调变得困难起来，这就势必要求在教师中有人出来承担协调人的角色，

① 滕大春．外国教育通史（第一卷）[M]．济南：山东教育出版社，1996：34.
② 滕大春．外国教育通史（第一卷）[M]．济南：山东教育出版社，1996：34.
③ 滕大春．外国教育通史（第一卷）[M]．济南：山东教育出版社，1996：41.
④ 滕大春．外国教育通史（第三卷）[M]．济南：山东教育出版社，1996：29.

这时，首席教师（即 headteacher，常译作校长）便产生了。学校管理工作从教学工作中逐渐分离出来，学校管理具有了一定的独立性和有效性，也使得校长职业与教师职业具有了相对的独立性。同时，对学校管理者校长也提出了更高的要求——不仅是一位好教师，能指导学校教学工作，还要把握社会对教育的要求，使学校发展与社会变革相统一，有效管理学校各项事务，协调学校内部以及学校外部等各种社会关系。

比较典型的例子是美国。在 18 世纪下半期，随着教育规模的扩大、学校的复杂化，负责筹办教育的地区教育董事会再也无力直接处理各个学校的具体工作，他们不得不任命"首席教师"来完成这些任务。在 19 世纪中期的辛辛那提市，出现了正式任命的学校管理者。当时管理者的主要职责和任务分配是：58.8％用于记录和报告；23.5％与学校的组织事务有关；11.8％是关于校舍和设备的；5.9％是关于纪律和学生问题的。除了这些办事员式的职责外，多数校长还具有教学的职责。[①]

在校长任职方面，也有了更严格的规定和要求。在 17 至 19 世纪的德国，德语学校的学校规章规定，德语学校的校长由教区选民选举产生，但还必须通过教会总监的考试，以便确定他在宗教信仰和业务能力方面是否能胜任这个职务。但是，总体来说，并没有出现专职的校长，校长职业和教师职业并没有十分严格的界限，校长职业也并没有从教师职业中独立出来，教学工作仍是校长工作的主要内容。

随着学校教育的发展，专职校长出现了。到 19 世纪末，美国中小学校长的主要职责已从保管学校记录和报告等转向学校的组织管理，校长已成为指挥学校工作的管理者，而不再是"首席教师"。当校长从教师工作中脱离出来，并以管理学校为自己的主要工作内容之后，校长的角色和职能定位便相对稳定下来："总的看来，到 20 世纪初期，美国中小学校长对内负责全校工作，对外代表学校的角色已建立起来，具备了三项持久的基本职能，即学校的组织和管理、教学的监督和领导、学校社区关系的协调和维护。这些职能延续至今仍没有本质的改变，美国的中小学校长通常不再或很少从事教学工作。"[②]

## 二、中国校长职业发展历程

中国是最早建立学校的国家之一，在漫长的封建时代，虽然以国子监为代表的官学和以书院为代表的私学都比较发达，也都有严格的学校管理制度，但是却并没有分化出专职的"校长"。因为，官学是培养统治者和官府幕僚的地方，是国家机器的重要组成部分，官学中的主管人员必然都是朝廷命官，而私学的主管人员一般是兴办者本人兼教员，类似于"首席教师"。[③]《清朝文献通考·学校考三》记载："顺治元年，始置国子监官，详定规制。"规制包括设置学官，规定职责。祭酒、司业为国子监的正、副首长，"职载总理监务，严立规矩，表率属员，模范后进"。监丞"职在绳愆，凡教官怠于师训，监生有戾规矩，并课业不精，悉从纠举惩治"；博士、助教、学正、学录，"职在教诲，务须严立课程，用心讲解，如或怠惰至监生有戾学规者，堂上官举觉罚治"。[④]

---

① 陈如平．校长发展在美国［N］．中国教育报，2004－4－13.
② 陈如平．校长发展在美国［N］．中国教育报，2004－4－13.
③ 李轶，褚宏启．校长角色与职能的再认识［J］．教育理论与实践，2005（4）．
④ 孙培青．中国教育史［M］．上海：华东师范大学出版社，2000：450.

20 世纪以来，中国校长的职能和角色也在不断变迁，总体上可以分为两种：社会活动家型和教育家型。① 新中国成立后，由于特殊的历史环境和社会状况，教育成为政治斗争的主要工具，学校则成为意识形态斗争和社会主义改造的主阵地，那时的校长必然要成为领导政治斗争的"政治家"。在改革开放以后，教育事业摆脱了政治斗争工具的称号，成为提高公民素质的社会公益事业，学校完全由国家和政府来办，校长则是由政府指定或委派的国家行政干部，具有行政级别和相应待遇，这一点可以从我国校长的素质标准得到印证。1983 年，北京教育学院牵头承担教育部重点课题"中小学校长素质研究"，研究结果表明在 25 条主要的素质中，政治思想、作风和道德品质占了 14 条。②

随着社会变革与教育发展，中国形成了独具特色的具有行政级别的职务校长，就目前而言，我国校长是一种行政职务，在职责、任用、晋升和待遇上都是按照政府官员的标准来对待的。职务是指职位规定应该担任的工作。③ 新中国成立以来，我国学校是作为行政单位对待的，有股级学校、科级学校、处级学校。在不同行政级别的学校任职的校长也就按照该学校的行政级兑现其行政职务。所以，校长是我国行政体系中的一个职位，与其他行政职务不同的是，校长的职务是以教师职业为基础的行政职务。《全国中小学校长任职条件和岗位要求（试行）》规定："中小学校长应分别具有中学一级、小学高级以上的教师职务；都应有从事相当年限教育教学工作的经历。"但在本质上，校长是作为行政职务对待的。④

# 第二节 "职业化"与"专业化"之争

本世纪初，伴随着"校本改革"的浪潮，校长在学校教育中的重要作用日益凸显，社会对校长提出了更高的要求和期望——应能根据社会变革的要求来确定学校的发展方向；提高学校的办学质量与工作效率；协调学校与社区、社会各界以及校内各方的关系；为学校发展创造良好的环境等等。面对新的挑战，校长专业发展成为亟待解决的重要问题。正是在这一社会大背景下提出了"校长职业化"的概念，出现了"职业化"与"专业化"之争的局面，也引发了学术界对"校长专业化"的理论建构和实践探讨。

## 一、"校长职业化"概念的提出

在市场经济的冲击下，滞后的教育领域也对此做出了种种反映，提出教育产业化的理念。正是在教育产业化理念的冲击下，产生了"校长职业化"的概念。校长职业化概念的提出，是在市场经济下对校长职业角色和素质要求的重新审视和定位，是具有开创性和启发意义的。

"校长职业化"是在市场经济的社会背景下，以教育产业化为理论基础而提出的。其

---

① 李轶，褚宏启. 校长角色与职能的再认识 [J]. 教育理论与实践，2005（4）.
② 中小学校长素质研究协作组. 校长素质 [M]. 北京：国防大学出版社，1987.
③ 中国社会科学院语言研究所词典编辑室. 现代汉语词典 [M]. 北京：商务印书馆，1996：1616.
④ 黄葳. 中小学校长：从行政职务到管理职业 [J]. 教育理论与实践，2005（4）.

倡导者提出，从国际背景来看，知识经济的高科技角逐和世界经济一体化的短兵相接态势，都把教育竞争推向前沿。不懂市场、不会经营的校长很难同国际竞争对手对垒。从国内背景来看，经济体制的转轨必然引发教育体制的变革，校长的职能也将随之发生变化。在计划经济体制下，教育由政府统管，校长是政府任命的一种行政职务，并按政府指令以行政手段管理学校，拥有职务权利，成为职务校长。而市场经济体制则要求对教育实施市场行为的管理，校长是一种受聘于市场的职业，按聘约规定的职业岗位要求凭借职业能力履行管理、经营学校的责任，拥有职业能力。①

同时，其倡导者还认为，目前中国教育正处在由事业转向产业的关节点上，一场具有划时代意义的教育变革正在发生。"……教育已无法置身市场经济之外，学校的市场化运作已悄然发生，……市场经济将教育引入市场，教育市场向校长发出职业化的呼唤。教育产业化与教育市场化都是教育社会化发展的必然要求，……只有放手发展教育产业，使其在接轨世界的市场空间里实现与经济的互动与融合，才能形成空前宏大的社会生产力。"② 现实趋势表明：把教育当作事业管理的时代已经过去，将教育当作产业经营的时代正在到来。校长必须用教育产业观取代传统的教育事业观，用教育经营观取代教育管理观，用文化育人观取代知识育人观；从而变计划经济的垄断教育为市场经济的竞争教育，变沿袭已久的消费型教育为参与产业运营的效益型教育，推进新一轮教育生产力的解放。③

"校长职业化"的提出主要是针对校长职业现状所存在的种种问题。

首先是校长的职业定位不明。"在中国，校长似乎从来就没有被认作是一种职业，尤其是中小学校长。地方某个官员调动，实在无法安排，就让他到学校去当个校长；某位教师工作甚佳，需要褒奖，就提他当个校长。因为人们通常把校长理解为一种职务，而职务又与具体的待遇相挂钩。比如处级校长、科级校长等等。而这其中我们似乎忘却了校长更是一种职业，一种需要有相应的专业精神、专业知识和专业能力的职业。"④

其次是校本改革赋予校长学校改革领导者的角色。"统一的行政形式改革提出的是普遍的标准的问题，不可能刻画具体情境的丰富性和多样性，并逐一解决针对不同层次或区域学校的复杂问题。于是，校本改革应运而生。但后者也会带来一个问题，即基于学校的教育改革由谁来领导？正如经济领域的现代企业制度一样，学校教育改革需要建立现代学校制度，或者更确切地说，是建立面向未来的学校制度，其前提是宏观指导下的基层教育改革的授权，即行政部门不再对基层改革包揽一切，而是诉诸掌握现代前沿教育理论、能管理学校变革的经营人才或新世纪的教育家作为领导具体学校改革的代理人，并建立起责权对等的学校制度框架，这就提出了"职业校长"的概念。"⑤

最后是校长并未发挥应有的重要作用。"校长工作受制于计划体制，主体创造潜能难以自由释放，学校的改革与发展又受制于校长的观念和能力，难免在创新上绩效平庸。"⑥

① 王延芳. 关于中小学校长专业化问题的探索 [J]. 黑龙江教育学院学报，2007（1）.
② 王继华. 校长职业化与教育创新 [M]. 北京：北京大学出版社，2003：2.
③ 王继华. 校长职业化与教育创新 [M]. 北京：北京大学出版社，2003：7.
④ 王继华. 校长职业化与教育创新 [M]. 北京：北京大学出版社，2003：4.
⑤ 王继华. 校长职业化与教育创新 [M]. 北京：北京大学出版社，2003：5.
⑥ 王继华. 校长职业化与教育创新 [M]. 北京：北京大学出版社，2003：3.

同时，社会对校长提出了新的要求。"在时下，校长假如仅仅是一位优秀教师或者是特级的行政管理者，已经远远不能适应需要了。校长既需要有一定的教育理论，有较强的行政管理能力，也需要有相当的教育教学经验，同时还需要有资源开发和利用的能力，在相当一部分民办学校中，校长还必须具备"经营"的能力，即对学校的发展、办学条件的改善、教职工福利待遇的提高等负有重要的责任。"①

校长职业化的倡导者认为：在市场经济体制下，校长应该是专门从事学校经营和教育服务的专业校长，它不是一种职务，而是一个具有某种能力和精神特质的社会群体，即职业化校长。校长职业化就是要把校长从官本位的传统束缚中解放出来，由任命制的事业管理者转变为聘任制的产业经营者，由执行计划的职务校长转变为关注市场的职业校长。"职业化校长是指专门从事学校经营和教育服务的专业校长，它不是一种职务，而是指一个具备某种能力和精神特性的社会群体。职业化校长代表着双重身份：一是学校的决策者（而不仅仅是政策的执行者）；二是学校内部协作群体中的'首席教师'。②'校长职业化'的目的就是要从观念上解放校长，让校长充分释放主体潜能。把不介入市场的'官本位'的职务校长化为能够介入市场经营教育产业的职业校长。"③

从本质上说，"校长职业化"是一次打破传统的观念革命，并未进入逻辑论证严谨的学术探讨领域。它是在市场经济下对校长职业角色和素质要求的重新审视和定位，具有开创性和启发意义，并以敏锐的洞察力看到校长专业发展中所存在的问题与瓶颈。"一场跨时代的教育变革正在我们身边发生。这场变革需要微观领域中的两边，但更重要的是从宏观上推动全局性的质变。因此观念更新或观念革命成为深化教改的根本前提。"④

## 二、"校长专业化"理论的形成

在我国，"校长专业化"这一概念的提出直接源于对"校长职业化"的反思、分析和争论。毋庸置疑，"校长职业化"概念的提出为分析校长问题提供了一个新视角，但同时也引发了学术界对这一命题的争论。正是这些观念的分歧、碰撞、融合与发展，形成了"校长专业化"的理论形态。

"校长专业化"理论认为，专业化是指职业的专业化，承认"校长是一种职业"是讨论校长专业化问题的逻辑前提。⑤从校长的职业现状看，校长职业还没有达到专业性职业的水准，尚处于半专业性的职业阶段。从职业群体的角度看，校长专业化就是指校长职业由准专业阶段向专业阶段不断发展，逐渐符合专业标准，成为专门性职业并获得相应的专业地位的动态过程，即在整个职业层面上逐渐达到专业标准的过程。具体而言，校长职业专业化就是向下述目标前进的过程：（1）有完备的校长专业教育体系（培训体系）；（2）有完善的知识体系作为校长从业的依据；（3）建立起系统的伦理规范以约束校长的管理行为；（4）有明确的校长从业标准和要求；（5）进入校长行业有严格的资格限制；（6）校长具有专业上的自主性；（7）校长拥有较高的社会声誉和经

---

① 王继华. 校长职业化与教育创新［M］. 北京：北京大学出版社，2003：4.
② 王继华. 校长职业化与教育创新［M］. 北京：北京大学出版社，2003：5.
③ 王继华. 校长职业化与教育创新［M］. 北京：北京大学出版社，2003：2.
④ 王继华. 校长职业化与教育创新［M］. 北京：北京大学出版社，2003：7.
⑤ 褚宏启. 走向校长专业化［J］. 教育研究，2007（1）.

济地位；（8）已经建立起校长自己的专业组织并且发展成熟。校长群体专业化的实现，更多地依赖于政府对这个职业群体在职业资格、选聘条件、考核评估、薪酬待遇、级别晋升、专业组织等方面的宏观管理，依赖于资格制度、聘任制度、评估制度、薪酬制度、晋升制度等钢性的制度作保障。①

从校长个体的角度看，校长专业化也被称作"校长专业发展"，是指由校长的专业知识、专业态度、专业能力所构成的专业素质结构不断更新、演进和丰富的过程。通俗地讲，专业知识涉及"会不会"的问题，专业态度涉及"愿不愿"的问题，专业能力涉及"能不能"的问题。尽管政府、培训机构或者专业团体所组织的校长继续教育对校长个体的专业发展也有相当的推动作用，但是相对而言，校长个体专业化的实现更加依托于校长个体的内在努力。②

校长专业化有助于提高校长职业的社会地位，但其根本目的在于促进学生的发展。③其核心是校长职业（群体）和校长个人不断发展、达到专业标准的过程，而促成这一过程的两个保障因素是：校长管理制度和校长专业知识。④

在校长专业化的知识基础方面，认为校长专业化所需要的知识应该是能促进校长群体提升职业活动水平的知识，能为校长群体的职业活动提供有效指导的知识。应该满足三项标准：其一，效用标准，要求"有用"；其二，数量标准，要求"够用"；其三，质量标准，要求"好用"。建构校长专业化的知识基础，除了利用已有知识，还需要生产新的实践性知识。⑤

校长需要的是实践性知识（practical knowledge），而不是学术性知识（academic knowledge）。因此，校长专业化的知识基础应该由实践性知识而不是学术性知识构成。前者是现实导向的、问题中心的；后者是理论导向的。对于知识如何促进校长专业化而言，实践取向的知识标准并不关注范式在认识论上的整合问题，它关注的是知识的实用性问题。不论知识源自何种门派，只要有助于实际问题的解决和实践水平的提升，就被认为是有价值的知识。⑥

"实践性知识"指的是能帮助校长提升职业"实践"水平的知识，既包括操作性知识，也包括能改变校长思维方式和办学理念的理论知识，甚至是抽象程度很高的理论知识。因此，不能狭隘地理解"实践性"，不能把理论知识排斥在校长专业化的知识基础之外。实际上，在校长培训和校长专业化的过程中，理论知识的价值远远高于琐细的操作性知识。一个理论思维水平不高的校长不可能成为学校变革的领头人，一个缺乏理论思维的校长群体绝不是一个专业性高的职业群体。⑦

同时，还应该架通学术性知识与实践性知识之间的桥梁，将学术性知识进行应用性转化，使学术性知识更好地服务于教育管理实践和校长职业的专业化。在新知识的生产过程

---

① 褚宏启．走向校长专业化 [J]．教育研究，2007（1）．
② 褚宏启．走向校长专业化 [J]．教育研究，2007（1）．
③ 褚宏启．对校长专业化的再认识 [J]．教育理论与实践，2005（1）．
④ 杨海燕．盘点校长专业化——我国校长专业化理论及实践的进展 [J]．中小学管理，2006（9）．
⑤ 褚宏启．走向校长专业化 [J]．教育研究，2007（1）．
⑥ 褚宏启．对校长专业化的再认识 [J]．教育理论与实践，2005（1）．
⑦ 褚宏启．对校长专业化的再认识 [J]．教育理论与实践，2005（1）．

中，应同时充分发挥校长的作用，这不仅有利于实践性知识的生产，有利于校长个人的专业发展，同时也是新专业主义的基本要求。而新专业主义强调知识的工具性，强调知识是实践者个人的主观建构，强调专业知识的获得是基于对自身职业实践的反思、探究以及与同行的交流。新专业主义是实践—反思取向的，而不是学科知识取向的。它关注实际，强调行动研究，要求实践者成为研究者，积极反思，而不是被动地应用知识。这样，校长就由知识的消费者变成了知识的创造者、生产者。应高度注意的是，校长自我反思产生的知识应该被吸纳作为校长专业化知识基础的重要组成部分。①

此外，还应该把"隐性知识"纳入校长专业化的知识基础。教育管理方面的隐性知识就是教育管理实践者在工作中逐渐摸索出来的关于教育管理的个人化的、未被分享的知识。隐性知识中包含着个体的各种独特的认知或行为模式与技能，也包括个体或群体意识或潜意识中对各种事务的理解和应对策略。校长所拥有的隐性知识，对于校长群体的专业化而言是一笔宝贵的财富，应该被纳入到校长专业化的知识基础当中，应该通过一些有效的策略使这些优质的隐性知识能被他人分享。②

影响校长专业化的因素很多，但最直接、最重要的制约因素是校长管理制度。校长职业的专业化要求有健全的校长管理制度作保障，要求在校长人力资源管理方面有良好的制度安排，通过加强制度建设促进校长的专业化。

可以依据人力资源管理理论来建立健全校长管理制度，包括校长职责制度、资格制度、聘任制度、培训制度、考核和监督制度、职务晋升制度、薪酬制度以及相关的工作保障制度。依据人力资源管理流程建立起来的各种校长管理制度，相互之间是有机相连、相得益彰的。任何一种管理制度的缺失或不健全，都会影响对校长人力资源的管理水平，都会延缓甚至阻碍校长专业化的进程。③ 校长管理制度建设的重点是资格制度和激励制度（包括职务晋升制度和薪酬制度），难点是评估制度，还应该加强有关"校长专业组织"方面的制度建设。④

### 三、职业化与专业化的争辩

"校长专业化"与"校长职业化"虽只有一字之差，但却是关系到校长在当今不断变化的社会和变革的教育中向何处发展以及发展路径的根本问题。同时，正是在"职业化"和"专业化"的理论争辩中，众多学者聚焦校长专业发展问题，各抒己见，这对厘清校长专业发展理论，指导我国校长队伍建设工作极具理论意义和实践价值。目前，对于"职业化"与"专业化"的关系，主要存在四种不同的观点。

1. "校长职业化"与"校长专业化"完全对立

许多学者对"校长职业化"这一概念提出了质疑：首先，"校长职业化"是一个假命题。因为，"校长职业化"中的"化"是转化的意思，从语义上看，是指"转化的过程和结果"，如同"现代化"是指"由传统社会转变成现代社会"，"校长职业化"也就是使校

---

① 褚宏启．走向校长专业化［J］．教育研究，2007（1）．
② 褚宏启．走向校长专业化［J］．教育研究，2007（1）．
③ 褚宏启，杨海燕．校长专业化及其制度保障［J］．教育理论与实践，2002（11）．
④ 褚宏启．对校长专业化的再认识［J］．教育理论与实践，2005（1）．

长转化为一种职业。而事实上，校长已经是被明确界定的职业类别了，就没必要再"化"为职业了。其次，提倡"校长职业化"的人赋予了这一概念新的意义，即将校长职业化依托于"教育产业化"的理念基础之上，使得学校同其他产业一样进行市场化的运作。这明显忽视了教育的公共事业属性，也有悖于现代教育的理念与精神。将此概念与教育市场化、学校企业化相联系，"明显地背离教育常识，也偏离了现代学校管理的理念和精神"。[①] 再次，倡导校长职业化的根本目的是提高校长的专业化水平，改善校长的知识结构，增强校长的领导能力，提高学校的办学绩效。既然这样，"校长专业化"的概念更能抓住主旨，更符合当前教育改革的实际情况。[②]

而校长职业化的倡导者认为，校长职业化与校长专业化是对立的。"校长职业化是要培养长于经营、投资和策划的职业校长，而校长专业化仅仅强调校长知识结构的改善。职业校长相当于职业经理人，他面向市场，竞聘就业，其职责是根据所订契约之要求管理学校，并获得相应的报酬。""职业化是要引发一次打破传统的观念变革，专业化则是在传统框架内的业务能力提高而已。前者追求的是教育向知识经济飞跃的质变，后者仍是在旧阶段的常规量变，二者的差异不在于科学与否，而在于哪一个更能有效地推进改革。"[③] 因此，职业化高于专业化，应该用职业化取代专业化。

2. "校长专业化"是"校长职业化"的最高阶段

这种观点认为校长专业化与校长职业化既不对立，也不等同。各种职业的成熟度是不同的，划分职业成熟度的依据是专业性。专业和职业是两个不同的概念。专业（profession）是职业（occupation）发展的结果，是指需要专门知识和技能的职业，是一种专门性职业。根据专业性发展程度的不同，社会职业一般可分为三类：（1）专业性职业，如医生、律师、会计师等；（2）半（准）专业性职业，如护士、图书管理员等；（3）非专业性职业，如售货员、操作机器的工人等。

专业不是独立于职业之外的东西，它是衡量职业发展水平的尺度。"专业"实际上是"专业性职业"的简称，"专业人员"实质上是指"专业性职业的从业人员"，如医生、律师等。可见，专业是职业发展的高级阶段，并非所有的职业都达到了专业（专业性职业）的高度。某种职业要称得上专业，必须达到和符合专业的标准。专业（专业性职业）的主要特征概括为8个方面：（1）长期的专业训练；（2）完善的知识体系；（3）系统的伦理规范；（4）明确的从业标准；（5）严格的资格限制；（6）具有专业上的自主性；（7）较高的社会声誉和经济地位；（8）具有发展成熟的专业组织。对比这些标准可以发现，校长职业尚处于半专业性职业阶段。

职业与专业的联系和区别，决定了职业化与专业化的联系和区别。既然职业依照专业性的高低分为非专业性职业、半专业性职业和专业性职业三个层次，那么，化为职业的"职业化"也就相应分为三个层次：（1）初级职业化：非职业到非专业性职业（即一般意义上的"职业化"）；（2）中级职业化：非专业性职业到半专业性职业（即"半专业化"）；（3）高级职业化：半专业性职业到专业性职业（即"专业化"）。因此，校长专业化即是校

① 张新平. 对校长职业化的若干思考［M］. 中国教育管理评论（第二卷），北京：教育科学出版社，2004：281.
② 王延芳. 关于中小学校长专业化问题的探索［J］. 黑龙江教育学院学报，2007（1）.
③ 王继华. 校长职业化与教育创新［M］. 北京：北京大学出版社，2003：8.

长职业的专业化，是指校长这个职业群体逐渐符合专业标准，成为专门职业并获得相应专业地位的动态过程。从外延上，校长职业化包含校长专业化，校长专业化是校长职业化的一种形式；从水平上，校长专业化是校长职业化的最高阶段。[①]

3. "校长职业化"与"校长专业化"完全等同

这种观点认为校长职业化就是校长专业化，校长职业化或者校长专业化只是英文词 professionalism 或者 professionalization 的两种不同译法，是完全同义的两个术语。[②] 这是在调和、综合当前流行意见的基础上提出的。它认为校长职业化意味着校长是教育管理专家或者专家型校长，意味着校长的管理职能与经营职能的一体化，意味着校长的职业认同与角色自律。校长职业化实质上就是注重校长的专业化，注重提高校长的专业素质和能力。校长只有接受学校管理的专门训练，接受专业养成教育，具有专业知识和能力，才能适应教育改革与发展的要求。[③]

4. "校长职业化"与"校长专业化"互为补充

这种观点认为，校长职业化和校长专业化是同一事物的不同方面，要并行发展，但各有侧重。通过校长职业化，我们要强调校长是一个独立的社会职业，提高校长工作的独立性、规范性和社会地位，建立校长流动、竞争和获得合理报酬的市场机制，加强对校长的规范管理，培养校长的经营管理能力。通过校长专业化，我们要提高校长的专业水平和专业自主权，发展校长的专业精神、专业知识、专业能力、专业伦理和专业社会组织，提高校长的专业水平。最终，校长职业化将统一到校长专业化中去，从而提高我国校长队伍的整体素质和生存质量，提高我国基础教育的管理水平和教育质量。[④]

笔者认为，上述观点从"校长职业化"与"校长专业化"的差异着手，聚焦校长专业发展问题，提出一些很好的观点和见解，具有极大的理论意义和实践价值。但同时，也存在着一些不足。把"校长职业化"与"校长专业化"对立的观点只注重两者的理论差别，而无视"职业化"与"专业化"具有内在联系和动态发展过程。同样，把"校长职业化"与校长专业化"等同的观点则没有看到职业化与专业化在外延上的不同，既然"职业"（occupation）和"专业"（profession）是两个有差异的概念，由它们衍生出来的"职业化"和"专业化"的含义必定有差异，professionalism 和 professionalization 都是以 profession（其本意是"专业"、"专业性的职业"）为词根，不能将 professionalism 译为"职业化"，一般将之译为"专业主义"或者"专业性"。[⑤] 此外，认为"校长专业化"是"校长职业化"的最高阶段的观点，虽然看到了职业化与专业化的联系和区别，但对这种联系和区别的分析不够准确，没有看到"专业化"和"职业化"在理论形态上的差异。认为"校长职业化"与"校长专业化"互为补充的观点在区分校长职业化与校长专业化的前提下，认为两者是校长职业品质提升全过程中的两个不同方面，它们既彼此分离又相互关联。这种观点同样没有看到"专业化"和"职业化"在理论形态上的差异，窄化了职业和职业化的外延。

① 褚宏启. 走向校长专业化 [J]. 教育研究，2007（1）.
② 张新平. 对校长职业化的若干思考 [M]. 中国教育管理评论（第二卷），北京：教育科学出版社，2004：282.
③ 王铁军. 科学定位：校长走向职业化的关键 [J]. 扬州大学学报（高教研究版），2002（3）.
④ 李卫兵，李轶. 校长职业化与校长专业化 [J]. 中小学管理，2003（11）.
⑤ 褚宏启. 对校长专业化的再认识 [J]. 教育理论与实践，2005（1）.

校长职业化的倡导者主要是针对校长职业所存在诸多弊端，如定位不明，多为行政任命，缺乏独立性和自主性，校长倾向为一种职务，一种头衔或官衔等问题，结合市场经济社会大环境所提出的一种对策。校长职业化的提出表明中国社会开始关注校长专业发展以及所存在的问题，认识到校长专业发展的重要性，企图以校长职业化的方式来解决所存在的种种问题。因此，职业化是一种觉醒，是校长专业化的理论前驱，倾向为一种激情的呼唤。但同时自身缺乏严谨的学术研究和理论探讨，因此，在学术界转向对校长专业化的学理分析时，校长职业化又遭到理论质疑，并在此基础上建构校长专业化的理论与实践。

笔者认为，两者具有不同的理论形态，一种是观念革命，一种是理论建构，不属于同一层面的问题，在特定历史时期都具有特定的积极作用，不能放在同一个天平上进行衡量，更不能判断孰是孰非。因为，正是在校长职业化的基础上，学术界才得以聚焦校长专业发展问题，实现研究转向，探讨校长专业化的理论建构和实践路径。

# 第三节　我国校长专业化的制度建设

制约校长专业化最重要的因素是校长管理制度，因此，应逐步建立健全校长管理制度，规范校长专业发展，提高校长的专业水准，为校长的专业成长创设良好的环境，以推动校长专业发展。校长管理制度包括校长职责制度、资格制度、聘任制度、培训制度、考核和监督制度、职务晋升制度、薪酬制度以及相关的工作保障制度。各种管理制度有机相连、相得益彰，任何一种管理制度的缺失或不健全，都会延缓甚至阻碍校长专业化的进程。其中，建设重点是资格制度和激励制度（包括职务晋升制度和薪酬制度），难点是评估制度。[①]

## 一、校长专业标准的提出

专业标准是职业发展的标志和尺度，也是衡量职业发展是否成熟的重要指标之一。就校长职业而言，研究和建立校长专业标准是校长专业发展的必然要求，是校长专业发展的行动框架和现实路径，也是通向未来学校的目标与途径，制定校长专业标准，可明确学校领导者的基本条件和素质能力，衡量校长职业所达到的专业阶段和个体专业发展程度，更是在职业角色、核心职责、领导能力等各方面为校长专业培训提供理论依据，实现教育领导理论创新。近年来，校长专业标准成为世界性的重点课题，但是，对于校长专业标准的研究与实施在我国尚属起步阶段，面对知识经济时代以及全球教育改革的浪潮，肩负教育成败的校长应发展怎样的专业能力？这是当前校长专业标准的核心问题。

（一）西方国家的校长专业标准

建立校长专业标准，厘清校长专业发展所需的知识、能力等结构，对于校长专业发展的实践、校长管理制度的建设以及教育管理理论研究的创新都具有重要的意义。[②] 美国和英国都制定了全国统一的校长专业标准，从而为校长职业所达到的专业阶段、校长个体专

①　褚宏启，杨海燕．校长专业化及其制度保障 [J]．教育理论与实践，2002（11）．
②　刘铃．中小学校长专业标准研究 [J]．中国教育管理评论（第三卷），北京：教育科学出版社，2004：281.

业化程度等方面的衡量提供了重要的参考。

1996 年，美国州教育行政长官联席会议（CCSSO）下属的州际学校领导者证书联盟（ISLLC）发布了一套面向 20 世纪的"学校领导者标准"。该标准最突出的理念是要促进每个学生的成功，反映学校领导者角色的变迁，了解学校领导者的合作性质，提升学校领导者的专业质量，确保社区所有成员的参与机会与权力，以保证该标准的有效性和可行性。在各项标准纲目之下，又从知识（knowledge）、态度（disposition）及绩效要求（performance）三个角度用 182 项指标来对校长进行衡量。

该专业标准涵盖创建学习愿景、领导课堂教学、学校组织管理、学校公共关系、校长个体行为规范、校长社会影响力等 6 项标准纲目。具体包括：学校领导者是通过制定、表达、执行、保持整个学校团队共享和支持的学习愿景来促使所有学生成功的教育领导者；学校领导者是通过倡导、培育和保持有助于学生学习和教职工专业发展的学校文化和教学计划来促使所有学生成功的教育领导者；学校领导者是通过对学校组织、运作、资源的有效管理，保证一种安全、有效的学习环境来促使所有学生成功的教育领导者；学校领导者是通过与家庭和社区成员的合作，对社区多样化的利益与需要做出有效反应，调动社区资源来促使学生成功的教育领导者；学校领导者是通过正直、公正的行为并以符合伦理的态度来促使所有学生成功的教育领导者；学校领导者是通过了解、回应并影响政治、经济、社会、法律、文化这个大环境，来促使所有学生成功的教育领导者。[①]

自 20 世纪 80 年代以来，英国一直十分重视中小学校长专业发展，并逐步形成了系统的中小学校长专业标准和专业发展体系。2004 年英国师资教育署（Teacher Training Agency）颁布的《英国国家校长标准》（National Standards for Headteachers），旨在提高校长专业标准，促进校长专业发展，提升英国教育质量。该标准主要从六大关键领域阐述了校长所需的知识、专业品质及应有的行为。

该六大关键领域包括：1. 规划未来。校长要和决策主体共同创造激励学生、职员和学校中所有其他成员共享的愿景和全局性计划，以维持学校不断提高，并确保学校朝着对每个学生都有利的方向发展。2. 指导学习与教学。要提高教和学的质量以及学生的成就，营造成功的学习文化，使学生变成有效、热情、独立的终身学习者。3. 自我发展和与人合作。要建立能使他人获得成功的专业化学习型团体，在与人合作中保持良好的关系和交流，并保持持续性的专业发展。4. 管理团队。校长应该有效地组织和管理学校，为学生提供高效的，安全的学习环境。5. 责任保障。校长应对整个学校负责，保障孩子享受高质量的学校教育，并承担一定的社会服务职责。6. 加强与社区联系。校长有责任参与校内外各种团体以保障平等和权利，与其他学校进行合作，并保持与学生家长和各种机构的合作与交流。

英国国家校长标准具有指导性意义，不仅适用于各阶段和各类型的校长，更可以指导和管理校长专业发展的部分资源，为校长的专业发展提供行动性框架，是校长专业发展的衡量标准、激励因素和专业方向，有助于校长聘任、绩效管理、专业评估的实施。

---

① Standards for School Leadship Practice：What a Leader Needs to know and Be Able to do，www.e-lead.org.

表 4-1 美国和英国的校长专业标准

| 标准\国别 | 提出者 | 研究过程 | 标准主要内容 | 所设指标（项） | 结果运用 |
|---|---|---|---|---|---|
| 美国 | 在一些全国性专业协会的倡议下，24 个州教育机构的人事部门和 11 个专业组织代表。 | 历时两年。最早倡议始于 1994 年 8 月，1995 年 3 月到 1996 年 3 月一年中六次集中性的专题研讨、整理分析。 | 创建学习愿景；领导教学；学校组织管理；学校公共关系；校长个体行为典范；校长与社会互动。 | 知识（43）；态度（43）；绩效（96）。共 182 项分指标。 | 被广泛接受并推向了全国，30 多个州用于改进学校领导者的培训项目、评价等。 |
| 英国 | 由政府发起编写，与教育界专业人士广泛沟通后公布。 | 由政府发起，与教育界专业人士广泛沟通后公布。 | 规划未来；指导学习和教学；自我发展和与人合作；管理组织；承担责任；加强与社区联系。 | 知识（49）；态度和能力（52）；行动（48）。共 149 项分指标。 | 将用来招聘校长并制定绩效管理流程。也将用来在全国校长专业资格框架内评估校长的绩效。是用于指导和管理校长专业教育行为的整体资源的一部分。 |

（二）我国校长专业标准之现状

1991 年 6 月，教育部颁发了《全国中小学校长任职条件和岗位要求（试行）》（以下简称《条件》）。《条件》是根据我国教育事业发展对中小学校长队伍素质提出的要求，兼顾校长队伍现状而制定的[①]。《条件》中"校长的岗位要求"分为：基本政治素养、岗位知识要求和岗位能力要求三个部分。其中岗位能力要求涉及六个方面的能力：1. 制定学校发展规划和工作计划的能力；2. 开展思想工作和品德教育的能力；3. 指导学校教学、业务工作的能力；4. 协调学校内外关系的能力；5. 开展科学研究和科学实验的能力；6. 文字和口头表达能力。可以说，《条件》是实践层面的校长专业标准，为中小学校长的选拔、任用、考核和培训提供基本依据，对校长专业发展具有重要的指导意义。

但是，在教育实践中，却存在操作难度和误区。《条件》中所要求的能力属于宏观层面，在实际应用过程中，需要对其进行合理的理解和分解，并转化为基层可理解、可操作的能力内容和培训开发模式。其中，何为校长的重点核心能力？何为最重要的专业能力？如何取舍？要求过于抽象，如何在校长专业培训中体现这些能力？都缺乏相应的具体行为方面的要求。

这都对校长专业标准研究提出了新的要求，研究者需要从新的研究视角入手，采用新的研究方法，将宏观层面的岗位要求分解为校长能够理解的能力要素，并依据专业发展的

---

① 国家教委人事司编. 全国中小学校长岗位培训课程教学大纲［M］. 天津：天津教育出版社，1991：195.

具体情境和现实条件的个体差异进行取舍，从行为表现的角度来描述校长的岗位能力，构建相应的校长专业能力标准。

（三）我国校长专业标准之框架

校长有三个职业角色：教育者、领导者和管理者。校长职业的专业化具体而言就是这三种职业角色的专业化。在学校这个具有特殊社会意义的相对独立的教育组织中，校长以教育者的身份定位学校的组织性质及核心价值观，对教师的教学和学生的学习进行有效指导；以领导者的身份对学校发展进行内外环境分析，确定学校的愿景和目标，制定学校的发展战略，规划学校的未来；以管理者的身份运用必要的管理方法和技术对学校的教育教学工作、人员、财务、时间、信息、公共关系等进行全面管理。[①]

同时，校长专业标准的主要维度是专业知识、专业能力和专业精神，这三个维度是校长专业标准的主要结构。专业知识解决的是会不会的问题，专业能力解决的是能不能的问题，专业精神解决的是愿不愿的问题。

校长应掌握的专业知识，应包括两大状态，显性知识和隐形知识。这些专业知识能为校长提供有效的指导和智力支持，是校长充实学校管理活动的依据和指导，有助于校长提高管理效率和效能，提高校长的学校领导水平。

校长专业知识可以从书本或他人身上学习，但是专业能力则需要在实践中逐步培养。主要包括宏观思维能力，即根据社会发展的客观需要、学校的客观基础、办学的客观条件和教育的客观规律为学校发展准确定位；科学决策能力，即把握影响学校发展关键因素的能力；组织协调能力，即把自己的办学思路转变成为全体教职员工的教育行为的能力；评价与诊断学校发展过程中各种问题的能力以及反思与教育研究的能力。

专业精神对校长三种职业角色的作用形式具有统一性和整体指向性。要自觉担负起历史赋予的责任，深刻认识历史发展的轨迹，以自己的发展促进学校的发展，在历史发展中留下自己的足迹。

## 二、校长职级制的推行

校长职级制是指在普通中小学设置校长职级序列，对具备任职条件的校长进行科学考评，并依其德识、能力、水平、实绩确定或晋升到相应校长职务等级的事业单位人事管理制度。主要是针对中小学校长人事制度和管理制度中长期存在的弊端所进行的改革，是校长专业发展的重要保障。

（一）校长职级制的目的与作用

推行校长职级制的主要目的是使校长的职务级别与行政级别脱钩，与办学实绩挂钩，做到职务能上能下，待遇能高能低，流动能进能出，进一步调动校长办学的积极性，促进校长素质的全面提高和校长队伍的科学、规范管理，逐步建立起充满生机与活力的校长队伍动态管理新机制，以及符合教育特点和校长成长规律的管理制度。

推行校长职级制可以进一步完善校长负责制。校长负责制在很多学校都开始实施，但都遇到一些问题，主要有校长权利不到位，有责无权，对校长工作缺乏有效的监督，对校长工作干扰太大。通过职级制，校长可以明确自己的工作范围和工作职责，提高校长的责

---

① 褚宏启. 走向校长专业化 [J]. 教育研究，2007 (1).

任心和事业心。此外，职级制的推行可以促进校长工作的专业化、科学化和规范化，同时，职级制所涉及的评价也使校长工作更加科学与规范。同时，职级制的推行还可以形成有利于优秀人才脱颖而出的机制，使聘任制更加科学、规范，打破论资排辈的传统，让更多优秀的年轻人脱颖而出，让更多更优秀的人走向校长的工作岗位。

校长职级制的推行对校长个体专业发展和学校发展都具有积极的推动作用。就校长个体专业发展的层面来说，职级制的推行对校长个体发展具有激励作用。首先，职级制自身的发展阶梯制度可以促进校长向更高层面努力，其中所涉及的评价框架可以促使校长更加明确办学方向，实施更加科学的管理，更加明晰校长的责权。其次，职级制的实施可以促进校长之间的竞争，让校长具有一定的危机意识。校长在职级制的评价中也会形成一定的成就感，可以实现自我价值，形成持续性专业发展的内在动力，具有自我激励的精神动力。

从学校发展的角度来说，职级制所涉及的评价框架可以促使校长的办学目的更加符合教育发展的规律，同时，校长任用制度改革可以带动学校人事制度改革，给学校发展注入新的活力。职级制的推行使校长的职级待遇与学校的办学实绩成正比关系，可以真正实现校长的有职有权有责有待遇，激励校长更加全身心地投入学校工作。此外，职级制的推行，可以更好地促进校长负责制的实施，推动学校的可持续发展，所配套的待遇也会产生一定的激励因素，促使更多人加入到校长队伍中来，有利于涌现一大批优秀校长，促进学校知名度的提高，从而可以吸引更多的人才与投资的来源。

（二）校长职级制的推行现状

长期以来，中小学套用机关行政级别来确定校长的行政职务，致使教育行政部门与学校管理关系不顺，也不利于学校整体布局的调整和薄弱学校面貌的改变。针对这一状况，全国部分省市、自治区开展了校长职级制的试点和推行工作。

上海市从 1994 年开始开展《关于取消中小学校行政级别，建立中小学校长职级制度的研究》，并在静安区和卢湾区教育局率先试点。在总结静安、卢湾区试点经验的基础上，研究制定了 5 级 12 等中小学校长职级制方案，并将在全市中小学全面推广。这项方案呈"梯子结构"，每个等级均有严谨的评价标准和考核标准，两年通过一次考级，具有较大的激励功能，也为每一位校长提供了公正、公平、公开竞争的舞台。

1999 年北京市教委、市人事局、市财政局和市编办联合下发了《北京市中小学校长职级制试点工作的意见》。通过中小学校长职级制的实施，北京市将进一步落实校长轮岗交流制度，促进管理人才资源的开发利用，促进中小学校长合理流动机制的形成。其中要在研究相关职级制的文件的基础上，进行理论研究，以确定评估指标体系，建立相对稳定的评价队伍，以规范评审程序。

2003 年沈阳市决定在中小学校全面推行校长职级制度，并逐步实现中小学校长与行政级别脱钩。新的中小学校长职级拟定四级八等，即特级、一级、二级、三级，每一级内分不同的等。对于中小学校长职级的评定，将充分考虑学校的办学规模、办学条件、教育教学质量等综合因素，注重考核校长的能力、水平、贡献和工作成绩。同时，中小学校长的职级评定亦与收入挂钩，其职级工资由基础工资、级等工资和绩能工资三部分构成。

进入 21 世纪，我国校长管理制度改革进入实质性阶段。2001 年《国务院关于基础教育改革和发展的决定》要求："推行中小学校长聘任制，明确校长的任职资格，逐步建立校长公开招聘、竞争上岗的机制。实行校长任期制，可以连聘连任。积极推行校长职级制。"教育部《2003－2007年教育振兴行动计划》要求："在普通中小学和中等职业技术学校，全面推行校长聘任制和校长负责制，建立公开选拔、竞争上岗、择优聘任的校长选拔任用机制，健全校长考核、培训、激励、监督、流动等相关制度。"

我国在推行校长职级制方面的探索以及所取得的经验教训，都为我国在深化人事制度改革和校长管理制度改革，以及促进校长专业发展等方面具有积极意义，为健全"能上能下"、"能高能低"、"能进能出"的校长流动机制奠定了基础，落实了"淡化职务和权利挂念，强化职业和能力观念"的理念，有力推动了中小学校长管理制度建设。

### 三、校长评价制度的变革

校长评价是促进校长专业发展的战略性措施，是保障校长领导水平、提升校长领导素质最直接和最紧要的环节。通过评价，校长能够了解自己的优点和不足，及时调整专业理念和行为，明确专业发展目标，不断提升自己的专业水准，促进专业发展，提升自己的领导水平，最终提高学校的办学效益和质量。

#### （一）西方国家的校长评价制度

现代意义上的校长评价制度产生的时间虽然不长，但发展比较迅速。对校长进行考核和评价一直是教育研究者们普遍关注的问题。纵观世界各国校长评价工作，虽然从被关注到深入研究经历了很长的历史时期，但真正建立起比较完整而科学的校长评价制度的历史并不长，美国和英国都是在第二次世界大战之后才逐渐建立起来。

美国是一个分权制的国家，各州的评价制度不尽相同。在20世纪70年代初期，美国也只有少数的几个州实施校长评价，但是到了20世纪80年代后期，已经有75％的州规划、实施了校长评价制度。

1996年，美国"州际学校领导资格认证协会（ISLLC）"提出的"学校领导者标准"，受到美国教育界的广泛认同，目前已被35个州采纳，这在美国历史上是不多见的，体现了对校长评价和校长专业发展的重视。这一标准包括校长在学校愿景、教与学、领导与管理、学校与社区关系、社会国际视野等六个方面的具体标准，每个具体标准下设知识、态度、绩效共计96项表现指标。在此基础上，各州依据各自教育发展情况建立了自己的评价标准。尽管各州情况并不完全一致，但从整体上看，都包括了形成性评价和终结性评价两大项。形成性评价表现在每学期初校长根据学校情况提出教育策略计划，作为校长办学评价的依据；第二学期校长进行自我评价，作为参加各种专业发展协会的参考；每年5月，校长作出一整年的办学报告，由学区教育局长进行期末评价，综合各项评价报告向学校董事会提出是否续聘的意见，作为是否续聘校长的参考。

在评价方法方面，一直到20世纪70年代，美国、英国和德国还普遍使用"评估中心法"对中小学校长进行评价。70年代，美国心理协会与全国中学校长协会（National Association of Secondary School Principals）共同对"评估中心法"进行了修订，并重新应用于对校长工作的评价。之后，一些研究者开发了"校长能力测试"法、"校长同事评价法"，旨在对校长的业绩进行科学的评价。随着人们对校长职业及校长素质研究的深入，校长的职业标准逐渐被明确下来，美国的校长评价体系在近几年有了很大的发展，对促进校长专业发展产生了很大的作用。

英国从 1980 年教育部长克拉克主张实行校长评价制度开始，就制定了相应的教育法案作为实施校长评价的依据。英国学者利用"概念图"评价小学校长的成功与否。英国规定，校长评价的目的是向学校提供反馈信息、支持及鼓励，以协助校长探究其学校愿景，检查相关目标、计划与政策；找到并确认改进学校管理的方法，促进校长专业发展。英国的校长评价一般都以两年为一个周期。评价需按下列程序进行：1. 校长自我评鉴。2. 举行评价前会议。3. 进行观察评价。4. 搜集相关信息。5. 进行评价面谈及讨论。6. 整理评价文件、记录。7. 追踪辅导、支持。8. 支持和检讨。参加校长评价的人员包括督学、校董事会委员、受评学校校长、校长同僚、部属等。英国还明确规定了从校长行政管理、教学领导、人际关系、专业条件等四个层面进行评价，各层面有 1～3 项行为标准，共计九项行为标准。

（二）我国的校长评价制度现状

在我国，校长评价工作相对于教师评价起步较晚，还没有形成系统的评价方案。目前在实践中，我国没有严格意义上的校长评价制度，只是对校长进行一年一度的年度工作考核和不定期的考查。我国仍以考核为评价的主要方式。考核分为年度考核和任期考核。年度考核在学年末进行，任期考核在任期届满前进行。在多数情况下，评价目的仅仅是为了决定校长的免降升留或惩戒褒奖。种种原因导致我国长期以来一直未能制定出符合中小学校长特点的评价标准。目前对校长的考核主要依据 1991 年教育部颁布的《全国中小学校长任职条件和岗位要求》和 1992 年《关于加强全国中小学校长队伍建设的意见（试行）》（以下简称《意见》）中对校长任免、考核、奖惩、待遇等规定。由于《意见》中的规定比较简单，颁布的时间较早，没有进行过修订，所以已经远远不能满足当前教育发展和校长专业化的需要。

原国家教委于 1997 年 2 月 27 日发布了《普通中小学校督导评估工作指导纲要（修订稿）》，对中小学校及其校长评估的目的、内容、评估工作的组织实施进行了规定。这是一项较为详细的评估工作的指导性纲要，重在对校外评估进行规范。因此，建立自我评价制度与校内评价制度，从制度上保证评价的有效实施是完善评价制度的重要内容。

实际上，我国也一直在努力推进校长评价制度的建设工作。1999 年 6 月 18 日《中共中央国务院关于深化教育改革全面推进素质教育的决定》中提出了要"试行校长职级制，逐步完善校长选拔和任用制度，鼓励优秀校长到薄弱学校任教"。2001 年 5 月 29 日《国务院关于基础教育改革和发展的决定》指出："实行校长任期制，可以连聘连任。积极推行校长职级制。"上海、北京已经试行了校长职级制。作为一种基于评价制度基础上的晋升制度，职级制主张校长职位与行政级别脱钩。这种探索对于推进评价制度改革乃至整个校长管理制度改革都是非常有益的。

我国对校长评价的研究，始于 20 世纪 80 年代中期。就评价研究来看，虽然人们在教师评价、教学评价、学生评价、综合办学水平评价等方面都探索了不少成功的途径，但对学校法定代表人——校长的评价现在还停留在很不规范的一般化民主评议上。我国已着手研究制定中小学校长管理和工作条例，其中明确提出了要建立健全校长考核制度，对于考核的内容和程序都制定了重要的规划。

但我国以考核为主要手段的评价的主要目的还在于决定校长的升留免降或褒奖惩戒上，忽视了评价对校长工作的改进和提高校长的专业发展。重"督"轻"导"的评价取向不利于校长素质的提高。另外，校长评价机构除了有教育行政部门外，还应吸收教研、科研等部门的人员、教师、学生和家长参加，充分发挥校长专业组织对校长评价的作用是提高评价质量及效果的主要因素。在我国，有"一个好校长就是一所好学校"的说法。目前，我国在职中小学校长已达到100万人，提高这百万人的整体素质和专业水平，对我国基础教育的发展会起到非常关键的作用。

评价方法的改革对完善评价制度起了重要推动作用。评价的目的重在改善校长的工作，为校长的专业发展提供指导信息，进而促进校长的专业成长，促进学校的教学效益。考核与评价是促进校长专业发展的一种重要的手段。

对校长评价的内容，大致包括校长的办学思想、办学业绩、日常管理工作、学校教育教学工作等方面。有学者指出，要重视对校长评价的全面性，不仅重视学校的办学条件、办学水平等有形成绩，还要评价校长和周围社区的关系、校长解决问题的能力、校长的办学理念、学校的办学特色、声誉、知识产权的评价等。

对于参与评价的人员，教育专家被认为是最理想的评价人员，他们更容易把握教育发展的规律，对校长工作进行公正评价的几率比较高，而且是用一种比较中立的态度来参与评价工作。此外，优秀的校长同行也是进行校长评价的理想人选。优秀校长是同行，对校长工作有比较深刻的认识，可以提出比较中肯的意见和建议。如果校长评价不当，则会给校长专业发展带来负面影响，比如走后门、拉关系，评价失败产生的消极的情绪等等，都会给校长未来的专业发展带来不利的影响。

### 四、学校委托管理中的校长制度

在学校委托管理项目中对受援区学校所采用的校长模式，是由相关的上级行政部门为中介，任命支援区对口学校的校长兼任受援区学校的校长。这些校长在进入受援区学校之前都有了多年担任校长的经验，有足够的能力独立担当学校运行、管理的任务，具有专业行政管理的能力；并且，这些校长在正式担任校长之前均为自己本学科当中较为优秀的任课教师，有足够的一线教学工作经验；另外，他们在原学校担任校长的过程当中都参加过相应的职业培训，具备了从事校长这一职业的专业知识。在进入委托管理学校后，由这些校长牵头组成了包括原学校的校长、党委书记等在内的新的管理团体，对学校的行政事务进行有效的管理。在这一过程中校长所担任的角色并不是一个独裁者，而是一名专业引领者，他用自己在支援方学校所获取的适合当地受援区学校管理实际的管理经验，来引导受援方学校的领导团体进行更为有效的管理。在管理中，多数校长都将管理的重点放在了和谐管理这一主题上，因此采用了例如"参沙子"等以和谐融入管理的方式进行学校行政、教学等各方面的有效管理。与此同时，也在学校建立了相应的评价机制，不仅对学校的教学质量、学生学习质量等做出评价，也对校长的管理进行了评价。

# 第五章 · 委托管理之教师保障

教师是委托管理各项工作的具体执行者，委托管理工作最终能够达到何种效果还必须依赖于教师的努力程度。

学校委托管理形式可以分为两大类：一类是帮助受援学校更换校长，组建新的学校领导班子，同时派出教师团队从事具体的教学工作；另一类是受援学校不换校长，支援机构直接对原有的领导班子加以充实或调整，并派出教师团队参与教学工作。具体而言，又可以细化为两种情况：一种是确立学校管理委员会领导下的校长负责制，受援学校校长兼任学校管理委员会的副主任；第二种是支援机构派出人员担任受援学校的副校长、校长助理，或作为顾问直接参与学校管理。不管是何种委托管理形式，委托管理团队的组建是重点，而委托管理团队中的教师专业发展又是重中之重。本章详细讨论委托管理之教师保障，即委托管理背景下教师队伍的发展与教师的专业化发展。

## 第一节 教师专业发展的内涵和结构

本节围绕教师专业发展的内涵和教师专业发展的结构进行阐述。

### 一、教师专业发展内涵界定

（一）相关概念的界定

1. 教师专业发展

教师专业发展，又称为教师专业成长，通常指所有的旨在形成教师所需的专业知识、技能以及其他教师专业品质的活动。从时间上讲，它贯穿于教师整个职业生涯的始终，包括职前培养、入职教育和在职培训各个阶段；从内容上讲，包括正规的课程和个人的学习与反思。教师专业发展这一概念隐含着对"教师"的三种基本看法：教师即专业人员；教师即发展中个体；教师即学习者和研究者。本书主要围绕教师在职培训展开。

2. 教师专业发展阶段

教师专业发展阶段，就是指教师在整个职业生涯过程中所呈现的阶段性特点以及各阶段所具有的特征。教师专业发展阶段的划分大致分为年龄取向、教学年资取向、关注取向、教师发展需求取向、多维取向和自我更新取向。

（二）教师专业发展的历史阶段

1. 教师专业发展的两个历史阶段

第一阶段：20 世纪 80 年代以前，强调教师专业化。20 世纪 60～70 年代，这一时期更多地关注教师职业性地位的提升，即把教师视为社会职业分层中的一个阶段，教师专业化的目标是争取教师群体专业地位及专业权利的上移。1966 年联合国教科文组织和国际劳工组织《关于教师地位的建议》强调教师职业的专业性质，认为"教学应被视为专业"。这可以说是第一次经由国际间的教育学者和政府人士共同讨论和合作，给予了教师专业地位的确认。

第二阶段：20世纪80年代以来，教师专业化重心开始转为教师专业发展。1980年，《世界年报》以"教师专业发展"为主题发表了一系列文章提出，教师专业化的目标有两个，其一是把教师视为社会职业分层中的一个阶层，专业化的目标是争取教师专业地位与权力的群体社会地位的上移；其二是把教师视为提供教育教学服务的专业工作者，专业化的目标是发展教师的教育教学知识和技能，提高教师的教育教学水平。1986年，美国卡内基教育和经济论坛工作小组、霍姆斯协会发表了《以21世纪的教师装备起来的国家》和《明天的教师》两个报告。

2. 在职教师专业发展阶段

求生存阶段：此阶段的教师是初次接触实际教学，所关注的是自己的生存问题，即能否在教学的新环境中生存下来。此阶段的教师通常会努力寻求学生、同事、学校管理者的认同与接纳。

胜任阶段：这一阶段的教师以具有较高教学能力和技巧为特点，可以进行有效的班级管理并深入地了解学生。

职业倦怠阶段：这一阶段的教师对一成不变的教学产生了倦怠感，严重的会在教学上表现出无力感。

自我更新阶段：在出现倦怠特征时教师或学校组织采取积极的应对措施，如参加研讨会、自主的教师培训、继续进修等，让教师重新建立起对教学的新鲜感，并且不断地自我创新、自我反思。

专家阶段：教师经过对自我教学的反思和创新，进入了专家阶段，逐渐走向其专业成熟的专家境界。

（三）教师专业发展的内涵

1. 教师专业发展的内涵

根据叶澜教授对已有研究的归纳，"教师专业发展"的观点主要有三类：第一类是指教师的专业成长过程。如霍伊尔、佩里、富兰和哈格里夫斯、利伯曼的理解等。第二类是指促进教师专业成长的过程（教师教育）。如利特尔的理解。第三类是认为以上两种含义兼而有之。威迪恩（Wideen，M.）指出，教师专业发展有以下五层含义：①协助教师改进教学技巧的训练；②学校改革整体活动，以促进个人最大成长，营造良好的气氛，提高学习效果；③是一种成人教育，增进教师对其工作和活动的了解，不只是停留在提高教学成果上；④是利用最新的教学成效的研究，以改进学校教育的一种手段；⑤专业发展本身就是一种目的，协助教师在受尊敬的、受支持的、积极的氛围中，促进个人的专业成长。

目前研究倾向于第三类，即促进教师专业成长的过程与教师自我专业成长的过程。教师专业发展不完全是教师个体的事情，也不仅仅是教师群体通过自身努力就能够完全实现的，它需要教师自身的努力和学习，同时也需要外部制度、环境等等给予其支持，这些都是教师专业发展不可或缺的条件。教师专业发展不仅仅是指教师的教学技能的不断进步和提高，而应该是教师在知识、理念、能力、情意、信仰等多个层面的发展，大致涵盖专业知识、专业知能、专业精神三个层面。因此，本章教师专业发展是指在外部条件（包括教育制度、教师教育制度、教师管理和评价制度、教师文化和社会环境等）等的支持下，教师通过自身不断的学习和努力，提高教育教学认识，改进教育教学实践，促使专业知能、专业情意、专业自我不断发展和完善的过程。这强调教师自身的自主发展，教师在教师专业发展过程中的主体地位；自主学习和努力的同时，也注重外部条件对教师专业发展的支持和促进。

### 二、教师专业发展结构分析

目前，关于教师专业发展结构的观点很多，主要集中在教师的专业知能、专业情意、专业自我三个方面。

#### （一）专业知能

教师的专业知识和专业能力是教师专业发展的基石。教师的教育教学工作离不开其专业知能的支撑，格里芬（Griffin. G. A）在《初任教师知识基础》中提到："知识推动学校"。随着知识经济的到来，知识量成几何数级在迅猛增长，人们对教师知识的要求也越来越高。教师不仅要具备自身所教学科的学科知识，还要具备与自身所教学科相关的学科知识以及广博的人文基础知识。此外还应具有以下几个能力。

##### 1. 交往合作能力

传统教师工作经常处于"孤独"状态，它的一个重要特点就是"专业个人主义"，教师依靠自身能力和经验去解决课堂教学中的所有问题。基于教师自身课堂教学活动与其他教师的课堂活动互不相干，其课堂生活往往是"自给自足"的。现代社会是一个竞争的社会，更是一个单靠个人孤独努力奋斗无法获得成功的社会。强调合作是任何一个教师都必须意识到的问题。新课程强调教师与教师之间的合作，除此之外，教师还要与学校校长、课程专家、学生、学生家长、社区人员等合作，可以说没有合作就没有进步与发展。在委托管理的背景下，交往合作能力显得尤其重要。

##### 2. 课程能力

包括课程开发与设计的能力，课程的组织与管理能力，课程评价能力等等。教师参与课程改革与活动是教师主体真正参与课程的体现。我国教师长期处于课程开发的边缘，其课程意识和能力尚未完全地发挥与显现出来。课程能力需要教师长期的学习、探索、研究和进一步的提升。

##### 3. 管理能力

长期以来，教师作为教育目标的代言人，承担者教育教学的重任。鉴于教师在知识方面的权威地位，学生对教师言听计从。如今，随着社会的改革开放，市场经济的冲击，人们价值观念的多元化，学生的思想也深受多方面的影响。"个性化"使得学生管理成了教师工作的弱项。因此，教师的管理能力已经成为教师专业发展的一个主要能力因素。教师不仅要具备管理学生的能力，同时还应具备参与学校管理的意识和能力。

##### 4. 研究能力或科研能力

"教师即研究者"是教师专业化发展的同义语。1966 年，联合国教科文组织在巴黎召开了"教师地位与政府间特别会议"，会议文件提出，应当把教师工作看作一门专业，它需要教师的专门知识和特别才能，并需要经过长期持续的努力与研究才能得以维持。

#### （二）专业情意

教师的专业情意包括教师的专业理想、专业伦理、专业性向三个方面。

### 1. 专业理想

专业理想是使教师成为专业人员的精神支柱。教师的专业理想包括教师的教育观、课程观、教师观和学生观等等宏观层面，也包括有关学习者和学习的信念、教学的信念等等微观层面。拥有专业理想，教师便会为了专业目标不断奋斗，对教学工作会产生强烈的投入感和责任感，愿意终生献身于教育事业。他们致力于改善其自身的教学素养，致力于统筹教育素质以满足社会对教育专业的期望，努力提高专业才能及专业服务水准，努力维护专业的荣誉、团结、形象等。

### 2. 专业伦理

根据 Frankena（1963）的定义，伦理（ethic）是一个社会的道德规范系统，赋予人们在动机或行为上的是非善恶判断之基准。专业伦理是一个职业成为专业的必要条件，有专业无伦理是盲目的，有伦理无专业是空洞的。教师的专业伦理是指教师为更好地履行教师职业，满足社会对于教育的需求，维护其专业地位和声誉而制定的自我约束的行为规范——一套一致认可的伦理标准。教师工作被称为"道德实践者"。教师的专业伦理是教师在教育教学过程中必须遵循的行为规则。古德森指出："教学首先是一种道德和伦理的专业，新的专业精神需要重申以此作为指导原则"；"在新的教学道德规范中，专业化和专业精神将围绕对教学和学生学习的道德定义而达到统一。"教师的专业伦理包括教师的教育责任心、敬业精神和服务精神；公平公正地对待每一位学生；审慎行使自己的权利等。

### 3. 专业性向

专业性向是教师在从事教育教学工作中所散发出来的人格特征或个性倾向。教学的风格和特色与教师的个性发展的成熟度有着直接的关系。众所周知，教学的个性化是我国教学改革的一大趋势。创新教学的实施效果如何，不仅取决于教师对学生施加影响的结果，而且还决定于这个结果所显示出来的某些独特的风格。

### （三）专业自我

教师自我专业发展意识是教师自我专业发展的前提和基础，它可以使教师形成积极的专业发展的态度和动机，会促进教师不断反思、努力和前进，从而积极主动地寻求专业发展的途径。教师自我专业实现是教师专业发展的最高境界，是教师实现其自身人生价值的主要依托。

# 第二节 影响教师专业发展的因素分析

造成目前教师专业发展水平不高的原因是多方面的。对影响教师专业发展因素进行分析，是促进教师专业发展的前提。教师专业发展是一个综合的、复杂的、长期的过程。本文主要采取归因法，从内部归因和外部归因两个维度，来研究影响教师专业发展的因素。

## 一、教师内部影响因素

### 1. 狭隘的功利主义教育观

教师的教育观包括教师的教育价值、教师观、学生观及其教育发展观念。思想是行为的先导，拥有崇高教育理想的教师，会为了理想克服重重阻碍，不断追求。教师的教育理想直接关系到教师对于教育的工作的态度。当教师将育事业仅仅看做是一份职业，一份谋生的职业时，那么他可能不会上课迟到或做出违反规定的事情，但是他也绝对不会将其自身的热情全力地投入到日常教育教学工作中。狭隘的功利主义教育价值观，注重教育的知识传承作用，注重教师的"传道、授业、解惑"角色，而忽视教师作为教育工作者的其他角色和功能。教师教育限制了教师的自主专业发展。

2. 专业不自信，自我效能感低

自我效能感可以影响一个人的行为动机。低效能感的人倾向于选择较容易的任务，遇到困难时容易放弃。在工作时常常怀疑自己的能力，常常设想失败带来的后果，这就会导致过渡的心理压力和不良情绪反应，影响问题的解决。不良的结果又进一步降低自己的自我效能感。自我效能感与主观幸福感、生活满意度之间存在明显的正相关，与焦虑水平、抑郁水平之间存在负相关。教师自我专业发展意识不高，很大一个原因就在于教师对自身的专业不够自信，他们缺乏对自我能力的肯定，而代之以服从、依赖专家作为自己专业发展的主要推动者。

3. 教师自身专业基础薄弱

传统经典教学体系强调以知识为本位，以教师为中心，束缚了教师的教育教学观念，限制了教师的发展。我国教师长期担当"传授知识"的角色，对于教师自身的其他能力尚未强调。教师也仅仅将教育过程简单定位为传授知识的特殊认识过程。教师对自身专业发展缺乏认识和理解，自我专业基础薄弱，导致教师主体意识薄弱，主体能力欠缺，主体发挥不足。教师自我专业发展还有很长的路要走，教师的知识结构较为单一，教学技能匮乏，理论素养较低等等，都是影响教师专业长久发展的因素。

## 二、教师外部影响因素

1. 教师教育体制的滞后性

教师教育在教师专业发展过程中有制约作用。教师教育对教师专业发展的制约主要体现在教师的职前培养、在职培养两个过程中。同时，教师职前培养与职后培养的分离也对教师专业发展产生了消极的作用。

（1）封闭的定向型培养模式的制约

我国师资培养模式滞后于现行的教育教学改革，诸如新课程改革所要求的教师的教育理念、教师角色、教育目标等等都已经超越了传统师资培养的模式的要求。长期以来，我国师资培养都是由独立的高等师院院校定向培养，形成了师范教育的封闭性，教师来源的单一性，在一定程度上限制了教师职前培养的质量。这既不符合社会对综合人才的要求，也限制了教师专业发展的广度。同时，定向型的师资培养模式也形成了高等师范院校对教师职前培养的垄断，在缺少竞争的条件下，我国教师职前培养一直沿袭传统教育的单一教学方式，多年不变。教师职前培养已经远远不能满足现行教师专业发展对教师的要求。

（2）教师在职培训的限制

目前教师在职培训中存在着一些问题，导致教师在教师培训过程中并不能获得自己所需的发展，以至于教师对教师培训心怀不满，并且需求不高。主要表现为：

①能够传递先进的教学理念，却不能将其理念融入现行培训中，使理念作为传授的内容而显得生硬、单调、缺乏现实意义。培训依然注重的是知识传授层次而非教师的全面发展和专业成长；视野狭窄，缺乏系统、整体改革的思想，往往只局限于师资培训的一个方面；不能将行政管理、教学研讨、教学改革、教育科研、信息技术教育等有机整合到培训

体系中。

②内容陈旧，缺乏针对性和实效性。重心定位于理论学习，脱离教育、教学实践。在课程设置方面缺少情境性、操作性和生成性内容，实效差。培训大多是培训机构讲授者依据自身资源、能力水平以及研究旨趣来设置培训课程，而非结合广大教师自身情况及教育实践中所存在的问题，忽视教师的实际需求。学科知识并不是教师专业发展的唯一品质。教学是基于实践的工作，注重教师的教育实践，是教师培训的一个重点。教师在专业发展过程中遇到各种各样的实际困难，都需要培训者的帮助。研究表明，75％的教师认为"要承担好教师角色，更好地促进儿童发展，主要困难是教育能力不足或缺乏"，如不知从哪方面来教育孩子，教育方法和策略怎么才算适宜，怎样调动儿童内在的学习动机等。

③方式单一，忽视教师作为"成人学习者"的特点。培训采用人海战术导致"粗放式"培训以及简单的"学历"补偿式培训，采用满堂灌、整体推进的方式进行；注重强调知识和能力的传授而忽视教师的自主学习、反思实践、行动研究、案例评析和互动合作。忽视教师作为"成人学习者"自身的"缄默知识"，忽视教师自身的需求，培训方式的单一性，使"成人学习者"失去了学习的兴趣和动力，进而对培训产生厌烦甚至抵制的心理。

④评价简易。大多只将培训当作行政性任务来完成，过分注重数量指标的完成，评价方法、形式、标准、及评价主体单一。

⑤职责不清。学校和教师对各自的职责认识还不十分清楚，对于究竟是行政干预要求接受培训，还是教师本人主动要求接受培训；培训是个人的事情，还是国家的职责等问题认识模糊。

（3）职前职后教育的分离

在我国教师培养体系中，职前职后教育分离是一个重要的现象。长期以来，我国对教师的职前教育和职后教育基本上实行分离制，高中教师由本科师范院校培养，中小学教师由师专培养。职后教育工作则是另一个系统，即中学教师由教育学院培训，小学教师由教师进修学校培训。从目前的情况看，我国教师的职前教育与职后教育严重脱节，其结果是：职前教育与职后教育许多内容重复学习的同时，对教师专业发展过程中的某些缺陷和空白点却视而不见。如教师职前培养中准教师们只是掌握理论的武器，却远离教育教学实践；职后教育也是由于我国相当多的省区，中小学教师达不到国家标准人数较多，而更多地承担了"学历"补偿的职能。职前职后教育的分离，使得学历教育与促进专业发展的非学历教育之间缺乏自觉的联系。

**2. 教师管理制度的集权性**

（1）集权制管理模式下教师自我的抑制

目前，对于大多数公立学校而言，管理体制仍然是国家及教育主管部门集举办权、办学权、管理权于一身，自上而下作出决策并进行管理，学校没有明确的自主办学和独立决策的权力。这种长期自上而下的管理模式，形成了一种强烈的上级压下级的形式：学校服从政府、教育机构，教师服从学校，学生服从教师的模式。此种管理模式忽视了人权，压抑了人性。在集权制管理模式下，教师的一切行为都要接受来自上级行政领导的指示与控制，教师自身的行为评价也是视其是否符合学校现存的各项规定。教师的主动性、创造性和个性受到了压抑，无法得以充分的发展，教师专业发展也由此受到了抑制。

（2）"工具理性化"的量化制度管理捆绑了教师专业发展"手脚"

"工具理性化"将教师作为教育的"工具"，行使其教育代言人的职能。它忽视教师职业是一项复杂的脑力劳动的职业，它的劳动对象也不是没有思想的"物品"，而是具有主体性的发展中的"生命"这一职业特性，片面地追求效率，进行量化统一的管理模式。此模式建立了严格的规章制度、明确的责任分工、严格的奖惩、量化的检查和评价等等。这些都对教师专业发展方向进行了严格的制约，从而形成了对教师的管理过分追求量化，用简单化的指标和抽象的分数，去衡量模糊、复杂的教育问题和现象。教师的一言一行，事事处处都有明确的规章和规范制度来加以约束，甚至教师的备课、教案、听课笔记、课堂教学、批改作业、早晚自习辅导都有明确规定。教师循规蹈矩，毫无自由，创造性能力可想而知，在此状况下，教师专业发展可能何在？

（3）教师无权参与学校的管理事务

在学校管理中，新的管理理念倡导教师成为管理中的一员，然而，长期受压制的教师不仅缺少管理意识，其管理才能也早已被抑制。学校集权式管理往往从领导层的意愿出发，使得我国中小学教师在学校管理中的作用明显发挥不足。学校教职工代表大会，是我国目前中小学教师参与民主管理和民主监督的主要形式。然而，从近几年看到的各地有关学校教职工对学校重大事项的决策过程，已经弱于国有大型企业职工的有关规定，甚至有关国家法规赋予的部分权力也被剥夺了。

3. 教师评价制度的趋利性

教师教育工作的复杂性及其劳动效果的模糊性、中介性和延缓性，都使教师评价成为教师管理过程中的一个难点。

（1）奖惩性评价的工具性

目前我国大部分教师评价制度仍然主要实行与奖惩性挂钩的一种终结性评价。近几年在我国教师评价中经常用到的"优胜劣汰"、"奖优罚劣"、"末位淘汰""能者上，庸者下"等，都充分反映出我国教师评价中以奖惩为目的的鉴定选择功能发挥到了极致。在以绩效管理为目的的教师评价计划和以专业发展为目的的教师评价计划之间，两者的冲突是不可调和的。绩效性教师评价未能重视教师作为"人"的"主体"意识及其发展需求，从"工具化"角度将人视为利益主体，其实不然。绝大多数教师并不是单纯追求金钱，他们还有社会、心理方面的需求，还有自身发展的需求。如果教师评价不能立足于教师专业发展，那么评价不但不会起到它应有的促进作用，而且只会进一步成为阻碍教师专业发展的因素。

（2）评价指标的单一性

教师评价以教学评价为主，教学成绩又主要以学生的考试成绩为参考。自科举制度产生以来，我国一直在实行以应试为主要目的的教育活动。在我国中小学校，学生的学习成绩不仅作为衡量学生在学校表现的标准，也成为衡量一个教师工作成绩的最主要的标准。即使教师的其他各方面深受学生喜欢，但如果教学成绩落后于其他教师，实行的"末位淘汰制"教师评价制度足以使这位教师不能走上讲台。教师评价与学生成绩直接挂钩，其他评价标准则只是作为陪衬起着很小的作用。一项研究表明，当教师处于高利害评价中时，往往会被动地为迎合评价而改变工作策略，导致其丧失创造性和思考能力，变成"机械的、技能的简单操作者。"基于教师评价与学生的学习成绩的压力，教师对教育的理想一步步地被学生的学习成绩所淹没，教师不得不调整自己原本较为理想的教育目标来适应学校的管理与评价。

（3）评价标准的形式化

量化评价促进了教师管理的规范化、科学化、标准化。这种评价方法对于提倡"应试教育"的"升学率"目标方面起到了积极的作用，使教师一味加大工作量及对学生作业的数量要求，节假日也不休息加强补课等等。评价过程中实行量化评价，抓形式，缺乏务实精神。一些学校开始实施多元评价，实施评价标准的多样性，但在评价的过程中，各个指标、各项内容均要齐全。如对教师的教具的要求、教案的规范性及字迹的工整程度、学生的课堂参与状况等等，而不根据教师自身所教的学科的性质、课堂所讲的具体的内容作具体的调节。教师工作的量化评价涉及教师工作的各个方面，甚至涉及各方面的各个细小环节，分值划分具体而固定，缺乏弹性。教师为评估不至于对自己造成不必要的损失，便会面面俱到，平均用力，疲于应付，更加没有时间静下心来学习进修、反思，总结得失，发展特色，最终只会形成教师的教育教学领域缺乏特色，千人一面，影响教师对教育教学事业的热心和责任心。

4. 组织、环境因素的不成熟

（1）不成熟的教师专业发展理论下教师专业发展的模糊性

教师专业发展相关研究于20世纪六七十年代起于美国，80年代盛行于欧洲，但传到我国引起我国教育专家的研究与关注，已经将近90年代，研究成果的产出最早大部分也是到了20世纪90年代末。也就是说，教师专业发展的研究在我国的发展正处于起步阶段，还并未形成系统的理论。虽然我们也有国外教师专业发展研究可以借鉴，但是从国外引进的教师专业发展理论在我国是否完全适用，可能也会形成"水土不服"。对我国教师专业发展的理论研究以及寻求国外理论成果与本土文化的融合，是教师专业发展研究的一个重点。教师对教师专业发展在认识上不够重视，或者是不知如何发展，有多方面的原因，其中一个重要的方面表现在教师专业发展理论的理论缺乏系统性。同时，由于是外来概念，在我国引用过程中，对理论的研究不能结合教师教育教学实践，导致纯理论层面的探讨不能有效指导教师的实践活动，从而也影响了教师的专业发展。

（2）未形成教师专业发展组织为教师专业发展保驾护航

在我国，缺乏保护教师专业发展权益的教师专业组织机构。而在美国，教师专业组织相对较多，共有300多个协会组织来帮助教师提高教育质量，它们的建立为美国教师专业发展提供了很好的支持。相比来说，我国教师专业组织就处于及其微弱的状态。教师在专业发展过程中遇到问题，不知该和何人探讨，也不知该找谁才能够解决问题。以至于在一些问题的解决上通过自发的形式，采取一些极端的方式进行，如经常有报道称，教师采取罢课行为来抵制学校的某些不合理行为，而这些行为都是校方违反教育规定而导致教师采取的不理智行为。如果在此时，有专业组织为教师争取权益而出面协商解决，既不会扰乱学校的正常教学秩序，也会使教师与校方之间保持较好的关系。同时，建立教师专业发展组织，也可以为教师专业发展提供指导，使教师在专业发展过程中遇到问题可以相互探讨与学习，从而促进教师专业发展。教师专业组织的建立是教师专业发展过程中一个重要的环节，在我国也不例外。

5. 教师文化的封闭性

目前，在教师文化中，存在着一种"教师马赛克文化"，它是指在貌似合作的现象背后，教师个体之间是相互独立的，对于教学经验和技能多采取自给自足的方式，很少进行互相的交流和合作。在不同的群体和集团中教师们看起来互相敬重，互谦互让，还不时地进行各种合作交流，但实际上他们也并不因此而加大合作，仍是貌合神离。

(1) "唯命是从"与"唯我独尊"下的缺乏互动交流与反思。

我国传统学校文化含有较强的"工具理性"的特点：一方面，教师无条件服从上级学校领导的规定，对其唯命是从；另一方面，教师在教育教学过程中，又唯我独尊，不容学生有丝毫的意见和想法。教师对领导的服从与对学生的"独裁"现象，使得教师无法采取开放的态度，形成互动、对话与交流；缺乏对自我观念与行为方式必要的反思，不但不符合新时代教育观，而且严重阻碍了教师自身的发展。

(2) 缺乏个性和创造性

在"教师文化的貌合神离"中，教师表现出的是尊重权威，顺从地合作，不去追求合作的意义和价值，一味盲从或服从，缺乏自身的独立思考，抹杀自身的个体性特征，缺乏创造性。

# 第三节 委托管理中教师专业发展的策略研究

## 一、教师队伍建设

### （一）教师队伍现状

A 校：学校现有教师 61 人。学历结构：研究生 2 人、本科 45 人、专科 14 人；职称结构：高级 5 人、中级 31 人、初级 22 人；年龄结构：35 岁以下 31 人、36～49 岁 20 人、50 岁以上 10 人。区以上骨干教师 3 人，校骨干 6 人。

B 校：学校现有教师 66 人。学历结构：本科 57 人，专科 9 人；职称结构：高级 2 人，中级 36 人，初级 28 人；年龄结构：35 岁以下 35 人，36～49 岁 19 人，50 岁以上 12 人。区以上骨干教师 6 名，校骨干教师 6 名。

C 校：学校现有教师 53 人。学历结构：本科 47 人，专科 6 人；职称结构：高级 2 人，中级 34 人，初级 17 人；年龄结构：35 岁以下 25 人，36～49 岁 25 人，50 岁以上 3 人。区以上骨干 4 名，校骨干 14 名。

### （二）教师队伍现状分析

教师的专业化程度有待提高。骨干教师的比例相对较低；缺乏能发挥引领作用的学科带头人；大部分教师对科研热诚不高。

### （三）教师队伍建设

1. 教师队伍建设目标

建立以"专业引领、同伴互助、自我反思"为主要形式的"课、研、修"一体化校本研修制度，提高全体教工的师德修养和业务水平。

2. 教师队伍建设

主要包括干部队伍建设、骨干教师队伍建设、青年教师队伍建设。

（1）干部队伍建设。利用校务会、行政会对校级与中层干部进行岗位责任意识、带头示范意识、岗位职责、管理策略与方法的教育与培训。

（2）骨干教师队伍建设。两校中层及两长就管理、教学、德育等方面的工作进行互访和交流，每学期召开1～2次研讨会；两长及备课组长、班主任每学年开展1～2次论坛交流。由托管方分派教师以师徒制的方式带教骨干教师，全方面培养骨干教师。

（3）青年教师队伍建设。由受援方选派重点培养的青年教师去托管方参加教育教学活动，在教育教学实践中提高。

（4）班主任队伍建设。运用区内与校内的资源积极开展班主任队伍的培训工作。

## 二、委托管理中教师专业发展的策略

### （一）组建多渠道、全方位的委托管理支援队伍

1.专家指导：托管方组建专家指导团定期到受援方开展活动，指导教研组、备课组开展教研活动，提高教师的教学水平。

2.导师带教：托管方选派指导教师，以师徒结对的形式，重点指导委托方的骨干教师或青年教师。

3.教师支教：由受援方每年指派数名青年教师或骨干教师赴托管方直接参与教育教学活动。

4.进修培养：受援方定期组织教师参加托管方的培训。

5.网络教研：双方利用信息网络开展教育教学等方面的交流。

6.同伴互助：受援方定期参加托管方教研组、备课组的专题教研和集体备课，做到资源共享。

### （二）制度的完善

1.教学管理制度的建立与落实，重点是教学常规制度、教学质量监控制度、教学研究、集体备课制度与校本研修制度的建立与落实。

2.学校运行机制与奖惩机制的建立，重点是岗位职责、管理网络的运行规范、奖惩制度、队伍优化调整制度的建立与实施，以及合格的管理与教师队伍培养。

### （三）具体的策略

1.加强教研组、备课组建设

为了促进教研活动的有效开展，设立综合教研组，分为语文、数学、英语、综合文科、综合理科和艺术体育六个教研组。同时将工作扎实、勤奋肯干、善于钻研的青年教师充实到教研组长的岗位上，提高了教研组长队伍整体的工作能力。基本落实教研组、备课组常规工作，有序开展教研组校本教研和备课组集体备课活动。

2.加强以备课组为基础的校本研修

每学期有计划、有组织、有专题地进行一定规模的教学研究活动，营造开展教学研究的氛围。从制订方案，展开活动到反思小结，备课—说课—开课—评课—小结，形成过程。建立备课组教学交流制，形式有年级备课组内交流和校际同年级备课组的交流。注重过程的完整性，注重落实二期课改教法的探讨。

3.加强师德建设

加强师德教育，提高教师的师德修养。开展形式多样的活动，进一步制定师德培训

计划。

4. 骨干教师培养

评选校级骨干教师和骨干班主任，奖励措施到位，搭建交流展示平台，发挥骨干的示范引领作用；由托管方每年指派教师赴受援方直接参与教育教学活动，发挥骨干作用的同时，培养受援方自己的学科骨干教师。

5. 青年教师带教

由受援方每年指派重点培养的青年教师赴托管方参加教育教学活动，以师徒结对的形式，重点指导培养受援方的青年教师。

6. 积极开展课题研究

搭建平台促进教师的课题研究，最好两校联合开展课题研究，托管方起着牵头的作用，而受援方参与的同时，不断学习。

7. 制定教师个人发展规划

第一步：着重从二期课改的三维目标，从课堂教学五个环节中，寻找自己最薄弱的环节或力争要提高与突破的环节，制定个人发展规划。切入点要小一些，实际操作可行性高一些。同时对个人希望在教学业务上如何提高，需要学校给予什么样的支持提出要求。

第二步：学校在审阅个人发展规划之后，对每个教师做对象化的具体指导和修改。

第三步：加强督促与服务工作，每学期进行一次检查，考核执行的情况并将个人规划完成执行的情况纳入教师年终考核之中，作为年终奖励的指标之一。

（四）促进专业发展的策略

1. 打破集权制管理模式

管理是复杂的。一项好的管理制度，它既需要刚性管理将学校各项事务管理得井井有条，又不能压抑各主体充分发挥自我才能。传统学校的科层制管理，可以使每个系统按照规定各司其职。学校组织中的每一职位的业务范围、工作程序、行为标准以及系统内各科室的职责、科室与科室的关系以规章制度明确下来。使学校各项工作有章可循，可以稳定秩序，提高教师工作的效率。[①] 韦伯认为，"科层制能使组织规模扩大，能使控制加强，能使效率提高，这是一种进步。但是，它需要付出精神或情感方面的沉重的代价。过去那种由之赋予生活与目的和意义的个人之间的忠诚的联系被科层制的非私人关系破坏了。"[②] 教师管理应该以教师的主体性发挥作为教师管理工作的核心目标，尊重教师的要求，注重内在激励，创设一个充分调动教师积极性的环境和氛围。科层制管理过于强调竞争与控制，缺乏合作与分享，但是，如果一旦离开科层制管理，学校又必定陷于各行其是的混乱局面。实施科学、有效的教师管理制度，是促进教师专业发展的有力保障。

（1）实施民主化管理，教师参与学校管理

参与管理是指在某种程度上让员工和下级享有企业决策的知情权、参与权和决策权。事实表明，参与管理是一种非常有效的管理措施。目前我国政府对于学校的"庇护性"逐渐减小，学校在管理方面的权利逐渐加大，学校要加大竞争力，必须依靠学校全体成员的共同努力。教师参与学校管理，是教师专业发展的前提条件，只有发挥教师的主体参与作

① 袁小平. 从对峙到融通——教师管理范式的现代转向［M］. 长沙：湖南师范大学出版社，2004：41.

② D·P·约翰逊，南开大学社会学系译. 社会学理论［M］. 北京：国际文化出版公司，1998：292.

用和参与能力，提高教师的主人翁意识，提高教师的管理意识和管理能力，才能充分调动教师的专业发展意识，提供其专业发展机会。学校管理包括用人、管物、理财、办事各个方面。在众多的管理活动中，核心的管理是管人，是调动广大教职工的主动性、积极性和创造性。① 教师是学校教育工作人员，承担着教育教学即学校教育过程中的重要任务。教师参与学校管理是学校发展与教师发展的共同需求。树立人人参与管理的意识，使教师意识到学校的发展与自身的发展是一体的，学校的风险也与自己相关，充分调动教师参与管理的积极性。在管理政策上，实施扁平化管理。所谓扁平化管理是指基层教师与管理者之间只有很少的中间管理层，让基层教师能够在学校的决策过程中担负更多的责任，积极参与学校的决策活动。有关学校的重大举措，各项方针政策的制定，都邀请教师或教师代表参与，都要向全校教师公开信息，加大办事的开放度和透明度。

（2）重心下移，以"服务"作为教师管理的宗旨

在学校组织中，学校管理是为教育教学目标的达成而开展的服务性保障活动。② 因此，管理者不应该是领导者，而应该是服务者。在教师管理过程中，管理者应祛除盛气凌人的"管理"思想，将自身作为服务者。因此，领导要深入了解教师需求，和教师谈心，并且要熟知每位教师的能力、知识、情感、品德、个性等方面的特点，据此安排他们适当的工作。要发挥每个人的专长，尽量做到学用一致，扬长避短。学校的组织管理应该为教师建立有效的管理体系，提供促进教师专业发展的载体和实施科学的发展评价策略。为教师专业发展提供支持和服务。内容可包括：目标设置、评价、激励、培训及规章制度。目标设置主要是为教师设定富有挑战性的任务，使教师在完成任务的过程中及时找到自己在学校中的位置。完善竞争机制、激励机制、考核机制，建立现代教师管理制度。管理者要为学校教师的发展方向、发展目标、实现途径等进行认真规划，并创造条件，在时间、经费、信息、设备、机会等方面为教师发展提供资源保障。管理并不是要求教师不要犯错误，而是要考虑如何为教师提供良好舒适的教学环境、先进的教学设备等等，让这些成为教师努力工作的动力，使教师能够安心工作。

（3）回归教师专业发展自主权，加强教师的自我管理

回归教师专业发展自主权，以教师为核心，以教师的发展为本，强调教师以"自我管理"为主，实行弹性的管理制度。教师的专业自主，包括团体自主与个体自主。团体自主主要是指教师专业组织拥有的权利，包括"教师资格的审核、鉴定、注册权、课程、教法、教学水平的评鉴权，专业道德的判定权。"③ 团体自主的实现，可以避免政府过多的行政干预，免除外行领导内行的尴尬；又能重视教师职业的专业地位，有效行使专业自主权，真正做到行业自律。教师的个体自主权，是要教师做到教育行为自主。教师的教育行为自主，实际上是指作为专业人员的教师执行业务时，根据其高超的学术素养而作明智的判断和抉择，对于所负责的事务通常都能全权处理而避免外人的干预。④ 教师是学校一切教育活动的具体组织者、实施者、实现者，也是对学生施加教育影响的直接行为人。教师

① 彭斌. 如何调动教职工积极参与管理. http://www. xdxx. com. cn/show. aspx? id＝1385&cid＝12. 2006. 7. 6.
② 袁小平. 从对峙到融通——教师管理范式的现代转向［M］. 长沙：湖南师范大学出版社，2004：55.
③ 教育部师范教育司. 教师专业化的理论与实践［M］. 北京：人民教育出版社. 2003：43.
④ 姚计海，钱美华. 国外教师自主研究述评闭［J］. 外国教育研究，2004（9）：44.

作为教育活动的主体，其行为应该是自主的。教师能够自由地使用教育教学方式来实现学校的系统目标，而不必经常受非专业人员（学校管理者）的干扰或束缚。[①] 教师的自我管理首先会激发教师自我精神，使教师不再盲从，而是以主人翁的态度面对自己工作中的所有问题，有利于教师的积极反思，加强了教师在专业发展过程中的自主性、主动性和创造性。教师管理要鼓励教师创新，形成百花齐放，百家争鸣。教师自我管理凸现教师主体地位，激发教师的自律意识，克服了集权制管理的弊端。

（4）建立学习型组织

个人的发展，总体趋势是从不成熟走向成熟，但组织却会把人阻断在不成熟状态。人成熟的标志之一是独立，但组织总是培养人对它的依附性。要使个人和组织取得和谐，就必须对组织进行改造。学习型组织的宗旨，就是消除组织和个人之间的冲突，使人的发展与组织目标的实现完全吻合。[②] 所谓学习型组织，是通过培养整个组织的学习气氛，充分发挥员工的创造性思维能力而建立起来一种有机的、高度柔性的、扁平的、符合人性的、能持续发展的组织。这种组织具有持续学习的能力，具有高于个人绩效之和的综合绩效。学习型组织的建立，从消极的角度讲，就是要克服组织阻断个人成熟的因素；从积极的角度讲，就是使个人在组织中真正达到自我实现。美国行为学家、工业心理学家道格拉斯麦格雷戈（Douglas Mc Gregor）说："管理的任务只是在于创造一个适当的环境——一个可以允许和鼓励每一位职工都能从工作中得到'内在奖励'的环境。"[③]

笔者曾不止一次从领导的口中听到这么一句相信大家都不陌生的话："没有学不好的学生，只有教不好的教师"。在这句话中，教师的责任被无限地放大。即使一位优秀的教师，他所带的全班 50 个甚至 70 个学生中有三分之二以上都很出色，那剩余的三分之一的不出色的学生的责任也在于他。赞美，是多么地简单。可是，有些管理者却吝啬地从不轻易讲出口。"千万不要以指出错误的方式批评别人，这样会激起受批评人的自卫心理，而自我防卫的人是听不进别人意见的。"管理者要通过赞美，让教师意识到他自身的价值，从而主动、积极、努力地发展。学校管理者首先要追求自我超越，拓展自身能力，营造组织环境，激发全体教师的智慧，建立学习型、创新型的教师组织。学校组织中各成员可以共享资源，相互交流、对话和学习，形成团体的共同发展。应将学校发展目标和教师专业发展目标统一起来，建立共同发展目标，树立共同发展愿景，增强组织和个人学习的内在动力；引入激励和竞争机制，如将学习情况作为干部使用、提拔的必备条件之一和年度工作考核的重要内容等等，做到学习、考核、使用、待遇一体化。同时还要有吸引人的激励措施，进行物质和精神奖励。还要有投入机制。学校在建设学习型组织的过程中，要有必要的经费保证，加大投入的力度，努力为教师创造良好的学习条件和环境。

**三、受援区教师发展观念的转变**

思想是行为的先导。教师专业发展观念的转变是教师走向专业发展道路的前提。教师专业发展观念要走向自我发展的道路，建立自我专业认同；养成自我专业发展意识；增强

---

① 徐廷福. 论教师专业自主权的个体实现闭 [J]. 教师教育研究，2005（11）：25.

② 冯沪祥. 中国传统哲学与企业管理 [M]. 济南：山东大学出版社，1998.

③ 卢盛忠主编. 管理心理学 [M]. 杭州：浙江教育出版社，1998：83.

专业发展自信，提高自我效能感。

### 1. 提升教师主动发展意识

在分析学校薄弱的原因时，把仅从地域环境差、生源质量差的外因分析，转变为从办学理念、管理方式、教学方法的内因进行分析，虚心向优秀教师学习，主动参与互相听课、讨论和交流，提高自身发展水平。

### 2. 建立教师自我专业认同

教师专业认同是教师发展的根本。"因为当一位教师能追寻、建构自己的认同，才可能有负责任的自主行动和不断成长的动力；这样的教师才能找到自己和学生的主体性。"[①]很多人抱怨教师缺乏专业能力，不能很好地实施教育教学活动。而这些专业能力，却往往不是教师们自认为应该要具备的能力。因此，政策上所设定的，以为能藉以促成改革的教师专业角色，往往因为缺乏教师的专业认同，流于一厢情愿的想法而难以把握。教师对自身职业的认识以及对本职业的专业价值认同是专业发展意识形成的前提。如果仅将教师职业看成是社会对教师的规范与要求，那么，这样的教师就只能成为社会的代言人和工具；如果将教师的职业看成是一种自我价值的实现，一种体验幸福的职业，那么他就能体现教师内在的主体价值，就能丰富和提升自身的生命意义。教师作为教育的具体执行者，理所应当地成为教育活动的"主人"，在学校和教育活动中获得相对于学校和教育行政管理权利的独立性，并通过这种独立性形成对学校各种教育资源的有效利用，确保自身的专业发展。教师对自我专业的认同，使得教师有意愿、以积极的态度投入发展过程中。教师要建立专业认同，就要通过不断的学习，了解自身专业发展状态、发展需求，提升自身层次，与专业发展保持同步。

### 3. 教师自我专业发展意识养成

教师的教育行为，自主意识是先导。[②] 同样，在教师专业发展过程中，自主专业发展意识也对专业发展起着先导作用。教师是"人"，具有主体性的特征，有其自身的发展愿望与需求。传统教师在专业发展上，表现出了被动性，将发展寄托在外部培训上。[③] 苏霍姆林斯基说过："人生的真谛就在于认识自己，而且是正确地认识自己，自我教育便是从这里开始的"。教师自我价值感的缺失，使教师失去了自身主体特性。唤醒教师沉睡的主体性，提高教师自我专业发展意识，是教师专业发展的基本前提。人只有把自身的发展当作自己认识的对象和自觉实践的对象，才能在完全意义上成为自己发展的主体。独立的自我意识和自我控制能力的形成，可以把个体对自身发展的影响提高到自觉的水平。叶澜教授在《教师角色与教师发展新探》一书中指出，教师的自我专业发展意识，按照时间的维度，可以包括三个方面[④]：即对自己过去专业发展过程的意识，对自己现在的专业发展状态、水平所处阶段的意识以及对自己未来专业发展的规划意识。也有人认为，教师专业发展的自主意识和能力，是指教师能自觉地对自己的专业发展负责，自觉地对过去、现在的状态进行反思，对未来的发展水平、发展方向与程度作出规划，能自主地遵循自己专业发

---

① 周淑卿．课程发展与教师专业［M］．兰州：甘肃文化出版社，2005：96．

② 陈永明．现代教师论［M］．上海：上海教育出版社，1999：200．

③ 王晓戎．中小学教师专业发展自主意识的应然选择和实然分析121［J］．陕西师范大学（哲学社会科学版），2006（7）：316．

④ 张华妹．教师自我专业意识的养成和提高［J］．内江科技，2006（2）：90．

展的目标、计划、途径,并付诸实施,成为自身专业发展的主人。教师形成自主专业发展意识,要求教师个体的专业发展由外部驱动和自发状态转为内部驱动及自我专业发展的有意识性。教师的自主专业发展,既强调教师要有主动专业发展的意识和能力,又要自觉承担专业发展的责任。强调教师专业发展的自由自主,但也内在地要求教师的自律与自控。

3. 增强专业自信,提升自我效能感

教师在专业发展过程中缺乏自我肯定,以至于否定自己,将发展寄托于外部培训之上。教师自我效能感的提升,有利于教师进行积极的自我肯定,增强专业自信。自我效能感是个体以自身为对象进行思维的一种形式,是指人们对自身既定行为目标所需行动过程的组织和执行能力的判断。[①] 教师的自我效能感,指教师在教育领域中对自己是否有能力影响学生的学习行为和学习成绩的主观判断和信念。它在控制和调节个体行为方面具有不可估量的价值。自我效能感可以影响一个人的行为动机。低效能感的人倾向于选择较容易的任务,遇到困难时容易放弃,在工作时常常怀疑自己的能力,常常设想失败带来的后果,这就会导致过度的心理压力和不良情绪反应,影响问题的解决,不良的结果又进一步降低自己的自我效能感。自我效能感与主观幸福感、生活满意度之间存在明显的正相关,与焦虑水平、抑郁水平之间存在负相关。[②] 班杜拉认为,在不同的领域中自我效能感是不同的。通常,在课堂教学过程中,教师自我效能感较强,相对的,教师在理论要求以及教育研究等方面,自我效能感比较低。提升教师自我效能感,是教师以主体身份进行教师专业发展必备的环节。教师可以通过不断学习来弥补自我专业能力的不足;通过自我审视、与领导、同事、学生交流,正确认识自己,发现自身的优势,加强自我肯定,增强自我效能感。

4. 积极主动学习教育理论知识

教师学习教育科学理论,有利于提高自身专业理论素养,了解专业发展规律,有效指导自己的专业发展。教师是实践领域的专家,但其理论素养相对较弱。积极主动地学习、了解教师专业发展的理论,可以使教师对自己的专业发展保持一种自觉状态,及时调整自己的专业发展行为方式和活动安排,努力达到理想的专业发展。教师在平时要利用各种机会汲取教育改革和教育科研的新经验、新成果,按照实际情况把它们应用后加以经验总结,在借鉴别人先进经验的基础上加以吸收,多和经验丰富的教师交流经验,参加各种形式的学术研讨,使学习成为自我专业发展的一个主要途径。

5. 制定自我专业发展规划

教师专业发展的目标不是从外部、由他人设定的,而是形成于自我专业发展过程,是由教师自己设定的。教师制定自我专业发展规划,可以使教师从发展的需要出发,对初始目标进行分解并将其转化为其他目标,进而一步步达到专业发展的目的。制定自我专业发展规划,要求教师结合学校发展规划自主确定一个明确的努力目标,包括进行自我认识与定位,发展目标与方向规划,实现目标的途径和措施以及需要学校提供哪些方面的帮助等等。学校可以组织专家帮助教师完善个人发展规划,并可组织全校教师交流,强化教师的理想信念和个体发展愿望,从而对自己的人生目标进行高质量的定位。专业发展规划应该

---

① 赵传兵. 自我效能感与教师专业发展 [J]. 教育探索,2006 (2):121.

② 李红,郝春冬. 教师教学效能感与学生自我效能感的研究 [J]. 高等教育师范研究,2000 (3):45

将长期规划与近期目标结合起来，有效地调整教师自主发展的轨迹。

6. 积极参加在职学习与培训

在职学习与培训是教师更新、补充知识、技巧和能力的有效途径，可以为教师的专业发展提供机会。尤其是近年来兴起的"校本培训模式"是一种效率高、个性强的在职培训方式。它基于教师个体成长和学校整体发展的需要，由专家协作指导，教师主动参与，以问题为导向，以反思为中介，把培训与教育教学实践和教师研究活动紧密结合起来，以学校实际问题的解决来直接推动教师专业的自主发展。在职学习与培训应让教师养成一种持续学习的习惯，成为自己专业发展的主人。

7. 教师进行行动研究

教师研究具有实践性特征。与理论研究者相比，教师是面向教育教学实践的，教师的理论素养与研究范围、工作特点等等并不具备成为纯理论研究者的优势。因此，教师要成为研究者，应以行动研究作为自己的研究的主要方式和手段。行动研究倡导教师是研究者，持续发展中的教师个体可以通过持续的学习和研究来提升自身素质。澳大利亚的凯米斯教授（Kelnlnis）从教育的角度撰写："行动研究是由社会情境（包括教育情境）的参与者，为提高对自己所从事的社会或教育实践的理性认识，为加深对实践活动及其依赖的背景的理解，进行的反省研究。"[1] 其行动研究具有三个特征：为行动而研究（research for action）；在行动中研究（research in action）；由行动者研究（researeh by actors）。[2]

8. 积极的自我反思

美国心理学家波斯纳提出专业成长公式：成长＝经验＋反思。反思是指行为主体立足于自我以外批判地考察自己的行为及其情景的能力。[3] 教师反思能力大致可以包括两大部分：一是对教育、教学的监控，即对教育、教学活动的内容、对象和过程进行计划、安排、评价、反馈和调节的能力；二是指教师对自身教育、教学效果的认识与评价，从而产生对自我价值感及其职业意识，进行对职业生涯和专业发展加以自我规划与设计的能力。[4] 教师进行教育教学行为的反思，可以通过撰写教育教学反思笔记，经常有意识地发现和改进自己的日常教育教学行为，随时记录工作中的感想、体会；进行案例或课例的分析研究，促进先进理念的内化和迁移。教师要通过对过往的发展行为经常性、系统性的反思，对自己目前的专业发展水平有较为准确的了解；能利用多种检测手段了解自己专业发展的起点；通过记录日常专业生活中的关键事件与自我保持专业发展对话；能及时发现发展中的不足，并对未来的发展方向作出适当的规划。[5]

9. 经常性的交流和合作

哈贝马斯的交往理论认为，主体性的合理发挥即"主体间性"，强调社会文化生活形成中的主体不能彼此没有交往活动，不能不别别人发生理解关系。很多新教师不愿表现自己的弱点，因而不愿找其他教师咨询探讨。经验丰富的老教师害怕别人说自己多管闲事，也不愿意向新教师提供建议和帮助。Milier1990 年提出有效教师合作的标准：开放的心

① Husen. Torstenand Postlethwaite, T. Vevilie, (eds): The International Eneyelopediaof Edueation(Zthedition),1994.
② 张民选. 对"行动研究"的研究［J］. 华东师范大学学报（教育科学版），1992（1）.
③ L. Valli. Reflective Teacher Education: Cases and Critiques[J]. State Vniversity of New York Press,1992:100.
④ 李金巧，杨向谊. 思考·追问·探索——培养反思型教师的探索［M］. 上海：复旦大学出版社，2006：111.
⑤ 刘畅. 自主发展——教师专业发展的最高境界［J］. 北京教育（普教），2006（5）：28.

态，相互信任，为教师提供相互学习、咨询、沟通的机会。教师需要具有开放的心态，积极合作和交流专业发展过程中的问题及专业理解，扩展专业发展途径，使自己的专业视野更为宽广。

10. 充分利用资源

相对来说，学校为教师所提供的资源是有限的。因此，教师要学会充分、有效地利用一切可以利用的资源，包括图书馆的书籍、资料、网络知识及教育理论，自己及他人的实践经验，学生的意见和建议，也可以通过走出学校进修、学习和交流等等丰富自己的视野，拓宽自己的思维。教师的可利用的资源中，很重要的一项便是时间资源，在没有多余的时间的前提下，以上种种资源的利用便没有了任何机会。而节省时间、管理时间是教师必须掌握的一项技能。有人提出、节省时间、提高效率的十五个法则是：制定时间管理计划；养成快速的节奏感；学会授权；高效的会议技巧；养成整洁的条理的习惯；专心致志；有始有终；简化工作流程；一次做好，次次做好；克服拖延，现在就做；当日事当日毕；善用零散的时间；用节省时间的工具；高效的阅读法；高质高效的睡眠；终生学习。[①]

## 第四节　建立教师专业发展保障制度

推进教师专业化，实现教师专业发展，是一社会化的系统工程。系统论的研究说明，组成系统的各个因子不必求得自身最好，关键是相互能够通力配合，取长补短，以求系统整体作用的最佳发挥。同理，教师专业发展是整个社会文明和进步的一部分，政府、学校等社会因子应责任共担、共同重视，建立教师专业发展的社会保障机制，任何的单边突进，都难以取得更好的成效。

### 一、制度保障：构建教师专业发展制度

（一）建立教师教育机构认可制度

从发达国家的经验来看，不是任何教育机构都有资格培养教师，教师教育机构认可制度对教师教育机构办学质量的不断提高发挥了重要作用。美国"全国教师教育认可委员会"（NCATE）是最具资历的对教师培养机构办学水平进行认可的民间专业组织。该组织必须向社会承诺，经它认可的培养机构的毕业生具备从事教育教学的全部技能。为保证认可的公正、全面、客观，1997 年美国另成立"教师教育认可委员会"（TEAC），以便从多个角度实施认证，提高教师教育质量。英国的认可机构为教师培训管理局（TTA）——依据教育法成立的非官方的执行性机构，负责认可各种教师培养机构的资格并评估其质量。[②]

我国高等教育于 1992 年开始按照"共建、调整、合作、合并"的方针进行管理体制的改革。之后 8 年，共有 78 所师范院校参与了全国高等学校的合并重组。其中，合并或合并升格为本科师范院校的有 38 所；师范院校参与合并组建新的综合性院校有 30 所；7

---

① 周�. 理解校本教研：校外合作研究者的视角 [J]. 全球教育展望，2007 (2).
② 朱旭东. 试论建立教师教育认可和质量评估制度 [J]. 高等师范教育研究，2002 (3).

所师范院校并入综合性大学。到 2000 年止，全国共有师范院校 214 所，其中，本科院校 90 所，专科学校 124 所。[①] 高师院校经过合并调整，强化了对市场经济及社会发展的适应性，初步实现教育资源的优化配置和优势互补，增强知识创新和培养创新人才的能力，为 21 世纪高等师范教育的发展奠定了基础。

然而，大批师范院校参与撤并、升格以后，师资力量、办学设备、管理机构都在一定范围内重新组合，新的师范院校办学质量可能难以保证。并且，随着开放性教师教育培养体系的建立，许多大学已经开始加入师资培养的行列，办学水平良莠不齐的现象将不可避免。从理论上而言，建立教师教育认可和质量评估制度也是由教师教育专业化、教师教育大学化和教师教育的质量观等所催生的。[②] 基于这样的背景，建立教师教育机构认可制度便迫在眉睫，以培育公平竞争的发展环境，保障教师职前教育品质并为后续的专业成长打下良好基础。迄今已有不少学者开始关注这一课题并提出了具体的认证方案及要求；[③] 政府部门联合一些综合性师范大学，正着手制定教师教育机构资质认证标准，以建立适应我国教育发展特点的教师教育机构认可制度。

（二）落实发展性教师评价制度

教师评价是对教师工作现实的或潜在的价值作出判断的活动。传统的奖惩性教师评价制度压抑了教师专业成长的积极性，无助于教师发展。有效的教师评价方式，应该是对教师教学效能的核定与其专业发展导向二者统一，使得教师为获得良好的日常教学评价而不断学习、提高的活动，同时就是促进自己的专业发展，提升专业品质过程。发展性教师评价正体现出这一特点，旨在促进教师可持续发展。它把评价作为促进教师学习专业知识、提高专业技能的一种手段，倡导评价主体的多元化，以科学的、具有建设性的方式反馈评价的结果，使受评教师能够最大限度地接受，从而使之建立起对自身更为客观、全面的认识，促进其专业发展。发展性评价制度具有以下主要特征：

1. 学校领导注重教师的未来发展；
2. 强调教师评价的真实性和准确性；
3. 注重教师的个人价值、伦理价值和专业价值；
4. 实施同事之间的教师评价；
5. 由评价者和教师配对，促进教师的未来发展；
6. 发挥全体教师的积极性；
7. 提高全体教师的参与意识和积极性；
8. 扩大交流渠道；
9. 制定评价者和教师认可的评价计划，由双方共同承担实现发展目标的职责；
10. 注重长期的发展目标。[④]

有的学者甚至从教学实践中总结出多元评价主体的各自权重。[⑤]（参见：图 5-1）可以看出，发展性教师评价制度在评价目的、评价主体、评价过程、评价策略（包括评价结果

---

① 张金福，薛天祥. 论目前我国教师教育培养模式的认识取向 [J]. 高等教育研究，2002（6）.
② 朱旭东. 试论建立教师教育认可和质量评估制度 [J]. 高等师范教育研究，2002（3）.
③ 参见：华东师范大学课题组. 对实施教师教育机构资质认证和评价的思考. 高等师范教育研究，2003（5）.
④ 王斌华. 发展性教师评价制度 [M]. 上海：华东师范大学出版社，1998：117.
⑤ 刘玉娟. 发展性教师评价初探 [J]. 中国教育学刊，2002（5）.

的达成、评价信息的传递）等方面都引入了有别于传统评价制度的思想与方法，并与教师的专业发展紧密结合。因此，应该大力落实发展性教师评价制度，以革新奖惩性评价制度。当然，新的教师评价制度，应该是两者的结合，以发展性教师评价制度为主，而不是完全摒弃评价制度的奖勤罚懒、扬优抑劣的功能。

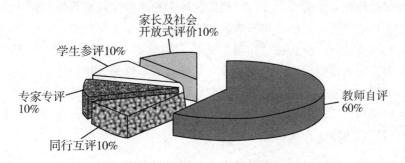

图 5-1　多元化评价主体的各自权重

（三）建立教师在职培训制度

教师职后的进修和培训是教师专业发展的重要部分，因此亟须建立教师在职培训制度。这一制度应该表现为一种立体式网络。纵向上，应该建立一体化的教师教育制度，具体可有三层含义：一是职前培养、入职教育、职后提高的一体化；二是中小学教师教育一体化；三是教学研究与教学实践一体化，即师范大学、教育学院与中小学的伙伴关系。[①]在教师职后培训领域，尤其需要建立师范大学、教育学院与中小学的伙伴关系，亦即教师发展学校（PDS），以打破高校与中小学相互隔离的状态，让教师在教学实践中遇到的问题能够及时地得到理论的解释和指导，从而更快地成长。横向上，应该加强校际间教师的流动互访，相互观摩教学。如上文所述，尽管教师教学风格极具个人化特征，但在获取专业成长、形成独特风格过程中，并不完全依靠教师自己，而是向他人，尤其是同事学得更多。强调学校之间的教师互动学习，即是让每个教师以独特的认知方式领悟的实践性知识流动起来，隐性知识显性化，促进共同发展。

在构建教师在职培训制度过程中，还必须做到：

第一，提高教师教育者的专业素质。现阶段，各地教育学院及教师进修学校仍然是教师职后培训的主力军。然而，这些"主力军"中承担中小学教师职后素质提高任务的教师，姑且称之为"教师教育者"——他们的整体素质却不能令人满意，以致四年师范本科毕业的教师，反而接受不及自己学历和水平的教师授课的现象并不鲜见。随着中小学教师高学历化的培养，[②] 以及教师职后培训主体的逐渐多元化，[③] 教师教育者的专业素质现状亟须提高，以发挥进修院校应有的作用。建议政府在政策上对"教师教育者"的义务和责

---

① 王建磐．教师专业化与教师教育政策的选择［J］，高等师范教育研究，2001（5）．

② 据资料统计，至2003年，全国各地已有180所高等院校开设了小学教育专科专业，设置小学教育本科专业的院校已有44所。

③ 各级教师进修院校作为教师职后培训的单一主体将逐渐为主体多元化所取代。《中小学教师继续教育规定》明确指出，不仅普通师范院校要成为培训院校的重要主体，而且，"综合性高等学校、非师范类高等学校和其他教育机构"以及"社会力量"只要经过有关教育行政部门批准，就可以成为中小学教师继续教育机构。

任及其权利进行规定，相应颁发任教资格证书，规范培训教师的教学行为，确保教师教育者拥有必须具备的专业素质。

第二，学校管理人员走向专业化。"百年大计，教育为本；教育的成败，很大程度上取决于管理"。[①]"职业化"、"专业化"成为学校管理人员素质提高的必然趋势。教师职后培训需要任职学校管理层的大力支持，组织教师参加进修院校或其他方式的培训活动。同时，随着校本理论的勃兴，校本培训逐渐成为教师职后专业发展的重要舞台，而学校管理人员——尤其是校长——所处的"引导"地位，构成了对领导团队素质与能力的很大挑战。以校长为首的学校管理人员走向专业化，内容上不仅是更新观念，破除非人本化管理倾向，提高管理决策能力，还应该培养教学科研素质。除了参加上级部门组织的校长（管理人员）培训班，管理人员自身应加强学习，善于接受新观念，在管理实践中进行科研活动，使理论与实践相印证，获得专业素质的提高。

## 二、法律保障：依法治教，为教师专业发展提供保障

### （一）完善现有法律法规，推进新的立法工作

教师专业发展法律保障的首要前提必须是有法可依。我国现有与中小学教师直接相关的法律法规有：《教育法》、《教师法》、《教师资格条例》、《教学成果奖励条例》、《中学教师职务试行条例》、《小学教师职务试行条例》等，构成我国基础教育法律法规体系，有力地保障了基础教育的良性、快速发展。然而，一方面，随着经济发展与社会进步，制定时间相对较早的一些法律法规，部分的条款已经丧失了其针对性和可操作性；同时，新形势下新事物不断出现，法律也必须适时补充新的内容。因此必须对相关法律予以修改和增新，以保证法律的权威性和普适性。譬如上文所述，增加对教师资格证书的有效期限的规定，提高《教师法》中规定的教师资格获得的学历标准等，以利于教师的专业成长及专业化教师队伍的形成。

另一方面，在教师专业化的宏观背景下，依据《教师法》，我国还必须确立和完善教师资格制度、教师考核制度、教师职务资格评审和聘任制度、教师培养和培训制度以及教师待遇保障制度。围绕这些制度的确立与完善，须及时制定出《教师法》的配套法规，使现有《教师法》成为一个完整的法律实施体系。具体而言，除已制定的《教师资格条例》、《教学成果奖励条例》以外，还应依据《教师法》第十一条制定教师资格考试条例或办法；依据第十六、十七条，制定教师职务条例和聘任办法，规范教师职务评聘制度；依据第二十五条，制定教师工资标准及晋级增薪实施办法，确立正常的晋级增薪制度。此外，国务院教育行政部门还应会同其他相关部门，制定教师津贴标准及其发放办法，制定学校设置标准、教师编制和教师工作量标准及计算方法等等。[②] 实践中，我国教育行政部门高度重视教育法规建设，正大力加强和改善教育立法工作，《学校法》、《教育投入法》、《终身学习法》、《教师教育条例》、《教师申诉办法》将陆续起草制定，"力争用五至十年的时间形成较为完善的中国特色教育法律法规体系"。[③] 这一法律法规体系将使《教师法》更加丰

---

① 孙培青．中国教育管理史［M］．北京：人民教育出版社，1996.

② 李晓燕．我国教师的权利与义务及其实现保障机制的研究［M］．广州：广东教育出版社，2001：230.

③ 教育部．2003～2007年教育振兴行动计划．2004年2月10日参见：http://www.edu.cn/20040325/3102277.shtml

富和完善，在更广泛的层面上为教师的专业发展提供法律支持，教师专业发展权利将得到切实有效的法律保障。

**（二）有法必依，依法治教，保障教师专业发展**

完善法律法规，推进立法工作，只是解决了"有法可依"的问题，法律制定的重要意义还在于严格贯彻执行，让法律真正起到规范约束的作用。目前的现实情况是"教育系统的法制观念还比较薄弱；依法行政、依法治校尚未成为教育行政部门、政府有关部门及学校的自觉行为；……法律规范的针对性和可操作性需要进一步加强；行政执法与执法监督不力的现象较为普遍。"[①] 因此，当前有法必依、依法治教，成为与教育立法工作同等重要之大事。

在传统观念的影响下，虽然政府已在教育领域内制定了很多法律法规，以规范社会各方的涉教行为，但人们在观念上并没有把这些行为上升到法律的高度加以认识，这种状况不仅影响到执法人员认真执法的责任意识和执法水平，而且影响到教师群体和相关人员守法的主动性，使得有法必依、依法治教难以真正实现。由此，在解决了"有法可依"的前提下，为达到有法必依，依法治教，还必须加大普及法律知识和法律观念的力度，不仅是教师、更要让学校管理者、教育行政人员主动学法、懂法，接受法律观念，使依法办事成为自觉行为。

有法必依、依法治教，对教师的重要意义之一，就是保障教师的合法权益不受侵犯，为教师的专业发展创造公平、公正的外部环境。以我国教育执法实际来看，当前对教师权益构成最大侵犯的便是教师工资与物质待遇问题。我国《教师法》明确规定，"按时获取工资报酬，享受国家规定的福利待遇以及寒暑假期的带薪休假"，是教师享有的重要权利之一，同时，"教师的平均工资水平应当不低于或者高于国家公务员的平均工资水平，并逐步提高。"然而，现实情况与此出现较大背离，有法不依的状况严重。时至今日，中小学教师不能按时足额获取报酬的现象仍在各地不同程度地存在；工资水平也难以与公务员工资持平，不仅严重损害了在职教师的从教积极性，更让中小学校难以吸引优秀人才，趋向专业发展更加困难。眼下高校出现"公务员热"，不少师范专业毕业生开始"弃教从政"，从一个侧面反映了社会对教师经济地位的怀疑，继而就可能动摇了教师作为专业人员的身份和地位。

因此，有法必依、依法治教，不仅是保障教师合法权益的需要，也是保障教师专业发展，推进教师专业化的需要。完善教育法律法规体系，应既包括教育法律条文的制定，也包括教育法律规范的执行，二者不可偏废。

**三、组织保障：为教师专业发展服务**

**（一）建立学习型的学校组织**

如前文所述，当今的学校组织功能必须得到拓展，不仅要培育学生，还应发展教师。学校组织该怎样推进教师的专业发展？建立学习型组织，是一个重要途径。学习型组织（Learning Organization）就是这样一种组织，"在其中，人们得以不断扩展创造未来的能

---

① 教育部.关于加强教育法制建设的意见.1999 年 12 月 2 日参见：http://www.moe.edu.cn/wreports/20000102/01.htm

量，培养全新、前瞻而开阔的思考方式，全力实现共同的愿望，并持续学习如何共同学习"。① 学习型组织能够让成员有能力创造学习的自由空间，鼓励合作和分享所得，促进探究和创造；能够加强个体与团体的学习气氛，采取有效的策略促进个人在组织目标达成下的持续学习，因而使个人不断地成长进步，同时组织的功能、结构与文化也不断地创新和成长，达到成员与组织同步发展。与其他类型组织相比，学校教育活动更能体现出学习的意义与价值，因此学校更有必要成为学习型组织，而教师就要比任何从事其他职业的人更有必要成为学习之人。

学习型组织可以促进组织自身不断地更新，增强适应外部变化的能力；而这必须以大力推进员工持续学习、个体获得更好的发展为基础。因此，建立学习型的学校组织，就是通过培养弥漫于整个学校组织的学习气氛、充分发挥学校成员主要是教师的创造性能力，建立起有机的、扁平的、符合人性的、能持续发展的、以信息和知识为基础的组织。它具有持续学习的能力，信息流自下而上顺畅流动，具有高于教师个人绩效总和的综合绩效。② 这样的学校组织，将教师的个体学习转变成组织学习，最主要的特点就是：教师群体拥有一个共同的愿景；拥有持续学习的理念和机制；形成学习共享与互动的学校氛围。

显然，这样的学习型学校组织的创建，教师将无一例外地受到来自任职学校的学习推动力，持续学习、合作分享是学习型学校组织的核心内容，这些对教师的专业成长具有重要的保障和促进作用。如何创建学习型学校组织？可以从以下几点入手。第一，创造良好的学习环境。硬件上，应为教师群体学习和交流提供完备的信息网络设施，建设数字化校园，提供学习经费等；软件上，积极营造教师校内学习的氛围，倡导持续学习的精神，鼓励教师在工作中学习，在学习中工作，而不是把学习看作额外的负担。第二，建立合作互动的学习共同体。学校组织不仅要了解、聆听教师的目标、愿望，而且还要经常与他们分享组织的愿景，通过相互沟通、分享、反思、讨论，逐渐把组织的愿景内化为教师集体的共同愿景。由此共同愿景推动教师群体展开有效的组织学习，形成学习共同体。第三，形成组织学习机制。通过多种组织学习的形式，如交谈、讨论、讲座、深度会谈等，让教师树立合作共享的意识，并以实际行动参与组织学习，而不是过去长期坚持的个体学习。学校组织也应建立导向学习的评价与激励机制，对持续学习、知识共享成绩突出的教师予以肯定和奖励。

（二）倡导中介组织介入教师教育领域

教师教育专业化是教师获得专业发展的前提。如何保证教师教育的专业化？须引入评估机构进行质量的监控。过去采取由政府的评估机构实施对政府举办的学校进行质量评估，其公正性、客观性必定让人质疑。积极培育专业中介组织，让中介组织介入教师教育的评估与管理，实为明智之举。

社会中介组织是一个在特定政府经济管理模式（即"小政府、大社会"或"政府与社会合作"模式）中的功能性概念。③ 所谓社会中介组织，就是介于政府与利益团体（或民

---

① ［美］彼得.M. 圣吉著，郭进隆译. 第五项修炼——学习型组织的艺术与实务［M］. 上海：上海三联书店，1998，导读：再造组织的无限生机，14.

② 庄西真. 从封闭到开放——学校组织变革的分析［J］. 教育理论与实践，2003（8）.

③ 吕凤太. 社会中介组织研究［M］. 上海：学林出版社，1998：98.

众）之间，通过提供特殊服务进行沟通、协调等职能活动，促进社会矛盾的相互转化和融合的一种社会团体。显然，这样的社会中介组织具有独立性、公益性、沟通性、协调性、公正性等基本特征。[①] 在西方发达国家，社会中介组织大量地存在，形成了完善的评价、监督、制约机制。这些教育中介组织为国家教育政策规划的制定和实施、各级各类教育的发展和运作，提供了大量的情报和信息咨询服务，部分地承担了一些原本属于政府部门的职能。

目前，我国的教育中介组织尚处于孕育期，或发育不良、或准政府化，力量薄弱，不能发挥如发达国家中介组织成熟期所具有的重大影响功能。例如，我国现有的全国教师组织——中国教科文卫工会，在维护教师权益方面遭遇到很多障碍，包括观念上的、机制上的以及法律上的难题，[②] 难以发挥更大作用和影响力。再如，近几年我国各地的教育评估机构纷纷建立起来，然而存在着与政府机构的层层姻缘关系，决定着要得到社会的普遍认可还需走很长的路。而在 WTO 的体系中，作为教育管理手段和决策工具的教育评价，要交由教育中介机构来完成，使之逐渐专业化、市场化、社会化。[③] 因此，当前我国应积极培育教育中介组织，以推进教师教育专业化与教师的专业发展。首先是厘清体制关系，建立纯民间性的教育中介组织或团体。这种组织或团体的宗旨当为教师在提高专业地位、促进自身专业发展方面，对政府的政策制定施加影响，具有组织行为的相对独立性，免除来自行政权力的不当干扰。其次，教育中介组织的成员结构，应以从事教育教学实践的一线教师为主体。中介组织的建立目的在于为教师发展服务，只有身处实践的教师，才能更深刻理解教师的发展需求和实际条件的满足程度。第三，相应地改革中小学学生考试制度、教师考核评价制度，让教师拥有较多的时间和精力参与中介组织活动，通过组织的引导和规范，获得专业发展，向专业化迈进。

---

① 李亚东．试论我国教育评估中介机构的构建 ［J］．教育发展研究，2002（11）．
② 张卫健．我国教育工会维权障碍分析 ［J］．中国教工，2003（5）．
③ 徐玲．WTO 对中国教育服务的冲击与应对之策 ［J］．教育研究，2002（11）．

# 第六章 委托管理之课堂教学

课堂是各式教学的重要场所，也是学生们养成良好的学习习惯、形成良好的学习氛围的场所。因此，我们有必要对课堂教学，尤其是影响课堂教学效果的各项因素进行分析。

目前，随着我国新课程的迅速推进，人们的关注焦点集中在课程改革。世界教育改革的两条基本经验是：学校教育改革如果没有教师的参与和支持，没有教师积极而又富有创造性的工作，是难以达到预期目的的；二是教育改革如果不能深入课堂，是难以取得真正成效的。因此，新课程的实施、基础教育改革的推动必须回归课堂，必须研究课堂。课堂是学校教育的主阵地，但是长期以来，课堂研究一直是我国基础教育研究的薄弱环节。教师与学生是课堂的两大主体，所以课堂研究包含了两个方面的内容："教"的研究与"学"的研究。[①] 因此，本章将研究"聚焦"到学校教育的基本途径——课堂教学。我们认为，课堂教学承载着社会的希望，承载着教育者的希望，承载着学生的希望。课堂教学是教师和学生真实生命历程的重要舞台，课堂教学的质量直接关系到学生的未来和教师的专业发展。教育要变革，要跟上这个时代的步伐，就应该从课堂教学开始。我们希望通过剖析委托管理学校课堂教学存在的问题，进行现状分析，以此提出策略应对，并进一步提高委托管理学校课堂教学的质量。

## 第一节 委托管理学校之课堂教学现状分析

为加快上海远郊地区义务教育事业的发展，促进城乡教育一体化发展，积极推进本市优质教育资源向郊区农村辐射，支持郊区农村义务教育学校的办学水平和教学质量，按照沪教委办（2006）88 号文件《上海市教委关于推进郊区农村义务教育改革和发展的若干意见》的精神，经徐汇区和金山区教育局共同研究决定，由徐汇区教师进修学院附属实验中学（徐教院附中）委托管理金山区廊下中学，由徐汇区田林第三中学（田林三中）委托管理金山区吕巷中学；经长宁区和金山区教育局共同研究决定，由长宁区建青实验学校（建青实验）委托管理金山区兴塔中学。

### 一、研究和变革课堂教学的重要性和必要性

首先，课堂教学是实施素质教育的主渠道。"我国的课堂教学在应试教育的泥潭里越陷越深，与'素质教育'主旨越来越远。"[②] 课堂教学活动自觉或不自觉地遵从了倡导"教师权威"、坚持"知识本位"和宣扬"精英主义"的价值取向。二十多年的素质教育充

---

① 郭景扬，练丽娟，陈振国．课堂教学模式与教学策略［M］．上海：学林出版社，2009.

② 钟启泉．文本与对话——教学规范的转型［M］．上海：华东师范大学出版社，2006：206.

其量只是一直在课堂外转悠，我们发现，"课堂教学效率低，课后时间大量补"的现象随处可见。教师说很辛苦，因为课总是上不完，学生说很辛苦，因为作业总是做不完。造成这种教学状况的根本原因，主要是我们没有把课堂教学作为实现素质教育的主渠道、主阵地。学生的大多数有效学习时间是在课堂上度过的，此外，课堂教学还是一种高度有组织，目的性、指向性很强的活动。因此，我们要转变认识，树立课堂教学是实现素质教育的主渠道的意识和观念。①

其次，课堂教学变革是"新课程"实施的核心环节。新一轮的基础教育课程改革是我国新中国成立以来较为彻底的一次课程改革。新课程洋溢着时代气息，体现着素质教育的理念，令人耳目一新，在优化课程结构、调整课程门类、更新课程内容、改革课程管理体制和考试评价制度等方面都取得了突破性进展。改革的目标是改变现行课程与教学中的六个过于："过于注重传授知识，过于强调学科本位、门类过多和缺乏整合，过于注重书本知识，过于强调接受学习、死记硬背、机械训练，课程评价过于强调甄别与选拔的功能，课程管理权力过于集中的状况。"同时倡导全面、和谐发展的教育，强调形成学生积极主动的学习态度，使获得基础知识和基本技能的过程同时成为学会学习和形成正确价值观的过程……促进课程的民主化与适应性，实行国家、地方、学校三级课程管理，增强课程对地方、学校及学生的适应性。新的课程要通过课堂教学来实现，如果我们的课堂教学不改变，仍然"穿新鞋，走老路"，教师的教学理念、角色观念、教学方式，学生的学习方式，考试评价制度都不发生改变，那新课程改革的目标就难以实现。从某种程度上说，课程改革的核心环节是课程实施，而课程教学是课程实施的主要途径。因此，课堂教学变革是"新课程"实施的核心环节。②

最后，教师的成长与专业发展要通过课堂教学实践来实现。教改的关键是教师，教改的核心在课堂。新一轮的国家基础教育课程改革将使我国中小学教师发生一次历史性的变化，教师将面临一个全新的课程环境，他们在教育改革的舞台上将扮演一个全新的角色，教师将进入课程规定的新的课程生活方式。他们不得不随着新课程所建立的学生学习方式的改变而重新建立自己的教学模式。新的教师角色的转换需要在课堂教学中完成。要改变现有课堂教学中常见的见书不见人、人围着书转的局面，必须研究影响课堂教学师生状态的众多因素。所以，课堂教学是现代教师工作的一种方式，教学不仅是一种意向性（有目的）的行为，同时它又是一种探究性的行为。现代教师要从"教书"转向"教人"，教一个活生生的、具有整体生命的人，他们每时每刻都要面对和处理具有不确定性的教育情景，因此，教师必须在课堂教学的实践中完成角色的转换。③

## 二、委托管理学校之课堂教学现状

通过对三所委托管理学校的教师、学生和家长进行问卷调查和访谈，结合专家对三所学校的初步评估的综合意见，以及学校的自我评估，总结出委托管理学校之课堂教学现状。具体表现为：

---

① 孙亚玲，范蔚.课堂教学的变革与创新［M］.广州：广东教育出版社，2006：8—9.
② 孙亚玲，范蔚.课堂教学的变革与创新［M］.广州：广东教育出版社，2006：10—11.
③ 孙亚玲，范蔚.课堂教学的变革与创新［M］.广州：广东教育出版社，2006：10—11.

（一）廊下中学之课堂教学现状

1. 除初三劳技课未开设外，其余学科均开齐开足，但语文、数学、英语、化学、物理的课时均超市课程计划要求，周活动总量未达到市教委规定，学校每周安排体育活动 1 次（市教委规定 2 次）。

2. 学校对教学质量监控有制度，有一定的措施，但抓得不实，不够有力。尚未形成有效的监控机制，质量监控的资料不够齐全。

3. 课堂教学的质量和效率不高，课堂教学的方法有待进一步改进，二期课改的要求有待进一步落实。此次专家随堂听课中，评为"一般"或"较差"的占 76.4%。区教研室认为该校教师队伍水平参差不齐，部分教师课堂教学方式陈旧，改革意识不强，缺乏探索精神和创新能力。外地引进教师尚不能很好地把上海二期课改理念融合于课堂教学。教师主动性不够，有"等、靠、要"的思想。课程建设力度不大，学校对教学常规的管理有流于形式的倾向，常规工作不很到位。校本教研薄弱，多门学科教学质量处于全区末位。

4. 教学研究活动的氛围不够浓厚，针对性不强。据教师问卷调查，有 71.2% 的教师认为学校尚未有教学研究的氛围。

（二）吕巷中学之课堂教学现状

1. 各年级各门学科开齐开足，但各年级的语文、数学、英语的拓展课基本上是基础性课程的延伸（实际上是变相的加课时）。

2. 学校较重视教学工作，对教学质量监控有制度、有措施。教师问卷调查反映，有 83.6% 的教师认为学校对教学工作比较重视，但尚未形成切实有效的监控机制。

3. 学校与教研组每个阶段的教学研究主题不够明确，针对性不够强，尤其是针对本校学生实际，加强教法与学法的研究明显不够。

4. 学生在校每天的活动总量未能有效控制。据了解，学校规定学生每天早晨 7：15—7：54 上早读课，中午 12：20—12：40 上午会课（大多是教师补课）。课余时间，学生兴趣活动太少。学生问卷调查中，"觉得在学校的学习生活""一般"和"不愉快"的占 32.66%。

5. 课堂教学的质量和效益有待进一步提高，二期课改的要求有待进一步落实。在此次听课评价中，课堂教学"一般"或"较差"的占 55.6%，主要表现在"多数教师的教学观念较守旧，安于现状，探究的积极性不高。以应试教育为主，重题海战。课堂教学有效性较差，应试色彩较浓厚"（区教研室评价）。学生学习积极性不高，主动性欠缺。

（三）兴塔中学之课堂教学现状

1. 除初三劳技课未开设外，其余各学科均开齐开足，但语文、数学、英语、化学、物理的课时均超市课程计划要求，周活动总量未达到市教委规定，学生课余兴趣活动太少。

2. 学校较重视教学工作，对教学质量监控有制度，有一定措施。教师问卷调查中有 86.4% 的教师认为学校对教学工作较重视。学校建立了教案检查、作业抽查、听课检查、质量分析等制度，但是措施不够扎实，资料不够齐全。

3. 课堂教学的质量和效益不够高，课堂教学的方法有待进一步改进，二期课改的要求有待进一步落实。据随堂听课反映，课堂教学"一般"和"较差"的占 55.6%。区教研室认为该校教师对课程的执行力较弱。课堂教学目标片面，而且缺乏针对性，"掐头去尾""烧中段"的教学状况尚未改变。学生的主体地位没有真正确立，教师主导作用的发挥不能很好到位，新课程理念未能很好地转化为教师的课堂教学行为。学校教研组开展活动基本正常，但校本教研功能不强，活动质量有待进一步提高。

4. 较重视学生的补缺补差。据学生个别访谈和问卷调查反映，大部分教师能够利用课余时间对困难学生进行个别辅导，有 87.3% 的学生评价教师能热心帮助学生。据学生反映，学校在寒暑假放假之前的一周，对部分差生进行不收费的集中补课，但效果一般。

三所委托管理学校普遍都重视学校的教学工作，但是都存在这样或那样的问题。根据以上三所委托管理学校的课堂教学现状，委托管理学校的课堂教学主要有以下几个问题：(1) 学校对教学质量监控有制度、有一定的措施，但尚未形成有效的教学质量监控机制；(2) 课堂教学质量和效率普遍不高，因此，课堂教学质量和效率有待进一步提高；(3) 课堂教学方法有待进一步改进。专家随堂听课中，课堂教学评为"一般"或"较差"的廊下中学占 76.4%，吕巷中学占 55.6%，兴塔中学占 55.6%。具体表现为部分教师课堂教学方式陈旧，教学观念守旧，探究积极性不高。课堂教学主要以应试教育为主，忽视学生的主体地位。课堂教学目标片面，缺乏针对性；(4) 新课程理念未能很好地转化为教师的课堂教学行为，因此二期课改的要求有待进一步落实。具体表现为：教师改革意识不强，缺乏探索精神和创新能力，此外，外地引进教师尚不能很好地把上海二期课改理念融合于课堂教学；(5) 学校对教学常规的管理流于形式，课程建设力度不大，教师对课程的执行力也较弱；(6) 校本教研薄弱，主要表现为教研组的教学研究活动的氛围不够浓厚，每个阶段的教学研究主题不够明确，针对性不够强，尤其是针对学生实际，加强教法与学法的研究不够；(7) 重视学生的补缺补差，但是利用课余时间对学困生进行个别辅导没有起到很好的效果。

### 三、委托管理学校之课堂教学现状分析

我们针对以上委托管理学校之课堂教学的问题进一步做了如下的分析并提出相关建议：

第一，教师教育观念滞后，传统教育观念难以更新。新课程意味着传统课堂教学从教育观念、教学方法、教学内容、教学策略到教师角色行为、知识的呈现方式、学生的学习方式、师生的交往方式等都要彻底地变革。可是委托管理学校的教师对新课程的重要性仍然认识不足，表现为以下四个方面：一是缺乏学习，教师不知道新课程所倡导的新理念是什么，所以在课堂上几乎没有体现出新的课程理念。对教师们而言，只知道教育是教人读书，不懂得教育是开启人的潜能、发展人的个性，导致对教育教学的功能存在理解上的狭隘。二是学习了新课程的新理念，观念上有所触动，但不主动改变自己的教学行为。大多数教师都等着别人拿出成功的模式供自己模仿，别人怎么改，我就怎么改；别人改什么，我就改什么。三是对新课程的新理念抱有怀疑态度。教师对新的做法表示不理解，表示怀疑，所以在课堂教学中表现出迟疑、观望的状态。"我不讲或不讲彻底，学生怎么能学会呢"、"让学生探究，那教学任务怎么能完成呢"等等。所以这些认识上的滞后，都会给课堂教学的变革带来阻力。[①] 四是缺乏课程意识。教师只有教学意识，几乎没有课程意识。

---

① 孙亚玲，范蔚. 课堂教学的变革与创新 [M]. 广州：广东教育出版社，2006：14—15.

教学意识只关注现实目标的实现，而课程意识关注目标是否合理，实现目标本身有没有意义；教学意识只关注学科内容，而课程意识关注人的健康成长和发展；教学意识只注意自己的教学行为发挥到极致就是最好，而课程意识认为发挥到极致未必是好事，比如随意扩大目标对其他教学、课程内容可能是破坏性的、有负面影响；在对待学习结果上，教学意识关注直接的学习结果，即学生学了多少知识，得了多少分，结果是学生学了越来越多的东西，可学生越来越不想学，而课程意识认为，如果教学所关注的直接的学习结果不利于学生的成长，那么这样的学习就是无效的。①

第二，课堂教学方法落后，旧的教学方式难以改变。教学方法是教师引导和帮助学生学习的工作程序和教学策略。委托管理学校的教师们都习惯了老师讲、学生听的"一言堂"的传授方式，也习惯了教师作为"知识权威"、"主导"的角色。因此，改变教师习惯的教学方式存在一定的难度。传统的教学中，教师只关注学科知识的逻辑性和系统性，把系统的学科知识"传授"给学生，把教科书的结论"传递"给学生。他们根本不给学生时间和空间去操作、观察、猜想、探索、归纳、类比、质疑，而是向学生呈现出现成的答案，让学生去记忆。② 现代著名教育心理学家布鲁纳认为："我们教一门科目，不是建造有关这门科目的一个小型现代图书馆，而是使学生亲自进行像数学家思考数学、像一名史学家思考史学那样，使知识的获得过程体现出来。认识是一个过程，而不是一件产品。"他强调，教一个人某门学科，不是要使他把一些结果记录下来，而是要使他参与把知识建构起来的过程。③ 新的教学方式从追求教科书的结论转变到注重学生知识的建构，还要求教师要培养学生的问题意识。课堂教学中不再是清一色的标准答案，而是要给学生留下问题。通过设计真实、复杂、具有挑战性的开放的问题情境，引导学生参与探究、思考，让学生通过一系列的问题解决过程来进行学习。④ 要求改变教师的教学方式，从"灌"到"启"的教学方式的转变对委托管理学校的每一位教师都是一种挑战，需要一定的过程与探索实践。

第三，教师的科研意识和科研能力薄弱。教师的教育教学行为依赖教育科研，这既是现代化教育教学的重要指标，也是实现教育教学现代化的重要前提。然而，委托管理学校的教师平时都很辛苦，课外大量地帮学困生补习，但是效果一般，上课根据自己长期形成的经验进行。此外，三所学校普遍都存在片面追求升学率而没能认识到教育科研在教育教学中的重要地位和作用。⑤ 北京师范大学教授林崇德说过，"教师参加教科研，是提高自身素质的重要途径。"所谓教科研，就是以教育科学理论为武器，以教育领域中发生的现象为对象，以探索教育规律为目的的创造性的认识活动。即用教育理论去研究教育现象，探索未知，解决教育教学过程中出现的问题。而教师参加教科研，通过实地调查、实验研究、科学论证，才能实现教育工作的科学化。只有做到以上几点，教师的教育教学模式才会由"经验型"转向"科研型"；教师的角色才会由"教书匠"转向"专家"、"学者"；课堂教学研究才会由原先的教法研究逐渐深化到更新教学手段、创设问题情境、转变学生学

---

① 吴刚平. 教学改革的课程论意义 [J]. 教育研究, 2002 (9): 63.
② 孙亚玲, 范蔚. 课堂教学的变革与创新 [M]. 广州：广东教育出版社, 2006：17.
③ 布鲁纳著, 邵瑞珍译. 论教学的若干原则 [M]. 北京：人民教育出版社, 1980：411.
④ 孙亚玲, 范蔚. 课堂教学的变革与创新 [M]. 广州：广东教育出版社, 2006：18－19.
⑤ 孙亚玲, 范蔚. 课堂教学的变革与创新 [M]. 广州：广东教育出版社, 2006：23－24.

习方式的研究。因此，委托管理学校的教研组加强教法与学法的研究，既要研究"教"，又要研究"学"，形成良好的教学研究氛围。

第四，以书本知识为本位，忽视学生能力的发展。委托管理学校的课堂教学受"应试教育"理念的影响，以"考试"指挥棒为轴心转动，教学就是为考试服务的。从上面调查的现状看出，委托管理学校的教师以知识学习为中心，搞题海战术，将学习异化为知识要点的掌握和知识的死记硬背、知识的再现，教师成为知识的中转站，教学过程就是教师对书本知识的再现过程，是学生接受教师灌输书本知识的过程。学校重视学生的知识学习，忽视其他方面的能力发展，如学生的个性、情感、态度、思维方式、思维习惯等。这种课堂教学只注重教学结果而不注重教学过程，注重总结性评价而忽视形成性评价，单一地为了寻求结果而教学，表现出过强的功利主义倾向，抑制学生的全面发展，这严重影响教学质量和学生的发展。[①]

第五，教学常规管理流于形式。加强学校教学常规管理，促进教学质量和办学效益的提高，是全面提高教学质量，实施素质教育的最根本保障。委托管理的三所学校都有各自的教学常规管理制度，但是落实方面有流于形式的倾向，没有实质性的履行。因此，委托管理学校的相关管理人员对教学常规管理要力争到位，不要流于形式。

第六，教学质量监控机制不够完善。教学质量监控是学校为监督教学计划贯彻执行，规范教学工作有序开展，保障教学质量而进行的长期系统工作。委托管理学校都有一定的教学质量制度，但措施不够有力。

# 第二节 课堂教学相关理论研究

## 一、课堂教学的相关概念界定

什么是课堂教学？要回答这个问题，首先要知道什么是课堂，什么是教学。

从传统意义上讲，课堂是指以教学班为单位，进行各种教学活动的场所。实际生活中，人们常常把课堂与教室相等同。在英文中，课堂与教室均为"classroom"。但是，课堂与教室又有着明显的不同。教室虽然是进行日常教育教学活动的场所，但它主要侧重于师生活动空间的建筑学意义，强调的是教师和学生置身其中进行教学活动的物理空间。而课堂不仅是物理空间意义上的教室，也不仅是游离于其他社会活动之外纯粹传授和学习知识的场所，更是一个有情境、有气氛的、生动的活动场所，其中蕴藏着主体之间的平等交往与积极互动，充满着生活意义与生命价值。

课堂的形成与发展经历了一个从原始形态—单一形态—综合形态的演变过程。[②] 在古代人类社会的漫长发展中，教育活动尚处于较低水平，教育机会不均等，教育内容较为单纯，教育活动形式主要是教育者与受教育之间的直线联系，课堂呈现出面对面的直线式原始形态。随着近代资本主义的兴起，课堂的直线式形态已不能适应社会发展的要求，这时适应大工业生产方式的集体教学形式逐渐形成和发展。教师不再是面对面地教学生，而是

① 李森．课堂教学创新策略研究［M］．重庆：西南师范大学出版社，2008：205－206．
② 陈时见．课堂管理论［M］．桂林：广西师范大学出版社，2002：1－2．

必须面对由数十位各不相同的学生所组成的集体。17世纪捷克教育家夸美纽斯在其《大教学论》中首次提出班级授课制，使课堂教学从实践上升到理论。到19世纪初，西欧各国兴起和发展导生制度，课堂教学的形式得到巩固和完善，课堂逐渐成为学校教育的重要活动场所。不过，教师的主要任务是传授系统的文化知识，教学活动较为单一，课堂呈现出单一形态。到现代社会，对教育的要求越来越高，课堂也在不断地发展和变化，虽然课堂教学的形式一直延续下来，但它所涵盖的内容和要求已变得十分复杂。课堂已不仅仅是传授知识和技能的场所，它已具有多元教育的功能，发展为体现多元文化、具备多种功能、完成多重任务的综合形态。

当今，学者们对现代课堂有着不同的表述。有学者强调"让课堂焕发出生命活力"[1]。有学者阐明："课堂，一个平常、普通而又神秘莫测的地方；课堂，一个充满了众多生灵喜怒哀乐的地方；课堂，一些人心向往之而另一些人又唯恐避之不及的地方；课堂，一个既严肃又活泼的地方；课堂，一个既可远观欣赏又可近观理解，但就是'不可亵玩'的地方。理想的课堂总是能以理服人、以志激人、以情动人。"[2] 更有学者提出要"重构课堂"，认为："课堂不是教师表演的舞台，而是师生之间交往互动的舞台；课堂不是对学生进行训练的场所，而是引导学生发展的场所；课堂不只是传授学生知识的场所，而更应该是探究知识的场所；课堂不是教师教学行为模式运作的场所，而是教师教育智慧充分展现的场所……"[3]

由此可见，现代课堂已完全超出教室的功能，被赋予更多的意义和价值。正如多勒（Doyle，W.）所提出的课堂应具备的基本特征：多维性，指课堂由具有不同的背景、兴趣和能力的人构成；同步性，指教师在完成某项任务时，要对全班的每个学生给予相应注意，以保证每个学生都将注意力集中在教学任务上；即时性，指课堂上每发生一件事，都会对课堂中的教师产生冲击，而这些事件需要教师马上给予反应；不可预测性，指课堂中常常发生一些难以预料的事情，即使是一个制定得相当严密的计划，也难以预见会发生什么事情；公开性，指在课堂上，每一个人的行为都是有目共睹的，特别是教师的一言一行都在学生的监控之下，因此，教师应当注意自己行为的规范性；历史性，指师生在较长时间的课堂相处中，他们的每一个行为都会影响到其他人对他们后续行为的看法和评价。[4] 从中不难发现，课堂的所有特征都是围绕着课堂中的人的行为而展开。可以说，课堂是课堂教学的发生地，是课堂教学赖以存在的前提。因此，关注课堂绝非仅是分析课堂中所具有的物理空间环境，更多的是需要研究课堂中师生的行为。

教学即教师的教与学生的学。新中国成立后，我们在全面学习苏联教育学家凯洛夫主编的《教育学》时，了解到苏联教育学家对教学所下的定义是："教学过程一方面包括教师的活动（教），同时也包括学生的活动（学）。教和学是同一过程的两个方面，彼此不可分割地联系着。"[5] 于是就接受了这样一种定义：教学是教师教和学生学的统一活动。王策三在《教学论稿》（1985）一书中提出，所谓教学，乃是教师教、学生学的统一活动；

---

① 叶澜. 让课堂焕发出生命活力——论中小学教学改革的深化 [J]. 教育研究，1997（9）：3—8.

② 参见陶志琼为《透视课堂》一书写的"译者序言".

③ 郑金洲. 重构课堂 [J]. 华东师范大学学报（教育科学版），2001（3）.

④ Doyle，W.. Classroom organization and Management[M]. New York：1986：392—413

⑤ 凯洛夫总主编，陈侠等译. 教育学 [M]. 北京：人民教育出版社，1957：130.

在这个活动中，学生掌握一定的知识和技能，同时，身心获得一定的发展，形成一定的思想品德。李秉德在《教学论》（1991）一书中提出，教学就是指教的人指导学的人进行学习的活动。进一步说，指的是教和学相结合或相统一的活动。顾明远主编的《教育大辞典》中指出，教学是以课程内容为中介的师生双方教和学的共同活动。[①] 美国教育学家史密斯（Smith，B. O.）把英语国家对教学（teaching）的含义的讨论作了整理，并把它们归为五类：（1）描述式定义：教学是传授知识或技能。（2）成功式定义：教学意味着不仅要发生某种相互关系，还要求学习者掌握所教的内容。（3）意向式定义：教学是一种有意向的行为，其目的在于诱导学生学习。教师的行为表现是受他们的意向所左右的，而他们的意向是以教师自身的信念体系和思维方式为基础的。（4）规范式定义：教学的活动符合特定的道德条件，也就是说，只要符合一定道德规范的一系列活动都是教学。（5）科学式定义：由用"和"、"或"、"含义为"等词联结起来的一组句子构成。即以 a＝df（b，c，…）来表示的命题组合定义或并列建议式定义，其中 a 表示"教学是有效的"，（b，c，…）表示"教师作出反馈"、"教师说明定义规则并举出正反两方面的实例"等等命题的组合，＝df 表示随着命题之间的微小变化，a 将发生变化。[②]

本书遵循分析的逻辑，在理性思维中，强调教学活动中教师的教与学生的学是可分的，而且必须分。所谓教学是教与学统一的活动，这至多是一种描述性定义。为了进一步揭示教学的本质，更深入地理解教学的意义，也为了便于有针对性地讨论问题，我们需要有一种规定性的定义。这种规定性的定义就是，教学是指教师引起、维持以及促进学生学习的所有行为。因此，这里的教学讨论的是教师的教，而不是学生的学，确切地说，本章的中心话题是教师的行为，而不是学生的行为。

## 二、课堂教学行为

### （一）界定"课堂教学行为"同样离不开对"教学"的理解

总体来说，对于"教学"的理解可分为两种观点：一种是将教学当成一个联合词，意指教师的教和学生的学两方面的统一；一种是将教学当作一种行为，相当于教师的"教"，是教学实践中教师一方的行为，如"教学（教）就是教师引起、维持与促进学生学习的所有行为"。[③] 按照第一种观点，课堂教学行为应有教师和学生两个行为主体，应当包括两个行为主体及主体之间的所有行为。而按照第二种观点推演，课堂教学行为只有教师一方主体，相应的该行为就指教师行为。那么，是不是教师行为就可以代替学生行为？是不是只要改善了教师行为，学生行为就会得到改善，课堂教学行为就自然得到优化了？显然这是有失偏颇的。学生同样是具有能动性的个体，其行为的发生也是有意识、有目的的，学生行为会对教师行为作出反馈，进而影响和改进教师行为，它不应被排斥在课堂教学行为之外。

因此，本文赞同上述的第一种观点，即认为教学是教和学的统一体，失去"教"或

---

① 施良方，崔允漷. 教学理论：课堂教学的原理、策略与研究［M］. 上海：华东师范大学出版社，1999：6—7.

② Smith，B. O.. Definitions of Teaching, In：Dunkin，M.（Ed.）. The International encyclopedia of Teaching and Teacher Education，1987.

③ 定义中提及的"教学（教）"指的是"课堂教学"，详见施良方，崔允都著. 教学理论：课堂教学的原理、策略与研究［M］. 上海：华东师范大学出版社，1999：13.

"学",的任何一方,"教学"都是不完整的。如果运用系统论原理分析,可以看出课堂教学行为不是简单的教学形式、手段、方法和技能的构成体,而是一个包括教和学两个动因在内的、结构复杂的、内容丰富的目的性行为,是由行为主体(教师和学生)以及与行为主体相联系的起着直接与间接作用的因素所构成的、在动静交替转换过程中反映出来的一种态势。[①] 既然课堂教学行为存在教师和学生两个行为主体,就必然包括主体及主体之间的活动,也就是说课堂教学行为不是个别、偶然、孤立的行为,而是一个综合体。

综上所述,笔者认为,课堂教学行为是指在课堂上行为主体以及行为主体之间在采取一定手段实现教学目标过程中所发生的各种活动的总和。它由教师行为、学生行为以及互动行为三方面构成。教师行为,是指课堂上教师在采取一定手段实现教学目标的过程中所发生的各种活动。主要是指教师的教学行为。学生行为,是指课堂上学生在教师的指导下通过一定手段实现教学目标的过程中所发生的各种活动。主要是指学生的学习行为。在界定互动行为之前,首先要明确互动的内涵。一般说来,互动有广义和狭义之分。广义的互动是指行为主体之间的一切相互作用和相互影响,不论这种影响是发生在师生、生生群体之间还是师生、生生个体之间,不论是发生在教育教学情境下还是发生在教育情境之外的社会背景中,包括导致双方心理与行为发生同向或反向的所有变化。狭义的互动是指在教育教学情境下行为主体之间在活动中的相互作用和相互影响。[②] 本研究采用狭义的互动概念。据此,互动行为是指课堂上师生之间及生生之间在采取一定手段实现教学目标的过程中发生的相互作用和相互影响的各种活动。它包括师生互动行为和生生互动行为。

(二)课堂教学行为的分类

课堂教学行为是一个综合体,因此从不同角度、不同标准审视课堂教学行为可作出不同的类型划分。(见表6-1)

表6-1　课堂教学行为分类表

| 分类标准 | 课堂教学行为的类别 |
| --- | --- |
| 行为主体 | 教师行为、学生行为、互动行为 |
| 表现形式 | 言语行为、非言语行为 |
| 行为目标 | 认知行为、感情行为、动作技能行为 |
| 作用价值 | 主要的课堂教学行为、辅助的课堂教学行为 |
| 产生方式 | 预设的课堂教学行为、生成的课堂教学行为 |
| 产生效果 | 有效的课堂教学行为、无效的课堂教学行为 |
| 存在状态 | 显性的课堂教学行为、隐性的课堂教学行为 |

1. 教师行为、学生行为与互动行为

从行为主体的角度而言,课堂教学行为可划分为教师行为、学生行为和互动行为。本研究主要以此分类作为研究主线,辅之以其他的分类形式。

教师行为主要是指课堂教学中教师的教学行为,又可分成主要教学行为和辅助教学行

---

① 戴国忠.略论教学行为的内涵与特征 [J].普教研究,1994(4):58—59.
② 佐斌.师生互动论——课堂师生互动的心理学研究 [M].武汉:华中师范大学出版社,2002:76.

为。主要教学行为是教师在课堂上为完成某一目标或内容定向的任务所表现出来的行为，主要有讲解、呈示、要求等行为；辅助教学行为主要是配合与辅助主要教学行为，为课堂教学的顺利进行创造条件，主要包括管理行为和感情行为。

学生行为主要是指课堂教学中学生的学习行为，包括个体学习行为和群体学习行为。个体学习行为主要有听讲、笔记、阅读等行为，群体学习行为主要有合作、讨论等行为。

互动行为分为师生互动行为和生生互动行为。师生互动行为主要表现为提（发）问与回（解）答、启发与探究、作业布置与评价、指导与练习、课堂扮演、角色扮演等行为。生生互动行为可归为学生群体学习行为，与学生群体行为基本相一致。

2. 言语行为与非言语行为

言语行为和非言语行为的划分是以课堂教学行为的表现形式为标准。在课堂教学中，师生之间的交往不是人与人之间的随意交往，交往一方总是力求使另一方掌握他所传播的信息，而大量信息是通过言语传播的。如教师的讲解、提问、解疑、启发等行为；学生的回答、发问、讨论等行为；以及师生之间的互动交流行为等都是通过言语进行的，言语行为占课堂教学行为的大部分比例。由于言语行为传递的主要是学术信息，因此教师的言语行为质量决定了学生的学术成就水平。但也不能忽视学生的言语，课堂中学生的言语兼有三种功能：传递、表达认知内容的"命题功能"；借助这种语言建构并修复人际关系的"社会功能"；借助这种语言证明自我存在和表明态度的"表达功能"。[①] 课堂教学中的非言语行为是指除言语行为之外，对学习活动产生直接影响的行为，如眼神、表情、手势、站姿等。美国心理学家艾伯特·赫拉的一个实验结论充分说明了非言语行为的重要性，一个信息的总效果＝7％的言语＋38％的音调＋55％的面部表情。但是非言语行为很少在教学中单独使用，通常是作为言语行为的辅助，起着烘托、强化、补充、替代的作用。因此，恰当地运用非言语行为可使课堂教学收到事半功倍的效果。

3. 认知行为、感情行为与动作技能行为

以行为目标为分类标准，课堂教学行为可分为认知行为、感情行为以及动作、技能行为。每节课都有一定的目标或意图，是偏于发展认知、还是偏于发展感情或动作技能、还是三者兼而有之？显然，教师对教学行为的选择是与意图、学习目标和内容之类的因素联系起来考虑的。认知目标是永恒的基本的教学目标，人类要传承的任何内容都凝固在知识中，当它为个体所内化或利用时才成为我们所谓的能力、情感或态度，所以指向学生认知发展的行为是课堂教学行为不可或缺的组成部分。指向感情的行为受课堂教学内容的影响，当课程内容思想性强时，相应的促进学生情感发展的课堂教学行为就会增多。促进动作技能的课堂教学行为通常是与认知行为结合在一起的，因为技能本身就包括认知和操作成分，而且知识如果不转化为能力就会使其丧失应有的价值。

4. 主要的课堂教学行为与辅助的课堂教学行为

根据课堂教学行为发挥的作用不同，分为主要的课堂教学行为和辅助的课堂教学行为。主要的课堂教学行为指课堂中直接发展学生身心的行为。既包括教师的教学行为也包括学生的学习行为。教师采取何种教学行为很大程度上影响学生的学习行为。有的教师一

---

① 参见［日］佐藤学著．学习的快乐——走向对话［M］．北京：教育科学出版社，2004：57—58.

贯把注意力放在自己及自己要教的教学内容上，认为它的主要任务是以最有助于他讲授和学生理解的方式组织教材，他往往采取呈示的、教导式的教学行为，学生自然采取被动的、接受式的学习行为；有的教师把教学方式的重心放在学生身上而不是教材上，多采取诱导式、启发式的教学行为，相应地学生多实行主动的、探究式的学习行为。辅助课堂教学行为以教学的顺利开展为目标，是为主要课堂教学行为服务的行为，包括感情、管理等行为。

5. 预设的课堂教学行为与生成的课堂教学行为

以行为的产生方式为划分依据，分为预设的课堂教学行为和生成的课堂教学行为。预设的课堂教学行为是教师在课堂教学开始之前就预先设计好的行为，大部分主要教学行为和一些重要的辅助教学行为都是教师预先设计的，这样能够在单位时间内提高课堂教学效率，保证教学目标的实现，但过于精心的设计容易使教学陷入僵化。生成的课堂教学行为是教学中出现于教师计划之外的行为，是情境性的，或因教师应付突发事件而被动产生，或因师生互动而主动产生，既可是主要教学行为也可是辅助教学行为。它可以补充、突出、强化预设的行为，也可以修改或重塑预设的课堂教学行为。恰当运用生成的课堂教学行为能够取得意想不到的教学效果，甚至还会具有一定的创新性，但是过多的生成行为会造成课堂教学行为无序，引起混乱。

6. 有效的课堂教学行为与无效的课堂教学行为

从行为的产生效果而言，可划分为有效的课堂教学行为和无效的课堂教学行为。具体可通过教师在课堂教学过程中是否实现教学目标、违背教学规律、忽视教学对象来进行判定。例如某些教师在授课过程中，语言表达不够清晰准确，有些是词不达意，有些是语病、废话或口误。又比如教学中过分突出多媒体的作用，或是仅仅为了应用而应用，与教学内容相脱节。这些都可视为无效的课堂教学行为。但是有效与无效并非绝对，因为课堂教学行为结果具有延时性，此时看似无效的行为反而可能在日后发挥作用，加之学生个体的差异性导致不同学生对同样的教学行为会产生极其不同的感觉，从而导致课堂教学行为结果的不确定性。因此，课堂教学行为的有效与无效均是相对而言的。

7. 显性的课堂教学行为与隐性的课堂教学行为

从行为的存在状态而言，可划分为显性的课堂教学行为和隐性的课堂教学行为。显性的课堂教学行为是教学中可直接感知的教学行为，是以课堂教学为核心的教学步骤连续体，如教师的备课与学生的预习、授课与受课、指导与练习等行为。对课堂教学行为的解读，仅仅停留于显性层面是不够的。所谓隐性的课堂教学行为即不易直接感知的行为，往往与师生对教学内容的实质性理解联系在一起，如语言理解、表情理解、文本理解等。误解与理解是课堂教学中的一对基本矛盾。这一矛盾不仅体现在师生的认知过程中，也体现在感情调节与行为引导上。误解也是隐性的课堂教学行为。因为对教学有了错误的理解，在感情倾向和行为选择上就会产生一定的偏差。值得一提的是，隐性行为在一定程度上会比显性行为更具深度和稳定性，因为隐性行为涉及心理层面不易被感知和改变，因此，课堂教学中也应关注隐性行为，使内隐和外显的课堂教学行为相辅相成，互为补充。

（三）课堂教学行为的特点

课堂教学行为主要具有情境性、整体性、传播性、文化性、发展性、社会性等方面的特点。

1. 情境性

很多学者都将行为与情境紧密相连。情境既可被视为现象学研究和经验研究的最小单位，又可被视为若干人之间存在有某种行动关系时的一种现象。[①] 如勒温所言："为了理解或预测行为，就必须把人及其环境看作是一种相互依存因素的集合。我们把这些因素的整体称作该个体的生活空间，并用 B=f（PE）=f（LS）来表示"（B 表示行为，P 表示行为主体，E 表示环境，LS 表示生活空间）。[②] 生活空间是人与环境的集合，行为发生于生活空间之中，它既是人与环境的函数，也是生活空间的函数。换言之，行为不仅受到行为主体即人的影响，也受到情境的影响。

课堂教学行为具有强烈的情境性，内外情境的任何微小变化都可能引起行为结果的改变。一方面课堂教学行为受到广域情境即社会情境的影响，当今构建知识型社会、倡导终身学习等各种教育思想和理念层出不穷，不断冲击人们的视野和头脑，知识的高速增长及文化的多元并存不断影响着人们的观念和行为。在多种文化和思想的碰撞中，它们彼此之间不断调适、融合，形成引导社会生活大方向的基本精神，社会的主流文化应运而生。课堂教学行为也产生于这样的社会观念与文化的进程中，因此课堂教学行为的取向与目的、行为主体的世界观与价值观均不可避免地受其影响并随之发生改变。另一方面课堂教学行为受到具体情境即课堂环境的影响，课堂环境直接影响着课堂教学行为的表现方式。不同课堂教学情境下的课堂教学行为有着不同的表现方式。（参见表 6-2）

表 6-2　两种不同课堂教学情境下的课堂教学行为之比较

| 表现内容 | 传统课堂教学情境 | 现代课堂教学情境 |
| --- | --- | --- |
| 课堂教学行为主体 | 教师 | 教师、学生 |
| 课堂教学行为目标 | 单一方向发展 | 多元智力发展 |
| 学生学习行为方式 | 接受学习 | 自主学习、合作学习、探究学习 |
| 课堂教学行为背景 | 孤立的人工背景 | 仿真、现实的生活背景 |
| 课堂教学行为媒体 | 传统媒体 | 传统媒体与现代媒体的结合 |
| 课堂教学行为信息 | 单向传递 | 多向交换（师生互动、生生互动） |
| 课堂教学行为评价 | 终结性、单一性 | 过程性、多元性 |

2. 整体性

课堂教学行为是一个综合体，教师行为、学生行为和互动行为三者缺一不可，并且表现出较强的依赖性。在课堂教学行为的整体内部，教师教学行为和学生学习行为之间是相互影响的动态关系。学生的学习行为表现影响着教师对学生学习动机和知识水平的假设，

① ［德］F. w. 克罗恩著，李其龙等译. 教学论墓础［M］. 北京：教育科学出版社，2005：259.

② 申荷永. 充满张力的生活空间：勒温的动力心理学［M］. 武汉：湖北教育出版社，1999：43.

从而影响教学行为。[①] 教学行为则是引起学习行为发生和维持的一个重要因素。教学行为虽不必然导致每一个学生学习行为的发生，但它的确是课堂学习行为产生的重要影响因素。因为教师对学生学习的认识比学生深刻，他们掌握着学生所需的学习技能。[②] 因此，教师教学行为对学生学习行为具有重要的指导意义。脱离教师教学行为的指导，学生学习行为很难走向深入和高效；相反脱离学生学习行为的反馈，教师行为也难以得到优化与改善，二者之间互相指向、互为依据。互动行为尤其是师生互动行为则恰好发生于二者相互作用与相互影响的过程中，其互动的结果从一定意义上说是对教师行为和学生行为的检验。（如图 6-1 所示）

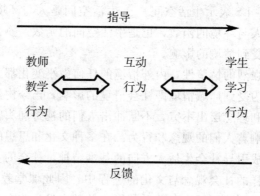

**图 6-1　课堂教学行为**

3. 传播性

课堂教学行为之所以具有传播性，是因为教师在课堂教学中的一言一行、一举一动、一颦一笑都包含着对学生信息的传递，教师是信息的发出者，学生是信息的接收者。但这并非绝对，在互动过程中，学生也可成为信息的发出者，教师则成为信息的接收者，信息在行为主体之间互相传播与转换。从传播学视角来看，传播本身就是一种行为。美国学者认为人类传播行为符合五大公理：公理一，任何一个社会个体不能不传播；公理二，每一次传播互动都有内容指标和关系指标；公理三，每一次传播互动都因其划定方式的不同而不同；公理四，信息包括语言符号和非语言暗示；公理五，互动是对称和互补的。[③] 依此来看，课堂教学行为同样符合这五条公理，课堂教学行为主体在课堂教学互动中总是通过言语及非言语等各种行为表达方式传递着教育信息。正是通过这种互动传播，行为主体进行着自我实现与自我发展，课堂教学行为也因此成为教育信息传播与沟通的媒介。

4. 文化性

课堂教学是一种与文化息息相关的活动。"课堂是典范地体验普遍意义的场所；是象征性地体验异邦文化的同化与排斥的场所"。[④] 在这个场所中，课堂教学行为被深深地刻上文化的烙印：一方面，文化直接影响和塑造着课堂教学行为，文化一经形成便成为外在于个体的客观精神产品，成为一种群体内的行为规则，它总是要将生活在本文化圈中的个

① Thoma：L. GoodJereE. Brophy 著，陶志琼等译. 透视课堂 [M]. 北京：中国轻工业出版社，2002：46.

② Gavin Brown, Year ll Teaeher views on student studying, 2000, [on1ine]. http：//www. nzcer. com

③ 高炜，宁琳. 传播行为与规则——互动中建构传播理性 [J]. 前沿，2008 (2)：194—197.

④ ［日］佐藤学著，钟启泉译. 课程与教师 [M]. 北京：教育科学出版社，2003：141.

体塑造成适应本文化的个体。于是，身处于社会文化、家庭文化、校园文化等多重文化圈中的个体必然会刻上文化的烙印。另一方面，课堂教学行为也在对文化进行着传承和选择，几千年来形成的文化纷繁复杂，每种文化都有其特定的生存场域，并不是所有的文化都适应课堂这一特殊情境，也并不是所有文化都对课堂教学行为起着正向作用。因此，课堂教学行为主体会依据课堂教学的特殊性与情境性对文化进行着筛选，既对适合其自身特点的文化进行选择，也对优秀文化进行传承和发扬。此时，文化不仅是作为课堂教学行为的特性而存在，也作为课堂教学行为的内容而发展。

5. 发展性

课堂教学行为的发展性主要体现在以下几个方面：首先，当社会经济、政治、文化体制出现变革时，教育目标、教育功能会发生相应的转变，课堂教学行为也会随之变化、发展。其次，随着教育改革的深入，教育结构呈现多样化的趋势，从而对各类教学的行为标准和规范都提出了较高的要求，课堂教学行为只有不断地发展和创造才能适应这种教育要求。再次，课堂教学行为也会促进行为主体的发展。课堂教学行为不仅体现了学生学会学习、学会做人、学会生存的发展过程，也反映出教师进行自我实现、自我发展的过程；不仅包括学生知识、技能方面的发展，也包括思想、情感、态度等方面的完善，是课堂教学行为主体在人类文化的传承中共同经历、共同成长与共同发展的过程。

6. 社会性

课堂与社会有着千丝万缕的联系，社会乃是一个无所不包的复杂系统，现实中既不存在对立于"社会"之外的"教育"或教育构成要素，也不存在可将教育或教育构成要素"剔除"在外的"社会"，外部社会因素必然以各种途径、各种方式对学校的课堂教学施加或产生影响。现代社会对学校教育的一个重要期待是培养"社会人"，即具有较好的"社会性发展"的人，而学校教育满足这一社会期待的重要途径之一，便是挖掘与发挥课堂教学的社会学潜力，培育与增强课堂教学在促进学生的社会性发展方面的功能。这就使得课堂教学行为必然被赋予社会性的属性，以符合现代社会的要求。课堂教学实际上可视为"具有一定文化特性的一群特殊社会角色按照一定模式展开其社会行为的过程"，课堂教学行为需按照社会实践的原则、规律进行，按照社会发展的客观要求和价值取向来变换与创造，体现社会的真、善、美，反映社会的传统美德和文化。

## 三、课堂教学互动

（一）课堂教学互动的内涵

1. 课堂教学互动

互动（interaction）是两个人或多个人之间思想、情感和观点的相互交流，对交流各方产生影响。[①] 在人与人的交流中，人们发出信息，接受信息，在上下文的语境中解释这些信息，对意义相互协商，并共同完成任务，所有这一切就是互动。[②]

互动的基本特点具有以下几点：

---

① 2Brown. H. D. Teaching by Principles. An Interactive Approach to Language Pedagogy[M]. Prentice Hall,1994.159.

② 薛中梁. 英语课堂教学过程［M］. 合肥：安徽教育出版社，2002：67－70.

（1）互动要有信息的交流和意义的协商，这是课堂互动的根本。在组织课堂互动时，要尽量做到让学生进行有意义的学习，设计形式和意义结合、形式为意义服务的互动，让学生在表达意义中体会、巩固和运用形式，使新信息、新话题和学生已有的知识体系结合起来，把学生的注意力引向话语的意义。

（2）互动应该符合学生的实际水平、具有共性和个性。作为同一年级同一班级的学生共同参加课堂活动，他们在知识和能力上处于大约相同的水平，相同的经历使他们有很多相同的看法，造成他们参加课堂互动的共性；但他们又是具有差异的个体，在认知、能力、性格、情感诸方面，虽不能说千差万别，至少也是各有千秋。教师要根据具体的教学情景尽量做到和学生进行平等的双向交流，以灵活机动的教学手段和活动形式完成课堂教学任务。在共同目标的基础上确立不同要求，在考虑大多数学生的基础上尽量照顾个别需要，做到既有共性又有个性。如果不顾学生的实际，为了完成教学计划而进行互动，这样的活动是牵强附会的，不能为学生的发展服务；反之，适应学生实际的交互活动则应尊重学生的才智，能培养学生的创新精神。

（3）互动要求学生具有一种开放性。这里，"开放性"指的是学生对外界环境的心态和接受能力，是一个具有广泛意义的名词，是一种对所学语言及其蕴涵文化的开放，对教材及其包含内容的开放，对老师及教学方法的开放，对同学相互交流的开放。这种开放不是照单全收或无条件地服从，而是以一种接受的态度去辨别利弊，有益地吸收"利"，有效地抵制"弊"。教师在课堂上要保持警觉性和灵活性，随时注意学生的心态，随时观察他们对课堂活动内容和方式的接受程度，充分利用和认真培养这种开放性，因为，这种开放性既是互动的条件也是目的。

（4）互动要能激发学生的内在驱动力（intrinsic motivation）。来自课程、教材、考试、教师、家长等方面的压力和动力都可能成为一种外部驱动力（extrinsic motivation），但关键是激发他们的内在驱动力，表现在对英语学习的爱好和需要，对学习过程中自我完善、自我奖励的追求等。教师的责任是促使学生的外部驱动力向内在驱动力转变。因此，在互动活动中，应该首先根据他们的认知和情感现状考虑什么是他们的内在驱动力，然后设计任务尽量使他们的认知得到提高、技能得到锻炼、需要得到满足，以及兴趣得到刺激，这样就能最终激发他们内在驱动力。

（5）互动具有合作性，这是互动的基本特征，也是现代课堂的特征之一。这种合作性包括教师和学生、学生和学生之间的合作。如果教师和学生间的合作做得不好，在教师指挥一切的课堂内，要促进学生和学生间的合作就很难。互动是信息的交流和意义的协调。互动的双方或多方在活动过程中发出信息、接受信息、理解信息、做出反应，或者遇到障碍进行调整、做出修补、获得理解，最后各方做出进一步的交流。所有这一切需要交流各方的密切配合、密切合作。这是一个互相促进的过程：一方面，对合作精神的培养使互动得以顺利进行；另一方面，互动的积极有效开展，可促使学生团结合作精神的养成和提高。

（6）互动应引导学生了解、熟悉和掌握学习所需文化背景知识。学习一种语言，必定要接触和学习这种语言所蕴涵的文化。要弄清楚什么时候、什么地方、到什么深度、用什么活动方式介绍文化背景知识，使学生从文化背景的学习中真正有所收获。[①]

课堂互动指在课堂教学过程中，师生、学生之间社会行动的相互影响过程。教育社会学研究证明，课堂互动情况的性质，对教学效果、学生的个性发展等都有一定的影响。[②]教学互动是师生交往的一种表现形态，是在教学的情境中，教学主题之间发生的相互作用的方式，是教学主题之间进行信息与行为交换的过程。它既指师生间交互作用和相互影响的方式和过程，也指师生间通过信息交换和行为交换所导致的相互间心理上、行为上的改变，是受教学目标支配的、动态的过程。师生互动即包括师生间的互动，也包括生生间的互动。生生互动是教学互动的主要组成部分，它可以使处于不同状态的学生在课堂教学过程中有多种需要和发挥各自的潜能，使作为共同活动体的学生群体，在教学过程中发挥他们多边、多层的交互作用和创造力。[③]

2. 课堂教学互动的种类

课堂互动类型有师生互动和生生互动两种。

（1）师生互动

课堂教学中的师生互动，是指发生在教师和学生之间的课堂互动。当教师的教学行为、教学观、教学艺术以及教师的感情、思想、品质与学生的学习行为、认识、情感、思想等产生撞击，进而师生之间产生情感、认识、思维等方面"心有灵犀一点通"的共鸣时，师生互动便发生了。[④] 任务型教学是师生互动的枢纽。

（2）生生互动

课堂教学中的生生互动指的是在师生互动所营造的良好课堂氛围中，在教师的启发引导下，学生相互提问、对答、讨论等课堂表现形式。学生与学生之间进行兴趣、情感、意志、思维等方面的交流，并不断地使这种交流趋同直至达到一致的状态，即生生间的互动。在课堂上教师通过自己的引发、点拨、激励和促进，形成浓厚的积极回答提问的思维气氛，然后可以让学生带着问题相互讨论、交流。如果思维的方法、思路相近，学生之间交流起来就会非常融洽、投机，引起大脑兴奋，思维活跃，这样互动程度就会进一步加强，学生之间思想上进一步互相感应，知识上互为补充，从而启迪智慧，激发灵感，进行创造性学习。[⑤] 可见合作学习是生生互动的基本方式。

通过以上师生互动和生生互动活动，可以营造出轻松愉快、生动活泼、合作竞争的教学环境。这样的环境是促使学生建构良好知识结构的前提条件。

3. 实施课堂教学互动的一般原则

（1）学生的需要处互动，了解学生所需所想

在互动教学时，教师在课堂教学中要及时捕捉信息，了解学生的心理需求。作为一名教师，要善于发现问题，及时与学生进行情感的沟通，用心施教，不能看到学生不举手，就大发雷霆，厉声斥责，而应以学生为中心，通过观察与互动，了解学生的所需所想，有针对性地解决问题。

① 薛中梁 . 英语课堂教学过程［M］. 合肥：安徽教育出版社，2002：67－70.
② 吴永军等 . 我国小学课堂交往时间的社会学分析［J］. 上海教育科研，1995（5）.
③ 吴康宁等 . 课堂教学的社会学研究［J］. 教育研究，1997（2）.
④ 陈再琼 . 课堂教学互动会议［J］. 绵阳师范高等专科学校学报，2002（6）.
⑤ 陈再琼 . 课堂教学互动会议［J］. 绵阳师范高等专科学校学报，2002（6）.

（2）学生困惑处互动，引导学生解疑解惑

学生在学习过程中，会遇到许多问题。学生有了问题，有了困惑，教师应含而不露，指而不明，开而不达，通过师生互动，引导学生沿着正确的方向前进，寻求解决的办法，而不能直接告诉结果，否则学生会形成学习、思维上的"惰性"。学生有了困惑，教师应用无声的语言，引导学生通过自读、自悟、互动来实现教学目标，让师生在交往中彼此获得情感体验，得到知识的增长。①

（3）在营造和谐氛围中互动，变课堂为艺术乐园

师生互动教学中，营造一个和谐、宽松、平等的教学氛围是至关重要的。教师不是课堂的主宰，教师不能凭自己的主观意愿左右学生。苏霍姆林斯基说："我们应当成为学生的引导者和指导者，而不能让他们把我们看成是威胁和处罚他们的人。如果这样，师生之间必然有一条鸿沟，课堂将成为师生力量相互角逐的场所，而不是一个艺术的乐园。"因此，只有在民主、和谐、宽松的教学氛围中，学生才能充分发挥潜能，真正实现"教"是为了不"教"。②

## 四、课堂教学质量评价

### （一）课堂教学质量评价相关研究

课堂教学质量评价是评价主体在事实基础上对授课教师的价值所做的综合性判断。但总揽文献资料，尚未发现专门论述教师课堂教学质量评价的著作。我国学者王斌华所编著的《教师评价：绩效管理与专业发展》一书，是较为全面地涉及教师评价的一本书。在书中作者指出，教师评价是教育评价领域的重要组成部分，与学校评价、课程评价、学生评价一样，直接关系到学校的办学质量和教师的专业发展。他将教师评价划分为三个发展时期：（1）自发时期（20世纪前）。这时期的教师评价基本上属于自发性的。那时尚无"教师评价"这个提法，没有任何学者开展教师评价，也没有任何学者研究教师评价。但从诸多的文字材料中能捕捉到有关教师评价的片言只字，感受到教师评价的思想萌芽。（2）传统时期（20世纪初至20世纪80年代中期）。这是奖惩性教师评价制度的形成、发展和盛行时期。19世纪末20世纪初首次出现了"教师评价"概念。这是教师评价发展历程中里程碑式的重大事件，它改变了长期以来教师评价的自发状态，标志着正规的教师评价制度的形成；（3）转型时期（20世纪80年代—）。这一时期，教师评价的理论与方法发生了深刻的变化，许多国家开始尝试、倡导和推行发展性教师评价制度，从而形成了奖惩性教师评价制度与发展性教师评价制度并存和交替的局面。

王斌华在其书中还就教师评价的标准以及几种具体的教师评价方法进行了详细的阐述③。王孝玲在其编著的《教育评价的理论与技术》一书中也有专门一章来论述教师评价。对教师评价的内涵、目的、意义，教师评价的内容和形式以及教师评价中的问题分别做了探讨。认为教师评价是指根据教育方针、政策、法规和学校的目标、要求，运用教育评价的理论、技术方法，对教师的素质、工作过程及效果作出价值判断，并对教师素质的

---

① 李硕. 新课程改革背景下农村初中英语课堂教学互动研究 [D]. 上海：华东师范大学, 2008.
② 郑金州. 基于新课程的课堂教学改革 [M]. 福州：福建教育出版社, 2003：50—55.
③ 王斌华编著. 教师评价：绩效管理与专业发展 [M]. 上海：上海教育出版社, 2005：147—151.

提高、教师工作的改进给予指导的过程。评价的目的在于为教师的进修提高、资格认定、评定职称等提供全面可靠的依据，重点在于促使教师改进工作，提高工作质量，实现学校的工作目标。其意义主要有三个方面：有利于教师队伍建设、教育教学质量的提高以及教师管理的科学化。编者把教师素质、职责、工作效果三个方面归为教师评价内容这一范畴，并列举了指标系统和概括性问题这两种评价形式。尤为可贵的是，该书颇有见地地分析了教师评价中的问题，指出了三个"不能"：第一、不能仅以学生的考试成绩来评价教师的教学效果；第二、不能仅以课堂教学评价教师的教学工作；第三、不能仅以教学工作评价教师的全面工作。[①]

由张玉田等编著的《学校教育评价》一书则较为系统地介绍了几种教师授课质量的指标：（1）米斯评价教师授课质量的指标（2）巴班斯基评价教师教学的大纲和指标，并在此基础上对建立我国教师授课质量评价指标进行了探讨。主张从以下这六个纬度来评价教师援课质量：（1）教学大纲完成情况的评价；（2）学生参与学习情况的评价；（3）学生自学情况的评价；（4）教学方法的评价；（5）教学语言的评价；（6）教学原则贯彻情况的评价。[②]

**（二）当今课堂教学质量评价存在的问题**

目前绝大多数学校都认识到了课堂教学质量评价的重要性，希望能以评促改、以评促建，加强教学管理，提高教育质量，但在实施评价的过程中，大家也发现现行的各种教学质量评价体系或多或少存在问题。对课堂教学质量评价所存在的共性问题进行探究并对其原因作一个简要的剖析，是建立更为科学合理、公正公平评价体系的前提和基础。

1. 评价目的功利化：评价是为了什么

在课堂教学评价实施过程中，评价目的具有特殊的地位。不同的评价目的其评价方式和评价方法，甚至评价标准都可能大相径庭。因此，在课堂教学评价的实施中首先要确定评价目的，然而评价目的常陷入极端功利性的怪圈。从二战后至20世纪70年代中期，世界各国开始反思传统的教师评价制度即奖惩性教师评价制度的利弊。其中提出的一个尖锐批评就是，教师评价的根本目的在于提高教学质量，然而实际状况是，教师的评价总是与惩罚、调动、晋升、加薪等功利化目的挂上钩。[③] 然而30多年过去了，纵观我国的课堂教学评价实施情况，却始终没有跳出这一评价目的的怪圈。评价总是偏离其根本性目的，评价是为了考核教师。长期以来课堂教学评价主要采用行政人事的管理取向，被用于对教师的考核评比，其结果直接与教师奖惩、晋升挂钩。教师在一堂课中的表现成为教师晋升获奖的重要依据，一堂评优课的成功往往会给教师带来很多荣誉和实惠。在这种评价中，评价的目的被异化了，本应着重于过程的评价演变成了对人即教师的鉴定和证明；选拔被当作教师评价的主要功能，而教师评价的发展性功能——促使教师专业发展的功能常有意或无意地被忽视。

2. 评价主体错位：谁有资格成为评价者

课堂教学质量评价是评价主体在事实基础上对授课教师的价值所做的综合性判断。一

① 王孝玲编著. 教育评价的理论与技术 [M]. 上海：上海教育出版社，1999：231-238.
② 张玉田等编著. 学校教育评价 [M]. 北京：中央民族大学出版社，1998：147.
③ 王斌华编著. 教师评价：绩效管理与专业发展 [M]. 上海：上海教育出版社，2005：5.

般来说，不同的价值观念会产生不同的评价结果。人们对评价活动的展开深深地植根于对评价对象的认识之中。另外，从人类的活动序列来看，评价是更为接近实践活动的认识活动，其强烈的实践指向性对人们的实践活动具有明显的导向作用。具体到课堂教学活动中，持有不同的课堂教学观，就会形成不同的课堂教学评价，产生不同的教学评价结果。

我国课堂教学评价的弊病主要表现之一是局限于简单的陈述性知识的再现。课堂上往往只有教师在上演"独角戏"，教师关心的是自己的教学方案按计划完成，对学生的参与情况、学习过程和学习效果重视不够甚至置之不理。这样的评价方式在我国教师的观念中既习以为常，又根深蒂固。许多改革由于缺乏行之有效的措施而结果不够理想。审视这些改革，我们可以得到许多有益的启示：课堂教学的改革与实验没有找到切实有效的切入点和突破口的一个重要原因在于，教师在教学过程中，对"教学中的评价"做得不足。教师在授课过程中对两大中心任务即完成教学计划和对计划完成情况做出评价和决策完成得不到位，顾此失彼。然而，毋庸置疑的是，任何一堂课，无论教师发挥得如何淋漓尽致，都不能忽视学生的体验，不能"目中无人"。"因为教学的动态特征，教师就必须高度依赖非正式的观察及提问来收集做出决策的信息。他们通过学生的面部表情、姿势、参与、眼神交流以及提问或回答，来明确课程的进行情况。"① 即在教学中"读解"学生是教师制定决策之必需。然而，我国基础教育本身没有从"应试教育"的梗桔中解放出来。对学生重智力培养，轻情感、态度、价值观和性格品质等非智力因素的全面发展；重知识灌输、轻创新精神和实践能力的培养；重学习的结果记录而轻学习过程与方法的评析，传统教学评价的弊端恰恰在于教师没有很好地"读解"学生，没有正确认识课堂教学评价的作用，把教学评价本身当作目的与终结，忽视了教育的发展功能。因此，应重视和加强课堂教学评价的诊断、导向、激励、教学等功能，树立新的课堂教学评价观，把课堂教学的重心从教师完成教学任务转移到正视学生的基础、促进学生的发展上来。

因此，新课程的评价改革要大力发展，必须改变教育评价主体"错位"——学生处于被动地位这一畸形局势。何谓教育评价主体"错位"？它的主要特征是现行的评价活动明显呈现为政府、学校、教师在开展教育评价时"他评"的特征，忽视了被评价者的作用，被评价者始终处于一种消极的被动地位。这种评价主体的"错位"，忽视了被评价者的作用，使教育评价活动成为一种被动消极的活动。现行的学校评价中，学生一直处于被遗忘的角落，这种不合理的评价方式，导致了学生的自尊心、自信心受损，学生的主观能动性得不到很好的发挥。扭转评价错位的关键在于：重视学生在评价过程中的主体地位，关注每个学生的个体差异性及发展的不同需求，提高学生的综合素质，变"一元"评价主体为"多元"，采用"多把尺子"来评价一堂课，使课堂教育质量评价走上专家、学校管理者、教师、学生、家长共同积极参与的轨道上来，让评价更民主化、科学化。

3. 评价指标随意：以什么为依据进行评价

不同课程特点不一，学生的学习需要、兴趣、热情度也各有差异。教师自身特点、学校资源与环境因素的影响，使课堂教学质量评价指标体系受方方面面的因素所制约，这就决定了建立一个合适的评价指标的难度。教师教学质量评价是否科学有效，评价是否能达到预期目标、

---

① ［瑞］胡森（Husen, T.）等著，张斌贤等译. 教育大百科全书（第八卷）［M］. 重庆：西南师范大学出版社，2006：115.

发挥积极的作用，确立科学合理的评价标准并使之具体化和可操作化是关键所在。

困难之一是理念上的困难。确保评价者与被评价者对课堂教学质量评价的意义的认可。如果教师、学生或领导等认为其无足轻重，导致评价流于形式，那么无论这个评价指标体系设计得如何巧妙都难以达到评价的初衷——促进教与学更好地发展，帮助、激励教师。开展课堂教学质量评价，最终目的是为了规范教学活动，促进教学质量的提高。评价指标体系不但是评价教师目前课堂教学质量的标准，更要成为教师教学工作的努力方向。因此，对教师教学质量的评价不但应体现当前教育发展的趋势，还要与教师年度考核、专业技术职称评聘相结合，才能真正发挥评价的导向作用。

困难之二是具体技术操作上的困难。即建立一个科学的评价指标，符合高等院校的教学规律和客观实际，各项指标要有明确的内涵，指标间要形成既相关又不包含或重叠、更不矛盾的科学的有机结合的整体。层次性原则建立的指标体系应该层次分明，包含各个要素的子系统指标，以及各个子系统分解后的指标因素。各指标既要互相关联又要具有独立性，同时各类指标应定性和定量相结合，进一步提高评价的准确性、可信度、可区分度和有效性，增加可操作性。动态性原则教育是一个系统工程。教学是动态的，需要随着科学技术的发展和教育对象的变化，在内容、方法等方面不断进行改革，所以其评价指标必须是动态的和发展的。

以往有关教学评价的理论解释教学评价的主要功能就是促进教学，甄别与选拔只是它的附属功能。但是，实践工作者往往不关注理论解释中的教学评价的质的规定性，而是把它直接异化成选拔意义上的概念了。所以，以选拔为宗旨的考试，就成了各层次的教学实践者乃至于学生家长们解释教学评价的依据。

"建立评价项目多元、评价方式多样、既关注结果又更加重视过程的评价体系，突出评价对改进教学实践、促进教师与学生发展的功能，改变课程评价方式过分偏重知识记忆与纸笔考试的现象以及过于强调评价的选拔与甄别功能的倾向。"[①] 这就导致了在设计评价指标体系中不可避免地陷入两难困境。综上所述，建立评价指标体系的困难，不仅仅是在理论上的，在具体的实施过程中，也同样会遇到各种各样的"水土不服"。一个评价指标体系唯有在实施过程中，才能不断地改进，不断地完善、发展。

4. 评价实施不力：怎样评价课堂教学

在教学评价实施中，难免会碰到各种各样的问题。教师课堂教学评价所涉及的评价原则、评价方法、评价组织实施、评价工作中常见的问题及改进措施等因素需进行总结和探究。教学评价的组织工作容易出现一些问题。比如刚开始实行，个别老师不理解，或者是学生在填写评价表的时候难免带一点不耐烦的情绪。此时最重要的是要把握好确保评价体系和制度建立在"学生对教师评价的信息是可信的"这一认识上，使评价者充分意识到，如果在给教师打分时敷衍了事，或仅凭一时好恶评价教师授课，是一种不负责的态度；课堂教学质量评价不是一桩小事，不能随便应付。

同样，如果高年级的同学以马虎的态度评价老师，低年级同学选课就失去了可靠的依据，长此以往，受损失的只能是学生自己。有些系、教研室对评教工作组织不力，积极性和主动性不高，往往视其仅仅是为了流于形式的课堂评价。课堂教学质量评价作为评价者

---

① 杨启亮．走出课程评价改革的两难困境［J］．教育研究，2005（9）：31—35.

对课堂教学活动价值的认识活动或结果可能符合客观价值，也可能偏离客观价值。如何通过科学的评价手段，正确提示和把握课堂教学活动，制定合理的评价步骤，真正实现课堂教学活动的价值评价，是课堂教学评价活动成败的关键。评价实施之后之所以出现种种问题，其原因并非评价本身，而是评价工作实施中的简单化、师生对评价缺乏一定程度的了解、评价指标体系有待合理、完善等原因。由此导致的教师对评价的本质和作用产生不同程度的误解、怀疑、批评甚至抵制、反对，将影响评价作用的发挥。

因此，组织、发动、准备是课堂教学评价活动过程中必不可少的重要步骤，该阶段工作的好坏，将直接影响评价的质量和效果。要组织广大师生学习讨论课堂教学质量评价的本质、含义、功能、意义、特点、指导思想和原则，坚持实事求是的科学态度，充分发扬民主，努力避免和消除师生对评价的误解和偏见，提高师生对教学评价的认识和投入评价活动的积极性和自觉性。

具体而言，目前课堂教学质量评价中，在怎样评价方面主要存在以下几个方面的问题：(1) 没有统一的各类评价指标和操作规定。目前，评价指标体系各不相同。就"一级指标"来说，最常见的是由四大主因素组成，如教学目标、教学内容、教学方法和教学效果。一级指标包括教学内容、方法、教学素养、教学效果的也不少，它将教学目的、教学内容合二为一，强调了"教学素养"；也有由五大主因素组成的，如教学目的、教学内容、教学方法、师生活动、教学效果。近年来，为了避免评价内容过于笼统，就出现了超出五大主因素的一级指标，如教学目标、教学内容、发挥学生主体作用、发挥教师主导作用、教学方法、教学内容、能力培养、教学素质、教学特色、教学效果。总之，评价的指标体系没有得到统一，各种方案互相流传，使人无所适从，增加了评价者的随意性。没有统一的各类评价指标，也不可能有统一的评价操作规定。目前，没有评价制度和不按操作规定评价的现象普遍存在。有些评价者并不按指标项目的权重量分，只打总分；有的以目为纲，主观臆断；有的掺杂个人的感情色彩。产生这些情况的重要原因之一，就是没有统一的评价制度和操作规定，缺乏必要的制约机制。(2) 定性定量相结合的原则不能广泛实施。长期以来，我国沿用的课堂教学的评价方法，是听课后评课者各自谈印象，最后由主持人或权威人士综合，作出结论性评语。这种评价方法属于定性评价，目前仍有许多学校采用。这样的传统评价方式，如果评价因素和评价标准明确，评得认真，也能收到较好的效果。但由于评价者的素质、感情和观察方法等因素的不同，往往是仁者见仁，智者见智，各种意见难以综合。即使有主持人或权威人士一锤定音，也难免带有很大的随意性。定量方法引入课堂教学评价的研究与实践之后，定性定量结合已成为评价原则，但目前还存在以下情况：一是仍旧是简单的定性描述，二是偏重于定量分析，三是不同学科或不同课型执行统一的定性定量要求。这三种情况，各有偏颇，都达不到评价的客观性、科学性和相对的准确性，因此信度、效度不高。由此可见，定性定量的有机结合仍然是当前重要的研究课题。(3) 忽视对课堂的教学过程和教学效率的评价。重结果轻过程是课堂教学评价的又一个普遍存在的问题，忽视课堂教学效率评价的现象也较普遍。特别是有些检查组和优课的评价者们，不考察课堂教学时间的投入与教学效果之间的效率关系，不考察教者怎样精讲巧练，减轻学生负担，提高教学质量，反而把加大课堂教学容量，拼命增加当堂练习，学生始终处于紧张状态等情况，视为能加强基本技能训练、发挥主体作用，因而给予其较高的评价等等。① 这样一来，又使得课程评价走入另一个极端，违背了评价的初衷——改进而非选拔。（4）评价时间安排得不合理。评价安排在期末考试阶段，学生们都在紧张地复习备考，根本没有心思去评，再加上有些学校的领导对评价本身重视不够，大家只好随便打个分，当件差事完成了。

# 第三节　课堂教学策略

## 一、关注课程教学改革，提高课堂教学质量

引导教师努力养成现代学生观、现代素质观、现代评价观及现代教学观。通过聚焦课堂教学、学生发展，积极构建行之有效的教学工作模式；引入专家指导，改善基础课程教师课堂教学行为，促进教学质量提高，推动学生主动学习、主动成功。

课堂教学质量是每个学校关心的问题。为了提高学校的课堂教学质量，受援学校采取了以下几个措施。

（一）利用寒暑假的时间加强对教师课堂教学能力的培养。具体表现为：（1）发挥专家引领与指导的作用，落实好二期课改的理念；（2）关注教师的课堂教学能力，包括教师处理教材的能力、上课教学的能力和出试卷的能力等。

（二）优化教学流程，落实教学环节，改变教风与学风。具体表现为：（1）建立学生作业检查制度，逐步减少直至杜绝抄袭现象；（2）完善教师教案与作业批改的检查监督制度。

（三）建立新的教学质量分析评价机制和监督机制，改变质量分析无质量的状况，更好地促进教学工作。

（四）建立年级教育教学督导制度，每学期对每个年级开展教育教学督查工作。

（五）学校重视教学常规管理。制定了"教师教学五环要求"，对课堂教学五个环节提出了具体、明确的要求；加强过程管理和监控措施，定期检查作业、教案、听课笔记；定期进行教学质量分析，尤其是对考试质量的分析，引进教学质量分析软件，取得较好效果，受到教师欢迎。

（六）关注课堂教学，加强教学研究。学校制定了"教师课堂教学有效行动计划实施方案"，并通过专业引领、学科发展月活动，举行展示课、研究课、名师教学示范、联片研修等形式与途径，促进了教师的专业发展和课堂教学质量的提高。

（七）重视对学习困难学生的关心与指导。据学生座谈会反映，不少教师利用中午、下午课后的休息时间义务为差生进行补缺补差，得到学生好评。

（八）以学科为突破口，激发学生的学习热情与信心。由于加强了教学常规管理和教学研究，促进了教学质量的提高。近一年来，学习的机会更多了，研究的氛围更浓了，对教师的帮助更大了。教师的精神状态好，各学科有进步，发展趋势良好，各年级、各学科的教学质量在原有基础上有新的提高。根据金山区教育局中教科了解，初三毕业考生的成

---

① 　徐锡平．对我国当前课堂教学评价现状的再思考汇［EB/OL］，httP：//mathsl. guangztr. edu. cn/fzx/zsk. Htm. 搜索日期：2007－3．

绩较去年有所提高。

（九）提升学科教学质量。（1）建立教学质量监控流程，修订、完善教学管理制度，严格教学常规，追究教学事故责任，稳步提高教学质量；（2）委托学校派出支教教师团队，合理配置受援学校学科备课组力量，顶班教学。在共同完成教学任务的过程中，渐进式渗透课改理念，使其不断具体化、可操作化；（3）重视校本研修，倡导利用委托学校较为成熟的"层层递进型"、"自主探究型"、"专项课题研究型"等研修模式，搭建校本研修平台，鼓励与推进改善教师课堂教学行为。同时借助委托学校所在区的教育优质资源，邀请该区部分教研员及专家进行专题性教学研讨活动；（4）以初三学科教学为重点，打破农村学校教学质量提高瓶颈。利用委托学校的学科优势，举办受援学校的学习周活动。搭建学科建设平台，重点破解初中理科教学屏障，提升骨干教师的内涵；（5）整合学校资源，拓展课程资源，使学生拓展课程、课外活动的内容有更多的选择机会。

（十）重视教学常规管理，修订"教学常规管理制度"，并加强定期检查，使教学常规的各项要求得到落实；重视教学质量分析，对月考、期中、期末考试的成绩及时进行质量分析和反馈，并落实一名教师专门负责质量分析工作。

（十一）教研活动能正常开展，尤其是借助市区学科专家引领，以互助方式诊断学科建设取得较好效果。进一步更新了教师的教育观念，提高了教师的教学水平。

（十二）坚持面向全体学生，重视学困生补缺补差，对于大面积提高教学质量取得明显效果。追求"绿色升学率"，坚持双休不补课，使初三中考的合格率较去年明显提高。

（十三）强化教学常规管理。学校在托管后重点抓了集体备课、课堂教学、作业批改、质量监控等环节的规范，不仅提出具体、明确的要求（如集体备课的"四定、四备、七统一"，作业批改的"四个凡是"），而且定期进行检查，使教学常规的各项要求得到落实。据抽查初一、二、三年级部分学生语文、数学、外语作业，教师批改作业和学生作业的态度都较托管前有较大的进步。又据教师问卷调查和个别访谈，大部分教师对学校抓教学常规管理给予认可。

（十四）重视教学质量的监控与分析。学校通过年级交叉命题、片内学校联合命题等方式，使考试更加规范、客观。学校又引入新的教学质量分析系统，对月考、期中、期末考试的成绩及时进行质量分析、研究与反馈，使质量分析更具科学性、客观性。

（十五）学校以活动的开展促进教师专业发展和课堂教学质量的提高，取得一定成效。学校制定了"教师课堂教学有效行动计划"，并围绕此主题开展各项教学活动，例如教学展示与评比，两区七校"课堂教学有效性"展示，骨干教师示范课，集体备课、磨课、同课异构等，促进了教师专业水平的提高和教学质量的提高。

三所支援学校在委托管理工作中都重视教学各环节的管理。加强教学质量分析系统建设，强化对学习困难生的个别辅导，坚持追求双休日不补课的"绿色升学率"理念，教学质量和效率有了一定程度的提升。廊下中学初三第一合格率由 2007 年的 83.93% 提高到 2008 年的 97%，平均分由 2007 年全区公办初中的第 19 名（全区共有 19 所公办初中）上升到 2008 年全区公办初中的第 14 名，提升了 5 个名次。吕巷中学初三的平均分由 2007 年全区公办初中的第 16 名上升到 2008 年全区公办初中的第 13 名，提升了 3 个名次。兴塔中学初三第一合格率由 2007 年的 88.08% 提升到 2008 年的 95%；平均分由 2007 年全区公办初中的第 18 名上升到 2008 年全区公办初中的第 12 名，提升了 6 个名次。这三所学校

2008 年预备年级对口入学率都有所回升，尤其是廊下中学对口入学率回升幅度较大，甚至出现了流失到其他学校学生的回流现象。

## 二、提高课堂有效性的相关措施

加强课堂有效教学的研究，学校的教学质量有所提高，教师的教学方法有所改进，以较好的办学质量促进学校发展。共有以下几个措施：

（一）以金山教育局提出的"课堂有效教学"为平台，制定学校提高课堂有效教学的实施计划。

（二）发挥好专家引领与指导作用，落实二期课改理念，让学生在参与课堂教学的积极性、主动性方面的评价有所提高。学校成立专家教学指导团，主要由教研员组成，定期到受援学校开展教学指导。

（三）建立新的教学质量分析评价机制，改变质量分析少质量的状况，更好地促进教学工作，并引进教学质量分析软件，取得一定的效果。

（四）完善学校已有的教学质量监督机制、月考工作和年级组学期教育教学督导工作。两项工作均由校长室负责指导，教导处负责落实。

（五）抓好课堂教学规范。

1. 制定教学行为的标准，如课堂教学基本规范，组织教师共同学习、讨论、修改后共同执行。

2. 举行规范教学行为的培训，通过专家讲课、指导，本校优秀教师示范等实施落实。

3. 开展检查、评比、考核促进教学规范。主要有行政随堂听课制，学生作业检查评比制（含作业格式规范，作业订正）；教案检查制，其中青年教师教案写详案等。

4. 举办好中青年教师教学比赛的机制。每学年一次的中青年教师教学竞赛可以增加教学基本功的比赛，如板书、英语口语、课件制作、朗诵、命题等内容。

5. 培养学生良好的学习习惯，如按时、整洁地完成作业，做好两分钟预备铃课前准备等；转变学生学习的方法，引导学生积极思考、主动探寻，增强学生学习的主动性。

## 三、课堂教学评估

为配合上海市教育评估院对受援学校的全面评估，在金山区教育局的统一领导和安排下，金山区教师进修学院中学研训室全体初中研训员对受援学校的课堂教学进行了专项调研。

（一）廊下中学

1. 评估的主要方式

听课、撰写课堂教学评价表。

2. 评估的主要流程

（1）全体中学研训室成员学习相关文件，明确本次评估的背景、内容、要求和方式。

（2）开展全面听课。

（3）汇总相关材料，初步交流听课情况。

（4）分学科撰写课堂教学评价。

（5）依据各学科听课情况，研训室撰写廊下中学课堂教学专项评估报告。

3. 课堂教学评估的主要指标

目标要求、教学内容、教学结构、教学策略、学生参与、教师素养、教学效果、现代技术应用、研究性学习和总体评价等。

4. 评估的主要数据统计及分析

(1) 课堂教学的总体评价及分析

根据当天廊下中学提供的自然课表，调研人员对当天有课的所有教师进行了课堂观察，共计听课 76 节次，涉及教师 51 位，占应听教师数的 92.73％。按照"好课、较好课、一般课和较差课"四个层次，对所听课进行了分类评价。统计数据见下表：

| 学科 | 合计 | 好 | 较好 | 一般 | 较差 |
|------|------|-----|------|------|------|
| 语文 | 15 | 1 | 9 | 4 | 1 |
| 数学 | 12 | 0 | 4 | 7 | 1 |
| 英语 | 10 | 0 | 4 | 5 | 1 |
| 物理 | 4 | 0 | 3 | 1 | 0 |
| 化学 | 3 | 0 | 0 | 3 | 0 |
| 生物 | 3 | 0 | 3 | 0 | 0 |
| 政治 | 3 | 0 | 1 | 2 | 0 |
| 历史 | 2 | 0 | 0 | 0 | 2 |
| 地理 | 4 | 0 | 2 | 2 | 0 |
| 音乐 | 3 | 0 | 0 | 3 | 0 |
| 体育 | 6 | 0 | 2 | 4 | 0 |
| 美术 | 3 | 0 | 0 | 3 | 0 |
| 信息 | 4 | 0 | 2 | 2 | 0 |
| 劳技 | 3 | 0 | 1 | 2 | 0 |
| 科学 | 1 | 0 | 0 | 1 | 0 |
| 合计 | 76 | 1 | 31 | 39 | 5 |

说明：听课节数＝上课数×听课人数

分析上表可以看出：

①在所有的所听课中，被评价为较好的和一般的课占绝大多数（92.1％）。

②好课和较好课所占比例（42.1％）低于一般课和较差课所占比例（57.9％），相差 15.8 个百分点。

③好课数量较少，仅为 1 节，占总听课数的 1.3％；较差课共有 5 节，占总听课数的 6.6％；较差课的数量明显多于好课的数量。

④升学考试类学科的课总体较好，但学科组内发展不平衡。如语文组，既有一节好课，又有一节较差的课；非升学考试类学科的课总体一般，有些甚至较差，如历史。

⑤在所听课中，中老年教师（45 周岁以上）的课都比较一般，甚至较差。

（2）所听课课堂教学的内部质量项目评价及分析

调研人员根据事先设定的课堂教学评价指标，对所听课进行了打分并统计，尝试从课堂教学的内部各要素的质量来分析和评价。主要数据见下表：

| 评估指标 | 好 | 占比 | 较好 | 占比 | 一般 | 占比 | 较差 | 占比 | 有效份数 |
|---|---|---|---|---|---|---|---|---|---|
| 目标要求 | 10 | 16.1 | 24 | 38.7 | 26 | 41.9 | 2 | 3.2 | 62 |
| 教学内容 | 3 | 4.8 | 34 | 54.8 | 23 | 37.1 | 2 | 3.2 | 62 |
| 教学结构 | 4 | 6.4 | 23 | 37.1 | 29 | 46.8 | 6 | 9.7 | 62 |
| 教学策略 | 2 | 3.2 | 17 | 27.4 | 36 | 58.0 | 7 | 11.3 | 62 |
| 学生参与 | 2 | 3.2 | 26 | 41.9 | 26 | 41.9 | 8 | 12.9 | 62 |
| 教师素养 | 7 | 11.3 | 32 | 51.6 | 21 | 33.9 | 2 | 3.2 | 62 |
| 教学效果 | 2 | 3.2 | 25 | 40.3 | 29 | 46.8 | 6 | 9.7 | 62 |
| 现代技术应用 | 2 | 3.2 | 16 | 25.8 | 9 | 14.5 | 35 | 56.4 | 62 |
| 研究性学习 | 1 | 1.6 | 7 | 11.3 | 19 | 30.6 | 35 | 56.4 | 62 |
| **总体评价** | 3 | 4.8 | 25 | 40.3 | 28 | 45.1 | 6 | 9.7 | 62 |

说明：部分教师因为重复听课，没有具体打分评价，因此有效统计总数为 62 份。"现代技术应用"一栏中"较差"数据含应用较差和没有应用两种情况。

分析上表可以看出：

①在课堂教学目标的设定上，超过一半的教师有较好的把握（占 54.8％）。

②在教学内容的把握上，有 59.7％的教师能够符合课程标准和教材的要求。

③在课堂的教学结构、教学策略和学生参与上，好和较好的比率处于较低的状态，较差率较高，分别是 9.7％、11.3％和 12.9％。

④教师在课堂教学过程中所体现的专业素养，较好及以上的占比 62.9％。

⑤现代教育技术在课堂教学中的应用比较一般，仅有 29.0％。

⑥在课堂教学中带领学生开展研究性学习的仅有 12.9％。

（3）廊下中学任课教师基本情况及分析（本部分仅供参考）

调研人员还试图从该校师资队伍的基本组成情况，来进一步透析相关情况。见下表：

**廊下中学任课教师基本情况表**

| 教师人数 | 年龄 | | 学历 | | 职称 | |
|---|---|---|---|---|---|---|
| | 35 以下 | 29 | 研究生 | 1 | 中高 | 7 |
| 55 | 36～45 | 13 | 本科 | 4 | 中一 | 30 |
| | 46～50 | 7 | 专科 | 10 | 中二 | 18 |
| | 50 以上 | 6 | | | | |

从上表中可以得到一些基本的信息：

①年轻教师（35 周岁以下）占总教师数的一半以上（52.7％），45 周岁以上有 13 人，

占总教师数的 23.6%。即青年教师居多，但中坚力量较为薄弱。

②81.8%的教师的学历是本科。尚有近五分之一的教师学历没有达到本科水平，其中以 45 周岁以上的中老年教师为主。

③初级、中级、高级职称的人数所占比例分别是 32.7%、54.5%和 12.7%，呈现出比较合理的分布态势。

5. 廊下中学课堂教学工作的总体评价

在这次廊下中学全面听课的过程中，调研人员看到了廊下中学在课堂教学方面的不少优点，例如：

（1）二期课改的理念在课堂教学中得到了一定程度的显现

首先，教师的教学目标比较明确，从听的 76 节课中，我们可以看到大部分教师在课堂教学目标中注重了"三维目标"的落实，目标的制定也能从学生的实际出发，具有较高的适应性。

第二，大多教师在备课时注意了对知识的整合与统筹，注重了知识的系统化，并从学习学角度进行了程序化处理。课堂教学中注重知识的科学性、人文性、灵活性和层次性。

第三，大部分教师上课的精神比较饱满，在教学方式上能从学生的实际出发，注意启发与引导，有的学科能在课堂教学中实施分层教学；年轻教师多能用多媒体教学，使课堂教学内容形象化。

第四，能够较好地把握教材的重点、难点，并在教学过程中有一定的突破。在有些课中（如升学考试类学科）基础知识得到了较好的落实。

（2）教学常规比较规范

廊下中学能够根据金山区教育局的要求，并依据徐教院附中的一些成功的常规管理经验，规范了备课、听课、课堂教学、作业批改、试卷命题、质量分析等的操作流程与要求，制定了相应的规章制度，各项工作能力得以逐步提高。

首先，集体备课制度基本得到落实。集体备课基本做到统一进度、统一任务、统一重点与难点、统一教学方法与手段、统一典型例题、统一作业、统一周测和单元测验。强调提前一周备课的要求，并通过每周的常规检查，将这一要求落到实处。

第二，课堂教学比较规范。多数教师能充分利用两分钟预备铃加强对学生学习习惯的培养；大部分教师引入新课时注重运用多媒体、温故式复习练习等方式创设情景；课中能关注学情，对课堂的调控能力较好；课堂教学基本能做到精讲多练，教学设计关注了层次性、典型性和启发性。

第三，质量监控、质量分析等常规工作规范。各备课组和教研组加强了对学情与试题的研究，不但自主命题，还定期采用年级交叉命题、与徐教院附中或片内学校联合命题等方法，加强对教学质量的监控。每次重大考试（如期中、期末、月考）后，各学科教师、备课组长、班主任、年级组长、教导主任都能从不同角度对考试情况进行分析，落实了教研组、年级组质量分析会的程序和内容，做好每次质量分析会议的检查和指导工作。学校利用委托管理费购买了一套成绩分析系统，使质量分析更具科学性和指导性。

但是，也要清楚地看到，由于廊下中学师资队伍基础比较薄弱，两年的托管时间又不长，所以到目前为止，廊下中学的课堂教学现状还不是十分理想。具体表现在：

（1）在教师队伍建设中，虽然学校致力于青年教师的培养，但学科骨干力量仍嫌不足。因此，在校本研修的过程中，缺乏有效的专业引领。

（2）部分教师对二期课改的理念的认识、认同不够，造成在课堂教学过程中，教学方法比较陈旧，带领学生进行主动探究、自主学习的情况并不多见，一言堂的现象还比较普遍。

（3）好课比例较低，主要是教师的有效的教学策略不多，现代教育技术的应用不够充分，学生对教学过程的参与度不高，师生互动、生生互动相对缺乏。

（4）教师的科研意识、课堂教学行动的有效性的探索意识和理想状态还有着明显的距离，学生的主体地位也没有得到充分的尊重。对乡村中学中不同学习层次、不同家庭环境、不同个性心理的学生的教育的针对性和有效性显得不够。

（5）部分学科教师专业不对口，部分教师兼上其他科目，因此教学质量较难得到保证。

6. 调研人员的建议

（1）加速培养学校各学科的带头人，引领教师加强对教材的研究与教学内容的把握，创造出更多化解难点、突出重点的教学方法；同时，在条件允许的情况下，在教师力量的配备上做到相对均衡，减少或根除兼科现象。

（2）根据教师在教学过程中出现的问题，有序地、有针对性地做好教学改进计划。让全体教师明确改进的总体目标和阶段任务，切实促进教师的专业化发展，使课堂教学更加有效。

（3）组织教师认真学习新课程标准，帮助老师更好地了解课程目标，把握学段要求，明确单元重点。更快、更自觉地学习和掌握新的教学技能，以提高课堂教学的效果。

（4）课堂教学要更多地关注全体学生，提高设问的技巧，想方设法激发起学生的学习意识与学习积极性，使全体学生能够主动参与到学习活动中去。

（5）加强教研组及备课组建设，增强学科教研氛围；加强集体备课研究，深入钻研教材，重点关注合理的教学内容与有效的教学设计，提高教师解读教材的能力；改变教师的教学观念，积极营造以"学的活动为基点"的课堂教学，充分关注学生的特点和学生的学习需求。

（二）吕巷中学

1. 评估的主要方式

听课、填写课堂教学评估表。

2. 评估的主要流程

（1）全体中学研训室成员学习相关文件，明确本次评估的背景、内容、要求和方式。

（2）开展全面听课。

（3）汇总相关材料，初步交流听课情况。

（4）分学科撰写课堂教学评价。

（5）依据各学科听课情况，研训室撰写兴塔中学课堂教学专项评估报告。

3. 课堂教学评估的主要指标

目标要求、教学内容、教学结构、教学策略、学生参与、教师素养、教学效果、现代技术应用、研究性学习和总体评价等。

4. 评估的主要数据统计及分析

(1) 课堂教学的总体评价及分析

根据吕巷中学当天提供的课程表，调研人员对有课的教师进行了课堂观察，共计听课65 节次，涉及教师 51 位，占应听教师数的 83.6%。按照"好课、较好课、一般课和较差课"四个层次，对所有听到的课进行了分类评价。统计数据见下表：

| 学科 | 听课节数 | 评估指标 | | | |
| --- | --- | --- | --- | --- | --- |
| | | 好（节） | 较好（节） | 一般（节） | 较差（节） |
| 语文 | 10＋（1） | 0 | 4 | 5 | 1 |
| 数学 | 7＋（1） | 0 | 2 | 5 | 0 |
| 英语 | 11＋（1） | 1 | 7 | 3 | 0 |
| 物理 | 3＋（1） | 0 | 0 | 3 | 0 |
| 化学 | 2＋（1） | 0 | 1 | 1 | 0 |
| 科学 | 2＋（1） | 0 | 1 | 1 | 0 |
| 生物 | 1 | 0 | 0 | 0 | 1 |
| 思品 | 3 | 0 | 2 | 1 | 0 |
| 历史 | 2＋（1） | 0 | 0 | 2 | 0 |
| 地理 | 1 | 0 | 1 | 0 | 0 |
| 音乐 | 1＋（4） | 0 | 0 | 1 | 0 |
| 体育 | 6 | 0 | 2 | 3 | 1 |
| 美术 | 1 | 0 | 1 | 0 | 0 |
| 劳技 | 2 | 0 | 2 | 0 | 0 |
| 信息 | 2 | 0 | 1 | 1 | 0 |
| 合计 | 54＋（11） | 1 | 24 | 26 | 3 |

说明：听课节数是指 5 月 31 日当天参加调研的进修学院领导和研训员听课总数；合计一栏括号内的 11 节课为部分学科教研员所听的不是本学科教师的课时数，不计入相应的评估指标统计的范围。

分析上表可以看出：

①在所听课中，被评价为较好的和一般的课占绝大多数，占总听课数的 92.59%。

②好课加较好课的比例（46.29%）与一般的课（48.15%）大致相当。

③好课数量较少，只有 1 节，占总听课数的 1.85%；较差的课共有 3 节，占总听课数的 5.55%。

④升学考试类学科的课总体较好，特别是英语学科比较突出；非升学考试类学科的课除政治、劳技和美术等学科比较突出外总体一般。

（2）课堂教学的内部质量项目评价及分析

根据事先设定的课堂教学评价指标，此次调研对所听的课进行了打分并统计，试图从课堂教学的内部各要素的质量来作出较科学的分析和评价。具体统计数据见下表。

| 评估指标 | 好 | 占比 | 较好 | 占比 | 一般 | 占比 | 较差 | 占比 | 有效份数 |
|---|---|---|---|---|---|---|---|---|---|
| 目标要求 | 4 | 7.4 | 29 | 53.7 | 20 | 37.04 | 1 | 1.85 | 54 |
| 教学内容 | 1 | 1.85 | 24 | 44.44 | 28 | 51.85 | 1 | 1.85 | 54 |
| 教学结构 | 1 | 1.85 | 22 | 40.74 | 29 | 53.70 | 2 | 3.7 | 54 |
| 教学策略 | 1 | 1.85 | 24 | 44.44 | 28 | 51.85 | 1 | 1.85 | 54 |
| 学生参与 | 2 | 3.7 | 23 | 42.59 | 28 | 51.85 | 1 | 1.85 | 54 |
| 教师素养 | 5 | 9.26 | 27 | 50 | 21 | 38.88 | 1 | 1.85 | 54 |
| 教学效果 | 2 | 3.7 | 20 | 37.04 | 31 | 57.40 | 1 | 1.85 | 54 |
| 现代技术应用 | 3 | 5.56 | 15 | 27.78 | 13 | 24.07 | 2 | 3.7 | 54 |
| 研究性学习 | 0 | 0 | 6 | 11.11 | 21 | 38.88 | 1 | 1.85 | 54 |
| **总体评价** | 2 | 0 | 25 | 46.29 | 25 | 46.29 | 2 | 3.7 | 54 |

说明："现代技术应用"一栏内有 21 节课未能使用现代技术应用，占本次听课节数的 38.88％；"研究性学习"一栏内有 26 节课上未能体现研究性学习，占本次听课节数的 48.14％。

分析上表可以看到：

①在课堂教学目标的设定上，好和较好教师的比例超过一半（占 61.1％）。

②在教学内容的把握上，只有 46.3％的教师能够符合课程标准和教材的要求。

③在课堂的教学结构、教学策略和学生参与上，好和较好的比例处于较低的状态，一般和较差的比例较高，分别是 57.4％、53.7％和 53.7％。

④教师在课堂教学过程中所体现的专业素养，好和较好只占 59.26％。

⑤现代教育技术在课堂教学中的应用不大理想，应用较好及以上仅有 33.34％。

⑥在课堂教学中带领学生较好开展研究性学习的比例很低。

（3）吕巷中学任课教师基本情况及现状分析（本部分仅供参考）

下表是吕巷中学师资队伍的基本情况：

**吕巷中学任课教师基本情况表**

| 教师人数 | 年龄 | | 学历 | | 职称 | |
|---|---|---|---|---|---|---|
| 61 | 35 以下 | 25 | 研究生 | 0 | 中高 | 5 |
| | 36～45 | 22 | 本科 | 51 | 中一 | 36 |
| | 46～50 | 3 | 专科 | 10 | 中二 | 20 |
| | 50 以上 | 11 | | | | |

从上表中可以得到一些基本的信息：

①从年龄层分布来看师资结构合理，中青年语文教师占绝对主体，队伍比较有活力。

年轻教师（35 周岁以下）占了总教师数的 40.98%，36～45 周岁教师占总教师数的 36.06%。

②教师的学历绝大多数达到本科，还有 16.39% 的教师学历没有达到本科水平。初级、中级、高级职称的人数所占比例分别是 20%、36% 和 5%，总体比较理想，呈现出较合理的分布态势。

5. 吕巷中学教师课堂教学工作的总体评价

在这次吕巷中学全面听课的过程中，调研人员看到了吕巷中学在课堂教学方面的不少优点，例如：

（1）教师上课时能基本落实预设教学目标和难重点；对教材的把握和理解比较准确，教学中能努力创设师生之间的民主氛围，能通过引导、启发、组织讨论等方法调动学生的学习积极性；教学各环节的设计思路比较清晰，教师的教学基本功较扎实。

（2）课堂教学目标设计基本能从三维目标着眼，特别是"情感、态度、价值观"目标得到一定的重视；学生在教学中的主体性开始受到教师重视；"两纲教育"能结合学科课本内容特点有意识地融入；现代媒体手段得到不少教师应用；教师自己设计练习的意识和能力有所提高。

（3）学校重视教学常规管理，能够加强课堂教学研究，逐步提升教师课程执行力。规范了备课、听课、课堂教学、作业批改、试卷命题、考务工作、质量分析等的操作流程与要求；同时，学校依托徐汇田林三中，每学年在校内、区域内举行教学互访、区域联动，不断开展课堂教学研究，不断聘请市、区级专家给教师做专题讲座等，让教师切实感受到教学前沿的教改思想和理念，开始转变教学理念，逐步提升课堂教学能力。

（4）关心青年教师并尽力为他们搭建成长平台。学校不断创设各种条件，丰富青年教师的阅历，激发他们从教热情，使他们重视基本功训练，增强科研意识，提高课堂教学水平；近年来，学校在校内外聘请学科专家与青年教师师徒结对，校内组织青年教师研究会等，定时定期进行学习和活动，使青年教师能够在最短的时间内走向成熟。2007 学年，在市《语文课堂教学与生命教育》案例评比中，崔海霞等 3 名青年教师分别获市一、二、三等奖，在区青年教师基本功比赛中，吴昌琼等几位教师分别获一、三等奖。

但是，也要看到，由于吕巷中学师资队伍基础比较薄弱，两年的托管时间又不长，所以到目前为止，吕巷中学的课堂教学现状还不是十分理想。具体表现在：

（1）教师在将二期课改理念内化为课堂教学行为上存在一定的距离，教学水平和能力存在着较大的问题。在听课过程中，调研人员发现，部分教师缺乏有效的教学手段，方法单一甚至陈旧。上课过程中"以学生为主体"的观念还须进一步重视，教学的手段和方法还须不断地研究和多样。部分教师对教材钻研、理解还不够深入，对知识的连贯性和相互联系等方面缺少准确的把握，因此有些课堂气氛沉闷，学生的学习积极性没能调动起来。

（2）部分教师专业基本功不够扎实，不少教师的课堂教学驾驭能力不强。这种表现主要有：

①在处理预设与生成的关系时较为死板，捕捉课堂生成的意识与能力不强，要么无动于衷，要么不知所措、置之不理，以致课堂仍是以教师为主，不能充分体现学生的主体性地位。

②在实施教学时仍然更多地关注教师自己的预设，急于完成自己的教学任务而忽视了

学生的需要，不善于利用生成性资源。

③钻研教材力度不够，过分依赖现有教参及练习卷，这些都削弱了学生的学习兴趣。

（3）各教研组发展不平衡。还有一定数量的学科由于缺乏课堂教学能力强的领军人物，整个教研组师资队伍比较薄弱，在校本研修的过程中，缺乏有效的专业引领，对教师相互间的帮助不大。因此部分学科在区域内呈现一定的弱势状态。

6.调研人员的建议

（1）优化教师队伍，促进专业发展

教师素质高，教学质量才能高。调研显示，各学科组教师水平参差不齐，而且落差较大。如何充分发挥好托管学校的优势以优化教师队伍？如何发挥好学科骨干力量使整支教师队伍的质量有根本的提高？这些问题必须有效解决，落实到位，并形成长效机制。对于校方，建议有实质性的动作，因为这将是校本研修有效开展的前提，也是学校走向良性循环的必要前提。

（2）重视学法指导，提高课堂效率

要按照新课程的要求从三个维度确定教学目标，把握教材内容，因材施教，切实研究教学方法，重视对学生学法的指导。在课堂教学中，要合理使用多媒体和投影仪，有必要的板书，比如数学的课题、例题的解题过程，一些重要的概念及定理等必须要板书清楚，学生的课堂练习，有时也要让学生上黑板板书。充分调动学生的积极性，让教师的精心预设在学生的机智有效的生成中落实每节课的教学目标，真正提高每节课的课堂效率。

（3）营造"学的活动"，构建新型课堂

教师在教学活动的准备和实施阶段，应特别关注学生的学习经验和学习状态，努力使自己的教学内容与学生的学习经验紧密结合，要由"教的活动"逐步转化为"学的活动"，并将"学的活动"充分展开；另外教师应积极反思，唯有这样才能不断关注学生的学习收获，才能逐步构建新型课堂。

（4）研究课程标准，重视作业设计

在作业的布置上要多加研究。所有教师既要精研《课程标准》，把握中考动态，又要研究教材，精确掌握重点、难点，为学生设计既可以促进他们发展，又符合课程标准的有效练习。重视作业的诊断与矫正功能，重视研究在作业的布置上如何实现"减负增效"，培养学生的学习兴趣，提高他们的学习信心，有效促进教学质量的提高。

（三）兴塔中学

1.评估的主要方式

听课、填写课堂教学评估表。

2.评估的主要流程

（1）全体中学研训室成员学习相关文件，明确本次评估的背景、内容、要求和方式。

（2）开展全面听课。

（3）汇总相关材料，初步交流听课情况。

（4）分学科撰写课堂教学评价。

（5）依据各学科听课情况，研训室撰写兴塔中学课堂教学专项评估报告。

3.课堂教学评估的主要指标

目标要求、教学内容、教学结构、教学策略、学生参与、教师素养、教学效果、现代技术应用、研究性学习和总体评价等。

4. 评估的主要数据统计及分析

（1）课堂教学的总体评价及分析

根据兴塔中学当天提供的课程表，我们对有课的教师进行了课堂观察，共计听课56节次，涉及教师43位，占应听教师数的84.31%。按照"好课、较好课、一般课和较差课"四个层次，对所有听到的课进行了分类评价。统计数据见下表。

| 学科 | 听课节数 | 评估指标 | | | |
|---|---|---|---|---|---|
| | | 好（节） | 较好（节） | 一般（节） | 较差（节） |
| 语文 | 8＋（1） | | 4 | 4 | |
| 数学 | 6 | | 3 | 2 | 1 |
| 英语 | 10 | 2 | 5 | 3 | |
| 物理 | 2 | | 2 | | |
| 化学 | 3 | | 3 | | |
| 科学 | 3 | 1 | 2 | | |
| 生物 | 1 | | 1 | | |
| 思品 | 2＋（1） | | | 1 | |
| 历史 | 1＋（3） | | | 1 | |
| 地理 | 1＋（3） | | 1 | | |
| 音乐 | 1＋（2） | | 1 | | |
| 体育 | 3 | | 1 | 2 | |
| 美术 | 1＋（2） | | 1 | | |
| 劳技 | 1＋（1） | | | 1 | |
| 信息 | | | | | |
| 合计 | 43＋（13） | 3 | 25 | 14 | 1 |

说明：听课节数＝上课数×听课人数；合计中括号内的13节课为部分学科教研员所听的不是本学科教师的课时数。

分析上表可以看出：

①在所听课中，被评价为较好的和一般的课占绝大多数，占总听课数的90.7%。

②好课和较好的课的比例（65.12%）大于一般的课和较差的课的比例（34.88%），高出30.24个百分点。

③好课数量较少，共有3节，占总听课数的6.9%；较差的课只有1节，占总听课数的2.32%。

④升学考试类学科的课总体较好，特别是英语学科比较突出；非升学考试类学科的课除了科学学科突出以外，总体质量一般。

（2）课堂教学的内部质量项目评价及分析

调研人员根据事先设定的课堂教学评价指标，对所听的课进行了打分并统计，尝试从课堂教学的内部各要素的质量来分析和评价。主要数据见下表。

| 评估指标 | 好 | 占比 | 较好 | 占比 | 一般 | 占比 | 较差 | 占比 | 有效份数 |
|---|---|---|---|---|---|---|---|---|---|
| 目标要求 | 4 | 9.3 | 27 | 62.7 | 12 | 27.9 | 43 | ? | 43 |
| 教学内容 | 4 | 9.3 | 28 | 65.1 | 11 | 25.5 | 43 | ? | 43 |
| 教学结构 | 7 | 16.3 | 19 | 44.1 | 16 | 37.2 | 1 | 2.3 | 43 |
| 教学策略 | 5 | 11.6 | 17 | 39.5 | 20 | 46.5 | 1 | 2.3 | 43 |
| 学生参与 | 5 | 11.6 | 18 | 41.8 | 19 | 44.1 | 1 | 2.3 | 43 |
| 教师素养 | 6 | 13.9 | 28 | 65.1 | 8 | 18.6 | 1 | 2.3 | 43 |
| 教学效果 | 2 | 4.6 | 25 | 58.1 | 14 | 32.5 | 2 | 4.6 | 43 |
| 现代技术应用 | 2 | 4.6 | 15 | 34.8 | 12 | 27.9 | 14 | 32.5 | 43 |
| 研究性学 | | | 5 | 11.6 | 20 | 46.5 | 18 | 41.8 | 43 |
| **总体评价** | 3 | 6.9 | 25 | 58.1 | 14 | 32.5 | 1 | 2.3 | 43 |

说明：部分教师因为重复听课或听的不是本学科的课，没有具体打分评价，因此有效统计总数为43份。"现代技术应用"一栏中"较差"数据含应用较差和没有应用两种情况。

分析上表可以看到：

①在课堂教学目标的设定上，超过一半的教师有较好的把握（占62.7%）。

②在教学内容的把握上，也有65.1%的教师能够符合课程标准和教材的要求。

③在课堂的教学结构、教学策略和学生参与上，一般和较差的比例较高，分别是39.5%、48.8%和46.4%。

④教师在课堂教学过程中所体现的专业素养，较好级达到79%。

⑤现代教育技术在课堂教学中的应用不大理想，应用较好及以上仅有39.4%。

⑥在课堂教学中带领学生开展研究性学习的仅有11.6%。

（3）兴塔中学任课教师基本情况及分析（本部分仅供参考）

调研人员还试图从该校师资队伍的基本组成情况，来进一步透析相关情况，见下表。

**兴塔中学任课教师基本情况表**

| 教师人数 | 年龄 | | 学历 | | 职称 | |
|---|---|---|---|---|---|---|
| 51 | 35以下 | 21 | 研究生 | 0 | 中高 | 3 |
| | 36～45 | 20 | 本科 | 46 | 中一 | 36 |
| | 46～50 | 7 | 专科 | 5 | 中二 | 12 |
| | 50以上 | 3 | | | | |

从上表中可以得出一些基本的信息：

①从年龄层分布看师资结构合理，中、青年教师占多数。年轻教师（35周岁以下）占了总教师数的41.17%，36～45周岁教师占总教师数的39.21%。

②90.19％的教师学历是本科。有9.8％的教师学历没有达到本科水平。初级、中级、高级职称的人数所占比例分别是23.5％、70.6％和5.8％，呈现出合理的分布态势。

5. 兴塔中学教师课堂教学工作的总体评价

在这次兴塔中学全面听课的过程中，调研人员看到了兴塔中学在课堂教学方面的不少优点，例如：

（1）上课教师大都认真钻研教材，认真备课，教学目标比较明确。大多数教师课前准备较充分，上课时精神饱满，师生关系较融洽。课堂环节较清晰，预设较充分。不少教师能较好地利用现代信息技术手段服务于教学。

（2）备课组活动能有效落实。每周安排两节课进行备课组活动，由年级组长监督管理落实，并做好活动记录。所以在本次课堂教学专项评估过程中也体现出了备课组活动的成效。如语文学科四个年级的语文教师所上的课都是集体备课的产物。每个备课组两位老师教学进度统一，上课内容相同。

（3）以课例研究为抓手，提高教师备课、上课的能力。据了解，兴塔中学该学期要求每位教师自己备课，然后借助校内平台把自己的教案发给本学科的教师，其他教师利用空余时间对教案提出改进意见。老师在此基础上再进行修改并上课，同学科的空课老师听课。学校将老师的课拍摄成录像，并提供给未听到课的老师，最后大家评课议课。学校借助这样一种研究形式来提高教师的教学执行力，起到了一定的成效。所以在本次课堂教学评估中看到老师的教学预设都比较充分。

（4）加强教学常规管理。学校制定了《上海市兴塔中学课堂教学要求》，共有八条。学校不定期地检查教师的备课本和学生作业本，进行学生座谈，了解教师日常教学情况。同时结合区课堂教学有效行动计划推进方案，加强过程的监督与管理，使教师及时填写《课堂改进手册》，通过手册的填写既看到别人教学的优点，又发现自身的不足，从而提升个人的课堂教学水平。

但是，也要看到，由于兴塔中学师资队伍基础比较薄弱，两年的托管时间又不长，所以到目前为止，兴塔中学的课堂教学现状还不是十分理想。具体表现在：

①部分教师的课堂执行力不够，主要有以下几种表现：

第一，我行我素。个别教师对课堂纪律的调控能力较差，自己在上面讲课，下面学生纪律不好，教师却熟视无睹，自顾自讲课，几乎没有课堂互动。

第二，漠不关心。不能关注全体学生，课堂上不能通过观察学生的面部表情分析学生的听课质量，特别是坐在后几排的学生成了老师的盲区，老师对他们不闻不问，将少数几个学生游离于课堂教学之外。

第三，综合薄弱。部分教师在课堂教学中重点、难点把握不准，突出重点和解决难点缺少办法，分析不够清晰，讲解不够透彻，学生思考训练得比较少。课堂教学方法比较单一，课堂气氛比较沉闷，学生参与热情不高。

第四，缺乏激情。整堂课没有轻重缓急，上课自始至终一个语调、一种表情，不温不火。

②从课堂的教学过程看，存在的不足有：

第一，教学环节的设计还需斟酌，大多数课是顺利进行了，但缺少一个能激发学生创新思维的"感点"、"亮点"，显得有些平淡。

第二，一些教学内容的选择与处理忽视学情，忽视学生的个体差异。

第三，课堂问题设计还欠科学，没能创设一个能激发学生挑战自我、展示自我的平台。缺乏对学生的诱导、启发。在个别课上，老师提出问题后，不等学生深入思考，教师就急不可待，越俎代庖，出示答案。

第四，课后作业的设计，有些还流于形式，有些没能与本节课的学习内容有机结合起来。

③部分学科教师专业不对口，部分教师兼上其他科目，因此教学质量较难得到保证。

6. 调研人员的建议

(1) 提高教师学习力，促进教师的专业成长。提高教师的学习力，要解决两方面的问题：一个是内因，一个是外因。作为学校中层领导，首先要想办法激发教师学习的内驱力、增强教师的事业心和责任感，帮助教师树立个人近期目标与远期目标，使教师对学校和领导产生认同感，从而对自己的工作产生兴趣和积极性。同时，营造良好的学习氛围，构建学习型学校，加强教师的校本培训，强化学校教师的校本教研和校本科研等，都是促进教师学习，加快教师成长的有效办法。

(2) 加强校本研修，提高课堂教学的有效性。备课组内老师应加强对教材教法的研究，在对课程标准的理解、新教材的把握、重难点的确定、教学策略的应用、教学资源的挖掘和利用方面要发挥备课组集体的智慧，备课组成员之间相互听课、评课、集体反思，使优势资源扩大并取长补短，实践改进教研机制，以提高课堂教学的有效性。

(3) 注意营造课堂氛围，建立互动的课堂，加强课堂各环节的科学运作。师生互动的课堂才是充满生命张力的，如果只有教师一厢情愿的教学，却没有学生的参与，这样的教学就是无效的。教师要充分运用各种有效的教学手段，综合各类教学语言（包括行为语言），对各个教学环节进行科学运作，调动学生的学习积极性，切实改变教师灌输式的教学局面。

(4) 充分发挥小班化教学的优势，以个体发展促进群体提高。兴塔中学各班级学生数大都在 20～30 之间，尤其是预备年级学生人数更少，这就为小班化教学创设了有利条件。小班化教育使教师有更多的精力关注每一个学生——关注每一个学生的层次水平，关注每一个学生的不同需要，关注每一个学生学习能力的差异。所以教学内容在以教学大纲和教材为本的前提下，针对班级学生的实际情况来处理。可采取在教师指导下的以全体学生活动为主的小班化教学模式。

(5) 以科研为引领，有效提升教学质量。教学质量是学校发展的生命线。兴塔中学有一支年龄分布合理的师资队伍，以中青年教师居多。这是一支朝气蓬勃的队伍，也是可塑性与发展性强的队伍。学校可以教学科研为抓手，如"小班化教学"实践研究、"有效教学的课堂控制、情境、提问和对话"等研究，让教师们在科研实践中转变观念，以理论来指导教学实践，以科研促进教学质量的提高，以教学质量的提高深化科研的成效。同时以科研为引领还可以带出一批骨干、成熟性教师队伍。

## 四、托管前后变化

托管一年多来，学校强化教学常规管理，重视教学质量监控，加强教学研究活动，促进了教师专业水平的提升，教学质量正在逐步提高。

（一）全面贯彻课程计划，科学、合理安排课时和作息时间。能贯彻市教委规定的课程计划，各年级各类课程开齐开足。

（二）建立和形成教学质量监控和分析机制。

（三）教师的各项教学技能、课堂管理、课堂中师生互动等方面有一定变化。

（四）注重学习困难学生的关心与指导，结合学生实际情况进行分层分类的补课和个别辅导。

（五）学生学业成绩在原有基础上有一定进步，教师更关注学生整体的发展趋势。

重视教学常规管理和教学质量监控，坚持面向全体，重视学习差生补缺补差，促进了教学质量的提高，教学质量较托管前有明显提高。

（六）教师教学行为的转变。通过落实教学常规，教师的教学行为发生了改变。通过本学期教导处的七次教案检查发现：除一人外，杜绝了无教案上课的现象，教案的质量明显提高，教学目标、教学重难点齐全、教学过程完整；备课组活动基本保证，平均每学期都在 15 次以上，教师从原来的"单打独斗"，到现在基本形成集体备课、集体研讨；绝大多数教师能用多媒体上课，教导处学期检查显示多媒体的使用率超过 30％，改变了原来教学手段单一的弊病；课后的作业、练习根据学生学习状况基本实现分层，使训练更具针对性、有效性，改变了作业一刀切的现象；作业全批全改，而且能较好地遵守"四个凡是"，从本学期教导处两次作业检查可以看到，作业已经做到全批全改，多数教师能在作业批改后给予评价或留一些鼓励性的话语，杜绝了作业部分批改甚至不批改；加强了对周测、月考、期中、期末考试的考务工作管理，统一安排考试时间、监考人员，保证了教学检测的有效性，改变了原来考试安排随意、监考人员不到位的现象；备课组集体研究试题，练习、试卷讲究针对性，特别是数学、英语等主要学科，从日常练习到周测、月考，教师能针对学生情况进行命题，改变了原来整套照搬试题的现象，提高了习题的有效性，促进了教学质量的提高；规范了每学期月考、期中、期末的四次考试后的试卷分析工作，年级组、教研组分别从不同角度和侧重点，集体进行质量分析、查找教学中存在的问题、寻找解决办法，一年以来这些已成为年级组、教研组常规性的工作，教学质量得到保障。

（七）教学质量提高

廊下中学：各年级各学科的教学质量都在原有的基础上有了不同程度的提高。初三的教学质量更是有了明显的提升：从 2007 届中考各科全区倒数第一、平均分低于区平均分 50 多分，到 2008 年中考在全区 19 所公办初级中学中，总平均分列全区第 14 名（除随班就读外），与区平均分的差距为 26.8 分；第一合格率也由原来的 83％，提高到 97％，提高了 14 个百分点。

**2007 年与 2008 年中考成绩比较：**

| 分数线<br>达线率 | 区重点 | 公办普高 | 石化工业学校 | 合格率 | 总平均分区排名 | 总平均分与区平均差距 |
|---|---|---|---|---|---|---|
| 2007 年 | 13.3％ | 27％ | 74％ | 83％ | 19 | 51.1 |
| 2008 年 | 12.6％ | 31％ | 96％ | 97％ | 14 | 26.8 |

### 五、需要进一步改善的问题

（一）部分学校各年级的探究型课未得到真正落实，即使开设的探究型活动课较单一；音体美等学科出现被占用现象；学生课余活动较少，学习负担较重。

（二）尚有不少学生缺乏学习的积极性和良好的学习习惯与方法。为了进一步提高教学质量，学校应进一步引导教师重视学风的建设，调动学生的非智力因素，加强学生学习的研究，注重学习方法的指导。

（三）教研组、备课组活动已逐步规范，但是教研活动的研究氛围不够浓厚，研究的针对性不够强，主题还不够突出。建议学校依据市教委下发的《关于加强中小学校本教研工作的若干意见》的要求，积极探索校本教研制度的建设，以进一步提高教研活动的效果和质量。

# 第七章 委托管理研究之评价保障

评价是对一种管理制度有效的反思方式。由于委托管理这种学校管理模式的特殊性，我们所需要的必定是一种在一般模式基础上所建立的、切合实际的评价模式。

在学校管理工作中，保障管理工作的有序进行是十分重要的。如何保障管理工作的有序进行呢？这就需要管理评价对管理工作作出一定的价值判断，判断管理工作是否有效，并能将信息及时反馈给组织管理者。由此来不断改善管理工作，保障管理工作的有序进行。学校的管理工作不同于企业管理，因为学校管理的主要工作是教育工作，它的产品是人，而不是没有生命的物品。因此，在对学校管理工作进行评价的时候，不能只考虑量化因素，还要更多地考虑非量化因素。本章试图从教育评价的角度出发，对委托管理工作给予一定的保障服务。

## 第一节 教育评价的理论研究

任何管理工作的有效与否都有其相应的评价标准。因此，在探讨针对委托管理的评价保障之前，有必要对评价的一些现有理论进行了解。因为委托管理是发生在学校中，因此，我们将要简单阐述教育评价的一些基本概念。

### 一、教育评价的概念界定

#### （一）一般意义上的评价

在日常生活中，人们通常要参照一定的标准（有客观的标准，也有主观的标准；有比较明确的标准，也有相当模糊的标准；有定向的标准，也有定量的标准）对某一个或某一些事物、行为、认识、态度（一般我们可以将这些事物、行为、认识、态度统称为评价客体）进行各种各样的评价。评价其价值高低或优劣状态，并通过评价达到对事物的认识，进而指导一定的决策行为。因此，"评价"就是人们按照一定标准对客体的价值或优劣进行评判比较的一种认知过程，同时也是一种决策过程。它是人们认识事物的重要手段之一。[①]

#### （二）教育评价

何谓教育评价？目前学术界对此仍未达成一致的看法。早在 20 世纪 40 年代，泰勒就曾（R. W. Tyler）提出："教育评价在本质上是确定课程和教学大纲在实际上实现教育目标的程度的过程。"后来，有人进一步把它界定为：教育评价就是系统地、有步骤地从数量上测量或从性质上描述儿童学习过程和结果，据此判断是否达到了所期望的教育目标的

---

① 苏为华. 多指标综合评价理论与方法问题研究. 厦门大学博士学位论文，2000：6.

一种手段。这种观点认为教育评价就是以教育目标为依据，评判学生学习结果达到教育目标的程度。[①]

20 世纪 60 年代，克龙巴赫（L. J. Cronbach）于 1963 年在《通过评价改进课程》一文中提出，教育评价是"一个收集和报告对课程研制有指导意义的信息过程。"斯塔弗宾（D. L. Stufflebeam）于 1966 年在对泰勒的评价理论提出异议的前提下认为："评价的目的不在于证明，而在于改进。评价是一种为决策者提供信息的过程。"日本学者辰野千寿也认为："教育评价是依据教育目标和指导计划，使用一定的指导方法，教育那些具备输入条件（能力、适性、兴趣、学习态度等）的学生，并且参照最初的教育目标对教育成果（输出）予以评价，把借此而获得的信息反馈给作为指导者的教师和作为学习者的学生，从而调整指导方法和学习方法，以便更有效地达到教育目的。"[②]

20 世纪 70 年代，斯克里文（Michael Scriven）和豪斯（E. R. House）把教育评价定义为：评价是一种对优缺点和价值的评估，是一种既有描述又有判断的活动。20 世纪 80 年代，布卢姆（B. S. Bloom）提出，评价乃是系统收集证据用以确定学习者实际上是否发生了某些变化，确定学生个体变化的数量或程度。1981 年，美国教育评价标准委员会对教育评价的综合界定是：教育评价是对教育目标和它的优缺点与价值判断的系统调查，为教育决策提供依据的过程。之后，库巴（Guba）和林肯（Lincoln）又提出了他们的观点，认为评价描述的并不是事物真正客观的状态，而是参与评价的人或团体关于评价对象的一种主观认识；评价结果就是这些人基于这种认识整合而成的一种共同的、公认的主观看法。[③]

我国学者对教育评价的基本内涵也进行了研究。台湾学者李聪明认为，教育评价是利用所有可行的评价技术评量教育所期的一切效果。华东师范大学的陈玉琨教授认为，教育评价是对教育活动满足社会和个体需要的程度作出判断的活动，是对教育活动现实的（已经取得的）或潜在的（还未取得，但有可能取得的）价值作出判断，以期达到教育价值的过程。[④]

这里，笔者比较赞同肖远军在《教育评价原理及应用》一书中的定义：教育评价是指评价者按照一定的评价标准，在对教育活动及相关因素进行系统分析的基础上，就教育活动满足社会和个体需要的程度作出判断的特殊认识活动。[⑤]

## 二、教育评价的本质和意义

如上所述，一些国内外的学者在对教育评价的概念进行界定时在一定意义上揭示了教育评价的本质。教育评价的本质就是评价主体以一定的评价标准对教育活动的价值作出事实判断。

教育评价的意义在于教育评价本身对于教育活动所具有的功能。教育评价具有导向功能、诊断功能、激励功能和交流功能。

---

①　肖远军. 教育评价原理及应用［M］. 杭州：浙江大学出版社，2004：3.
②　肖远军. 教育评价原理及应用［M］. 杭州：浙江大学出版社，2004：4.
③　肖远军. 教育评价原理及应用［M］. 杭州：浙江大学出版社，2004：4.
④　肖远军. 教育评价原理及应用［M］. 杭州：浙江大学出版社，2004：5.
⑤　肖远军. 教育评价原理及应用［M］. 杭州：浙江大学出版社，2004：5.

### （一）导向功能

所谓评价的导向功能，是指评价可以引导评价对象趋向于理想的目标。教育评价是目的性、规范性很强的活动。合理的评价活动具有明确的评价目的、预设的评价标准以及严格的评价程序，就像一根指挥棒，对教育发展起着定标导航的作用。运用评价的导向功能，可以转变学校的教育观念，达到国家规定的各级各类培养目标。但在实际工作中，由于种种原因往往偏离培养目标，这就需要不断端正办学方向。而评价标准和配套的激励措施，就是把国家的教育方针、政策和上级主管部门的要求，用一定形式规定出学校工作的目标和方向，规范学校的具体教育教学行为，起到指挥棒的作用。①

### （二）诊断功能

诊断功能就是通过评价活动判断评价对象的水平和层次。在评价方案实施过程中，对根据评价标准所搜集到的教育评价信息，采用科学的方法进行整理、处理和分析。在这个过程中，评价者能够发现教育活动或评价对象的优势，并将优势加以巩固和发扬；同时也能发现教育活动或评价对象的不足之处，针对不足之处加以改进。② 我国教育评价主要由行政部门实施，特别是把评价融入管理中，作为一种管理手段，用于各种行政监察，使评价的诊断功能进一步强化。现代教育评价除了强调鉴定功能外，更强调反馈和矫正功能，即诊断功能。③

### （三）激励功能

激励功能是指教育评价的正确应用，能够激发评价对象的内在动力，调动他们的潜能，增进他们工作的积极性与创造性等。④ 评价所得的结果，一方面为决策者提供信息，另一方面也给被评价者或被评价单位反馈信息，其目的是为了改进工作，提高教育质量。如果工作做得好，明确好在什么地方，会给人以发扬优点的动力和某种精神上的满足，能较好地促进人们工作或学习的主动性，激励人们以全部精神投入工作或学习；如果工作做得不好，指出不好在什么地方，如何才能改进不足，就能督促人们改进不足，赶超先进。⑤

### （四）交流功能

评价活动是双向的。在评价过程和评价结论反馈过程中，由于评价者与评价者之间、评价者与被评价者之间、评价者与决策者之间，以及被评价者与被评价者之间、被评价者与决策者之间的相互接触、交流和信息沟通，能够看到他人的长处，同时也能注意到自己的不足之处，有利于相互学习、取长补短、共同前进。⑥

总之，科学的教育评价可以为教育活动定标导航。通过评价的导向功能，转变学校的办学观念；运用评价的诊断功能，不断提高教育管理的质量；利用评价的激励功能，调动学校组织成员参与学校管理的积极性和创造性；借助评价的交流功能，使得评价活动的各个方面能够进行有效的信息沟通，促进评价活动各个方面的共同发展。

---

① 肖远军．教育评价原理及应用［M］．杭州：浙江大学出版社，2004：15.
② 吴刚．现代教育评价教程［M］．北京：北京大学出版社，2008：8.
③ 肖远军．教育评价原理及应用［M］．杭州：浙江大学出版社，2004：15.
④ 肖远军．教育评价原理及应用［M］．杭州：浙江大学出版社，2004：16.
⑤ 吴刚．现代教育评价教程［M］．北京：北京大学出版社，2008：9.
⑥ 吴刚．现代教育评价教程［M］．北京：北京大学出版社，2008：9.

# 第二节　教育评价的实施途径

正如所有的管理制度都有其基本原则，实施教育评价也有必须遵守的准则。在这些准则的基础上，本节将要介绍一些现有的教育评价的模式。

## 一、教育评价的实施原则

教育评价的原则，是指评价主体在评价过程中必须遵守的行为准则。它是指导评价活动的一般原理，是对教育评价工作提出的基本要求，是一种行为准则。在教育评价活动中，评价者的评价言行只有服从于评价原则规定的行为准则，不同评价者的价值认识才能以此为基础求得共识，不同评价者的评价行为才能以此为基础同步进行。[1]

在西方，评价原则又称后评价标准，是指依据评价的基本目的和评价过程的客观规律对评价的组织者和评价人员提出的基本要求。[2]

我国的学者对评价原则的研究成果大致可以归纳为以下几点：（1）方向性原则、导向性原则、引导性原则等；（2）科学性原则、客观性原则、典型性原则等；（3）动态性原则、发展性原则、多变性原则等；（4）可比性原则、可测性原则、可行性原则、简易性原则等；（5）激励性原则、激励动力的积极性原则等；（6）教育性原则。[3]

一般而言，构建教育评价原则应考虑以下三个因素：一是从教育价值观层面提出的对教育本体的哲学思考与教育目的论；二是从教育形态层面提出的某种特定教育的性质和功能；三是从教育的时代性层面提出的某一社会发展阶段对教育的需求。因此，教育评价的原则主要有：方向性原则、客观性原则、可行性原则和激励性原则。[4]

### （一）方向性原则

方向性原则，是指在教育评价中必须有一个明确的方向。在我国，就是要依照党和国家制定的教育方针、政策和法律、法规以及各阶段学校的任务来开展评价工作，引导广大教师沿着正确的方向，全面贯彻国家教育方针，全面提高教育质量，提高办学水平和办学效益。[5]

在委托管理中，方向性原则就是要依据党和国家的教育方针、政策和法律、法规，来引导支援方沿着正确的方向开展管理工作，最终的目的依然是提高学校的教育质量和办学水平以及办学效益。贯彻这一原则应注意以下两个问题。[6]

1. 以贯彻教育政策、法规作为评价的出发点和主要依据。我国的《教育法》规定："国家坚持马克思列宁主义、毛泽东思想和建设有中国特色社会主义理论为指导，遵循宪法确定的基本原则，发展社会主义教育事业。"《教育法》还规定："教育必须为社会主义现代化建设服务，必须与生产劳动相结合，培养德、智、体等全方面发展的社会主义事业

---

① 肖远军.教育评价原理及应用［M］.杭州：浙江大学出版社，2004：17.
② 肖远军.教育评价原理及应用［M］.杭州：浙江大学出版社，2004：17.
③ 肖远军.教育评价原理及应用［M］.杭州：浙江大学出版社，2004：20.
④ 肖远军.教育评价原理及应用［M］.杭州：浙江大学出版社，2004：20.
⑤ 肖远军.教育评价原理及应用［M］.杭州：浙江大学出版社，2004：20－21.
⑥ 肖远军.教育评价原理及应用［M］.杭州：浙江大学出版社，2004：21.

的建设者和接班人"的教育方针，以及其他保障教育事业沿着社会主义方向健康发展的一系列法律法规。

2. 评价要与现阶段教育改革和发展的要求相结合。目前，基础教育的新课程改革正在全面推进。以此，必须要建立促进学生全面发展的评价体系。不仅关心学生的学习成绩，更要关注学生多方面潜能的发展。要建立教师不断提高的评价体系，强调教师对自己教学行为的分析与反思。要建立课程不断发展的评价体系，周期性地对学校课程执行的情况以及实施中遇到的问题进行分析评估，调整课程内容，改进教学管理。

（二）客观性原则

客观性原则，是指在进行教育评价时，必须具有客观、实事求是的态度，公正、准确地反映被评价对象的现状和特征，不能主观臆断和掺杂个人情感。教育评价是一项科学性很强的工作，评价工作是否客观、实事求是，关系到评价结果是否正确，也关系到评价目的的实现。因此，从某种意义上说，客观性原则是做好教育评价工作的根本出发点和基本保证。贯彻这一原则需要注意以下三点：[①]

1. 坚持实事求是的态度和公正的立场

评价者在评价时应具有实事求是的态度，要坚持公正的立场。教育评价只有坚持实事求是，才能客观地做出价值判断，否则就会挫伤被评价者的积极性，妨碍学校工作的顺利进行。同时，评价者应坚持公正的立场，不徇私情，不抱偏见，要对每一个被评者一视同仁。客观与公正是相辅相成的统一整体，离开客观，公正就失去了基础；没有公正，客观就是一句空话。只有两者有机结合，才能提高教育评价工作的科学性和有效性。

2. 评价要做到全面、准确

在进行教育评价时，要全面、准确地考察评价对象的实际工作，多方面听取意见，包括评价对象对自己的评价；尽可能多地收集第一手信息资料，防止道听途说和主观臆测。要对收集的信息进行辨别、鉴定。

3. 有科学的评价技术和方法

在教育评价中，从评价方案的设计、评价信息的收集整理，评价组织机构的建立、到评价结果的整合与处理，所使用的各种评价技术和方法都必须多管齐下，互为补充。既要在理论上有可靠依据，符合认识论和辩证法，又要在实践上具有较高的可靠性和有效性。

（三）可行性原则

可行性原则，是指教育评价必须从国家对教育的要求以及学校工作的实际情况出发，在设计评价方案、制定指标体系、确定评价标准和实施评价活动等各个环节中，都要采取实事求是的态度，使评价工作切实可行，具有符合实践要求的可操作性。贯彻这一原则需要注意以下四点。[②]

1. 对评价的总体要求要切合实际。如评价范围的规模，要量力而行；评价结果的精确度方面，也要考虑教育现象可变量大、难以控制的特点。

2. 评价指标要简明不失其关键、全面不失其重点。评价方案的指标越多，评价运作的成本就越高，因而评价指标必须少而精，简明集中，突出重点。但也要照顾全面，能在

---

① 肖远军．教育评价原理及应用［M］．杭州：浙江大学出版社，2004：21—22．
② 肖远军．教育评价原理及应用［M］．杭州：浙江大学出版社，2004：23．

整体上反映被评价对象的现状。

3. 评价标准要有可行性和鉴别力。评价标准要符合评价对象的发展水平，不可过高也不可过低。

4. 评价的方法要简便易行，具有可操作性。由于我国开展教育评价起步较晚，评价的技术和方法还比较落后，因而客观上要求现行评价技术和方法应好学、易懂、便于操作。有些方法虽然简单、粗糙，但是只要便于使用，又能彼此沟通且能基本达到评价的目的，也是可行的。

### （四）效用性原则

效用性原则，是指评价必须针对实际存在的问题，充分利用评价的导向和激励作用，以促进实际问题的解决。评价活动不能有效地帮助被评价对象找出存在的问题，不能对他们的工作提供有价值的帮助，这种评价就是无实效的。贯彻这一原则要注意以下三点：[①]

1. 评价应针对实际存在的问题

评价工作需要花费一定的人力、物力和财力，如果评价不能解决实际问题，搞形式主义，那么不仅浪费了国家的钱财，而且也给被评价对象增加了很大负担，导致被评价对象的反感，影响对评价活动本身的看法。

2. 评价要有较高的信度

信度是指所评价的属性或特征前后一致性程度，即运用同一工具在不同时间评价同一对象时，评价结果的稳定性和一致性。如果一个被评价者在多次评价中得到近乎相同的评价结论，那么可以认为该评价是稳定可靠的。

3. 评价要有较高的效度

效度是指一项评价或评价工具能够正确评价所评价对象的属性或特征的程度，即评价结果达到评价目的的程度。如果一项评价没有效度，那么即使其具有其他的优点，也无法发挥其真正的功能。效度是一个相对的概念，任何一项评价只相对一定的目的来说是有效的。

### （五）激励性原则

激励性原则是指在评价过程中，评价组织者和评价人员要注意最大限度地调动各个方面的积极性。不仅要调动被评价者参与评价活动的积极性，而且要注意保护和调动被评价者在评价活动后进行教育教学改革的积极性。贯彻这一原则应注意以下两点：[②]

1. 评价活动本身具有激励性

评价活动应成为一种从事实出发、肯定绩效、表彰先进、树立榜样的过程，应成为一种激励与教育的力量。因此，评价活动应该公正、公平、公开。同时，评价者与被评价者在人格上是平等的，通过评价者的言行激发被评价者的主动性和创造性。

2. 评价活动应该促进被评价人员的发展

教育评价活动应该为所有被评价对象获得良好发展提供重要的反馈信息。因此，教育评价要立足所有被评价人员的差异性，要考虑不同兴趣爱好、不同个性心理品质的被评人员。注重发挥评价在教育活动之前、之中以及之后的导向功能。

---

① 肖远军. 教育评价原理及应用 [M]. 杭州：浙江大学出版社，2004：23—24.

② 肖远军. 教育评价原理及应用 [M]. 杭州：浙江大学出版社，2004：25—26.

### 二、教育评价的实施模式

（一）西方教育评价的主要模式

1. 泰勒模式（又称行为目标模式）

泰勒模式以行为目标为中心，用学生的特殊成就来表示教育方案和计划中的目标，并把这一目标当做教育过程的方向和教育评价的主要依据。具体操作程序是：第一，拟定一般目标或具体目标；第二，把具体目标加以分解；第三，用行为术语界定具体目标；第四，给出达到具体目标的要求；第五，向与评价活动有关的人员解释评价策略和目的等；第六，选择或发展适当的测量方法；第七，搜集行为表现的资料；第八，拿资料和行为目标相比较。泰勒模式的优点在于：以行为目标为中心，结构紧密、简单易行。其缺点在于：没有对目标本身进行评价；注重对预期性效果的评价而忽略了对非预期性效果的评价；重视评价结果而忽视了评价过程；评价标准来源于统一的目标，限制了学生的个性发展；重视定量化目标而忽视了定性目标。[①]

2. CIPP 模式

CIPP 模式由斯塔弗尔比姆于 1966 年提出。他把背景评价（Context）、输入评价（Input）、过程评价（Process）、结果评价（Product）结合起来形成了 CIPP 模式。具体操作过程是：第一，应当根据社会发展需要和评价对象等对教育目标本身进行价值判断，即背景评价。第二，对教育方案、计划的可行性和合法性以及道德性进行评价，也就是对实现目标所需要的条件和可能获得的条件的评价，即输入评价。第三，通过系统地搜集、整理、分析和综合大量的反馈信息资料，拿方案的实施过程和预定过程相比较，来探索教育方案和计划实施过程中的潜在问题，并寻求解决办法，以修改方案，即过程评价。第四，通过对方案实施结果的评价，取得大量的信息（主要是定量数据），并以此为依据来衡量完成目标的情况，即结果评价。CIPP 模式的优点在于：弥补了泰勒模式的不足，使确立的目标更加符合社会发展的需要，切合实际。并且对教育活动方案的实施条件和过程进行评价，及时反馈，为方案的修改提供依据，使目标能顺利达到。其不足之处在于：实施步骤复杂，耗费人力、物力、财力较大。在实施过程中，评价者主要是决策者，这违背现代教育管理和评价原理。[②]

3. 目标游离（Goal Free）模式

此模式由斯克里芬在 1967 年提出。他和他的同事在考察了教育活动的实际效果之后，发现许多教育活动除了收到预期性效果之外，往往会产生一些意想不到的"负效应"或"相反效应"，而且有时影响很大，从而认为泰勒将评价仅限于衡量达到教育目标的程度是不全面的。根据预期的教育目标所进行的评价，往往只注意目标规定的预期性效果，却忽视非预期性效果，而教育活动的预定目标主要反映了方案和计划制定者的意图。为了降低评价活动中方案和计划制定者主观意图的影响，斯克里芬主张，不能把他们预定的活动目的告诉评价者，以利于评价者搜集关于方案和计划实施的全部成果信息。就是说，做出评价结论的依据，不是方案制订者的预定目标，而是活动参与者的意图。该评价模式注重对

① 吴刚. 现代教育评价教程［M］. 北京：北京大学出版社，2008：15—16.
② 吴刚. 现代教育评价教程［M］. 北京：北京大学出版社，2008：16.

教育活动非预期性效果的评价，评价依据是评价活动参与者所取得的实际成效和达成的共识，评价结果较为使人接受。但是，当评价对象较多时操作起来较为繁琐。[1]

4. 应答（Responsive）模式

此模式由斯塔克首先提出，后来由他人进一步发展。其基本思想是从关心评价活动中所有人关注的现实和潜在的问题出发，而不是以预定的目标或假设出发，通过信息反馈，使评价结果真正产生效益，促使教育活动结果能够满足大多数人的需要。具体而言，这种评价模式采用强调非正式观察、访谈和描述性分析的自然主义方法，通过评价者与同教育活动有关的各种人员的接触，如学生、教师、家长和评价方案的制定者等，了解他们的愿望，从中发现并选择出人们所关注的有价值的问题，然后把它同实践活动进行比较，对教育方案和计划作出修改，对大多数人的愿望作出应答，以使教育能满足各种人的需要。该评价模式强调价值观的多元性和发散性。这种模式评价准则反应了与评价活动有关的各方面人员的需要，具有一定的民主性；评价方法强调自然条件下的观察、访谈和描述性分析，避免评价信息的遗漏，评价结果效度较高。但是，评价结果的适用范围太小，可信度较低；在评价过程中，要耗费很大的人力、物力和财力。[2]

5. 对手（Adversary）模式

此模式由欧文斯等人于20世纪70年代中叶提出。通过采用准法律过程评委会审议形式，来揭示教育方案和教育活动正反两个方面的长短得失。这种评价模式主张让不同或相反意见的评价者共同参与对教育方案和教育活动的评判，十分重视听取对教育方案和教育活动的争议，尤其是反对的意见，为各方面的情况能得到充分反映提供了保证。一般地说，这一评价模式的基本特点是充分反映了各类人员多元的价值认识，是一种依靠人们直觉与经营的评价。[3]

（二）我国教育评价的主要模式

1. 教育型目标调控模式

这种评价模式认为，从改进和提高学校工作着眼，旨在通过评价使评价对象正在进行的工作和学习日益提高、自我完善和不断发展；目标是评价的基础，过程是评价的重点，自我评价和调控是进行评价的基本方式，反馈则是它的运行机制。该模式注重发挥评价的估价成就和改进工作的功能，对于有效调控教育活动过程，朝着教育目标运行起着积极的指导作用。[4]

2. 指标量化、评语描述模式

该模式是依据方针制定目标，逐级分解筛选指标确定权重。通过定量、定性描述，作出价值判断，形成一个以评语描述为主，包括量化分数等级的评价结论。它结构紧凑，简单易行，在评价过程中又考虑定性、定量方法的结合。目标逐级分解成指标从理论上来说是可行的，但是，在实际评价活动中，由于既要注重指标的科学性，又要考虑指标的可操作性，这样一来，一个本来模糊的指标要把它具体化，然后，当将其具体分割后有时候又

① 吴刚. 现代教育评价教程［M］. 北京：北京大学出版社，2008：16.
② 吴刚. 现代教育评价教程［M］. 北京：北京大学出版社，2008：16－17.
③ 吴刚. 现代教育评价教程［M］. 北京：北京大学出版社，2008：17.
④ 吴刚. 现代教育评价教程［M］. 北京：北京大学出版社，2008：17.

不能完全对上号，从而会引起不必要的争论。①

3. 学校评价"两体一制"模式

该模式的基本思路是：一是学校评价以一定的教育价值观建立的目标函数为依据。二是教育现象的复杂性、随机性和模糊性等特点，对学习评价的科学性程度提出了很高的要求。学校评价是建立在运用现代科学方法和技术对原始材料进行科学处理基础之上的。三是学校评价是一种科学管理活动，这种管理活动既是主体作用于客体的手段，也是主体和客体之间协同一致的行为体现。它是一个完整的、系统的管理过程，必须严格遵循：设计目标体现—建立组织系统—搜集信息资料—应用分析技术—形成价值判断—反馈评价结论等客观程序。为此，应该建立评价制度，用以调和和制约整个评价活动的过程。对这三个基本问题可以抽象概括出构成学校评价系统结构的三项基本要素：指标体系、方法体系和评价制度。该模式提出用评价制度来规范和制约整个评价活动的过程，对于提高评价结果的信度和效度是有积极作用的。②

4. 发展性目标评价模式

该模式由吴刚提出。其依据是当前教育评价发展的趋势、我国的国情集中外教育评价模式的优点于一身，不仅继承了泰勒模式的精华，而且适应性较强，在倡导对目标进行评价的同时，也注意到在评价活动中对评价方案进行适当调整的问题。其基本思想是：第一，社会在发展，教育目标是不断变化发展的，以教育目标作为依据之一编织成的评价标准需要不断修正、充实和调整。第二，以教育评价标准为核心的教育评价方案、实施过程和评价结论也是发展、可变的。这种方案是可以在评价活动中针对具体情况进行调整的。只要能保证评价活动质量、促进教育工作的评价理论和方法都能采用。第三，整个评价活动要在教育评价制度的规范下进行。其基本内容是：根据社会发展的需要和开展教育活动的现实条件，确定和检验教育目标；依照教育目标、评价对象和条件、与教育活动有关人员的愿望和需要以及现有的各种规章制度和科学理论，设计出以评价标准为核心的评价方案；遵照评价方案，实施评价活动。在评价活动中，注重定量方法和定性方法的有机结合以及多种评价类型的结合，重视反对意见和非预期性效果，有效运用计算机技术；完成和反馈教育评价报告；用教育评价制度控制和制约整个评价过程，以确保评价质量。③

（三）委托管理下的教育评价模式

现在的教育评价活动，所获得的效果并不如想象中那么巨大。针对学校管理工作的各方面评价活动逐渐流于形式。教育行政部门有着名目繁多的评估活动，学校忙于应付这些评估活动，使得评价活动本应起到的作用变小，增加了学校管理工作的负担，影响学校的日常生活，不利于学校管理质量的提高。而且，委托管理工作的评价活动不同其他一般学校工作的评价活动，除了要对管理学校的教学质量进行评价，还要对委托管理工作本身进行评价。因此，本章笔者想要引入第三方评价机制，结合发展性目标评价模式形成一个"一制一式"的委托管理评价模式。关于发展性目标评价模式的基本思想和基本内容已在上文中阐述过了，故不再重复阐述。接下来主要阐述第三方评价机制的建立。

---

① 吴刚. 现代教育评价教程［M］. 北京：北京大学出版社，2008：17—18.
② 吴刚. 现代教育评价教程［M］. 北京：北京大学出版社，2008：18.
③ 吴刚. 现代教育评价教程［M］. 北京：北京大学出版社，2008：19—20.

1. 第三方评价机制的含义

目前对第三方评价机制并没有一个确定的统一解释，但表达的中心思想却大同小异，一般理解为以外部专家为主体，以第三方评价机构为支撑，以评价指标体系为手段的体系集合。放在委托管理范围来讲，第三方评价机制就是在学校委托管理中，利用外部专家所建立起来的，以国家教育部门根据教育目标所制定的评价标准为手段，以第三方评价机构为载体，以促进学校教育质量的提高、实现教育目标为根本前提，以促进学生的全面发展为根本目标，并独立行使职权的顾问和监督制度体系。第三方评价机制是一个委托运行的机制。

这里的第三方评价机构，可以理解成一个独立于委托学校、代理学校以及教育行政部门之外的中立的专业教育评估机构。

在这里，对中立性专业教育评估机构的概念做一个简单的界定：中立性专业教育评价机构是介于政府、学校、社会三者之间，坚持多元价值取向或有价值主体广泛参与，或经政府委托授权或受单位（学校）邀请或自行决定，以提高教育评估服务为主要形式的，加强教育与社会联系，促进教育质量和评估质量不断提高的一种独立的专业组织。这一定义包括了五层含义：（1）机构的设置处于相对独立的"居间"地位；（2）提供专业性"教育评估服务"是立身之本；（3）行为方式的价值取向是保持"价值中立"；（4）基本职能是在评估服务中进行"沟通、协调、监督、公正"；（5）主要使命是"促进教育质量和评估质量的不断提高"。[①]

为了客观、公正地对学校委托管理的评价工作进行评价就必须借助中立的专业教育评估机构才能得以实现。

2. 第三方评价机制在委托管理中的体现

（1）外部专家的"自我"评判和"被我"选择限制严格

对外部专家的选择将是第三方评价机制的首要问题，仅仅是外部专家参与并不是第三方评价机制的真正内涵。由教育部门或是学校管理主体选择的专家对委托管理工作的评价可能从各自的角度进行评价。这样的评价就会失去客观性，从而使评价带有主管部门或具体管理部门的倾向性，甚至使评价仅仅成为主管部门意见的论证。而且，这种评价监督不能掣肘于一般舆论的导向。因此，第三方评价需要更多的专业性评判。外部专家的"自我"评判和"被我"选择是有严格要求的。外部专家的"自我"评判指的是必须是教育专业人员，拥有与第三方评价机制的根本前提和目标相对应的自我约束和激励能力，并坚决扮演中立的角色。具备这些还不够，委托管理与外部专家是双向选择的。外部专家的"被我"选择就是要满足和适应学校委托管理发展的需求，而不是专家知识专业、态度中立就能介入学校的委托管理之中。[②]

（2）评价标准严格

这是第三方评价机制与学校委托管理之间的技术手段和唯一介体，也是第三方评价机制行使职责最主要的手段。学校委托管理中的第三方评价标准应该是以国家的教育方针、

---

① 祈新意．教育评估委托制度研究．河海大学硕士学位论文，2007：15.

② 李本振，明庆忠，李庆雷，李青．第三方评价机制与旅游循环经济发展的良心耦合——旅游发展监督机制的新视角、新形势 [J]．北京第二外国语学院学报，2009（9）.

政策和法律、法规为依据的，同时，也体现了教育领域的教育管理质量要求。

（3）物质载体独立

第三方评价机制的物质载体是第三方评价机构。正如之前所提到的，为了使针对学校委托管理工作的评价具有客观性和公正性，必须经由一个中立的专业教育评估机构。这个第三方的评价机构是中立的、独立行使职权的、不受教育部门和学校约束的教育专业机构，并在法律地位上与教育部门和学校是一样平等的，由国家给予某种形式上的认可，具有独立的法人资格地位。这种第三方评价机构是一种非赢利组织，是非利益相关者的结合体，以实现委托管理学校的健康和可持续发展为目标的。

（4）评价方法公正、客观

公正、客观的评价方法必须是定量和定性评价的有机结合。该评价方法经过第三方专家和第三方评价机构的使用，务必要做到公正、客观地反映学校委托管理的真实状况。

（5）职责行使与学校委托管理的全过程

第三方评价机制要对学校委托管理的健康、可持续发展负责，职能发挥要贯穿于学校委托管理发展的全过程。具体表现在充分发挥专家专业优势和第三方评价机构具有独立法人地位的优势，实现在学校委托管理中的管理前的论证、管理中的跟踪监控、管理后的反馈的全程监督。因此，在学校委托管理中，第三方评价机制所扮演的角色可以定位为咨询、推行标准、评估、监督等。[①]

3. 第三方评价机制的构建

（1）主体就是参与评价委托关系的各方

委托人（被代理人）是享有法定教育评估权的政府及其教育主管部门。受托人（代理人）是中立性专业教育评估机构，确切地说是通过一定程序及方式取得特定评估权的中立性专业教育评估机构。第三方相对人就是被评学校，在具体的教育评估委托代理法律关系中，为某一个或一类被评学校。

教育评估委托是政府及其教育主管部门将其法定教育评估权通过一定方式和程序委托给中立性专业教育评估机构，由其负责具体的评估项目的实施。中立性专业教育评估机构是代表委托方某一政府及其教育主管部门对被评学校在实施评估项目，也就是在履行政府的行政职能。在这个教育评估委托关系中，政府及其教育主管部门及受委托的中立性教育评估机构是代表政府一方，被评估学校，则是行政相对人的身份，他们之间的关系就是国家行政主体与行政相对人的行政法律关系，适用的应该是行政法。发生争议时，在教育评估委托关系中，被评学校如果不服中立性专业教育评估机构代表委托方某一政府及其教育主管部门做出的评估结论，可以依据行政诉讼法提起行政复议，如对复议结果不满意，可直接起诉委托方政府及其教育主管部门。这样从法律程序上既规范了政府及其教育主管部门的评估行为，也可以保护被评学校的权益。[②]

（2）内容就是主体享有的权利与应承担的义务

在教育评估委托关系中，各个方面的主体都享有一定的权利，也要承担相应的义务。

---

① 李本振，明庆忠，李庆雷，李青. 第三方评价机制与旅游循环经济发展的良心耦合——旅游发展监督机制的新视角、新形势［J］. 北京第二外国语学院学报，2009（9）.

② 祈新意. 教育评估委托制度研究. 河海大学硕士学位论文，2007：17.

享有法定评估权的政府及其教育主管部门的权力是通过一定程序监督中立性专业教育评估机构和学校的评估；开展元评估；对评估工作进行宏观管理与协调等。其义务是保证中立性专业教育评估机构独立评估和支付评估劳务费给受托方等。中立性专业教育评估机构享有独立进行评估项目实施，不受外界干扰和从委托方获取评估劳务费等权利；承担保证评估项目得以公正地进行，坚持标准按时提交评估报告，并对报告负责等义务。被评学校获得公平真实评估结论以及不服评估结论进行法律救济等权利；其义务是为评估项目的进行提供条件、提供真实的数据和材料，缴纳一定评估费用给委托方，等等。

在实际操作中，这些权利和义务应该成为固定的条款，以利于教育评估委托关系的确立与存续，保证评估目标得以顺利实现。[①]

（3）客体就是权利与义务指向的对象

一是行为，就是各主体的积极作为和消极不作为等行为。如享有法定评估权的政府及其教育主管部门按照合同约定向中立性专业教育评估机构给付报酬的行为。二是财物，如享有法定评估权的政府及其教育主管部门按照合同约定向中立性专业教育评估机构给付的报酬。[②]

（4）评估委托法律关系的变动

评估委托法律关系的变动即发生、变更或消灭绝不是无缘无故的，须有一定的原因。导致委托评估法律关系变动的原因，称为法律事实。所谓法律事实，是指符合法律规定，能够引起委托评估法律关系发生、变更或消灭的客观情况。法律事实分为两大类，即自然事实和行为。自然事实，指的是行为之外的，能够引起法律关系发生、变更或消灭的一切客观情况。一般分为状态和事件两类。对于教育委托评估法律关系来讲，如自然灾害、战争等自然事实是可以导致其发生变动的。法律上的行为，是指主体有意识的活动。一般分为合法行为、违法行为及其他行为。合法行为包括法律行为、准法律行为和事实行为。违法行为是指违反法律规定，侵犯他人合法权益，依法应承担法律责任的行为。包括侵权行为、违约责任。[③]

首先是评估委托法律关系的产生。评估委托法律关系是具体的评估委托制度。是由特定的法律关系主体，如某一特定的享有法定评估权的政府或其教育主管部门，与某一具体的取得委托评估权的中立性专业教育评估机构之间通过一定的程序及方式来确定的。确定的方式是特定的双方主体作为甲方及乙方签署评估委托合同。[④]

其次是评估委托法律关系的变更。法律关系的变更是指主体或内容发生了变动，对于委托评估法律关系来说，主体的变更意味着法律关系的终结，因此委托评估法律关系的变更是指法律关系的内容也就是主体间的权利义务发生了不至于终结法律关系的变动。如增加或减少权利和义务等等。[⑤]

最后是评估委托法律关系的消灭。法律关系的消灭是指法律关系由于某种原因归于终结，对于评估委托法律关系来说，一般分为两种情形：第一种是一般消灭，指的是评估委

---

① 祈新意.教育评估委托制度研究.河海大学硕士学位论文，2007：17.
② 祈新意.教育评估委托制度研究.河海大学硕士学位论文，2007：17.
③ 祈新意.教育评估委托制度研究.河海大学硕士学位论文，2007：17.
④ 祈新意.教育评估委托制度研究.河海大学硕士学位论文，2007：18.
⑤ 祈新意.教育评估委托制度研究.河海大学硕士学位论文，2007：18.

托法律关系由于正常原因归于终结，如评估委托项目的完成，评估委托合同期限的届满，以及评估委托合同中规定评估委托法律关系消灭的其他情况的出现等等情形。第二种是特殊消灭，指的是评估委托法律关系由于非正常原因而归于终结。情形有：一是主体中一方有重大违约行为，致使合同不能履行或能继续履行但不能达到合同目的。如委托方屡屡干扰受托方进行独立评估，致使教育评估的目的不能实现或不能完全实现，这时，受托方就会提出解除教育评估委托合同，教育评估委托法律关系也就到此为止了。二是主体中一方由于某种原因丧失资格，如中立性专业教育评估机构被取缔或破产等，致使评估项目不能正常进行。三是自然灾害、战争等自然事实及其他不可抗力的出现，致使合同不能履行或能继续履行不能达到目的。由于上述原因而使评估委托法律关系的消灭，并不影响三方主体诉讼权利的继续存在。①

## 第三节　组织管理、教师管理与学生管理的评价

委托管理评价的具体实施可以分为对组织管理的评价、对教师管理的评价以及对学生管理的评价三个部分。本节将主要介绍组织、教师以及学生管理评价的一些具体操作措施。

### 一、组织管理评价

学校组织是学校管理权力运作的载体，学校一切工作也都是通过学校的各种组织去进行和实现的；它在管理学中被称为静态组织，既是学校管理的客体也是学校管理的主体。学校组织具有组织的一般特征：有众人所构成、有自身的目的、存在着权力关系、有必须依循的规则等。学校教育目标和管理目标确定之后，首先要考虑建立哪些组织以有效地实现目标。②

学校组织的设立并不是随意的，它必须是遵循国家的有关法规、政策，按照学校的一定工作任务和目标，将学校人员按不同的工作性质、职务、岗位组合起来，形成层次、结构合理的有机整体。学校内部组织主要有：政治性组织，如共产党的基层组织、各民主党派的基层组织等；群众组织，如教职员工代表大会、学生会等；行政性组织，如校务委员会、教导处、总务处、校长办公室等；业务性组织，如各学科教研室、年级组、班级等。这些组织在性质、活动内容及活动方式和隶属关系上各不相同，但在同一所学校里却是彼此有着密切联系的一个整体，共同为实现学校的教育目标服务。健全而有效的学校组织是学校各项工作顺利开展的保障。③

（一）学校组织管理评价的主要内容

1. 评估学校组织的要素

（1）各种组织是否健全。

（2）横向与纵向结构是否合理。

---

① 祈新意. 教育评估委托制度研究. 河海大学硕士学位论文，2007：18.

② 刘淑兰. 教育评估和督导 ［M］. 上海：华东师范大学出版社，2000：171-172.

③ 刘淑兰. 教育评估和督导 ［M］. 上海：华东师范大学出版社，2000：172.

（3）学校的发展目标与各组织的职权与责任是否一致。

（4）各组织之间的沟通和协调是否畅通、有效。

（5）每个工作部门的工作范围、管理权限、管理职责是否明确。

（6）各个组织部门的工作规章制度是否健全等。①

2. 考察和评估学校领导班子的工作效率

（1）领导制度。考察和评估校长负责制、党支部的政治核心和保障监督作用以及教代会的民主监督作用的认识及实施是否到位。考察和评估领导班子内部关系协调、沟通方面的制度，主要是进行科学、民主决策的程序制度，评估的重点是领导班子的共识如何，如何达成共识。

（2）领导班子的素质结构与领导班子第一负责人的素质。领导班子的素质合理，可以强化领导者个人素质已有的优势，可以在领导活动效率的保障、评估、提高方面起到推动作用。

评估学校领导班子的要素有：考察和评估学校领导班子素质结构的四个方面，即年龄结构、知识结构、能力结构和气质结构。考察和评估校长的政治、心理和智能素质是否适应 21 世纪社会和学校的发展需求。在政治思想上是否坚持改革开放、实事求是的政治与思想路线；是否做到依法治校，全面贯彻教育方针；是否具有改革创新意识及积极行动；是否具有规划学校发展、选择确定发展战略的能力；是否具有民主意识，在工作中相信群众、依靠群众、发挥群众的首创精神；是否具有领导就是服务的观念并主动为教师和学生、为社会和家长服务；是否能严于律己成为全校人员的表率；是否能在市场经济环境下保持艰苦奋斗和廉洁的作风。②

（二）学校组织管理评价的方法

学校组织管理评价的方法一般都使用自我评估与他人评估这两种方法。自我评估也可以称为内部评估，它是评估者对自己所做的评估。学校组织管理的自我评估是以学校校长、管理人员及教职工为中心，即主体，依据学校评估标准进行的对自己的评估。他人评估也可称为外部评估，是与自我评估相对应的概念，是指评估对象以外的组织机构、人员进行的评估。这两种评估方法各有利弊。自我评估，从时间和程序上看，比较容易实施，一个学期或一个学年都可以进行一次；而有组织的他人评估一般时间比较久，要 5～7 年。自我评估还有利于促进自身的改革和发展的积极性、主动性的激发，有利于评估能力的增强。不足之处在于自我评估缺少外在参照系，无法进行横向比较，容易产生主观性和自我保护倾向。他人评估与自我评估相比较为客观一些，评估要求也较为严格。但是他人评估需要耗费更多的人力、物力和财力。③

**二、教师管理评价**

（一）教师管理评价的主要内容

教师是学校里直接从事教育教学工作的专门人员，是学校工作中最活跃的因素，是学

---

① 刘淑兰. 教育评估和督导［M］. 上海：华东师范大学出版社，2000：172.

② 刘淑兰. 教育评估和督导［M］. 上海：华东师范大学出版社，2000：172-173.

③ 刘淑兰. 教育评估和督导［M］. 上海：华东师范大学出版社，2000：165-166.

校教育资源中最具潜力的、最宝贵的资源，是影响办学水平、教育质量的最直接的一个因素。教师对学校教育质量的影响又取决于教师自身的素质。在当今科技发展迅速，知识爆炸性增长，社会变迁转型的时期，教育的发展特别是教育质量的提高成为各国发展的战略选择，迫切要求教师不断地追求拥有全方位的与具有相关的专业知识、技术、能力。因此，鼓励教师不断地追求教育专业性的学习与发展，就成为教师培养与管理发展的共同趋势。

评估教师的管理与提高工作应关注的主要内容要素是：（1）专任教师编制及实有人数、师生比例、平均工作量。（2）学历、职称、专业、年龄结构。（3）任职资格合格率。（4）非教学人员占教职工总数的比例。（5）教师的职业道德、业务水平、工作实绩。（6）教师聘任制的运行、考核与奖励。（7）教师的业务培训和提高，继续教育，骨干教师、青年教师的培训。（8）教职工的思想政治工作。（9）有关教师的法规、政策的执行情况。（10）教师住房和医疗保健等方面的情况。[①]

（二）教师管理评价需要注意的问题

1. 教师评价目的是为了促进教育教学工作的改进

20 世纪 80 年代以来，我国引进了现代教育评估的思想和理论。但是在具体实践中，仍然习惯于注重教师的个人工作表现。进行教师评估也就是根据教师的工作表现，看他们是否履行了应有的工作职责，判断他们是否具备奖励或惩罚的条件，从而做出奖励、晋升、处罚的决定。这种以奖惩为目的的教师评估是一种终结性的教师评估。它将注意力集中于教师过去的状况而忽视了教师未来的发展，难以调动全体教师的工作积极性。因此，要重视和使用以促进工作改进和教师发展为目的的发展性教师评估。[②]

2. 教师评估指标、评估标准需要进行实证研究

评估指标和评估标准必须经过实证研究，这样所拟定出的评估指标和评估标准才能具有科学性和可操作性，才能有客观、正确的评价结果，才能最终达到改进教师工作、促进教师未来发展的目标。[③]

3. 教师应主动参与评估活动

教师主动参与评估活动，含义有二：一是让教师主动参与评估标准的制定，评估标准更易为教师所接受；二是在评估过程中教师应被看做是主体来参与，即教师的自我评估应成为评估的基础。[④]

### 三、学生管理评价

（一）学生管理评价的主要内容

1. 学业成就评估

学业成就评估就是按照一定的标准，采取科学的方法和有效的途径，对学生的学习成果进行价值判断的过程。学业成就评估可以为教师改进教学提供反馈信息，可以为学生自

---

① 刘淑兰. 教育评估和督导 [M]. 上海：华东师范大学出版社，2000：177.
② 刘淑兰. 教育评估和督导 [M]. 上海：华东师范大学出版社，2000：151—152.
③ 刘淑兰. 教育评估和督导 [M]. 上海：华东师范大学出版社，2000：152.
④ 刘淑兰. 教育评估和督导 [M]. 上海：华东师范大学出版社，2000：153.

已改进学习提供重要的信息，同时也是为家长和各级教育管理者提供反馈信息。[①]

2. 品德评估

品德评估就是在一定的思想指导下，运用科学、合理的方法，对学生的品德诸要素的发展水平及状况作出事实分析和价值判断的过程。品德评估可以促进学生的全面发展，可以为学校教育提供有价值的反馈信息，可以促进社会主义物质文明和精神文明的建设。[②]

3. 学生质量综合评估

综合评估是从系统思想出发，将评估对象——学生的整体素质、科学文化素质、身体心理素质和劳动技能素质等诸多要素设计出多因素、多层次、多指标的评估标准体系，实施多指标综合评价，力求从多角度、多侧面，客观全面地反映学生的实际，从而有利于学生的全面发展。学生质量的综合评估可以促进教育价值和教育质量观的转变，可以实现各种教育力量的结合。[③]

（二）学生管理评价的方法

1. 学业成就评估的方法

标准化考试和教师自编测验。标准化考试具有规范的标准，整个考试在统一的、明确的标准约束下进行，同时有一套严格的科学程序来规范考试的整个过程，以保证标准的贯彻执行。标准化考试能严格控制误差，能最大限度地减小误差。[④]

2. 品德评估的方法

总体印象法、评语鉴定法、等第测评法、平等评分法、积分测评法、加权综合测评法、平等评分评语综合测评法和知识行为测评法。[⑤]

3. 学生质量综合评估的方法

相对评估、绝对评估和个体内差异评估相结合；学生自我评估与他人评估相结合；定性评估与定量评估相结合；分析评估与综合评估相结合。[⑥]

需要注意的是，以上所述的各项具体评价的操作措施必须结合委托管理的特殊性。委托管理的评价，主要是针对在委托管理过程中，支援方的委托管理工作是否有成效。但是因为教育效果的滞后性，无法立刻判断教师所获的专业发展有多少，而单凭学生的考试成绩作为衡量支援方委托管理工作的成效显然也是不合理的。因此，笔者认为，除了评价学生的学业成绩，还应该评价支援方管理工作本身。委托管理的评价，在具体操作时要注意，不能立刻对委托管理的全部内容进行评价，可以实行的是分阶段的评价方法，即对委托管理工作进行分内容、分阶段的评价。尤其是对于教师发展收获、教学质量以及学生的发展等具有滞后性的内容进行延后评价。评价初期，可以实行委托管理的自评程序，也就是让支援方针对已经实施的委托管理工作进行自评。这部分的评价工作可以在委托管理结束后立刻实行。评价中期，加入第三方的评价程序，让中立的专业评价机构承担对委托管理全部工作的评价。评价后期，展开来自教师、学生的自评以及来自家长的他评。

---

① 刘淑兰．教育评估和督导［M］．上海：华东师范大学出版社，2000：123．
② 刘淑兰．教育评估和督导［M］．上海：华东师范大学出版社，2000：126．
③ 刘淑兰．教育评估和督导［M］．上海：华东师范大学出版社，2000：128．
④ 刘淑兰．教育评估和督导［M］．上海：华东师范大学出版社，2000：124－125．
⑤ 刘淑兰．教育评估和督导［M］．上海：华东师范大学出版社，2000：127－128．
⑥ 刘淑兰，教育评估和督导［M］．上海：华东师范大学出版社，2000：131－132．

# 第八章　委托管理之学生保障

学生是教学的主体部分，所以我们必须重视学生在委托管理中所扮演的角色，做好他们的保障工作。

学生既是学校管理、教师教育的重要对象，又是学校委托管理的重要主体。因此，探讨受援区委托管理中学生保障，有助于学校根据学生需求及变化调整改革方案，提升学生综合素质，从而实现学校的可持续发展。本章在对受援区学校开展委托管理实践的基础上，阐述了受援区委托管理中的学生地位，并对托管前后学生综合素质的变化进行比较分析，最后总结出委托管理中出现的问题并提出反思建议。

## 第一节　受援区委托管理前学生发展存在的问题

梁启超曾说"德育、智育、体育三者，为教育缺一不可之物"，在我们每本教科书的第一页，都有1957年2月毛泽东在国务院扩大会议上发表的题为《关于正确处理人民内部矛盾的问题》讲话中一段话，用黑体字标示："我们的教育方针，应该使受教育者在德育、智育、体育几方面都得到发展，成为有社会主义觉悟的有文化的劳动者。"只有在德智体三方面都非常优秀的学生才可以获取"三好学生"的称号。因此，本章主要从德育、智育和体育方面分析受援学校委托管理前学生发展存在的问题及其原因。

### 一、学生德育发展问题

近年来，学校的德育教育一直被推上批评的风口浪尖，媒体不断地传来中学生异常表现的消息：学生被家长批评几句就离家出走；考不上重点学校就寻短见；更有甚者，有些学生因不合理要求被家长拒绝后，竟将养育自己的亲生母亲勒死……中学生品德涵养低、心理素质差等问题逐渐凸显，令人深思。《思想品德课程标准》的总目标是"对学生进行公民教育和人文素质教育，帮助学生提高道德素质"，"引导学生学做负责任的公民，过积极健康的生活"。不言而喻，它高度重视对学生的德育教育。但是由于诸多因素的影响，当前中学生的道德失范现象较为严重，未成年人的违法犯罪现象屡见不鲜。这使得现阶段中学生的德育问题面临着严峻挑战。[①] 主要表现在以下方面：

（一）人生观、价值观倾斜

中小学生被认为是祖国八九点钟的太阳，然而近年来，中学生们却频频与"脑残"、"非主流"等字眼出现在一起。有些学生的人生观、价值观取向发生倾斜，拜金主义、享乐主义思想抬头。他们在心理上表现为自私自利，认为那些为国家民族的生存发展、为社

---

① 申诸有. 浅谈中学生德育问题的成因与对策 [J]. 中学文科（教研版），2009（4）.

会进步而做出牺牲的人是十足的傻子。他们"一切向钱看","伸手要钱，出门讲价"；不尊重他人，缺乏同情心、礼让心、孝敬心。他们在物质生活上的表现十分虚荣，有的当同学面糟蹋东西，以示"阔气"，故意花钱雇人代做功课、代做清洁、代为寻衅斗殴以示"派头"。另据某刊物记载，某中学对 300 名同学进行调查表明，一年之内，90％的同学互相请客吃喝，57％的同学一个月一次请同学进餐馆，52％的同学一次吃喝在 70 元左右，15％的同学一次请吃喝餐费高达 200 多元。这些实在令人惊诧和忧虑。他们不切实际地追求、攀比"高档"，有些人看不起劳动和包括自己父母在内的劳动者，甚至不愿当着同学面认正在劳动或穿得太"土气"的父母。生活中奢侈浪费。

**（二）法纪观念和社会公德淡薄**

具体表现为：打架斗殴，动辄抽刀；拉帮结派，成立团伙；语言粗鲁，胁迫恐吓；贪玩赌博，屡禁不止；为了个人利益宁愿损坏他人或集体的利益；不爱护公物和公共卫生；个别学生吸烟、喝酒甚至吸毒。据报刊记载，在我国每年递增吸烟者中，90％是青少年，全国中学生烟民已经达到 500 万人，这是一个惊人的数字！

**（三）人际交往能力差，不能正确地与异性、父母和老师进行交往**

学生会面临很多交往问题：如何与同学进行交往？如何与老师交往？如何与家长进行交往？进入中学后，学生在与异性交往时出现困惑，由于早恋导致学业荒废的事情也时有发生。在与家长和老师相处时，学生普遍表现出逆反心理，觉得父母的唠叨是一种负担，不愿意回家甚至去学校。这样时间一长，学生与父母及老师便产生隔阂，不利于自身的成长，很容易误入歧途。

中学生德育问题凸显，主要原因可以从家庭、学校和社会三个方面来探讨。

1. 家庭方面

（1）家庭过分溺爱

当今家庭特别是独生子女家庭对孩子过分保护、溺爱，常把孩子当做"小太阳"、"小皇帝"，为孩子创设过于舒适的生活环境，致使孩子们怕吃苦、怕困难，缺乏抗挫的能力，意志比较薄弱，交际能力和适应能力极差，依赖心极强。他们可能因初中或高中的第一次考试失败而痛不欲生，也可能因小学当班干部而在中学未当上班干部而垂头丧气、一蹶不振。

（2）家长重智轻德

一些家长对孩子的教育往往是重智轻德，对孩子的学习实行"高压"政策，造成孩子认为自己在为父母学习，不能形成正确的学习动机。因此，那些学习成绩不好的孩子便会感到承受着巨大的压力。由于这种压力并非来自自己，而是来自父母的责备、埋怨，从而使父母与孩子产生矛盾，孩子在家感到压抑、无法忍受，便弃家而逃。据报载，西安某中学一名初二学生离家出走的原因就是因为一次小考没考好，父母只让学习不让玩，连电视都不让看。

（3）家庭矛盾、家庭危机

家庭矛盾、家庭危机给孩子心理健康带来极大的负面影响。有些家庭父母关系不好，经常唇枪舌战，甚至大动干戈；有些家庭父母离异后对孩子不负责任，对孩子的思想、学习、生活、身体全然不管，甚至有的还迁怒于孩子；还有些家庭，父亲长年在外做生意，花天酒地，"包二奶"，母亲在家打牌玩乐，涂脂抹粉，"相叔叔"。这些家庭的不稳定因素使孩子缺乏安全意识，感受不到家庭的温暖而终日痛苦、焦虑、恐惧不安，随之产生异常心理——弃家出走,甚至轻生。来自社会的不良影响,无不时时刻刻影响着学生,如格调低下的文艺作品、广播宣传;色情凶杀、恐怖淫秽的影视作品,无不给学生的心理带来严重的污染。同时,一些不良的社会风气和社会习俗,使一些学生产生错误的人生观、价值观。比吃比穿、比阔气、打架斗殴、早恋、逃学、破坏校内外公共秩序等,对自己、对生活采取不负责任的态度,产生消极颓废的心理,提不起精神学习。所以全社会都应行动起来,努力净化社会风气,改造不良的社会文化因素,为中学生的健康创设优良的环境。由此可见,家庭矛盾、家庭危机不仅是一个社会问题,更是关系到青少年心理健康教育的重大问题。

（4）家教简单粗暴

家长简单粗暴地管教子女的方式是造成青少年心理异常的一个很重要因素。有些父母比较专制,对子女要么就打,要么就骂:"不听话就滚出去!""考不上重点学校就别想读书"。孩子大了,忍不下这口气,便"滚就滚","不读就不读","有什么了不起",使孩子产生个性偏激的报复心理。

（5）家庭与学校配合

有些家长认为,交钱把孩子送到学校读书,孩子的思想、学习、纪律教育全是学校的责任了。有些家长认为自己的孩子"学习成绩不好"、"纪律有问题",觉得没脸见老师,连"家长会"也借"工作忙"回避。《中学生守则》规定"学生不得迟到、早退、旷课",有家长却认为"机会难得",利用上课时间带孩子去"喝早茶"。还有的家长利用节假日带孩子进营业性歌舞厅"消遣"……如此种种,都是家长不配合学校的表现。由于家长与学校不配合,甚至对孩子的要求一个说东,一个说西,孩子无法适从,不能形成教育合力,久而久之,孩子产生厌学情绪,进而把老师的教育、家长的忠言当作"耳边风","我行我素",逃学弃学等异常现象产生也就不难理解了。

在家庭环境因素中,家长的教育方式、家庭的生活环境对学生的心理具有深刻的影响。父母感情不和或破裂、父母过分溺爱或放任不管、父母管教不一、父母行为不端等,都会造成学生精神上的严重创伤,形成孤僻、苦闷、多疑、自卑、不合群的病态心理和行为。父母管束不严、缺乏关怀理解,必然使学生形成冷漠、对抗、仇视的心理;父母放任不管、一味迁就、对错误置之不理,必然造成学生胡作非为、放纵无羁;父母教育方法粗暴,子女有错不问情由打骂、训斥,必然导致学生胆怯、自卑和不安。

2. 学校教育方面

（1）应试教育封闭学生的心灵

传统的应试教育扼杀了学生的主体性及主体意识,学生被动地接受、被动地学习。课堂满堂灌,师讲生听、师问生答、师写生抄,气氛严肃沉闷,学生缺乏主动参与意识,课堂索然无味。学习内容陈旧,与现实及学生实践严重脱节,引起学生厌倦。学生在求知上呈现出的惰性和厌倦同家长、学校以及个人对成绩的期望形成巨大的反差,郁闷久积心中,性格发生畸变,爆发只是时间问题。在目前学校教育中,某些地方应试教育还十分严重,片面追求升学率、高强度的学习要求、高频率的考试、超限度的加班加点,强烈地刺激着中学生稚嫩的心灵。在片面追求升学率的指导思想影响下,学校中分好、差班,考试排名次,搞题海战术,采取了一些违反学生心理健康原则的教育方法、教学手段和教育措施。在这样的情况下,一方面,使学生的心理整天处于一种超负荷的高度紧张状态之中,致使学生神经衰弱、失眠、记忆力减退、注意力涣散等等;另一方面,学生对分数的错误看法造成了心理上很大的痛苦。另外，教育结构上的不合理、教学内容难度增大，导致学生厌学更加突出。据教育部有关人士调查，目前中学生厌学率已达30％，有的地区甚至高达60％。因此，学校教育结构的不合理，教育指导思想的片面，教育方法的不当也是导致当代中学生心理健康问题日益加深的一个重要原因。

（2）当前德育教育存在不足

当前德育教育的一大不足就是与现实生活脱节，或局限于管理制度的层面，跟不上学生的思想变化。信息、网络时代为德育工作带来诸多挑战，学生的认知水平、对事物的看法都发生了变化，但教育内容和要求，以及开展德育工作的方法却没能及时做出相应的调整，或调整幅度跟不上，对学生的思想教育和心理健康教育缺乏科学性、系统性。

一个人如果难以承受心理压力时，就会自动启动防御机制来缓解焦虑冲突，焦虑冲突一旦固定下来，心理异常就随之出现。目前，中学生心理异常是严重的，原因也是复杂的。家庭教育必须承担起相应的责任。如果家长不注意加强自身的学习，不注意掌握必要的教育知识，不注意配合学校的教育工作，那培养出来的孩子不是"残品"、"废品"，就是"次品"甚至是"危险品了"。因此笔者呼吁：全社会都必须重视青少年的心理健康教育，像预防和治疗"小儿麻痹"一样注意事先预防和矫正青少年的心理偏差。

3. 社会原因

社会环境对学生的影响有广泛性、复杂性和持久性。社会价值导向的失衡使当代中学生心理障碍增多。目前我国正处于经济体制大转型时期，由于市场经济的某些负面影响的诱导，加上社会上拜金主义和享乐主义的滋生与蔓延也影响了中学生的心理健康。在这样的社会环境下，难免使一些学生产生理想破灭的失落感，缺乏目标和追求的空虚感，出现了一些病态心理和人格障碍，造成心理失衡，甚至精神崩溃。另外，社会上的不利于学生心理健康发展的场所大量出现，如歌舞厅酒吧、游戏机房以及网吧等等，极大地影响着中学生的身心发展，它也是形成中学生心理健康问题的一个重要原因。社会是个万花筒，每个家庭也都有各自不同的特殊情况。对于处在中学阶段的学生来说，社会及学校对学生不切合实际的期望，也会给学生带来压力，处理不当，将从量变到质变引起性格变异。

**二、学生智育发展问题**

中国似乎从来没有像现在这样表现出对智育的高度重视："以教学为中心"成了各中小学最响亮的口号；中考和高考的升学成绩成了学校的生命线，同时也是教师的生命线；为子女的学习掏钱，成了几乎所有家长哪怕是倾家荡产也心甘情愿的投资；各门学科的补习班和家教成了最有市场的产业；各种与教材配套的参考书和练习册，成了最热门的畅销书……有人将如此激烈的升学竞争上升为"理论"："考试才是硬道理！"

"新课程改革"的全面实施，给无数师生带来了福音。然而，我们在为素质教育大声喝彩的时候，不满的声音也不绝于耳：由于"智育"，学校的其他教育成了橱窗式的摆设，学生的全面发展成了一句空话；由于"智育"，学生成了一部部学习机器和考试机器，头脑中装了不少知识而能力却几乎等于零；由于"智育"，学习成了学生唯一的生活内容，分数成了学生唯一的荣耀或耻辱；由于"智育"，学生的身心受到严重损害，人格遭受扭曲，自杀甚至杀父弑母的悲剧时有发生……部分学生兴趣的中心根本不在学习上，对学习消极应付。具有这种表现的中学生大部分是学业不良者，他们不但觉得学习没有必要，厌倦学习、逃避学习，更认为学习简直就是活受罪，是苦差事。因此上课不听讲、不做笔记，课后不复习、抄袭作业。由于认为考试就是让自己丢丑，所以在学校里他们感兴趣的事情大都是与学习无关的奇闻轶事、影视明星、青春偶像、歌坛新秀、玩游戏机、去影视厅、打架斗殴，违反纪律如迟到、旷课、早退，甚至蜕变为品德不良者。现在有很多学生小学毕业不想读初中，初中毕业不想读高中，高中毕业不想读大学，总想着出去打工赚钱，认为读书比打工辛苦。这些厌学表现还不算什么，更可怕的是有些学生在学校里乱交朋友，乱谈恋爱，还带领其他同学不学习，甚至带着其他同学在学校里赌博、抽烟、偷抢勒索，干着学生干不该干的事，严重地败坏了学习氛围。由于以上种种，给学校的管理和教育教学质量的提高带来了极大困难。

究其原因，主要表现在以下几个方面[①]：

1. 学校方面

（1）课程太单调，只开设与升学有关的课程。

（2）学生负担重，睡眠不足。

（3）学校生活贫乏，课外活动少。

（4）在校时间长，没有自由。

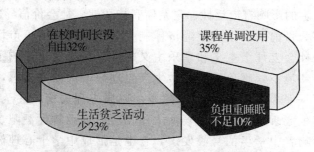

2. 教师方面

（1）教师对学习成绩差的学生不关心。

（2）教师的教学方法枯燥。

（3）教师对学习成绩差的学生挖苦讽刺。

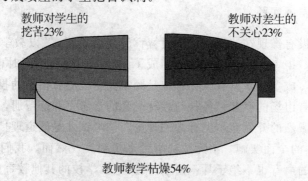

---

① 孙丽娟. 新桥镇中学生厌学情况调查结题报告. 图表本文作者重新编辑过。

3. 家庭方面

（1）家长对孩子的学习不关心。

（2）家长外出打工，难以教育孩子。

（3）家长对孩子提出不切合实际的要求。

（4）家长放纵孩子的要求。

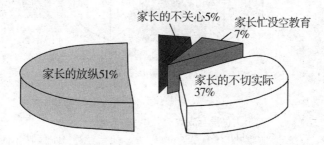

4. 社会方面

（1）社会诱惑导致厌学。

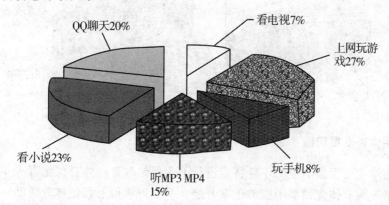

（2）休闲方式导致厌学。

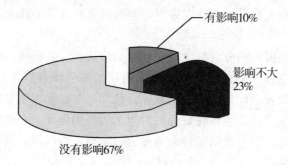

（3）高校扩招导致厌学。

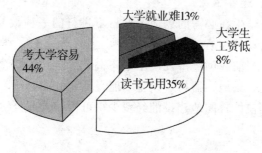

（4）当今社会上用人制度导致厌学。

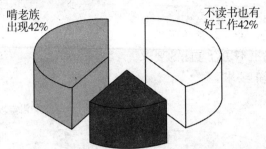

啃老族
出现42%

不读书也有
好工作42%

读书不一定赚得多17%

（5）自身方面。

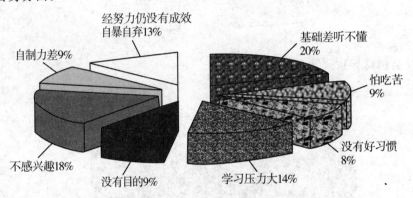

经努力仍没有成效
自暴自弃13%

自制力差9%

基础差听不懂
20%

怕吃苦
9%

没有好习惯
8%

不感兴趣18%

没有目的9%

学习压力大14%

### 三、学生体育发展问题

在体育教学中要根据学生的年龄特点进行卫生保健教育。体育课是青少年活动主要形式之一。如果连两节体育课都不能够正常开展，又如何谈得上其他体育活动？青少年不从事一些体育活动，又如何谈得上身心得到健康成长？又如何培养全面发展的跨世纪的社会主义事业建设者和接班人？学生体育发展问题的出现主要有以下几个方面的原因：

（一）观念滞后

由于城乡差别的原因，部分农村学校的领导受应试教育的影响，片面追求升学率的现象还没有彻底消除，重智育轻体育的倾向较为突出，对学校开展体育课教学工作认识不足，一些学校随意更改教学计划，任意缩减体育教学课时；课程表上安排的体育课时得不到保证，经常被挪作他用，学生体育锻炼的时间无法得到保证。在这样的环境下，体育教师的工作不能得到肯定，很多教师对待教案是应付了事。可以说，观念的滞后，极大地阻碍了农村学校体育的发展。

（二）场地、器材、设备不足

体育教学是教师与学生在必需的场地、器材下进行的一种教与学的活动。其中场地、器材是学生参与体育活动的物质保证，没有场地、器材的教学，学生就无法进行活动，无法享受体育的乐趣。在当前我国经济发展水平不高，各地区经济发展很不平衡的情况下，各地体育经费并不充足，场地、器材、设备不能得到充分的保证。再加上学校领导对体育发展的不重视，导致学校体育园地建设的经费少得可怜，大部分学校干脆不把体育园地建设列入学校发展规划。

（三）体育教材内容的不合理

体育教材脱离现实生活，难以引发学生的兴趣。我国现行的中小学体育教学大纲规定的必修的教材有田径、体操、球类、民族传统体育（武术）、韵律体操与舞蹈等，其中有些教材项目陈旧、落后、脱离生活实际；有的教材竞技性很强，规则严密，技术含量高，学生难以掌握，更不用说享受运动的乐趣。例如铅球教材，在小学要学，在初中要学，到了高中还要学，而铅球与人们的日常生活很少有关系，而在学校的体育教学中又必须在体育教师的统一指挥下，把脏兮兮的铅球推来推去。在单调的练习中学习与实际生活联系很少的教材，学生觉得十分枯燥。此外，现行体育教材硬性规定多，教师和学生可选择的余地小，实用性不强，学生喜爱的少。另一方面，教材内容还存在各项目教学周期长，每个学期的教学时数少的现象。学生每个学期对每个教材内容都蜻蜓点水、走马观花。例如短跑的教学，小学在教、初中也在教，到高中还要教，可是我们的大学生蹲踞式起跑都不会做。这种教材的低级重复，不利于调动学生学习的兴趣。

（四）班级规模过大

大多数中学的班级人数在 60～70 人左右，这不仅会加大教师教学组织工作的难度，而且还会影响学生的学习效率，同时，也不利于教师因材施教满足学生的不同需要。

（五）教学评价的问题

教师对学生评价只注重运动成绩和规定性的标准进行量化评价，忽视了学生的进步，更谈不上有何激励性，这样不能做到公正、客观地评价，学生从而失去了对体育学习的兴趣，也抹杀了学生的个性，阻碍了学生思维和创造的主动性。

# 第二节　受援区委托管理中的学生地位

现代汉语词典中对于"地位"是这样解释的：一个人在社会中的职务、职位以及由此显示出的重要程度。学生作为学校的重要组成部分，具有极其重要的地位。然而在早期的委托管理研究中，研究者多把焦点放在受援区学校管理体制的改革、硬件设备的建设以及教师的培训上。学生在这一过程中的地位却鲜少有人提及，似乎委托管理当中并不需要学生的参与，只要领导拍板、教师培训、专家评估就可以了。其实，学校管理、师资队伍建设的最终目的还是为了提高教育质量，学生是最大的受益者。在委托管理的过程中，受援区学校升学率上升便是一项有力的证明。那么具体来说，在受援区委托管理中学生的地位又是怎样的呢？

## 一、学生是受援区委托管理的重要客体

（一）学生是学校管理的重要对象

学校管理是一种以组织学校教育工作为主要对象的社会活动，学校管理是学校管理者通过一定的机构和制度，采用不定期的手段和措施，带领和引导师生员工，充分利用校内外的资源和条件，整体优化学校教育工作，有效实现学校工作目标的组织活动。教学、教师、学生是学校管理中的重点优化对象，三者相互联系、密不可分：让每个学生都能进行有效的学习，是教学工作的归宿，也是老师工作的目标。由此可见，学生是学校管理的对象。在新的教学理念的引导下，笔者认为学校和学生不仅是管理与被管理的关系，更是一

种服务与被服务的关系。学校把学生作为最重要的服务对象，也更加彰显了教育以人为本的理念。

因此，受援区学校在接受委托管理的过程中，不仅要关注学校管理模式的改革、教师队伍的建设，更要关注学生的成长与发展，按照对象的需求优化学校管理。具体来说，制订方案时，要充分考虑学生的特点、喜好；方案实施时，利用拓展课程、学生结对等活动调动学生参与的积极性；方案评估时，学生学习态度的端正、行为习惯的养成、气质涵养的提升等都是评价受援区学校委托管理成效的重要指标。

### （二）学生是教师教育的主要对象

上海市教委副主任尹后庆在《推进农村义务教育学校委托管理工作交流会上的讲话》中提到："提升农村学校的办学水平，关键要推行学校精细化管理、提升学校教学的质量。"提升学校教学质量的关键在教师，教师在参加教育培训、不断提高自身教学技能的同时，更要关注其分析研究、开展教学活动的对象——学生。"教师为主导、学生为主体"。在实际教学中，教师要强调学生的主体性，要充分发挥学生在学习过程中的主动性、积极性和创造性。学生被看做知识建构过程的积极参与者，学习的许多目标和任务都要学生主动、有目的地获取材料来实现。[①] 同时，在课程整合中，教师是教学过程的组织者、指导者、促进者和咨询者，教师的主导作用可以使教学过程更加优化，是教学活动中重要的一环。最佳的教学效果需要主体参与过程与活动过程同步，保证每个学生在教学中的最优发展。教学活动是复数主体活动，很可能造成个体的盲从。主体参与可以使教学的集体目标转化成个体学生的意向，可以使群体的教学活动转化成个体学生的自觉行为，这种转化实现了教学活动"对象的具体化"，从而达到以活动促进学生发展的教学目的。

## 二、学生又是受援区委托管理的重要主体

### （一）学生是受援区委托管理的重要参与者

学校活动围绕的中心是学生，学生是学校活动最重要的服务对象，促进学生的全面发展是开展委托管理活动最直接的目的。应该充分考虑学生的主观能动性。委托管理的理论不论建设得有多么完善，如果排除了学生的主动参与实践也必将意味着做无用功。教育是需要内化的过程，最终要落实到学生的自我教育层面上。教育者和受教育者是教育中不可或缺的两大要素，离开了学生主动参与的教育活动，都将是不成功的。教育绝不只是一方施加给另一方的单向作用，学生也并非教育者手中的橡皮泥，不能想怎么捏、捏成什么样子都由成人来决定。教育应当重视外界刺激与学生之间的交互作用；应当建立在形成人的自我选择、自我塑造能力的水平上。一个具有主体意识的人必定是一个具有自我选择能力的人。

参与管理是学生应有的权利。若社会对个人权利不予确认，个人利益不能充分体现，则该社会的发展必然迟缓；反之，当社会对个人权利予以充分肯定，个人利益得到充分保障，则必然带来社会的稳定繁荣。学校和社会对中学生参与学校管理这一权利的认可，直接影响着中学生的切身利益，影响着学校教育和社会的发展。中学生参与学校管理不仅将有效促进学生全面成长，更将促进学校管理的民主化和科学化，提高学校管理决策效能。

---

① 耿进霞. 素质教育中教师和学生的地位［J］. 中等医学教育，2000（2）.

将学生的主体性纳入委托管理的体系中，笔者认为是开展委托管理理论和实践发展中的一个至关重要的问题。

中学生参与学校管理，是指中学生参与学校有关事务的计划、讨论和处理。即中学生作为学校的主要成员，通过协商与对话主动参与学校有关管理过程，实现其在学校管理中的主体地位，提高学校管理决策的满意程度，实现学生自身的正当权益。具体来说，受援区学校在引进先进的教学理念和校园文化时要充分考虑到本校学生特点，农村学生和市区学生在地域、家庭等方面都存在差异，应当从学校实际出发，切不能生搬硬套。此外，对于委托管理中学校在管理模式、校园建设等方面的变化，学校领导、老师也要通过合适的方式告知学生，努力赢得学生和家长的理解与支持，让学生将外界的影响真正内化，进行自身建构和塑造，从真正意义上实现个体的发展与成长。

（二）学生是受援区委托管理成效最有力的评价者

组建专家小组定期对受援区委托管理的效果进行评估是目前评估的主要形式，专家多来自高校、教育局和教育评估机构，他们具有一定的专业性和权威性。根据评估结果召开相应的评审反馈会，由专家提出反馈意见，帮助委托管理学校改进工作。这一评估模式得到普遍的认可并广泛地运用在对受援区委托管理工作的评估中。然而这一模式并不是完美的，在评价的过程中由于主客观因素的限制难免出现脱离学校实际、评价结果过于主观等弊端，一种补充性的评价模式呼之欲出。

近年来，随着现代教育理念的深入人心，传统的师生关系正受到挑战，"师道尊严"更多地为"教学相长"所取代，许多学校在教学管理中增加了"学生评教"的项目，学生的主体地位得到进一步明确。其实要评价教师，直接受教的学生是最有发言权的。他们与教师朝夕相处，了解教师的一言一行，领会教师的一颦一笑，对教师的感受最直接、最真切。无论是学校领导、教育专家，还是学生家长、社会人士，都不如学生对教师的评价实在、客观。同样的道理，在对受援区委托管理工作进行评估时，学生也是不可或缺的"评估专家"。"学校接受委托管理后，老师的笑容多了，上课更有活力了。""近几个月学校买了很多电脑，现在我们每周都有信息技术课，太开心了。"这些简单的话语表现了学生们对于学校接受委托管理感性的认识，评价尽管还很模糊，但都是最真实的想法，具有很大的参考价值。这种方式不仅体现了以学生发展为本的教育理念，有助于建立新型的师生关系，学校尊重学生，学生也会更关心学校的发展；同时，学生评价的过程也就是对受援区委托管理中存在的问题的诊断过程，有助于学校领导了解并改善学校管理。此外，与领导评价、专家评价相比，学生评价总体而言是最可靠、最公正的，基本上不受各种人际关系的影响。

但是，对于"学生评价"也不能盲目乐观。学生毕竟是学生，他们无论如何都是受教育者，其年龄较小、见识较少、知识层次较低，因此对一些问题的看法和理解难免片面，有时甚至会发生错误。此外，开展学生评价工作费时费力，在教师中间遇到的阻力也不小，目前坚持下来的学校不是很多。至于学生评教是否科学，责任不在学生，关键在于评价组织者如何建立科学评价体系，如何引导学生正确、客观评价，如何有效发挥评价激励导向功能。这方面我们还有很长的路要走。可喜的是，目前上海金山区受援的几所学校正努力探索并实践着这种评价模式，学生评价已逐渐成为学校管理的重要组成部分，学生的意见得到了教师的欢迎和学校的肯定，一种新型融洽的师生关系正在形成。

## 第三节　委托管理中学生发展的保障机制

上海市金山区的托管工作开展了近两年，受援区的三所学校（廊下中学、兴塔中学和吕巷中学）无论从管理改革、教师队伍建设，还是从校园文化、校风建设方面都取得了可喜的成绩，初态评估和中期评估的对比数据便可充分证明。针对学生在德育、智育和体育发展中出现的问题，各校从环境、文化、课程、社区、家庭等方面建立保障机制。

### 一、环境保障

从一般意义上讲，环境对人的心理与生理、思想与行为等都有着重要影响，恶劣环境既可以给思想和行为带来负面影响，也可以给心理与生理带来不良效应，甚至引发各种疾病或导致死亡。"孟母三迁"、"近朱者赤，近墨者黑"等故事与谚语，说明前人已经认识到环境对思想与行为的潜移默化作用。校园环境应该在最大限度上发挥正面影响作用，即对人才培养起到感染、引导、激励和约束等作用。环境品质的重要性可想而知，校园环境是学校赖以生存和发展的基础。接受委托管理后，受援学校在校园环境方面都发生了或多或少的变化。

人人都想在洁净美丽的校园进行愉快的学习。改善并加强基础设施建设是受援学校在委托管理期间工作的重要内容。如果说校园文化的渗透是内化的过程，那么学校环境的改变则是明显的外化，最易察觉，生活在其中的学生最有发言权。

通过访谈可以发现，学生们对于学校的变化观察细致入微。"学校今年新种了好多树，有了绿荫和鸟鸣，感觉环境好了很多！"吕巷中学的一名初一学生这样说道。"校门口新搭了凉棚，妈妈下雨天来接送我时再也不用担心没地方等我了。"提起学校新搭的凉棚，受益的学生非常兴奋。"学校的阅览室新进了很多图书，整修后又重新开放了。上次参加读书节活动的很多素材都是在这里找的。""学校还在每个教室陆续安装了空调，我真期待夏天的到来！""操场也进行了整修，这样就能保证我们每周都有体育课啦！不过学校周围的河道还是很脏，一到阴天就臭臭的，希望学校能尽快治理一下。"一名热爱运动的八年级学生如是说。

### 二、文化保障

良好的校园文化氛围，具有催人奋发向上、积极进取、开拓创新的教育力量。它可以促使学生在一种无形的巨大力量推动下，在积极向上的氛围中受到激励、鞭策，健康成长。校园文化凝结着一个学校的内涵与气质。丰富多彩的文化活动不仅能够丰富学生的文化生活，更能提高学生对学校的认同感和归属感。在调查的过程中，受援学校学生普遍反映学校的文化活动明显增多，在繁重的作业中适时地被解放出来，并希望类似的活动多多益善。

"去年学校开展了第一届校读书节、校科技节等活动，因为是第一次举办，我们都觉得很新鲜，高年级的哥哥姐姐们参加得比较积极，我们则在一旁认真观看。希望明年还有这样的活动，到时候我也要积极报名。"廊下中学开展的读书节活动在学生当中引起了不小的轰动。廊下中学十分重视开发校园活动，如建立艺术节、校运会、迎"六·一"活动、十四岁生日、毕业典礼、社会考察活动、重要传统节日和有关主题活动。2008年，该校先后举办了"沐浴书香，健康成长"廊下学子第一届读书节、廊下中学第一届体育节、"贺新春、迎奥运"——做可爱的廊下人元旦歌咏比赛等活动。廊下中学在调研中发现，50.0%的学生认为"一年来，学校的课外活动比以前多，更加丰富多彩了"。

吕巷中学校园文化活动不仅保持原有的优良传统（如3月份举办读书活动，5月份举办艺术节活动，9月举办体育节活动，12月份举办科技节活动），而且根据吕巷乡土特色，创设了学校文化的新亮点——"草根文化"，培养了学生爱家乡的情感、创新精神与动手能力。兴塔中学在托管中以创建"温馨教室"为抓手，开展系列教育活动，各班都制订了创建方案，努力形成班级文化和良好的班集体机制。重视少先队工作，开办红领巾广播，通过少代会培养学生自主参与、自主管理的意识和能力。学校的教风、校风、学风有了较大变化。

"为了配合学校的文艺晚会，去年学校组建了合唱、科技环保、腰鼓队、军乐队，只要有兴趣的同学都可以报名，身边很多同学都积极参与进去。我对文学比较感兴趣，期待学校能组建文学社，不过听老师说文学社要到下学期才能开办，我还是耐心等待一下吧！"学生社团的开展使学生在班级之外找到了另一个小团体，在培养兴趣爱好的同时结识了更多的朋友。不过，受援学校的学生社团建设刚刚起步，目前社团的规模小、种类少，更多的形式还有待开发。

### 三、课程保障

农村中学要在激烈竞争的教育市场中生存和发展，必须要提供优质的教育服务。学校历来重视抓升学率，对于和考试成绩"无关"的拓展课程学校并不十分重视，即使安排了这类课程，由于教师缺乏正确的认识往往开展效果不尽如人意。但也有部分家长表达了希望学生通过学校课程的学习能拓宽知识面、发展兴趣爱好的愿望。借助市区学校提供的优势教师资源和技术支持，金山区受援的三所学校在委托管理期间结合本校实际积极开展拓展型课程，受到学生的广泛好评。实践表明，拓展型课程的开展对于培育学生主体意识，完善学生认知结构，提高学生的自我规划和自主选择能力产生了重要影响。此外，此类课程着眼于培养、激发和发展学生的兴趣爱好，开发学生的潜能，促进学生个性的发展和学校办学特色的形成，体现了不同基础要求，具有一定的开放性。

2009年，在建青、兴塔两校师生的努力下，兴塔中学成功举办了首届外语学习周活动。金山区教育局邱辉忠副局长、金山教师进修学院教研室彭素花主任、枫泾镇阮仙华副镇长、长宁教育学院陈晞院长、英语特级教师刘健、施志红，以及十多位来自不同国家的建青实验学校中外学生及外籍教师共同参加了闭幕节活动。师生们大胆创想、积极参与、踊跃展示，激发了学生内心学习英语的兴趣，让学生感受到了作为一门国际通用语言的魅力。活动内容丰富，包括书写、词汇、朗诵、板报、小报贺卡、课本剧，以及各类才艺比赛。活动过程分为初赛、决赛、成果展示，持续了三周。闭幕式结束，外籍学生和外籍教师来到阅览室稍作休息后，马上开始与兴塔中学的学生们交流切磋，很快阅览室就被挤得水泄不通。高年级的学生明显比较腼腆，倒是六七年级的学生，对金发碧眼的外国人很好奇，争先恐后问问题，有"初生牛犊不怕虎"的态势。事后，学生记录下的文章真实地反映了他们的想法："英语周活动让我很难忘，使我大开眼界。同时，我发现了学习英语的乐趣。我要再接再厉，希望不久的将来我也能讲一口流利的英语。"（七（1）班蒋晓凤）；"我参加了好几项英语节的活动，这些活动让我大胆开口讲英语，这是一次愉快又难忘的经历。但我对英语的知识还远远不够，我要在英语上更有建树，争取在下次的英语活动周上表现得更出色。"（八（3）班袁鸣）；"通过英语周活动，让我对英语有了新的理解并产生了很大的兴趣。学习英语在增加我们知识的同时，又让我们的想象力、创造力得到开发。我希望学校的英语周会成功地一届一届办下去。"（九（2）班沈霞）。

### 四、社区保障

受援接受委托管理的各阶段进入尾声时，吕巷中学都会通过召开座谈会的形式广泛征求学生意见。学生们普遍反映，学校在 2007 年接受委托管理之后，家长及社区的人员对学校的评价越来越好，特别是显著提高的升学率赢得了他们对学校的认可。

受援的吕巷中学与镇政府关系密切，能主动争取镇政府领导对学校的支持，经常主动向镇政府领导汇报工作，定期向家长和镇、村领导开放学校，接受他们的监督，听取他们的意见，取得相互了解与沟通。此外，学校还加强了与村镇、居委、社区、共建单位等的沟通。放假前召开暑期学生工作社区联谊会，介绍 2007 年至 2008 学年学校的工作情况、规范收费情况、暑期计划等；公开校务内容，听取村镇、居委、社区、派出所、家长对学校工作的意见，寻求社会协助；开展社区活动、加强对预控生的监管，既丰富了学生的暑假生活，又提高了对学生暑假生活的监管力度。

2008 年以后，学校逐渐建立了良好的声誉，学校与镇、村关系比较融洽，主要分管领导经常参加学校的大型活动。学校的进步情况和发展趋势得到了周边社区的认可，越来越多的周围居民对吕巷中学的发展寄予厚望，愿意将子女送到吕巷就读。

### 五、家庭保障

推进家庭、学校教育一体化是金山区开展委托管理的重要工作内容之一，但也是在结束委托管理工作总结反思时感到任务完成缺憾比较大的一个问题。家校一体化教育缺少一个有力的联结点，始终处于一种不温不火的情况。中期评估时，在一份针对家长的调查问卷中反映出，廊下、吕巷和兴塔中学分别有 18％、30.21％和 16％的家长认为"没有充分发挥家长的作用"是"学校管理中当前存在的突出问题"。在中期评估时，廊下中学一份针对学生的调查问卷中，答到"上学期，老师到你家家庭访问和联系情况"这题时廊下、吕巷和兴塔中学学生选择："没有家访，只有电话联系"的分别为 50％、54.4％和 40.82％，而选择"从未联系过"的学生也分别占到 38.75％、36.66％和 20.41％。针对这种情况，各校应从以下方面进行努力：

1. 定期对家长开展培训

对家长培训制度的目的，一方面要提高家长实施家庭教育的能力和水平，另一方面要让家长更好地了解学校，提高家长对学校教育设计、教育理念的认知水平，有利于家长从自身的角度和立场来帮助学校推进教育方案的实施，达到理想的教学效果。

2. 定期向家长汇报工作

建立校长对家长述职的制度。家长对学校管理内容、措施、办学方案等是否透明具有强烈的兴趣。建立校长对家长的述职制度有利于满足这一兴趣，并且从更高、更全的层面来与家长交流。

3. 建立家庭—学校联络制度

家长可以在学校的指导下成立家长委员会，民主选取联络员为家长代表，其职责主要是沟通家庭和学校的联系渠道，向家长们宣传学校，向学校反映家长们的意见，并协助学校组织家长参与活动或协调家庭与学校之间的冲突。

4. 保障家长的民主监督、管理权

家长在全面了解学校的情况后，对学校进行全方位的监督，对学校出现的各种问题，可反馈给家长委员会，也可直接用书面形式投递到家长意见箱或口头向"校长接待日"的领导陈述。学校将对家长反应强烈的问题做出解释和改进，同时恳请家长为学校工作献计献策，并积极采纳家长的建议。

5. 开发多样化的合作方式

金山区受援的三所学校在家校合作时存在的共同诟病为：家校合作方式单一。对于学校而言，多采取家长会的形式对家长进行培训；对于教师而言，多采取电话联系的方式与家长沟通。在现代家校合作中，学校和家长要用发展的眼光来看待家校合作，拓宽家校合作的渠道，为家校合作良性发展打下基础。现在许多学校采取的做法均提供了有益的借鉴，具体来说有以下几种：(1) 制定一项支持家长参与的学校自身发展计划，学校撰写倡议书，倡导全体学生家长参与学校教育。(2) 举办家长学校（含网上开办家长学校）是当前全国各地普遍推行的一种家校合作的有效方式。(3) 编制"家校合作指导手册"、"家校联系手册"、"家校通讯"、"校报"等。(4) 举办家长开放日，建立校长接待日。(5)组织家校活动。如举办周末家长联欢会、定期召开家长座谈会(专题性家长会、讲座式家长会、展览式家长会、表演式家长会)等。(6)提高家访质量,如开展"百名教师访千户"活动。(7)成立家长理事会、家校合作委员会等,挖掘家长中的专家、学者等人力资源服务学校。(8)学校要主动利用家庭、社会中的教育资源,补充学校教育,丰富学生学习生活。如爱国主义教育基地、家庭劳动基地、德育基地、家长特长等,扩充学校教育和家庭教育内容,达到学校、家庭、社会三位一体的教育效果。(9)利用校园网等现代媒体,使家长—学校"一线牵"。这是网络时代背景下的一种家校合作的新型方式。如建立"家校路路通"、建立校园网站学生学籍管理系统、建立班主任邮箱、创建班级论坛等等,搭建现代家校合作的有效平台。

# 第四节　委托管理中学生发展的实践效果

上海市金山区的三所受援学校在接受委托管理的两年间，无论是学校内部建设还是外部建设的变化都有目共睹，调查问卷、评估数据、访谈资料等都显示着学生两年来的变化。及时地总结成功经验与失败教训有助于为农村薄弱学校开展委托管理提供有益参考，从而为提升受援学校内涵建设做出贡献。具体来说，受援学校的学生在德育、智育和体育方面分别有哪些变化呢？

## 一、德育方面

1. 有规范

学校教育承担了帮助学生系统地接受社会规范并养成良好的行为举止的任务。中小学阶段是学生行为规范养成的重要阶段，良好行为习惯的养成除了学校提供制度保障、教师做出表率，更离不开家长的配合。

吕巷中学从制度着手，把学生行为规范的教育与培养作为一项主要任务，制订了"严肃校纪、校规，整顿校风、学风，加强学生日常行为规范教育活动工作计划"，并对教工、学生、家长进行广泛宣传，加强了管理、检查与考评。通过采取各项措施，学生的行为习惯和文明素质得到进一步提高，2007年底，该校被评为"金山区学生行为规范示范四星级学校"。学校进行的"年级督导"为期一周，通过深入年级全面评价，促进和规范了学校的年级管理。

廊下中学则从教师和家长入手培养学生的行为规范，该校一方面要求教师在"不拖堂"、"不迟到"等细节上在学生面前做出表率来，另一方面定期召开家长会，积极争取家长的配合，让家长确立起自我约束、自我调节的意识，共同制订家长的行为规范。这期间，学生改掉了随手乱扔垃圾的陋习，"廊中优美环境，全靠你我创建"的思想深入人心，切实提高了全校卫生工作与环保工作。

兴塔学校以"一日常规教育"为抓手，突出阶段重点，加强检查、评比，整个校园环境整洁、卫生。在全校师生的共同努力下，保洁制度落实，环境卫生、整洁，无卫生死角，厕所无污垢、臭味，绿化美化初见成效。

2. 有纪律

在许多老师的课堂上，课堂纪律往往成为影响教学效果的关键因素。在农村相对薄弱学校中，课堂纪律差成为困扰老师教学的一大难题。由于初中学生正处于青春发育期，他们的好奇心很强，自我意识强，喜欢在群体中标新立异以获得关注。加之农村中学中很多教师水平有限，上课时照本宣科，学生倍感枯燥，很容易走神甚至做出违反课堂纪律的事情。部分老师把这些外在表现不好的学生定位为"差生"，有时通过体罚等手段"镇压"学生，难怪在委托管理初期评估的学生调查问卷中，"你对学校和老师的建议"一栏，很多学生都填上"希望老师不要再体罚我们。"

受援学校接受委托管理期间对学校的教师进行多样化的培训，使教师在教学水平、班级管理方面都有所进步。学校倡导教师从细节入手规范课堂纪律，比如课前尽量提前几分钟到达教室，赢得学生的尊重；上课时对调皮捣乱的学生可以通过忽然停顿、咳嗽、提问等方法暗示学生"收手"，而不是当众辱骂或挖苦学生；要用丰富多彩的教学活动吸引学生的注意力，引起学生的兴趣，激活学生的思维细胞。事实证明，这些措施实行以来课堂上乱糟糟的情况确有改观，以前班里的"小刺头"都变得安分守己多了。

3. 爱老师，爱家乡

教师队伍的建设给学生带来了真切的实惠，三所支援学校通过专家引领、两校教师交流研讨、顶岗学习等多种形式推进受援学校的教师队伍建设。例如，吕巷中学托管一年来，通过制定教师个人发展计划、专题学习研修、课例研修、课题研修、"同课异构"研修活动、举办论坛、专家指导、同伴互助、三校教学互动交流等形式，组织教师学习教育理论，树立新的理念，提高研究水平和教学技能，进一步促进了教师的专业发展。教师教学方法的改善有效地激励了学生学习的信心，学生在更新鲜、更有趣的课堂上，学习的积极性大大提高，学习的动力十足。

此外，受援学校还组织教师认真分析学习困难学生的特点，认为他们往往在行为方面表现为厌学、纪律观念淡薄，在心理方面表现为认知水平低、心理波动大、意志脆弱、感情淡漠，在学业方面表现为学习缺乏兴趣、成绩落后，并分析其形成的原因。接着采取策略积极应对。受援学校要求教师采用平等对话教育学生树立正确的学生观，要学会欣赏，要"多看优点，常激励；正视缺点，多宽容；尊重相信，多期望"。"数子十过，不如夸子一长"，好孩子是夸出来的。

受援学校教师十分重视对学习困难学生的关心与指导，据学生座谈会反映，不少教师利用中午、下午课后的休息时间义务为学习差生进行补缺、补差，得到学生好评，师生关系比以前更融洽了。

在课程开发方面，受援学校的教师在支援学校骨干教师、有关教育专家的指导下，积极探索开发拓展课程、校本课程并取得一定成果。例如吕巷中学根据吕巷本地特色，创设了学校文化的新亮点——"草根文化"，不仅有新意，而且充满乡土气息，培养了学生爱家乡的情感、创新精神与动手能力。

4. 懂礼仪，有涵养

学校是一个既严肃又活泼，既庄严又亲切，既紧张又文明的地方。这就要求有合适的礼仪规范，这不但是教师为人师表的体现，也是学生良好教养的要求。[1] 所以，学校礼仪，既是衡量一个学校文明素质的标尺，也是展现一个国家国民素质的社会窗口。近年来，礼仪教育也受到学校领导越来越多的关注，成为学校精神文明建设的一个重要组成部分。一个学校校风、学风建设得好不好，通过学生的日常礼仪便可窥见一斑。

在金山区受援接受委托管理的三所学校中，礼仪教育一直是德育的重要内容，以往多借助午会、班会课开展。由于学校缺乏有效的监督管理，午会、班会课进行的主体教育多走形式、内容空洞并时常被主课老师占去用来补课。在委托管理之初，三所学校根据调研情况适当调整课程安排，在学生中进一步规范德育教育的内容，结合当地特色开展有针对性的主题教育。

以廊下中学为例，在 2009 年新学期开学伊始，以"好习惯伴我成长"为主题开展教育活动，以学习规范、一日常规的检查、评比为抓手，加强学生日常行为规范建设，为新学期打好基础；3 月～4 月结合学雷锋、纪念"三·八"妇女节等活动，开展"民族精神代代传"主题教育活动；4 月～5 月结合清明等传统节日和踏青等传统习俗，配合奥运年，开展"缅怀先烈、加强锻炼、做全面发展的廊中人"主题教育活动；6 月结合"六·一"儿童节，开展"努力学习，迎六·一，掌握本领，为将来"的主题教育活动。这期间还穿插开展"沐浴书香，健康成长"第一届读书节和"培养科学精神，树立科学理想"为主题的第一届科技节活动。组织学生积极参加各级各类文体活动，在区春季长跑比赛中创历史最好成绩。为了迎接第 29 届奥运会，推进学校阳光体育行动，根据各年龄段学生特点分年级举行各类小型联赛：六年级举行了地滚球比赛，七年级举行了跳绳和足球比赛，八年级举行了篮球和篮球运球比赛。兴塔学校则以创建"温馨教室"为抓手，开展系列教育活动，各班都制订了创建方案，努力形成班级文化和良好的班集体机制，重视少先队工作，通过少代会培养了学生自主参与、自主管理的意识和能力。各学科教学及各类活动有机渗透"两纲"教育，开办红领巾广播，开展主题教育活动，内容丰富，受到学生欢迎。

---

① 张敏. 探讨家校合作中的学生地位 [J]. 今日科苑，2008（20）.

如果把礼仪规范只是当作一般知识来传授，"光说不练"，是行不通的；只有经过实际的训练，礼仪教育才能收到较好的成效。[①] 在"沐浴书香，健康成长"读书节活动中，廊下中学鼓励学生多读礼仪书籍。读书使人明理，礼仪使人高贵，使学生认识到知书达理是美德，是个人基本素质的体现。从该校图书馆的借书记录来看，学生在学校开展读书节活动之后的人均借书数量有所上升。在参加运动会、科技节等集体比赛时，学生也体现了在公共场所的公德心，本着"友谊第一，比赛第二"的理念积极参赛。

此外，在调查中，65％的老师认为"学生的基本礼仪、行为规范情况比较好"，还有不少老师反映学生比以前更有礼貌了，说脏话的现象也有所改观。现在的社会，说粗话、脏话成了很多人的习惯甚至是时尚，在公共场所大声喧哗也无所谓。农村中学的学生家长自身素质有限，正在成长期的学生又喜欢模仿，导致很多学生认为说脏话是"酷"、"有个性"的表现。"好习惯伴我成长"等主题活动使他们认识到了语言文明的重要性，鼓励他们和脏话、粗话、公共场所大声喧哗说"Bye－bye"。

## 二、智育方面

学生学习主动性是发挥学生主体作用的前提和基础，教学活动如果缺少了学生学习的主动性，则学生的主体作用就根本无法正常发挥。因此强化学生的学习动力，激发学生学习的动机，促使学生积极、主动、自觉地学习，对于提高学生的学业成绩和学生的科学文化素质，提高学校的教育教学质量显得至关重要。所以，对学生学习动力的探索和研究，弄清学生厌学的原因，寻求相关对策，千方百计地激发和强化学生的学习动力，力求使学生对学习活动中的表现不再是"要我学"，而是"我要学"，成为每一个教育工作者必须思考和解决的课题。

面对自主择校的全面放开，激烈的地域和环境竞争，以及学校教育教学质量相对比较薄弱的实际，农村中学的生源质量普遍不高。这些学生相对基础薄弱，缺乏良好的学习习惯和学习动机；心理素质差，由于他们在基础教育阶段，很少有学习的成功体验，长时间积压在学习上的自卑心理导致学习上的自暴自弃，对于进入中学学习十分茫然，且没有明确的学习目标，缺少学习动力；而学习上目标和动力的缺失，又使这些学生的行为习惯、道德素养、自律能力、法纪观念等普遍存在问题；再由于其他诸如社会、家庭等多方面因素，相当一部分学生对学习缺少信心，甚至产生了厌学情绪。由于以上种种原因，给学校的管理和教育教学质量的提高带来了极大的负面影响和困难。

针对上述实际问题，如何引导学生热爱学习，激发学生的学习动机，使学生产生强大的学习动力？已经成为提高受援的农村学校办学水平、教育教学质量和社会声望的难题。接受委托管理期间，对口支援学校组建专家组针对受援学校的学生特点进行分析，从学校、教师、家长各方面切入制定解决措施，例如廊下中学就对教师提出"三多"的要求：常看优点，多激励；正视缺点，多宽容；尊重相信，多期望。上述措施取得了一定成效，具体表现在：

1. 学习动力——从"要我学"到"我要学"

学生学习动力的形成，受多方面、多因素的制约。从大的方面来说，既有教学内部因

---

① 王小净. 关于学校礼仪教育的几个问题［J］. 江汉大学学报，1999（4）.

素，也有教学外部因素；既有学生自己的因素，也有学生以外的因素。但不管是内部的还是外部的因素，是学生自身的还是其他因素，都要通过教学各要素、各环节对学生的学习活动产生影响，而教学各要素最终都要具体落实到一定的组织形式中。因此，受援学校主要以改革教学组织形式为抓手来提升学生学习动力，并展开家校互动，辅以家庭的力量帮助学生提升自信，提高学习动力。

课堂上，学生对于教师新的教学模式普遍感到非常新鲜，参与的积极性高涨。通过老师"鱼渔兼授"的指导意识到掌握科学的学习方法的重要性。"合作教学"、"分组教学"等形式也充分调动了学生参与课堂教学的积极性。此外，学生在教师的指导下开始制定一些短期的学习计划，有步骤地进行课前预习、课后复习的工作。不过，好的学习习惯的养成并非一朝一夕之功，教师还要长期坚持监督学生养成良好的学习习惯，多鼓励学生，使学生把激励内化成自主学习的欲望。

在家里，部分家长反映学生学习的自觉性有所提高。"以前孩子放学一到家就打开电视，我们工作忙也忘记督促他写作业，最近渐渐开始先写作业再看电视，我们觉得有些意外呢。"吕巷中学的一名家长这样反映孩子最近的变化。还有的家长反映，以前看到孩子在家里闲着还会使唤孩子帮自己做些工作，现在看到孩子认真地做作业也不好意思打扰孩子，为了给孩子提供一个安静的学习环境，麻将也很少打了。

2. 技能技巧——从"死记硬背"到"灵活掌握"

从总体上看，农村中学生对待学习踏实、有韧性，但灵活度不够。他们大都能认真记课堂笔记、读背结合记忆知识要点，较好地完成教师布置的学习任务。但是，在课前预习、课后及时整理笔记、独立完成作业等方面农村学生还存在较多的问题，自主提取、归纳、解决知识要点、知识难点的能力还比较差。

接受委托管理以后，教师在教学模式上也有所改革，"合作学习"模式的探究与实践，在一定程度上使原有传统的"满堂灌"的课堂教学模式转变为师生互动、学生互动的合作教学模式，经过思考与体会的知识学生掌握起来更为牢固。尝到了科学的学习方法带来的甜头，学生乐此不疲，课下还会找教师交流学习体会及困惑，积极寻求指导与帮助，好学、乐学的良好风气逐渐形成。

3. 学习成绩——从"徘徊不前"到"绿色增长"

追求明显的升学率提高已经成为所有实施委托管理项目学校是否成功实施委托管理的不争之标志。这种观点在委托管理基本处于磨合期阶段的被托管学校内部已经是一种难得的精神支柱。姑且不论这种观点本身，显而易见的是这种观点在目前特定的情景中有其独特的现实价值，可以帮助实施委托管理方在最短的时间内拥有对被托管学校的话语权。问题的关键是管理方是通过何种手段、方法获得这种话语权，这至关重要。最终，委托管理责任方与兴塔中学管理层达成一致的认识，应该在新课程理念的支配下主动探索绿色升学率提高的路径和方法。经过一段时间的实践与思考，付之于行动的内容包含以下基本要素：

（1）坚持双休日不面向全体学生开设课程，并不以任何理由变相开设课程。

（2）坚持每天上午八点二十开始上第一节基础课。

（3）坚持以合格率的提高作为学校展开学科课程教育质量的评价依据，淡化卷面分数及对优秀率的过分追求。

（4）坚持面向每一个学生，做到决不放弃、决不抛弃；坚持根据学生学习基础，尊重学生选择，开设爱心教室，帮助学生拾遗补缺。

（5）为少数大龄学生单独编班，特别组织针对性强的教育课程。

（6）坚持学校教学管理系统内部客观分析教学质量，不直接面对师生简单公布考试结果，积极改善师生看待考试结果的态度想法。

然而，实施初期，即招致一致的反对。原本对委托管理持不同见解的教师认为不能以任何理由变更原有教学目的，还处在有抵触情绪阶段。而更多的教师愿意继续这种已成为被公认的有效教学方式，而且，在实践中得心应手，提出善意的规劝。经过执著的坚持和不间断、真诚的交流以及提供支持，在兴塔中学的教师中逐渐认同要追求的是绿色升学率的观念、并愿意在教学行为中跟进的已经越来越多。经过一段时间的实施，教学质量和效率有了一定程度的提升，在中期评估时受调查的70％的学生认为一年来学习情况"略有进步"。廊下中学各年级、各学科的教学质量都在原有的基础上有了不同程度的提高，初三的教学质量更是有了明显的提升（见下表）：从2007届中考各科全区倒数第一、平均分低于区平均50多分，到2008年中考在全区19所公办初级中学中，总平均分列全区第14名（除随班就读外），与区平均分的差距为26.8分，第一合格率也由原来的83％，提高到97％，提高了14个百分点。

**廊下中学2007年与2008年中考成绩比较：**

| 分数线<br>达线率 | 区重点 | 公办普高 | 石化工业学校 | 合格率 | 总平均分区<br>（名次） | 总平均分与区<br>平均差距 |
|---|---|---|---|---|---|---|
| 2007年 | 13.3％ | 27％ | 74％ | 83％ | 19 | 51.1 |
| 2008年 | 12.6％ | 31％ | 96％ | 97％ | 14 | 26.8 |

此外，吕巷中学初三平均分由2007年全区公办初中的第16名上升到2008年全区公办初中的第13名，提升了3个名次。兴塔中学初三平均分由2007年全区公办初中的第18名上升到全区公办初中的第12名，提升了6个名次。三所学校2008年预备年级对口入学率都有所回升，尤其是廊下中学对口入学率回升幅度较大，还出现了流失到其他学校学生的回流现象。

### 三、体育方面

在委托管理的实践中，受援的三所学校领导深化了对体育教育的认识，加大对体育建设的投入。修缮了学校的操场，新增了铅球、跳绳等体育器材，并对学生开展了健身教育，学生课外体育锻炼意识逐步形成，锻炼习惯正在改善。此外，受援的三所学校在2009年积极组织学生参加文体活动，其中廊下中学在当年区春季长跑比赛中创历史最好成绩。为了迎接第29届奥运会，推进学校阳光体育行动，学校根据各年龄段学生特点分年级举行各类小型联赛：六年级举行了地滚球比赛，七年级举行了跳绳和足球比赛，八年级举行了篮球和篮球运球比赛。

# 第九章 委托管理研究之理论框架

通过以上一系列关于学校委托管理在各方面研究状况的具体描述，我们将在接下来的章节中为大家提供一个较为系统的理论架构，其中包括委托管理模式的运行方式以及委托管理保障机制的种种理论框架等。

## 第一节 委托管理研究的现状

委托管理这一模式在国外可参考的路径与背景文化并不多，国内的研究及参考文献更是屈指可数。可以说，上海实施委托管理是在摸着石头过河，前进中的坎坷，发展中的问题，都给人莫大的启迪。其优点值得我们去坚持，其与设想不符的不足有待我们去改进。

### 一、委托管理的由来

近年来随着国家对基础教育投入的不断加大，各地各校在硬件上的差距已经明显缩小，"很难在大部分城市找出一所硬件差的不像话的中小学校"。然而由于各种历史或现实的原因，各校在师资、教学质量、教育管理等软件上的差距明显过大却是不争的事实。新城区或者广大农村硬件好的学校空着没人上，市区或者老城镇软件好的"名校"挤破头的情形不但在上海，而且在全国，甚至在广大农村义务教育阶段学校也较为普遍。择校症结顽固、教育公平问题凸显已成为我国义务教育阶段一个"长时间煮不烂的老问题"。毋庸置疑，优质教育资源短缺（主要指师资、管理等软件）是引发上述问题的背后实质原因。如何消解这一问题，各地方政府和业内专家提出了不少的见解，进行过不少的尝试。上海市教委的委托管理模式便是其中的一种。

委托管理这一模式无论在上海，还是在全国，都是教育领域内从未有过的新事物。突破现行的教育学制和机制下实现优质教育资源跨区域的流动，是一条前人从未走过的路，其目的在于通过中心城区优质教育资源有效辐射农村，提高农村义务教育薄弱学校的办学水平与教学成效，最终实现城乡义务教育的均衡发展；同时通过对薄弱学校的委托管理，向其他农村义务教育学校辐射管理经验，充分发挥托管学校的示范和引领作用，带动农村其他义务教育学校的发展。

上海市教委"以委托管理推进义务教育学校内涵发展"项目，其重要出发点就是发挥优质教育资源机构的服务潜能，促进薄弱学校的内涵发展，并从中培育出服务质量高的专业性社会中介机构。即在第三方（如市教育评估院）的监督下，采用以契约管理为依托的团队协作方式，运用支援方派校长入驻受援方或支援方和受援方共同建立管理委员会等三类托管形式，来实现利用教育资源的内差以促进教育整体发展。支援机构在对口学校性质和所有权不变的前提下，享有办学自主权，依法建立规范的学校管理制度，组织实施教育、教学等各项管理工作，在签约时限内，切实提高受援学校的办学水平和教育质量。同时，要接受受援区县教育局对学校人事、财务、资产管理、教育教学工作的监督和管理，按规定使用经费。委托管理这一模式既是政府转变职能的具体实践，也是均衡教育资源配置新体制的主动探索。2007年，基于以往委托管理项目试点的成功经验，上海市教委开始推广以委托管理模式来推进郊区农村义务教育学校内涵发展的经验，对20所郊区农村义务教育学校着手实施委托管理。其中上海市金山区所属三所农村学校（行文必要之处，分别以L、N、X中学替代）分别接受了来自市中心区不同优质学校（行文必要之处，分别以F、T、J中学替代）的委托管理。这一项目在金山区政府和教育局等部门看来，是突破城乡二元结构、加快上海市中心区优质资源向郊区农村辐射的一次机遇，有利于提升区农村义务教育阶段学校办学水平和促进城乡教育均衡发展。同时为确保委托管理的实效和项目结束之后学校的可持续发展，金山区教育局启动并领衔了委托管理保障机制的研究，力求高标准、高质量地做好委托管理的各项保障工作。

### 二、委托管理的现状

对农村义务教育相对薄弱的学校进行委托管理，是突破现有体制、推进学校精细化管理、较快提升农村学校教育质量、改变学校面貌的重要举措。通过对薄弱学校委托管理，还可以向其他农村义务教育学校辐射管理经验，充分发挥托管学校的示范和引领作用，带动农村其他义务教育学校的发展，促进本市义务教育的均衡发展。

早在2005年，上海浦东便搭建了"管办评联动"机制框架，旗下有东沟中学接受上海成功教育管理咨询中心委托管理等成功案例。上海市市长韩正2007年9月1日在南汇区三灶学校视察时，肯定了通过委托管理加强农村义务教育学校内涵建设的立意，杨定华副市长也认为，委托管理是加强优质资源整合，促进义务教育均衡化，支持农村学校内涵发展、推进城乡义务教育一体化的积极探索。同意上海市教委在精心组织，悉心指导，鼓励创新，不断总结的基础上，可以有序推广。2007年，上海市教委专门对农村义务教育学校的内涵建设拨款2000万元，这在市教委的拨款历史上是少有的大手笔，从中可见委托管理的意义非同寻常。

### 三、委托管理在金山

金山区地处上海市西南远郊，辖九个镇、一个街道以及具有行政管理职能的金山工业区。其中石化、朱泾等中心城镇教育体系较为完善，形成了一定的区域教育特色，教育教学质量较为稳定。但廊下、吕巷、兴塔等镇的教育教学质量则相对比较薄弱，其中有的本就先天不足，有的则随着近年来的择校风盛行导致生源流失严重，出现了恶性循环，每况愈下。

作为研究个案的L中学便是其中一所具有代表性的农村薄弱初级中学，这里的薄弱主要体现在教育管理、教学质量等软件方面。而因新扩建等原因，其各种硬件设施甚至好于不少城区老牌中学，但因其软件的匮乏，从师生到家长都存在不同程度的不满，仅每年择校去中心城镇或者上海市其他城区学校的生源接近L中学总生源的30%。

早在2007年，金山区教育行政主管部门便将委托管理项目视为一次难得的机遇，经组织协调和沟通，金山区廊下中学、吕巷中学、兴塔中学三所中学分别接受了来自徐汇区教育学院附中、徐汇区田林三中、长宁区建青实验中学的委托管理。阶段性的时限是从 2007 年 9 月至 2009 年 9 月的两年时间。整个项目进行当中的绩效评定，主要是通过三所学校分别接受上海市教育评估院与市教委基教处的初态评估、托管方案评估、中期评估及绩效评估四大项评估来完成。其中，市教育评估院接受委托重点负责初态评估和最终的绩效评估，其他评估主要由区、县教育局来完成。

其中针对将决定三所管理方中学工作思路和工作实效的委托管理实施方案，上海市教育评估院与市教委基教处一开始就严格把关，为后来工作的实效奠定了坚实基础。

围绕"上海市 F 中学委托管理金山区 L 中学实施方案"，专家给出的意见主要有：

实施方案提出"运用 F 中学优质教育管理资源服务郊区农村，提升 L 中学办学水平和教育质量"的指导思想是正确的，目前方案的框架基本完整，重点研究与工作的内容也比较明确，也提出了两年后拟达成的委托管理目标。"实施方案"拟定后，也在全校教工大会上进行了宣讲、解读，其态度是认真、负责的。F 中学在接手 L 中学管理工作后，通过听课、广泛接触师生，听取家长、社区意见等方式，对 L 中学的校情进行了大量的调查与分析，这些是制订实施方案的基础，建议应在实施方案中有准确的反应，这是确保实施方案针对性与适切性的必要内容。

实施方案的落实、委托管理目标的达成，必须在 L 中学广大干部和教师积极主动参与下才能实现，因此 F 中学应把实施方案作为一个让 L 中学干部和教师了解、理解、认同 F 中学思想与方法的一个很好载体。建议 F 中学进一步详细说明两年中的工作思想、工作目标与工作思路，以利全校取得共识。

在学校建设中，抓管理干部队伍的建设、培养班子带头人是首要的任务。这支队伍应该是有教育思想的、有共同价值观的、同时又是从自己做起的，也就是李校长所倡导的"一级做给一级看"。有了好的班子和带头人，学校才有希望，才能持续发展。建议金山区教育局积极支持学校，帮助学校尽早配备、健全好学校领导班子。在学校建设中，抓校风建设是重点，这对扭转学校形象有重要作用。在校风、教风和学风中，教风是核心，教风的关键是师德，建议学校要在这方面多花力量。同时要充分调动师生的积极性，让师生们不断尝试成功，看到进步，找回自信，建立自尊。

根据市教委关于委托管理项目推进的基本精神，以及两区签订的合约，本项目的责任人是 F 中学。鉴于 F 中学目前对 L 中学的管理情况，建议在现有派出力量基础上要进一步增加对托管学校的派出人员，以保证对托管学校的团队影响力和全方位的指导能力。

要进一步加大对托管工作和"实施方案"的宣传力度，使广大干部和群众对托管工作能有正确的认识，并提高教师对"实施方案"的知晓度和认同度。要通过深入细致的思想工作，逐步使广大干部和教师对"实施方案"中提出的问题、目标和措施能达成共识，统一思想、主动参与，使托管工作顺利开展，取得更好绩效。

专家组对"上海市 F 中学委托管理金山区 L 中学实施方案"给予基本认同，并希望学校能再次对方案作出补充与完善。

围绕"上海市 T 中学委托管理金山区 N 中学实施方案"，专家给出的意见主要有：

T 中学与 N 中学在委托管理之前已建立了良好的结对"姐妹校"关系，双方有较好的了解与互信，互动意识较强，具有较好的管理基础。在接受委托管理任务、制定"实施方案"之前，对 N 中学的情况作了全面的调查、分析与研究；提出了委托管理"要为学校内涵可持续发展奠定坚实基础"的指导思想，提出了通过构建共建平台，建设教师队伍，以促进学校可持续发展的基本思路，以及在两年委托管理期间着重解决的五个重点内容与拟达成的五项委托管理目标。"实施方案"拟定后，又在全校教工大会上进行了宣讲、解读，其态度是认真、负责的。

T中学尊重N中学，融合两校班子力量，开拓共建平台的委托管理指导思想是正确的，"实施方案"中所作的校情分析基本符合N中学的校情；抓住队伍发展和聚焦课堂的托管基本思路，以及两年托管拟达成的目标也是值得肯定的。并在评估沟通后以"补充方案"的形式充实了原方案，使"实施方案"对完成预期目标所提出的措施比较具体，具有一定的可操作性。为此，专家组对"办学方案"给予基本认同，并再次提出若干建议。如鉴于目前"实施方案"的"提纲式"写法，不利于学校师生的理解与把握，建议要把各方面的工作要求与计划形成若干附件，附在方案之后，以更好地落实操作点和目标达成的可测度；委托管理两年着重解决的五个内容已经提出，但没有涉及操作点，所以教师座谈反映究竟怎么搞还不太清楚，因此必须落实操作点，要让每个岗位上的人都清楚学校要做什么，"我"要改变什么。同时要明确检测点，有一定的量化指标，以利教师们主动进行；对预期目标的阐述要明确，如"破解面临的难题"究竟是什么？"同类学校的先进"从哪些方面达成？达成目标要与委托管理重点内容一致，并与委托管理的期限结合；抓队伍要从年级组长、教研组长抓起，从提升他们的人格力量抓起，在全校形成人格管理的力量与氛围。同时要进一步调动学校教师自身的积极性、主动性，每个人都有自己的奋斗目标，努力实现在个人提升基础上提升学校；在关注教师的同时，更要关注学生、关注家庭教育。在教师培养上要倡导进一步"爱生"，加强师德修养。在学校生活中要针对学生需求和特点进行调整，多开展各类学生活动，让学校生活吸引学生，让学生对学校生活发生兴趣。在完成以上任务时是否需要必要的制度与机制的支撑？目前方案没有涉及，建议进行必要的思考，以保障管理目标的顺利达成。

根据市教委关于委托管理项目推进的基本精神，以及两区签订的合约，本项目的责任人是T中学。鉴于T中学目前对N中学的管理情况，建议T中学要在现有派出力量基础上进一步增加对托管学校的派出人员，以保证对托管学校的团队影响力和全方位的指导能力。要进一步加大对托管工作和"实施方案"的宣传力度，使广大干部和群众对托管工作能有正确的认识，并提高教师对"实施方案"的知晓度和认同度。要通过深入细致的思想工作，逐步使广大干部和教师对"实施方案"中提出的问题、目标和措施能达成共识，统一思想、主动参与，使托管工作顺利开展，取得更好绩效。

围绕"上海市J中学委托管理金山区X中学实施方案"，专家给出的意见主要有：

"实施方案"对X中学的现状分析基本准确，建议对学校"发展优势"的分析还可充分挖掘X中学近几年来取得的成绩和成功经验。比如，"实施方案"中提到："N中学参加金山区'加强初中建设工程'，学校办学总体水平在原有基础上提高明显，硬件设施得到较大改善，积累了一定的发展经验"，那么这些"明显提高"表现在哪些方面？积累了哪些好的经验？应进行深入分析。充分挖掘已取得的成绩和经验，不仅是为了寻找学校今后发展的生长点，也是鼓舞全体干部和教工的信心，调动教工积极性，减少托管双方鸿沟的有效措施。

"实施方案"罗列了学校目前存在的问题，建议要进一步分析产生这些问题的主要原因，寻找阻碍学校发展的主要问题和矛盾，从而确定学校在委托管理中的重点和发展的突破口。同时，也建议"实施方案"对"存在问题"有更针对性的举措，例如方案指出："教学保障支持体系与学校教学发展需求之间具有较大的距离"，"学生缺乏基本的学习习惯"等等，这些都需要有针对性的要求与措施，以便在今后的工作中对症下药，起到实效。

"实施方案"对两年委托管理的总体预期目标定位明确。"实施方案"提出，两年后，X中学能够达到"基础扎实、管理合理、可持续发展"的办学目标，学校教育内涵发展得到明显提升，教学质量处于金山区同类学校中等水平。建议"实施方案"对分项目标的设定要在学校管理、课程教学、学生发展（德育）、队伍建设等重点领域进一步予以细化，提出明确的、可检测的目标。

"实施方案"对委托管理实施途径的角度选择正确。"实施方案"从优化管理机制、发展骨干教师、提升学科质量、聚焦学生发展、积累爱校信心等方面提出了委托管理的实施途径，是非常正确的。并拟定了分阶段目标工作重点和具体措施，使"实施方案"更具适切性和可操作性。建议要精心策划，扎实落实，真正产生效果。

"实施方案"列出了各阶段的工作目标与重点值得肯定。"实施方案"以表格的形式列出每个阶段的工作目标和工作重点，有利于"实施方案"操作。为了进一步提高可操作性和可检测性，建议对表格作适当修改。同时，为了切实保障"实施方案"的顺利实施，建议在第二部分"方案的实施方法"中补充"建立监控与自评机制"。

"方案"实施过程中一定要注意工作策略和方法。由于各地区、各类学校都有自己的文化底蕴和长期积累的传统，有些传统观念可能是根深蒂固的。因此，在托管工作中难免会产生各种矛盾和理念的碰撞，如果处理不好，就会产生隔阂，使矛盾逐渐扩大，影响托管工作的顺利开展。为此，在"方案"实施过程中一定要注意工作策略和方法，要经常深入群众，多听取广大干部和教工的意见，并做到校务公开；在落实各项措施时要循序渐进，不能急于求成，要给教师一个逐步适应的过程；借鉴J中学的经验，一定要结合X中学的实际，不能照搬照抄；对于诸如中层干部的调整、涉及教工切身利益的措施等敏感问题的决策，一定要经党政班子集体讨论，统一思想，工作中一定要紧密依靠党支部、工会，共同做好工作。J中学对X中学委托管理的态度是认真、负责的，所修订的新"实施方案"在原有基础上更切合X中学的实际，为此专家组建议对"办学方案"给予基本认同，并希望学校能再次对方案作出补充与完善。

如上所述，基于一开始和贯穿始终的对三所学校委托管理工作实施方案的监测和反馈、修正，给了三所学校两年来的委托管理工作的指导方针和具体思路。两年来从金山区委托管理的实践和收效来看，委托管理模式在教育领域是可行的，其对薄弱学校的改造力度要强于以往任何一次的支教、结对等模式。同时委托管理双方以合约为基础，和购买服务、外部独立力量的客观评估这些形式，都有力地阻止了此模式流于形式的可能性。

## 第二节　委托管理保障机制之基础理论

任何科学研究都有一定的科学理论作为基础，区域委托管理保障机制研究自然也不例外，其应当属于管理科学的范畴。因此，管理科学中的基础理论对本课题的研究具有指导意义，特别是管理学的控制理论和全面质量管理理论，是委托管理保障机制的重要理论基础。

## 一、委托管理的基础理念

根据上述理论的基本精神，借鉴国内外经济学界、教育学界有关质量保障的一般做法，区域委托管理保障体制研究，有以下三条基本理念可以遵循。

理念之一：保障可以理解成一种更高层次的控制。周三多认为控制是整个管理过程不可分割的一部分，是各级企事业单位管理人员的一项重要工作内容，控制是十分必要的。[①] 亨利·西斯克指出，"如果计划从来不需要修改，而且是在一个全能的领导人的指导之下，由一个完全均衡的组织完美无缺地来执行的，那就没有控制的必要了。"显然，这种理想的状态是不可能成为各部门包括教育管理部门的现实的。因为无论计划制定得如何周密，由于各种各样的原因，如内外部环境的变化、管理权力的分散、学校规模的大小、工作能力和方法的差异等，使得人们在执行计划的活动中总是会或多或少地出现于计划不一致的现象。控制的主要内容包括确立标准、衡量绩效和纠正偏差等。

为了确保系统按预定的目标和要求执行动作，控制工作必须自始至终贯串在整个工作过程中。根据时机、对象和目的的不同，可以把控制划分成预先控制、现场控制和成果控制等三种类型。[②] 前两者应当是适用委托管理工作的控制方法。结合委托管理的具体情形，预先控制是在活动开始之前进行的控制，控制的内容包括检查资源的筹备情况和预测其利用效果两个方面。为了保证工作过程的顺利进行，管理人员必须在经营开始以前就检查学校是否已经或能够筹措到在质和量上符合计划要求的各类资源。如果预先检查的结果是资源的数量和（或）质量无法得到保证，那么就必须修改学校的活动计划和目标，改变工作的方式或内容。已经或将能筹措到这些经营资源经过加工转换后取得的结果是否符合需要，这种利用预测方法对管理成果的事先描述，并使之与学校的需要相对照，也是事先预测的一个内容。如果预测的结果符合学校需要，那么学校活动就可以按原定的程序进行；如果不符合，则需要改变委托管理工作的运行过程及投入。

现场控制，又称过程控制，是指对学校经营过程开始以后活动的人和事进行指导和监督。即首先要确定本部门、本单位在未来两年的委托管理持续期内的行动目标和行动路线，然后为组织配备适当的人员与资源。有如挖坑植树却不浇水、不剪枝，从而不能保证树苗的成活与生长一样，如果管理方配备了必要的人员，却对这些人员的工作情况缺乏有效控制和正向促进，则难以保证计划目标的有效实现。对这些人员的工作进行现场监督和纠偏、促进，可以保障委托管理中管理方采取正确的方法进行工作和培养其能力，有益于下一轮的委托管理工作。现场管理是每个管理者的天生职责，可以保证委托管理计划的执行和目标的实现。通过现场检查和反馈，可以使管理者随时发现委托管理活动中与计划要求相偏离的现象，从而可以将问题消失在萌芽状态，或者避免已经产生的问题对学校不利影响的扩散。

理念之二：保障是为了促进和发展，"保障不是指挥员，而是服务生。"为此，区域委

---

① 周三多. 管理学——管理原理与方法 [M]. 上海：复旦大学出版社，2007.
② 周三多. 管理学——管理原理与方法 [M]. 上海：复旦大学出版社，2007.

托管理质量评价应坚持以"质量标准"为准则，力求尽可能少的缺点，为实施有效的控制而系统搜集、判断、反馈各方面的信息，同时重视评价系统作用的充分发挥。

在某种意义可以认为，管理就是通过别人的劳动来实现自己为组织制定的目标。[①] 为诱导组织成员向组织提供有益的贡献，管理者不仅要根据组织活动的需要和个人素质与能力的差异，将不同的人安排到不同的工作岗位上，为他们规定不同的职责和任务，还要分析他们的行为特点和影响，有针对性地展开工作。创造并维持一个良好的工作环境，以调动他们的工作积极性，改变和引导他们的行为，使之符合实现组织目标的要求，正是管理者的激励作用所需充实的成分。促进，主要不是针对区域内教育水平的差异，而是针对委托管理实施过程中存在和出现的问题，并据此采取积极措施改变现状；发展，不是只关心区域教育现有的质量水平，更重要的是关注区域教育在原有基础上有多大程度"增值"，有多大的可发展空间，以及将来在管理方撤出之后的可持续发展的可能性。

理念之三：保障中尽量以预防为主，预防是保证质量的良方。[②] 理想的状态是，委托管理的质量控制以预防为主，将质量改进的过程融入一个组织的内部以便消除错误，减少人为的矛盾与冲突，避免管理方或受援方某一具体工作出现难以为继的尴尬局面。从而实现防患于未然，获得合乎要求的"改善"。

首先要保证委托管理取得预期的结果，必须在成果最终形成以前进行控制，重在预防与预期成果的要求不相符的活动。因此，需要分析影响学校经营结果的各种因素，并把它们列为需要预防的对象。影响学校在一定时期经营成果的主要因素首先有环境特点及其发展趋势的假设。学校在特定时期的经营活动是根据决策者对经营环境的认识和预测来计划和安排的，如果预期的环境没有出现，或者此时内外部发生了某种无法预料和抗拒的变化，那么原来计划的活动就可能无法继续进行，从而难以为组织带来预期的结果。因此，制定委托管理计划时所依据的对学校经营环境的认识应作为重点预防对象之一，列出"适宜环境"的具体标志或标限。

其次是资源投入。学校委托管理经营成果是通过对既定资源的加工和转换得到的，没有或缺乏这些必备的资源，委托管理就会成为无源之水、无本之木。因此，必须对相关人、财、物资源投入进行预防控制，使之在数量、质量以及价格等方面符合预期经营成果的要求。

最后还有组织成员的活动。委托管理过程中，教师工作质量是决定经营成果的重要因素，因此，必须使教师的活动符合计划和预期结果的要求。为此，必须预先建立教师的工作规范；确立学校各部门和各教师在各个时期的阶段成果的标准，以便对他们的活动进行控制。

## 二、委托管理的概念界定

受援区委托管理区域保障机制研究，是以一定的行政区域内的受援区委托管理区域教育管理、服务保障活动为主要研究对象，从区域、社会、管理方和受援方及个人的需求及现实条件的相互关系中把握受援区委托管理保障机制的实质，试图在受援区管理方、受援

① 周三多. 管理学——管理原理与方法［M］. 上海：复旦大学出版社，2007.
② 李亚东. 区域教育质量保障体系研究［D］. 华东师范大学，2003.

学校，地方教育行政主管部门进行自我质量保证的基础上，建立起以评价与控制为主要手段的有效机制，从而实现对受援区区域教育整体质量的外部保障。它以应用性研究为主，主要涉及"委托管理"、"受援区"、"区域保障机制"、"质量保障"等核心概念，在此作如下诠释。

委托管理：本属经济学概念，这里主要指一定行政区域内的政府或教育行政部门向专业化的社会机构如教育中介组织，购买服务提供给区域内的学校。具体而言是指在明确政府公共服务职能的基础上，将政府公共服务实施中的具体事务，这里主要指教育管理，委托给专业化的社会机构，激活管、办、评分离并联动的机制，扩大优质资源的辐射效应，从而推动义务教育均衡发展。

受援区：委托管理中受援方学校所在的区域，其教育行政主管部门和管理方、受援学校三方一起对委托管理的最终质量负责。其中教育行政主管部门是受援学校的上级主管部门，它与管理方一道对委托管理具有相应的权利与责任，共同确保委托管理的顺利进行。

委托管理区域保障机制：机制是泛指一个复杂的工作系统和某些自然现象的物理、化学规律。由此我们认为，所谓委托管理区域保障机制，是指以区域内社会和个人的发展需求为准则，在委托管理双方实行自我质量保证的基础上，区域教育行政主管部门来执行质量标准。外部以评价和控制为主要手段，对委托管理中的各项活动进行必要的"度量"和"改进"，确保各项管理活动和各类人员执行标准中尽可能少的误差，从而保障受援区域委托管理教育发展目标和质量标准的达成。它可以由决策、执行、评价、控制等系统组成。

质量保障：这里所指受援区委托管理区域保障机制的最终目的是要使区域内的委托管理达到预设的质量目标。这不可能依靠管理方单方面的活动或单一的系统，而必须依靠一个完整的体系，即上述委托管理体制。在这一共同体中，内、外部质量保证系统紧密结合起来，共同履行委托管理质量保障的功能。

现代经济学的新公共管理理论（New Public Management）也主张政府更多地"掌舵"，而把具体的"划桨"任务交给有能力的基层组织。鼓励优质教育机构输出教育专业服务，购买优质的教育专业服务，通过"委托管理"、"专项服务"等途径，以支持已有教育机构服务质量的提高。对一部分缺乏自主办学能力且办学水平低、人民群众意见较大的学校，分步采取有偿委托拥有优质教育资源、有较强管理专业水平的社会专业组织进行管理的办法，目的是把区内外的优质教育资源以各种不同的模式"嫁接"到相对后进（主要是郊区）的学校，通过引入智力资源和知识产品，改变管理效能与学校文化，提高办学水平，并培育和催生新的优质教育资源。

### 三、委托管理的技术路径

人的认识规律，总是凭借其已有的知识和技能来学习和掌握新的知识和技能，从而不断地发展自己的智力，提高自己的素质。这一心理活动现象，在心理学中叫做"迁移"。这种迁移心理，有积极和消极的"正、负迁移"之分。委托管理从某种程度上来说，亦是一个"正迁移"过程，但是一个在外部因素作用下催化原发展的"正迁移"过程，能够让委托管理符合教育规律，使其迁移拓展的范围更广。

同时情境心理学原理指出，创设良好的积极的情境，能够激发求知欲和向心力，能够使教育对象集中注意力，从中受到启发而有利于"正迁移"。委托管理的过程也可以理解成管理方积极创设情境，使得受援方将所学的管理知识应用到新的情境，解决新问题时所体现出一种素质和能力，包含对新情境的感知和处理能力、旧知识与新情境的链接能力、对新问题的认知和解决能力等层次，最终有利于实现自身的可持续发展。

这里以委托管理中所面对的受援学校大多存在的"思想升空，制度不能落地"的问题为例。走进国内任何一所中小学，各项规章制度免不了都会挂在墙上显眼的位置，然而具体到每个老师，乃至制定这些制度的校领导，却可能对这些制度不甚明了。或者说这些制度很少能从墙上走到现实中，很多时候成了老师嘴中的"做做样子"，结果大多是"墙上有，心里空"。委托管理当中的受援学校往往就是如此，原有制度也许并不少乃至细过管理方。根本原因除了部分在于制度自身中存在的问题外，我们认为，主要是弱在执行。因此，管理方积极创设良好的积极的情境，激发对象的向心力，集中对象注意力，使得受援方从中受到启发而有利于"正迁移"。并使得受援方将所学的管理知识应用到新的情境，体验和培养解决新问题时所体现出的新素质和能力，有利于实现自身的可持续发展。在保证制度自身合理性的前提下，对制度的落实做出深入的思考，完成从"墙上有，心里空"到"墙上无，心里有"的成功转变。

这里还必须提及激励和期望两个概念。激励是针对人的行为动机而进行的工作。管理者、领导者通过激励使下属认识到，用那种符合要求的方式去做需要他们做的事，会使自己的欲求得到满足，从而表现出符合组织需要的行为。委托管理过程中，为进行有效的激励，收到预期的效果，管理者必须了解教师及其他员工的行为规律，知道职工的行为是如何产生的，产生以后会发生何种变化，这种变化的过程和条件有何特点等等。行为科学认为，人的行为是由动机决定的，而动机则是由需要引起的。当人们有了某种需要而未得到满足之前，就会处在一种不安和紧张状态之内，从而成为工作的内在驱动力。心理学把这种驱动力叫做动机。动机产生以后，人们就会寻找能够满足需要的目标，一旦目标确定，就会进行满足需要的活动。活动的结果如果未使需要得到满足，则会出现三种情况：或目标不变，重新努力；或降低目标要求，即降低要求得到满足的档次；或变更目标，从事其他活动，以满足相同或类似的需要。如果活动的结果使作为活动原动力的需要得到满足，则人们往往会被自己的成功所鼓舞，产生新的需要和动机，确定新的目标，进行新的活动。[①] 因此，从需要到目标，人的行为过程是一个周而复始、不断进行、不断升华的循环。

马斯洛的需要层次理论也将自我实现的需要作为最高层次的需要，这种需要就是希望在工作上有所成就。在事业上有所建树，实现自己的理想或抱负。有人认为这种需要只存在那些自尊心极强的科学家身上。其实这种看法是片面的，自我实现的需要几乎在任何人身上都有不同程度的表现。自我实现的需要通常表现在两个方面：一是胜任感方面，有这种需要的人力图控制事物或环境，不愿与自己相关的事情被动地发展，而是希望在自己的控制下进行。二是成就感方面，人们常在工作中为自己设置一些既有一定难度，但经过努力又可以达到的目标，他们进行的工作既不保守，也不冒险。他们是在认为自己有能力影响事情结果的前提下工作的。对这些人来说，工作的乐趣在于成果或成功。有成就感的人往往需要知道自己工作的结果，成功后的喜悦要远比其他任何报酬都重要。

---

① 周三多. 管理学——管理原理与方法 [M]. 上海：复旦大学出版社，2007.

赫茨伯格认为，所谓激励因素是指那些与人们的满意情绪有关的因素。就像锻炼身体可以改变身体素质、增进健康，停止锻炼本身不会造成疾病一样，与激励因素有关的工作处理得当，能够使人们产生满意情绪，如处理不当，其不利效果也顶多只是没有满意情绪，而不会导致不满。赫茨伯格认为。激励因素主要包括以下内容：工作表现机会和工作带来的愉快；工作上的成就感；由于良好的工件成绩得到的奖励；对未来发展的期望；职务上的责任感。

期望是心理学的术语，也是管理心理学研究的课题。在现实生活中，期望这个概念显而易见于人们言谈之中。如"领导对你抱有很大期望"、"我对成功抱有很大期望"。期望心理活动与人的需要和价值观、与客观存在着的目标相联系。需要—期望—目标，研究期望理论对调动委托管理中教职工的积极性，有着明显的现实意义。

按照行为科学理论的观点，期望是指一个人根据以往的经验在一定时间里希望达到目标或满足需要的某种心理活动。这种心理活动的产生和形成又是有条件的，它的变化是有规律的。人的需要是多种多样的，由于客观条件的限制，人的某些需要并不能一一获得满足，但是，人的需要也不因一时得不到满足就消失。当在社会生活中，人看到可以满足自己需要的目标时，就会受需要的驱使在心中产生一种期望。不过，这种期望心理处在萌发状态，只有当根据自己已往的经验对达到目标的可能性进行一番分析后，判断才能形成。

心理学研究表明，当人意识到攻下难关，达到目标的可能性很小，尽管达到攻关目标可以获得利益，满足需要，但力不从心，只好放弃。当人意识到攻下难关，达到目标的可能性很大，会使期望成功的心理得到强化，并表现出积极的攻关行为。[①]

这些研究都说明，人的期望心理产生和形成过程，一般都与目标、目标价值及可行性比较相联系。目标及目标价值是促使人们产生期望心理的外在因素；可行性比较，即个人能力及经验与达到目标所需的条件相比较，是形成期望心理的内在因素。当外在因素作用于人的大脑，经过内在因素的作用，出现能力及经验接近或大于客观要求时，人的期望心理便会产生和形成。期望心理一经形成，不仅带有普通心理特征，还带着区别于其他心理现象的特征。期望心理同骄傲心理、违拗心理等有着明显的不同。期望心理表现一定的期望概率，这个概率值是人的经验与能力的总和。例如，一位新领导到职上任或一种新政策实施后，人们会产生对此不同程度的期望。这种心理活动，首先是根据个人已往的经验和印象，对其进行一番分析；其次是把他的能力与解决现存问题所需要的能力加以比较、判断，然后，人们依据各自不同的结论，表现出对新领导、新政策不同的期望值。有的人期望值高，有的人期望值低。不管人们期望概率值是大还是小，但都是个人经验的综合反映。因为，人的期望概率不是凭空而来，而是依据个人的经验判断而来的。这里需要指出的是，期望概率的大小并不同经验的多少成正比，一般来说，经验丰富或比较成熟的人的期望概率要表现得更加准确。[②]

期望心理与行为相联系，期望心理表现为一定的行为动力。一般来说，高期望，高表现；低期望，低表现。因为，期望心理是人的行为表现的内在动力之一，当期望成功的概率较高，成功后满足需要的价值大时，驱使行为表现的动力就愈大。反之，则小。这充分

---

① 苏东水．管理心理学 [M]．上海：复旦大学出版社，2007.
② 苏东水．管理心理学 [M]．上海：复旦大学出版社，2007.

说明人的期望心理会随着客观环境出现的新目标而发生变化。

以上心理学方面的知识与内容，乃至一些题外之意，皆应是委托管理参与者需要学习和利用好的内容。

委托管理的技术路径理应对体现对人文理性关怀的彰显，才能保证委托管理的顺利开展。例如制度的革新中应该注意，制度的变革不应该是少数人主观意志的决定，而应是多数人反思的结果。要让使用制度的人变革制度，让制度中人都有发表建议的机会，特别是让一些受制度约束的人参与制度的变更，因为他们最清楚哪些规定有利，哪些规定无益。[①] L 中学各项新制度出台前力求做到充分征询教师意见，或者提交教代会酝酿讨论，新制度在实施过程中做到及时完善与修正。从实践来看是完全必要的，老师得到尊重，认同变革的积极作用，自己参与制定的制度执行起来也更少障碍；制度的及时完善与修正，也体现了校领导集体的勇气和务实。

农村教育管理中的常见问题——缺乏"以人为本"的教育管理理念并不少见。一方面，农村教师的工作特点及其职业的社会特殊性容易被忽视，教师缺乏进修和发展的机会，继续深造的需求很难满足。教师在工作中得不到应有的理解和尊重，容易造成心理严重失衡，导致师资队伍不稳和人才流失现象的出现。另一方面，容易忽视学生在学习中的主体作用，同时受限于自己的教育水平与能力，农村家长对孩子也缺少"以人为本"的教育。[②] 因此，L 中学在委托管理的过程中，始终注重了这一方面的问题。"人本管理"是委托管理工作的主要方法，通过协商、激励、柔性渗透等措施关注管理的过程和方法，少用或不用指令性的语言，关注教师的情感、态度、价值观，力求使管理者与教师之间感情融洽，组织氛围积极健康。

## 第三节　委托管理之区域保障机制框架

新生事物可茁壮成长，亦可胎死腹中。对委托管理这一需要付出艰辛劳动的教育领域实践改革的新生事物，如果相关行政主管部门在政策、物质上不能给予一定的优惠，创新者和积极参与研究者的积极性便会大受影响。

### 一、委托管理机制组成

基于为委托管理保驾护航的考虑，金山区教育局及时出台了受援区委托管理区域保障体制（亦是由金山区教育局局长蒋志明领衔的上海市 2008 年教育科学研究重点课题），由决策系统、执行系统、评价系统、控制系统等多个系统的参与配合对委托管理的顺利推进功不可没。

人的活动离不开控制与保障，如果缺少了保障，其结果往往是一纸空文；失去了控制，便会陷入盲目蛮干的境地，这样的活动也就毫无质量可言。在现代教育管理理念中，控制与保障是两个相互联系、相互交叉的概念，区域委托管理保障体制亦同样适用此道理。一个完善的受援区委托管理区域保障机制，这几方面系统的活动必不可少：决策系

---

① 毛景焕. 重建学校教研的制度文化［J］. 当代教育科学，2003（18）.

② 房黎. 农村学校实施人本管理的问题及策略研究［J］. 当代教育论坛（上半月刊），2009（2）.

统、执行系统、评价系统、控制系统等。

它们之间的关系可以参见图 9-1：

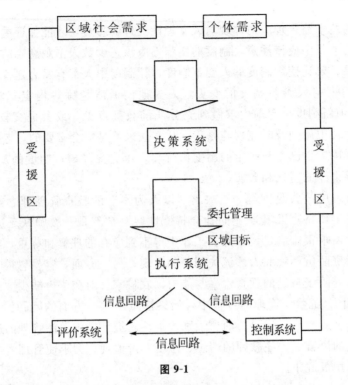

**图 9-1**

如上图，以金山区为例，其中决策系统负责受援区相关宏观方针、政策的制定、阐释、涵盖，主要由教育局委托管理领导小组负责；执行系统主要负责实际操作，主要包括基教科、计财科、组织科、人事科、教研室以及金山区教师进修学院；评价系统由相对独立的中介评价组织构成，保证对相关进程的工作给予客观、公正的评价和反馈，这里主要是上海市教育评估院；控制系统实质上是对决策系统外延上的一种扩展，涵盖了决策系统之外的相关职能部门，由督导室、基教科、审计科、管理站等部门组成。

这里以区域保障机制的评价系统功用为例，委托管理这项工作虽会持续较长时间和分为若干个阶段，但终有结束之日。受援区学校现行的发展和管理方撤出之后的可持续发展是需要保障机制重点保障的另一方面。管理方和受援区教育行政主管部门必须力求在制度文化的重建、师资培养等诸多问题当中达成共识，受援区想要管理方的各项政策可以随具体实践做适当调整，最终撤出之时为受援学校留下趋于完善的雏形，保证受援学校向上发展的态势；管理方希望受援区不急于求成，在抗拒中合作，在理念与风格上保持延续等。此刻评价系统对每一所受援学校委托管理初期、中期、终结分别评估发挥了主要的控制与管理作用，有效地查缺纠偏，不断修正航向，保障最终目标的达成。

**二、委托管理目标设定**

受援区委托管理区域保障机制的功能目标对于构建区域教育管理质量保障体系尤为关键，应努力实现以下几方面的功能目标：

（一）推动管理体制的真切改革

在政府"简政放权"，进一步扩大学校办学自主权的背景下，委托管理区域保障机制要帮助地方政府和教育行政部门走出荆棘载途，创造条件让管理方大展拳脚、发挥作用，通过加强对委托的保障与宏观管理，更有效地进行教育质量监控，以建立起与市场经济体制和新的教育管理体制相适应的受援区委托管理体制。

（二）突出教育质量的中心地位

针对现实中受援区域中受援校一般是实力较为薄弱学校的现实，区域委托管理保障机制应树立以最终满足区域、社会和个人的教育需要为尺度的质量观，围绕质量来开展各项活动，或者从教育质量保障的角度重新审视和设计区域教育的管理工作，强化管理方和受援方的质量意识，以更好地促进区域教育的发展。

（三）促进管理主体的路向多元化

在长期的计划经济管理体制下，政府是教育管理的唯一主体，学校提供教育服务。建立区域委托管理保障机制，不仅要强化管理方和受援方的质量责任，而且要通过多元价值的融合，让公众参与到区域教育质量管理活动中来，分担质量保障的责任，努力实现质量保障的全面性、全程性和全员性。

（四）策动传统观念的维度嬗变

区域委托管理保障机制的建立，不仅要有利于政府将"政事分开"，而且要改变人们的传统管理观念。把过去的以事后检验和考核为主，转变为以预防和全程参与为主；从过去的分散管理，转变为以系统论的观点为指导进行全面的综合治理；从过去的热衷于对活动控制和问题解决，转变为关注系统的改善和质量的提高。

涉及具体事例，仍以金山区受援学校为例，三所农村薄弱学校委托管理保障工作的"标准设定"分别如下：

金山区 L 中学接受上海市徐汇区 F 中学委托管理，重点保障其中教学管理制度的建立与落实、德育常规制度的进一步建立、落实和校园文化活动的初步开发、学校运行机制与奖惩机制的建立、骨干教师培养与教师教育技术的提升、特色项目建设等内容的落实；

金山区 N 中学接受上海市徐汇区 T 中学委托管理，重点保障其师资队伍建设、提高课堂教学质量、帮助初三年级备课组建设、破解工作难题、教育科研工作等工作的开展；

金山区 X 中学接受上海市长宁区 J 中学委托管理，主要保障其实现"基础扎实、管理合理、可持续发展"、学校教育内涵发展得到明显提升、教学质量处于金山区同类学校中等水平的办学目标等。

对应上述设定标准，这里以 F 中学、X 中学两年来的实际工作成效表述如下。

F 中学组建了多渠道、全方位的委托管理支援队伍。选派 F 中学的骨干教师到 L 学校任教、参与年级组和教学管理，零距离展示 F 中学教师的工作态度、教育教学要求，以优异的教育教学工作实绩，提升了学校教师对委托管理的认同度，为委托管理各项措施的落实奠定了基础。聘请两区教学专家组成指导团，邀请徐汇区和金山区的学科教研员、教学专家定期到校开设讲座，对教师特别是青年教师进行听课和评课，指导备课组和教研组开展教研活动，促进了教师教学水平的提升；还聘请金山区的英语教研员到校任教，带动了整个备课组、教研组的集体备课和教研活动的开展，极大地促进了教师的专业发展。有计划地组织 F 中学的骨干教师与 L 中学教师进行对口交流互动。分别组织了艺体组教师互动、考试学科教师互动、学业考学科教师互动、初三各学科教师互动、中层管理人员互动等5批、60余人次的互动交流。这些交流互动一方面提升 L 中学教师的教育、教学、管理水平，另一方面感受 F 中学的教学氛围和教师敬业爱生的专业精神。组织人员积极参加徐汇区的教学研究、展示活动。分别参加了徐汇区的"百课工程金山行"和教研组建设论坛，开阔了教师的视野、启迪了教师的思维。

同时，F 中学看到了统一思想、转变理念的重要性。委托管理是一个"托管方"与"受托方"双向互动的过程，两校教工对此项工作的认同与理解程度决定了实际参与和投入程度。为此，F 中学充分利用校务会、行政会、全教会、组室会议等形式对两校的教工进行学校现状分析、未来远景描绘、管理方案解读、重点推进工作宣讲等，以此统一思想、提高认识、凝聚人心、激发热情，从而充分调动两校教职工的热情与资源。通过宣传教育、思想引领，大多数教师特别是青年教师，对委托管理持支持的态度。在教育教学中，以"学生为本"的思想逐步树立；对教学中存在的问题，教师们开始从自身的工作寻找原因，而不再一味地埋怨学生差。

学校管理逐步规范。通过制定、实施《上海市 L 中学行政值勤人员工作职责》、《上海市 L 中学行政管理部门岗位职责》、《上海市 L 中学校车使用管理规定》、《上海市 L 中学考勤制度》、《上海市 L 中学午餐管理规定》等一系列制度，使学校的管理进一步规范。学校的招待费、叫车费用等得到有效控制，较往年有较大幅度的下降。通过规范财产管理制度，制定物品请购、采购、入账、报销、领用、报废等环节的工作流程，彻底改变了学校财产管理的混乱状况，做到购管分离、收支两条线，合理利用学校的资金与财产，保障教师和学校的利益。

教学行为转变。通过落实教学常规，教师的教学行为发生了改变。基本杜绝了无教案上课的现象，教案的质量明显提升，教学目标、教学重难点齐全、教学过程完整；备课组活动基本保证，平均每学期都在十五次以上，教师从原来的"单打独斗"，到现在基本形成集体备课、集体研讨；绝大多数教师能用多媒体上课，教导处学期检查显示多媒体的使用率超过30％，改变了原来教学手段单一的弊病；课后的作业、练习根据学生学习状况基本实现分层，使训练更具针对性、有效性，改变了作业一刀切的现象；作业全批全改，而且能较好地遵守"四个凡是"，多数教师能在作业批改后给予评价或留一些鼓励性的话语，杜绝了作业部分批改甚至不批改的现象；加强了对周测、月考、期中、期末考试的考务工作的管理，统一安排考试时间、监考人员，保证了教学检测的有效性，改变了原来考试安排随意、监考人员不到位的现象；备课组集体研究试题，练习、试卷讲究针对性，特别是数学、英语等主要学科，从日常练习到周测、月考，教师能针对学生情况进行自命题，改变了原来整套照搬试题的现象，提高了习题的有效性，促进了教学质量的提升；规范了每学期月考、期中、期末的四次考试后的试卷分析工作，年级组、教研组分别从不同角度和侧重点，集体进行质量分析、查找教学中存在的问题，寻找解决办法，两年以来已成为年级组、教研组常规性的工作，教学质量得到保障。

教育行为转变。树立以学生为本的理念，一切教育活动围绕学生的全面发展展开。形成了每月一次年级大会的制度，规范了年级大会的流程，及时对学生进行教育、表彰。制定午会教育计划，每周有计划地进行民族精神、生命、禁毒、安全、卫生、青春期、文明上网、考风考纪等专题教育，改变了无午会和内容随意的现象。打破了任课教师不出席家长会、家长会下午召开的规矩，形成了每学期三次家长会、任课教师参加每次家长会的制度。一方面增加了家长与教师的沟通，有利于家长全面了解学生在校学习、表现情况；另一方面将家长会由白天召开改为晚上召开，提高了家长会的出席率，由原来不足 50％，到现在平均超过 85％。改变了寒假学生不返校的现象，制定了寒假定期返校制度，加大对学生预控，及时了解、掌握学生的表现，减少校外不良事件的发生。加强了与村镇、居委、社区、共建单位的沟通。放假前召开暑期学生工作社区联谊会，介绍一年来学校的工作情况、规范收费情况、暑期计划等校务公开内容，听取村镇、居委、社区、派出所、家长对学校工作的意见，寻求社会协助开展社区活动，加强对预控生的监管，既丰富了学生的暑假生活，又提高了对学生暑假生活的监管力度。校园文化活动逐渐丰富，举办了校读书节、科技节、体育节和艺术节活动，组建了合唱、科技环保、腰鼓队、军乐队等小社团，进一步开设剪纸、武术、文学社等学生兴趣社团，逐步使校园节日活动序列化，进一步丰富学生的文化生活，提高学生对学校的认同度和归属感。

学校风气好转和教学质量提高是重点推进的工作。F 中学以"管理机制、激励机制的建立，教育教学行为的改变，良好社会形象的树立"为委托管理工作的主要内容与重点。在"管理机制的建立"方面，主要抓"制度的建立、流程的管理、文化氛围的营造和价值的认同"，利用各种场合强调"为什么做、怎么做"；在"教育教学行为的改变"方面，主要以树立正确的学生观，改变教师备课、上课、题目研究、试卷命题、质量分析等主要教学行为为抓手，推进具体措施实施；在"良好社会形象的树立"方面，主要抓了家长会的组织与宣传工作，家委会的建立与管理工作，对外交流展示活动和校园文化活动等。

总的来说，就是以氛围营造和价值认同进行思想引领，以制度建立和流程管理建立机制。以"计划"推进促进教学规范落实。主要措施有集体备课制度的规范与落实、课堂教学的规范、作业批改的规范、听课制度的规范、质量监控的规范、质量分析的规范、教学反思的规范。用多种活动的开展促进教师专业发展，用岗位职责的健全促进岗位意识的提升，用专项工作的推进提高德育管理质量，同时加强对外交流和干部队伍建设与骨干教师培养。

但同时也存在如奖惩机制的建立阻力重重、经费规范使用压力大、队伍优化调整机制难以建立等一些问题。这主要因为是长期以来学校奖惩不明、奖金平均分配、教师思想中"人均即人人"的意识根深蒂固，加之缺少相应的社会氛围和大环境，奖金分配制度改革阻力大，奖惩机制的建立无法进行，只能通过调整由学校投入资金对教育教学工作进行绩效考核。虽然一年来通过委托管理费的开支，进行了期末绩效考核和奖励，但力度有限，无法从根本上调动广大教师的积极性。由于学校人员经费不足、学校没有积蓄、缺乏有效的创收手段和资源，且历年用于教师的福利、节日费、旅游、体检等方面的费用近三十万元，目前学校规范人员经费和公用经费的使用有一定的压力。由于受现行用人制度和人事管理制度的制约，学校实际没有用人的自主权，队伍的优化调整只能局限在校内进行，在教师超编的情况下难以解决根本问题。

从以上分析可以发现，进一步加强对教师的师德建设、思想观念的引领，健全岗位职责，健全教学常规管理制度，推进德育常规制度的进一步建立、落实和校园文化活动的进一步开发，注重骨干教师培养与教师教育技术的提升，建立正常、有效的学校运行机制与奖惩机制，乃是委托管理需要重点思考和保障的内容。

与 L 中学有着不同背景和现实情形的 X 中学，对"标准设定"有着自己的思考。为了解决"一块肥田切两半，左边萝卜右边菜"，即教育理论研究与教育实践贯通较少的尴尬局面，开展了以"为了学校、在学校中、基于学校"为特征的校本研修，将它作为教师成长的理想途径。在 J 中学委托管理团队的管理与指导下，通过专题学习研修、课例研修、课题研修、举办论坛等方式，校本研修的内涵和质量进一步提升，使教师双向互动，互补共振，在学习中求发展，在实践中促提高。

X 中学理解委托管理是一场意义深刻的、坚持正确教育思想、勇于创新的教育实践。上海全面推进素质教育，为解决城乡教育均衡发展的矛盾，促进农村学校内涵发展的委托管理工作首先遇到的就是传统的教育理念、陈旧的思想方法与世俗的工作方式的挑战。认为委托管理不是"输出理念与方法"，而是一种文化融合，是一个尊重与适应的过程，允许现有矛盾的爆发、理念的冲撞，又有认识不断的统一、深化、融合的过程。在两年的实践中，他们体会到关键是"三个基础"，即委托管理方的真诚，受托方的教师们的人文素质基础，双方党政领导的支持与指导。

J 中学委托管理团队将最受人关注的教育质量的提高作为实施委托管理的突破口，在促进学校内涵发展过程中，倡导教师群体追求绿色升学率。追求明显的升学率提高已经成为所有实施委托管理项目学校是否成功实施委托管理的不争之标志，这种观点在委托管理基本处于磨合期阶段的被托管学校内部已经是一种精神支柱。姑且不论这种观点本身，显而易见的是这种观点在目前特定的情景中有其独特的现实价值，可以帮助实施委托管理方在最短的时间内拥有对被托管学校的话语权。问题的关键是管理方通过何种手段方法获得这种话语权，我们认为这至关重要。同时认为，基于学校办学的基本规律，若采用非主流观念倡导方式获取这种特许话语权，其结果是造成更为不良的有悖于促进学校内涵发展的可能性的增加。

J 中学委托管理团队在不断的调研和思考中进行着痛苦的判断和抉择。最终，委托管理责任方与 X 中学管理层达成一致的认识，就是在新课程理念的支配下主动探索绿色升学率提高的路径和方法。经过一段时间的实践与思考，并付之于行动的内容包含以下基本要素：坚持双休日不面向全体学生开设课程，并不以任何理由变相开设课程；坚持每天上午八点二十分开始上第一节基础课；坚持以合格率的提高作为学校展开学科课程教育质量的评价依据，淡化卷面分数及对优秀率的过分追求；坚持面向每一个学生做到决不放弃，决不抛弃，坚持根据学生学习基础，尊重学生选择，开设爱心教室，帮助学生拾遗补缺；为少数大龄学生单独编班，特别组织针对性强的教育课程；坚持学校教学管理系统内部客观分析教学质量，不直接面对师生简单公布考试结果，积极改善师生看待考试结果的态度想法。

虽然在实施初期，对此有较多的反对声音，尤其是原本对委托管理持不同见解的教师认为不能以任何理由变更原有教学目的，有抵触情绪。但"桃李不言，下自成蹊"。两年下来，越来越多的教师愿意继续这种已被公认的有效教学方式，而且，在实践中得心应手，并乐意提出善意的建议。经过执著的坚持和不间断真诚的交流以及提供支持，X 中学的教师中逐渐认同并追求绿色升学率的观念并愿意在教学行为中跟进的人已经越来越多。

由于乡镇学校的特殊性，X 中学近年招聘的教师其本科学历大都属非师范类院校，或属职后进修。同时，学校骨干教师原本匮乏，且能承担起带教职责的骨干教师更是不多见。所以，J中学委托管理团队不仅在形式上有签约带教协议的带教制度，客观上更追求有效的指导。尤其愿意让青年教师成为X中学委托管理工作的主要依靠力量。

此外值得一提的是，J中学委托管理团队利用自己原有优势，在X中学成功举办了首届外语学习周活动，十多位来自不同国家的J中学中外学生及外籍教师共同参加了该活动。师生们大胆创想、积极参与、踊跃展示，激发了学生内心学习英语的兴趣，让学生感受到了作为一门国际通用语言的魅力。活动内容丰富，包括书写、词汇、朗诵、板报、小报贺卡、课本剧，以及各类才艺比赛。活动过程分为初赛、决赛、成果展示，持续了三周。X中学的学生将外籍学生和外籍教师所在的阅览室围得水泄不通，高年级的学生明显比较腼腆，倒是六七年级的学生，对金发碧眼的外国人很好奇，争先恐后问问题，有"初生牛犊不怕虎"的态势。这些充满快乐的学习周活动让人觉察到了委托管理工作乃成"造福一方"的善举。

### 三、委托管理运行模式

如前所述，区域委托管理保障机制具有四方面的功能目标。为此，我们认为可以构建一种如图9-2所示的区域委托管理保障机制模式。

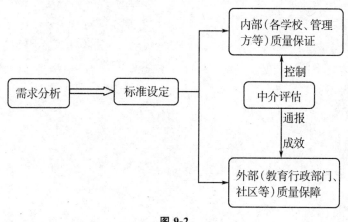

图 9-2

建模主要有以下依据：政府转变职能，实行宏观管理；进一步扩大管理方办学的自主权；最终教育质量与区域社会和个人的教育需求直接相关，社会各界都应分担保障教育质量的责任；全面质量管理理论，坚持"内外结合、以内为主、以外促内"的原则，把内部保证与外部保障有机结合起来，通过反馈对全过程实行控制和改进。

这里以委托管理过程当中的人事调整为例，来说明教育行政部门如何通过反馈回路对委托管理实行控制和改进，提升委托管理的质量。委托管理毕竟是受援学校对一种外来文化的服膺，这一过程中部分教师出现消极抵触情绪甚至"勤于挑刺"，亦属正常，此刻教育行政主管部门的疏导与强势介入成了一种必须。例如金山区L中学开始托管之初，由管理方徐汇区某中学正职校长兼任L中学正职校长，每周三天到校主持工作，原L中学校长担任常务副校长。这一最初人事安排应该说符合人情、常理，然而实际工作开展后，两方领导层关系的处理、政令的冲突、普通教师的无所适从，让委托管理有流于形式的危险。此时区域保障机制的决策系统，金山区教育局委托管理领导小组主动破冰，将原L

中学校长和另外两所区内受托管学校原校长三人同时调出，另外安置，给管理方一个尽可能大的施展空间，也给了受援学校教师一个清晰的信号。再如 X 中学在托管之初，出现了冲突朝激烈方向发展的苗头，决策系统的主要负责人，金山区教育局主要领导及时赶赴现场办公，召开全校教师大会，疏导教师情绪，明确委托管理相关信息与做法。日常工作中则按照决策系统、执行系统、评价系统、控制系统各个系统的分工要求，相关部门各负其责，这些措施共同保障了委托管理的有效运行。

# 第十章　委托管理之实践探索

有了理论但最重要的还是要将理论付诸于实践，对理论进行有效的验证。在本书的最后一章我们呈现给大家的，便是在项目进行过程中，我们根据课题研究所建立的理论框架而进行的一系列实践探索。

在上海市教委领导下，上海市金山区共有三所中学参与了第一阶段的委托管理工作，通过市区优秀学校与农村学校签约，在一定的期限内，管理方负责教育、教学等各项管理工作，享有办学自主权，并接受受援方学校所在区县教育局的监督和管理。金山区同时开展了受援区委托管理区域保障机制的研究，对此形成了自己初步的经验和体会。

## 第一节　委托管理之背景分析

改革开放已过 30 年，但当前我国仍然处于社会主义初级阶段，因而主要社会矛盾并没有发生变化，仍然是人民群众日益增长的物质文化生活需要同落后的社会生产力之间的矛盾。这一点在基础教育层面的体现，便是人民群众在"有学上"到"有好学校上"的转变当中所引发的优质教育资源的匮乏。

### 一、现实问题

现实生活中，学校之间的巨大落差普遍存在，"学校落差（school rank）"指同一层次学校之间的差距和两极分化。在这种差距和分化中既包括有形的学校设施、设备和教职工队伍之类的客观教育条件之差，也包括无形的各校的传统与文化等潜在条件之差。学校之间的升学率之差也是学校落差的重要内涵。[①]

"重点校"与"薄弱校"之间马太效应的加重，"重点校"自身在市场经济面前的迷失所带来的非规范收费、权力寻租等负面影响等等这些矛盾最典型的后果，是近年来义务教育阶段"择校风"久刮不止。其所带来的痛楚已经开始影响到很多家庭的生活质量和一些城乡薄弱学校的健康发展。优势群体在择校当中受益，实际上是家长社会资本、经济资本和文化资本的较量。[②] 教育发展在城乡之间、区域之间、学校之间存在着这些显性或隐性的差异，集中体现了整个教育发展的非均衡性。而近年来，随着国家对义务教育投入持续不断的加强，各地中小学的硬件水平得到了普遍提高，上海的农村义务教育硬件和设施设备条件也有了很大改善。通过建立转移支付机制，崇明、金山、奉贤、南汇四个远郊地区

---

① 几岛邦宏. 开拓学校文化的教师［M］. 东京：图书文化出版公司，1991.
② 刘宝存，杨秀治. 西方国家的择校制度及其对教育公平的影响［J］. 教育科学，2005（4）.

教育经费投入已经超过杨浦等中心城区，郊区农村教师的待遇也有了很大的提高。[①]

农村中小学质量提高和内涵发展、农村学校教育教学效率的提高等"软件"因素能否随着硬件的提升而一道升级成为当前迫切需要解决的问题。所以从某种意义上说，我们现在面临的任务是从科学发展观的高度来保证教育的健康发展及其本质使命和教育的公平。科学发展观的基本要求是全面、协调、可持续，根本方法是统筹兼顾。这就要求统筹城乡区域教育的协调发展，统筹教育规模、质量、结构、效益的协调发展；从实际出发，分区规划、分类指导、分步实施，努力实现普及与提高的有机统一，实现精英教育与大众教育的有机统一，实现努力满足社会教育需求与积极引导社会需求的有机统一。[②] 择校与我国当前素质教育改革的宗旨完全背道而驰。大部分家长选择学校的唯一标准就是看升学率[③]，这会造成择校生自身的心理问题，择校家庭的生活质量问题，甚至择校生家长的跨学区接送对社会交通造成的不必要压力等等。所以《国家中长期教育改革和发展规划纲要》(2010－2020) 当中便将如何解决义务教育优质教育资源分布不均衡、城市择校问题作为重点问题之一。

### 二、实效抉择

目前国内对以上问题消解的研究主要集中在这么几个方向：一是强化正确的舆论导向，端正家长的教育观念，号召家长放弃择校的观念；二是予以调控过渡，公开公平、统一管理，集中财力扶助薄弱学校，逐步推进教育公平；三是建立健全约束监督机制，对于择校费，教育物价部门要核算并且公布上年的培养成本费用，让择校费有据可依，从暗处走向明处。[④]

这些方向、路径或许都是正确的，但是短时间内却难以转化为现实，在一段时间内的影响力和作用力较为有限，尤其在微观层面的实际操作阶段周期长、见效慢。因而择校问题的消解至今不能不说仍是深陷遗憾的窘境。而且教育非均衡化产生的现象是极其复杂的，有着其深刻而复杂的历史成因，很难在短期内消除。只有随着经济发展和社会进步才能从根本上逐步加以解决。但值得我们重视的是导致教育非均衡化产生的政策性因素，不可否认，重点、薄弱学校之分，有着许多人为的政策因素。因此通过教育政策的调整来推动教育的均衡化最为现实也最为有效。教育整个群体也是处在"平衡—不平衡—平衡"这样一个循环发展的动态过程中，衡量政府是否重点关注在发展中处境不利的地区和人群，可以看其通过行政手段配置资源的措施是否有利于缩小而不是扩大辖区内地域、学校之间的差距。[⑤] 委托管理模式可以理解成正是这样的一个政策，也是一种配置资源的行政手段。

上海市教委对这一问题也经历了一个较长时间的思考过程，新的形势和背景下，进一步加深对教育均衡化必要性和重要性的理解和认识。以上海20世纪90年代"薄弱学校更

① 尹后庆. 均衡化非划一化 [J]. 上海教育，2002 (7).
② 陈小娅. 按照科学发展观的要求办好学——在第二届中国小学校长大会上的讲话 [J]. 中国教育学刊，2009 (1).
③ 黄建辉，李佳玲. 对义务教育阶段择校现象的审视 [J]. 井冈山学院学报 (哲社版)，2008 (1).
④ 曹淑江. 作为蒂伯特选择问题的择校现象研究 [J]. 教育科学，2004 (1).
⑤ 尹后庆. 均衡化非划一化 [J]. 上海教育，2002 (7).

新工程"等教育均衡政策的成果为基础，采取更加扎实、有效的措施去大力推进教育的均衡化，更好地解决教育公平问题，是上海市教育行政主管部门一直花大力气在探索的主要方向之一。[①] 从 2007 年开始，上海市教委开始以委托管理模式来推进郊区农村义务教育学校内涵发展，对 20 所郊区农村薄弱义务教育学校实施委托管理。第一阶段的时间节点是两年，至 2009 年止。本书便是选取其中地处上海市金山区的三所中学接受委托管理两年来的得失，尤其是涉及消弱择校风方面的成效做一说明。

### 三、重要他人

本文以为上述择校等大多问题产生的最大症结在于原有学校某一方面差强人意或者不尽如人意。这一不满意放在当今义务教育均衡视野下考量，却不是来自硬件，而主要是来自师资等软件方面。家长择校正是看重后来的学校在这一方面领先于原有学校，而这一领先的程度让家长愿意付出时间和经济成本，乃至降低家庭生活质量。择校问题的利益相关者还应包括薄弱学校所在地的政府和社区，要看到他们与薄弱学校一起，都有改善落后教育体制和质量的迫切意愿，但缺少具有正确性的方法和路径。而委托管理模式在教育领域的实施，赢得了这些重要他人（significant others）的符应。

一个更为重要的隐喻在于，L 中学的校长是 F 中学校长担任（后因身体原因，由 F 中学常务副校长接任），校长与其他多位 F 中学管理骨干和教师团队一道，除周末之外，工作、生活基本都是在金山区 L 中学，做出的牺牲颇多。起骨干表率作用的同时，也给当地师生、家长以信心：委托管理不是走过场。制度文化的重建在这个层面上也才有了实际意义。

### 四、主要双方

委托管理的主要双方（major partners）即管理方学校和受援方学校，双方共同分解承担了委托管理的各级目标。这里以管理方 F 中学、受援方 L 中学的具体做法来做出一阐释，对委托管理将来的发展也作一思考。

以制度文化的重建，来推进郊区农村义务教育学校内涵发展，辅以人本管理思想，克服农村学校管理薄弱的弊端，是本次委托管理过程中管理方的发力点之所在，也为受援区教育行政部门和受援方教师所认同。

管理方 F 中学没有摆出"救世主"、"解放军"的姿态，而是充分利用好 L 中学原有制度和规范中合理的部分，将学校委托管理工作细化成学校管理、德育工作、教学工作、队伍建设、学生发展等五个方面的一级指标和 21 项二级指标，充分尊重原有领导层和老师，找准工作的切入点，先易后难，无痕迹地渗透融合，尽量让 F 中学的工作经验在 L 中学本土化，避免了 L 中学教职工的反感与抵触情绪，赢得了群众基础。

制度的创新反对毫无章法的变动，而是提倡在原有的制度上不断改进，由此形成制度的连续性和变革性的统一。例如管理方接手伊始，就以金山区教育局正在推广的"教师课堂教学有效行动计划"为切入点，有效整合 L 中学教学常规，制定了《上海市 L 中学关于"金山区教师课堂教学有效行动计划"的推进方案》，并未另起炉灶，却也平稳有效。

---

① 尹后庆. 均衡化：我们该怎么做［J］. 上海教育，2002（8）.

F 中学依靠自身原有的底蕴和心得，要结合实际将 L 中学办成一所有自己强项的学校，在 L 中学展开许多素质教育范畴开拓性的创新工作是双方的共识。类似的共识一多，缩短了委托管理的磨合期，这成为尽早见到委托管理成效的关键。

### 五、实施方案

以下对管理方 F 中学实施方案主要内容做具体表述，以供各方参阅、指正。

1. 问题认识

近年来，L 中学因制度缺失、管理松懈、研修匮乏、奖惩不明、师资流失等原因，出现了学校管理层履职不力、干群关系紧张、管理浮于表面、条线工作混乱，教育教学常规不落实、课堂教学效益低下，考核奖惩流于形式、教职工积极性低落等问题，导致学校教育教学质量长期滞后，社会声誉受损。

2. 指导思想

根据上海市教委有关文件精神，在两区教育局（F 中学与 L 中学分属不同区）的具体指导下，通过管理体制的创新，运用 F 中学优质教育管理资源服务郊区农村，有效提升 L 中学办学水平、管理水平和教育教学质量。

3. 达成目标

总目标是通过改进学校内部管理结构，建立健全管理机制与制度，提高学校管理绩效与教师课堂教学效果，培养合格的管理与教师队伍，形成学校校园文化活动的基本运行机制，树立良好的教风、学风、校风，使学校综合办学水平在原有的基础上有明显的提升；阶段目标是全面了解学校办学现状，制定并完善委托管理策略与方案，对学校管理、教育教学、后勤保障和队伍建设等方面突出问题的整改作初步尝试与探索，营造委托管理工作开展的良好环境（2007 年 9 月至 2008 年 3 月）；有计划、分阶段地对学校管理、教育教学、后勤保障、队伍建设等方面的核心问题与突出矛盾进行整改与化解，建立学校各路工作有序开展的管理机制与制度，使学校整体面貌有明显改变（2008 年 3 月至 2009 年 2 月）；在前面工作的基础上，进一步完善管理机制，使各项常规制度的执行常态化，总结委托管理的经验与问题，谋划学校后续发展的策略与愿景，为下一阶段工作开展奠定基础（2009 年 3 月至 2009 年 7 月）；在基本落实行政管理、德育、教学常规的基础上，进一步提升管理人员的专业化水平和教师教育教学的研修水平，以推进学校课程校本化步伐来凸显学校办学特色，加强学校、家庭、社区三位一体的建设，从内修、外显两个层面使学校的综合办学水平上一个更高的台阶（2009 年 9 月至 2010 年 6 月）。

分目标有：（1）学校管理目标，即完善学校内部管理结构，建立各项基础工作的管理制度、工作流程，提高学校管理工作绩效。包括完成各部门管理职能的梳理与调整（2008 年 6 月）；完成年级组、教研组管理职能的梳理与调整（2008 年 6 月）；建立健全各项基础管理制度与工作流程（2009 年 6 月）。（2）德育工作目标，即构建以品德教育为重点、以行为规范教育为基础，以学科渗透、主题性系列教育活动和社会实践为实施途径，以班级文化建设为主要载体，以学校、家庭、社区共同作用为依托的主体性德育网络。包括基本落实年级组、班级常规工作，年级组长、班主任能有效地履行管理职责，班风、校风有显著改进（2009 年 6 月）；加强德育在学科中的渗透，落实"两纲"教育（2009 年 6 月）；形成校园文化活动和学生社团运行机制（2009 年 6 月）。（3）教学工作目标，即加强教研组、备课组常规管理，规范备课、上课、训练、辅导、评价五个教学基本环节，加强课堂教学研究，提升课堂教学效果。包括基本落实教研组、备课组常规工作，有序开展教研组校本教研和备课组集体备课活动（2008 年 6 月）；结合"金山区教师课堂教学有效行动计划"的推进，落实课堂教学五个基本环节，加强课堂教学研究与质量监控，提高学科教学质量（2009 年 6 月）；开发以特色项目为基础的校本课程，丰富学生学习经历，发展学生个性特长（2009 年 6 月）。（4）队伍建设目标，即建立以"专业引领、同伴互助、自我反思"为主要形式的"课、研、修"一体化校本研修制度，提高全体教工的师德修养和业务水平。包括完成各管理岗位的基础培训（2008 年 12 月）；完成"十一五"师训阶段任务（2009 年 6 月）；完成"金山区教师专业发展合格校"的创建（2009 年 6 月）；培养合格的管理队伍和教师队伍（2009 年 6 月）。

4. 管理形式

专家引领，即由 F 中学组建专家指导团，每周到 L 中学开展一次活动，全面听课与重点指导相结合，指导教研组、备课组开展教研活动，指导青年教师教学；管理指导，即由 F 中学指定一名校级领导具体协助各项决策、措施的贯彻落实。导师带教，即由 F 中学派指导教师，以师徒结对的形式，重点指导培养 L 中学的骨干教师或青年教师；教师支教，即由 F 中学每年指派 2～4 名教师赴 L 中学直接参与教育教学活动，发挥骨干作用；进修培养，即由 L 中学每年指派 1～2 名教师赴 F 中学参加教育教学活动，并组织更多的教师参加 F 中学为期数周的轮训，在 F 中学的教育教学实践中得到提高；网络教研，即两校利用信息网络开展教育教学等方面的交流；同伴互助，即定期安排 L 中学教师参加 F 中学教研组、备课组的专题教研和集体备课、"三奖"评审课与反思等活动，在多方面做到资源共享；研讨交流，即两校中层、两长、班主任及教师将就管理、教学、德育等方面的工作进行多层面的研讨与交流。

5. 时间安排

总时间段起始是 2007 年 9 月～2009 年 7 月。其中 2007 年 7～8 月金山、徐汇两局讨论、任命领导班子；与金山区教育局签定委托管理协议；2007 年 9～10 月在初步调研的基础上，修改委托管理方案，接受评估；2007 年 9 月～2008 年 1 月实施工作计划，落实阶段任务与目标，做好学期总结；2008 年 2～6 月调整、实施工作计划，做好学年总结与中期评估；2008 年 7～8 月根据中期评估，制定学年与学期工作计划，做好实施的各项准备；2008 年 9 月～2009 年 1 月实施学期工作计划，落实阶段任务与目标，做好学期总结；2009 年 2～6 月调整、实施工作计划，接受委托管理两年总结评估。

6. 重点工作

首先是教学管理制度的建立与落实，即教学常规制度、教学质量监控制度、教学研究、集体备课制度与校本研修等制度的建立与落实。包括健全教学岗位职责，即明确教导主任在教学常规管理、学籍管理、教研组和备课组建设、教学校本研修、教学质量监控、教学质量评价与考核等方面的职责。明确教研组长在教研组常规落实、学科教研、校本培训、常规考核等方面的职责。明确备课组长在备课组常规落实、课堂教学研究等方面的职责。明确教师在教学常规落实、自身专业发展等方面的职责；健全教学管理制度，即明确备课、上课、作业布置与批改、辅导、考试与质量分析等教学常规要求，建立考务制度、教研组与备课组常规管理制度、教学绩效考核制度以及校本研修制度等。转变教师观念，树立"埋怨学生并不能改变什么，只有通过改变自己来改变学生"的观念，通过尊重学生、关爱学生、帮助学生，不嫌弃、不放弃，抓教风、树师德来改变学校和教师的社会形象；校本课程的开发，即以剪纸、武术、合唱等项目为切入点开发校本课程，以此为基础创建1～2个有一定规模和成果的特色项目。

其次是进一步完善德育常规制度，重点是规范考务制度和班级常规管理，加强考风教育和班风建设，以提高教风来树立良好的学风和校风，并完成校园文化活动的初步开发。包括健全德育岗位职责，即明确政教主任在德育常规管理、年级组和班级建设、德育校本研修、校园文化活动组织管理、团队建设、班主任队伍建设等方面的职责。明确年级组长在年级组常规管理、年级学风建设、年级备课组管理、文明组室创建等方面的职责。明确班主任在班级常规管理、班风建设、团队建设等方面的职责；健全德育管理制度，即本着"从考风抓学风，从班风抓校风"的指导思想，进一步明确班主任工作常规，建立年级组、班级常规工作检查与绩效考核制度，制定"学生一日常规"，并建立"学困生"帮教制度与网络；开发校园文化活动，即学校将以开发运动会、艺术节、换巾仪式、庆"六一"活动、十四岁生日、毕业典礼、社会考察等校园文化活动内容，规范组织程序，来丰富和提升校园文化活动的内涵与品质；建立家长委员会、家校联系册制度，即定期开好家长会，落实好班主任家访制度和任课教师电访制度，整合资源，提升合力。

最后是学校运行机制与奖惩机制的建立，重点是岗位职责、管理网络的运行规范、奖惩制度、队伍优化调整制度的建立与实施，以及合格的管理与教师队伍培养。包括职能梳理与制度建设，即制定部门主任的岗位职责与考核方案，规范各部门主要工作的流程。构建突出成果与效益、激励与制约、定性定量相结合的组室和教工考核与分配制度，体现向一线、向骨干倾斜的原则，坚持鼓励敬业爱生、鼓励专业发展、鼓励业务拔尖的导向；重大问题的议事决策制度，即为进一步提高民主决策、科学决策水平，贯彻民主集中制，发挥好核心作用，完善以知、议、决、行、督五个环节为核心的决策机制，对涉及贯彻党的路线、方针、政策的重大工作任务部署，对重大工作决策、重大事项安排、重要干部任免、工资改革方案、人事聘用方案和预决算等，坚持个别酝酿与会议决定相统一和集体领导与分工负责相统一的两个基本原则；合格的管理与教师队伍建设，即抓好干部队伍建设，以"一级做给一级看，一级带着一级干"的管理作风带出一支具有较高政治素质、管理能力和专业素养的干部梯队，发挥委托管理人员和学校各类骨干的示范带头作用。在全体教师中倡导关注学生的学，以学定教，以教促学的教育理念，从教学五个基本环节入手，认真抓实备课、上课、训练、辅导、评价中的学情分析，以教育教学骨干示范的形式，做好经验总结与成果推广。明确教师校本研修任务，搭建进修、校本培训、带教、研究课、展示课、论坛等学习与交流的平台，为培养适应课改的合格型教师创造条件。

# 第二节　委托管理之发展方略

本节选取金山区L中学接受徐汇区F中学的委托管理工作为例。

## 一、本体调查

委托管理实施之初，受援学校便接受了第三方评估机构及相关各方的调查摸底。依据委托管理期间第三方评估机构上海市教育评估院对 L 中学的相关评估资料及对 L 中学部分师生、家长及 L 中学所在政府、社区有关当事人的调查、访谈，对委托管理的本体——L 中学摸底如下：

L 中学系金山区农村初级中学，占地面积 36035 平方米，建筑面积 12863 平方米，有 300 米的环行跑道，有数码投影教室 17 间。校舍设施能满足教育教学活动的需要。学校于 2007 年被评为金山区德育工作先进集体，是金山区四星级行为规范师范学校。目前在校学生 17 个班 690 人，在编在岗教职工 73 人，其中教师 61 人。教师中本科以上学历占 77%，专科占 23%，中高级职称占 60%，校区骨干教师占 21.3%。

部分教师与家长认为学校在近几年呈下降趋势。教师问卷调查中认为"学校的办学水平和社会声誉与前些年相比""有所提高"的占 15.09%，"没有提高"和"整体下降"的占 66.03%，"不清楚、无法评价"的占 18.87%。家长问卷调查中认为"进步显著"和"有较大进步"的占 45%，"无进步"和"退步"的占 50%。学校有过三年规划，规划制订过程中，经过了三上三下的民主程序，在多次听取教工意见进行修改的基础上，经教代会审议通过。办学理念和办学目标在规划中表达不明确，在与校领导访谈中同样也得不到比较明确的说法。

学校有健全的管理工作制度，其中包括行政篇、工会篇、教学篇等八大方面 59 项。制度虽然比较健全但执行落实有待加强。教师问卷调查中"对学校制度建设及其执行情况的评价是"：认为"制度比较健全、能认真执行"的占 5.66%，"有制度能执行但不够健全"的占 41.51%，"有制度但没有很好地执行"的占 43.40%。学校管理团队 10 名人员，9 男 1 女，除校务办公室主任 1956 年出生外其余均为 60 年代出生，年富力强。校长在接受访谈中表示有做好工作的迫切愿望，也强调要人性化管理。但教师对领导班子尤其对主要领导却有一定的反映。归纳起来大致为：作风不够民主，干群关系有待调整，民主监督、民主管理作用不大，班子分工不明确，职责不清。在教师问卷调查中对"近一年来，学校领导班子的分工协作情况是"：认为"分工清晰合理，且能有效地协作"的占 5.66%，"分工不明，权责不清"的占 22.64%。对"学校主要领导的民主作风，干群关系的评价是"：认为"作风民主，干群关系比较好"的占 11.32%，"作风不够民主，干群关系紧张"的占 50.44%。对"教代会发挥民主监督，民主管理作用的评价是"：认为"作用大，有作用"的占 28.31%，"没什么作用"的占 66.04%。此外在问卷中有 10 名教师书写了对学校领导的作风方面的意见。

学校现有教师 61 人，其学历结构：研究生 2 人、本科 45 人、专科 14 人；职称结构：高级 5 人、中级 31 人、初级 22 人；年龄结构：35 岁以下 31 人、36～49 岁 20 人、50 岁以上 10 人。区以上骨干教师 3 人，校骨干 6 人。在近几年中年骨干教师流失较多的情况下，学校注意对招聘进校的青年教师进行培养，有计划、有措施、有效果。青年教师的精神状态也比较好。

教师的师德行为、工作态度及业务能力得到了学生及其家长的基本肯定。学生问卷调查中对"学校老师在为人师表、敬业爱生等方面"认为"总体上很好"和"比较好"的占 88%；对"老师的作业批阅"认为"能及时认真每次作业都批改的"和"比较及时基本上都批改"的占 85%。家长问卷调查中，对"任课教师教学的认真负责程度"认为"全部满意"和"大部分学科满意"的占 93%；对"任课教师的专业水平和教学能力"认为

"全部满意"和"大部分学科满意"的占86％。教师问卷调查中，对职业的满意度不高，认为"满意度一般"和"不满意"的占46.84％。

关于课程教学，除初三劳动技术课未开设外，其余多学科均开齐开足，但语文、数学、英语、化学、物理的课时均超市课程计划要求。周活动总量未达到市教委规定，学校每周安排体育活动1次（市教委规定2次）。学校对教学质量监控有制度、有一定的措施，但抓得不实、不够有力，尚未形成有效的监控机制，质量监控的资料不够齐全。课堂教学的质量和效率不高，课堂教学的方法有待进一步改进，二期课改的要求有待进一步落实。此次专家随堂听课中，评为"一般"或"较差"的占76.4％。区教研室认为，该校教师队伍水平参差不齐；部分教师课堂教学方式陈旧，改革意识不强，缺乏探索精神和创新能力；外地引进教师尚不能很好地把上海二期课改理念融入课堂教学；教师主动性不够，有"等靠要"的思想；课程建设力度不大，学校对教学常规的管理有流于形式的倾向，常规工作不很到位；校本教研薄弱，多门学科教学质量处于全区末位；教学研究活动的氛围不够浓厚，针对性不强，据教师问卷调查，有71.2％的教师认为学校尚未有教学研究的氛围。

关于学生情况，学生日常行为比较规范、文明礼仪较好，能主动与客人、老师问好。学校近几年来无犯罪记录。学生问卷调查对"校风、校纪、校容、校貌"的评价，认为"好"和"比较好"的占67％。教师问卷调查对"学生的基本礼仪，行为规范情况"的评价，认为"很好"和"比较好"的占54.72％。相当一部分学生缺乏学习的积极性和主动性。具体表现在：上课听课不认真，质疑问难意识不强，主动参与学习不够，课堂气氛不活跃（语、数、外等学科尤为突出）；部分学生作业不够认真（据抽查作业统计，作业态度和质量"一般"与"较差"分别占48.6％和11.7％）。又据教师问卷调查，认为"学习缺乏积极性"的占95.6％，"作业有拖拉现象，不够认真规范"的占90.5％。学校的教学质量总体处于全区后列。据区提供的2006学年第二学期考试成绩分析，预备年级各学科成绩尚好，但从初二开始质量明显下降，至初三，各门学科的成绩处于全区倒数几位。

关于文化建设，学校对德育工作比较重视（教师问卷调查认为学校对德育工作"很重视"和"比较重视"的占66.03％）。学校德育工作也有不少闪光点，例如2006学年度学校团组织开展了志愿者"1+1"活动，让学习好的学生与学习有困难的学生结对，并以签约为聘，收到了较好的效果。校园环境布置能挖掘和发扬学校的特色项目——剪纸。政教处对如何抓好德育工作有一定的思考，对班主任队伍建设也较重视。但从校级层面来看缺乏对德育工作的统领，上述"1+1"的活动没有进行总结，没有坚持下来；政教处的思考也不能得到帮助提高；年级组长的作用得不到应有的重视；政教处召开的德育工作会议，没有年级组长参加；平时的德育工作均由政教处直接面向全体班主任，容易"一刀切"，分年级分层次的德育工作无法实现，德育工作缺乏针对性与多样性；班主任反映每月班主任津贴较少（按每个学生2.5元发放），一定程度上影响了积极性；学生反映，学校还存在体罚与变相体罚现象。

关于社校关系，学校组织志愿者队伍为社区提供了较好的服务，为廊下镇的文明建设出了一份力。学生的文明宣传服务受到社区的好评。社区为配合学校的德育工作，派出所选派人员担任校外辅导员，社区学校也为师生提供了校外活动的场所。教师问卷调查中对"学校与社区、家庭的沟通以及资源共享方面的评价"，认为"很好"和"比较好"的占

26.42%，"不理想"的占28.3%。学生问卷调查反映，"老师上学期到你家家访的情况"，"没有"的占87%，访问一次的占10%。家长问卷调查中，对学校与家长联系、沟通的方式，"满意"的占25%，"不满意"的占16%。对学校办学总体质量，家长问卷中有29%表示"满意"。

### 二、各方意见

对学校办不好、人气不旺的原因，L中学教师口中出现最多的是"生源"二字，"好的生源都流失了"。教师对自身的水平并不怯场，这点尤其在年轻教师身上体现得较为明显。大部分教师有努力工作，为学校做贡献的愿望，但因生源而觉得难有用武之地，体现不了自身价值，对家长的素质也颇多不满。在无力改变现状的情形下，希望有机会调离或者去中心城镇学校任教。大部分教师对委托管理感兴趣，抱有不妨一试的态度。部分老教师不赞同，认为是在玩花样、难有实效。极少数教师存在接受他校的委托管理就是承认自己低人一等的观念。

L中学的学生较为纯朴。他们对老师尊敬但缺乏良好的学习方法和习惯，同时对学习缺乏自觉性，家长的督促也较少。学生大多没有从小参加过上海城区内较为普遍的各类考级或者兴趣辅导，素质一般，不少同学有当地的传统特长例如剪纸，但有待开发与引领。

家长对L中学的硬件表示满意，但认为其教育质量不高，升学率过低，同时缺乏好的师资，家校之间也缺乏沟通。家长中大部分只有初中文化程度，工作大多是在本地的服装厂打工，虽不存在内地农村突出的留守儿童问题，但无论从能力还是时间上，难以保证有质量的家庭教育。对学校接受委托管理家长普遍持支持态度，希望在城区优质学校的带动和各方面的共同努力下把学校办好。

L中学所在社区、政府对学校以往鼎盛时期比较怀念，对学校近年来的发展不满意，对委托管理态度积极，愿意给予支持，希望能够给当地教育带来改变，办好教育造福一方，让群众满意。

### 三、酵母选择

在金山、徐汇两区政府相关部门的统筹协调下，上海市徐汇区F中学承担了本次L中学的委托管理工作。F中学虽非百年名校，但其教育管理和教学质量早已得到了社会的公认，是徐汇区首批素质教育实验校之一，同时每年学生升入重点高中的比例让其位居城区优质热门学校之列。由F中学来担当委托管理中的管理方，L中学的师生与家长较为认可。

F中学在L中学性质和所有权不变的前提下，享有办学自主权，依法建立规范的学校管理制度，组织实施教育、教学等各项管理工作，按规定使用经费。在签约时限内，切实提高受援学校的办学水平和教育质量。市教委划拨的每校50万专项经费归F中学在地方教育行政主管部门监督下使用，加上金山区教育局为区内三所接受委托管理的学校每校另外配套的50万经费，即F中学在本次委托管理当中有100万的专项使用经费。金山区教育局还将三所学校来援教师全部安排在当地的农家乐宾馆住宿，同时为三所学校新配置了三部交通车，专门用于接送支援学校教师上下班，基本保证了三校管理方的日常生活质量。金山区教育局同时代表上海市教委对管理方F中学的人事、财务、资产管理、教育教学工作负有监督和管理的责任。两者关系实质上是属于契约管理的范畴，为保证其公正与合理性，委托管理成效的评估由第三方上海市教育评估院负责。

托管之初，由F中学一把手即正职校长兼任金山区L中学正职校长，每周三天到校主持工作，原L中学校长担任常务副校长。这一最初人事安排应该说符合人情、常理，然而实际工作开展后，两方领导层的尴尬关系，普通教师的无所适从让委托管理有流于形式的危险。此时金山区教育局主动破冰，将原L中学校长和另外两所区内受托管学校原校长三人同时调出，另外安置，给管理方一个尽可能大的施展空间，也给了受援学校教师一个清晰的信号。本着务实的态度，一学期后，F中学选派出一名经双方同意的副校长到L中学校担任专职校长及法人代表，全面主持工作，替换受限于个人精力的原两校兼任校长。

### 四、酵母作用

一种外来文化的植入与嫁接肯定会受到多方面因素的制约，委托管理也不会例外。毋庸置疑，徐汇区F中学在管理、教学等方面有不少成功经验和行之有效的管理制度。但倘若只是依靠行政命令，管理方"简单粗暴"地在金山区L中学复制、照搬这些制度，难免会"水土不服"，必定会引发矛盾、自设困难。F中学正是在这一平衡—不平衡—平衡过程中体会到理论再先进，也离不开与"具体实践"的结合，完成对抗拒的解冻，走出荆棘载途。

1. 师资培养："精神"体验成长

哈贝马斯认为，教师之间在智慧水平、知识结构、认识风格、学习心理、思维方式等许多方面都存在差异。教师专业发展的维度不是线性的，而是多维度的，不仅包括教师个体在纵向上的独立建构，更包括不同主体在相互交往过程中横向的共同建构。[1] 委托管理中"造血"要强于"输血"，这是管理方和受援区教育行政主管部门的共识。L中学的教师更是这一场委托管理变革的主角，他们的积极参与与否决定了这一变革的成败，师资培养成为重中之重。F中学除选派骨干教师到L中学任教、参与教学管理外，主要采取了以下做法：每年委派两名L中学教师赴F中学参加教育教学活动，跟师学习一年；为L中学绝大部分老师都制定了个人发展规划，选派指导教师，以师徒结对的形式，重点指导培养L中学的骨干教师或青年教师；由F中学的骨干教研组长、年级组长对口带教L中学的青年教研组长、年级组长，组织L中学中全体中层以上干部、三分之二以上教师到F中学考察、交流；一共组织了各学科教师互动、中层管理人员互动等多批、上百人次的互动；同时两校中层就管理、教学、德育等方面的工作进行互访和交流；搭建校际教研活动平台，组织公开课教学；此外，聘请徐汇、金山两区的各科专家、教研员定期到校听课评课，开设讲座等。两年来这些活动的开展顺应了教育迁移规律，缩短了L中学骨干教师、青年教师成长的时限，给L中学教师以精神上的启迪，教师精神面貌亦有所变化，部分教师已能够从一开始对生源的埋怨走出，开始更深层次地思考。

---

[1] 转引自：徐今雅. 交往：教师专业发展的重要途径——哈贝马斯批判理论对教师专业发展的启示 [J]. 教师教育研究，2008 (1).

2. 文化塑造："灵魂"有所依附

委托管理不是插花，想方设法让受援学校开出自己的鲜花才是目的。组织文化这朵花最有氛围，然而文化上天靠的是制度落地，一个单位的组织文化的灵魂，必须有制度可依附。在这一点上 F 中学同样克服了简单复制、照搬，也反对毫无章法地变动。提倡在 L 中学原有制度上不断改进，一系列制度基本如此出台，由此形成制度的连续性和变革性的统一性。例如家长会本是 F 中学一大法宝，L 中学家长会农村家长"上座率"差的现实"逼" F 中学拿出对策：根据学生家长的实际工作情况，将家长会由白天召开改为晚上召开，一改 L 中学每次家长会班主任唱"独角戏"的旧貌；每学期定期三次家长会都力邀班级主要任课教师出场等。用这些措施来保证"上座率"。

针对原来存在的很多教师请事假过多、私下调课频繁这一 F 中学不大可能出现的状况，管理方冷静思考，没有采用刚性高压手段，而是通过制定《上海市 L 中学教职工考勤制度》，设立全勤奖。一学期试行下来，较好改善了上述现象，保证了教学秩序的稳定。

L 中学原来并没有午会，中午学生午餐之后的活动杂乱无章，也容易滋生事端。参考 F 中学这一方面的经验，管理方制定了午会教育计划，每周有计划地进行民族精神、生命、禁毒、安全、卫生、青春期等专题教育。每月一次年级大会，及时对学生进行教育、表彰等，整个学校精神面貌为之一新。

针对薄弱中学很多学生早晨抄袭作业并屡禁不止的现象，在 L 中学第一学期，管理方就在八九年级试行了"进门交作业"和"家校联系本"制度，收效明显，第二学期得以在全校进行推广，并且一直坚持至今。

学校必须要有自己的特色，这已经是很多教育者的共识。管理方在这方面也结合实际，在 L 中学做了很多开拓性的创新工作。课外活动和素质教育让学校组织文化充分展现，是委托管理伊始多位 L 中学师生的心声，农村中学这方面的弱项，正是城区 F 中学的强项。两年下来，F 中学在 L 中学所在社区、政府的支持下，结合实际，为 L 中学做了很多开拓性的创新工作，如以本地剪纸、武术、合唱等项目为切入点，开设了科技与环保、剪纸、文学社、生物试验、合唱、腰鼓队、鼓号队、硬笔书法、健美操、中长跑等 10 个学生社团，让教师、学生自由地选择自己的合作伙伴，以项目为核心实行自我管理。目前几个特色项目不但成果颇丰，在地方上也已小有名气。另外，还开展了 L 中学第一届"沐浴书香，健康成长"校读书节、"培养科学精神　树立科学理想"校科技节、"阳光健身"体育节等活动。师生在做中学、学中做，既得到了锻炼，也极大地丰富了学生的校园文化生活，提高了学生、家长，所在社区、政府对学校的认同度和 L 中学师生自身的归属感。

但作为城区中学，学生家长的高素质让 F 中学较少在家庭教育能力的指导与培养方面花费气力，而此点恰是地处农村的 L 中学一大薄弱之处，有待于管理方思考后拿出对策。

3. 教学挂果："内力"迎接评价

如同组织文化的塑造，F 中学同样避免另起炉灶，而是围绕原有实施中的《金山区教师课堂教学有效行动计划》开展教学展示与评比、集体备课、磨课、同课异构等主题活动。同时渗透 F 中学经验：学科教师、备课组长、班主任、年级组长、教导主任一同对每次考试的成绩及时进行质量分析、研究与反馈；对集体备课、课堂教学、作业批改、质量监控等环节提出具体的、明确的要求，逐步规范学校教育教学等等，让 L 中学的师生体会到自己"内力"的上升。

外界最敏感的当属显性的考分与成绩，尤其是 L 中学的中考成绩。L 中学从 2007 届中考全区倒数第一、总平均分低于区平均分 50 多分，到 2008 年中考名次提升 5 位左右，平均分稳步提高。这一切使得 2008 年 L 中学的小升初生源当中外出择校不到 20 人，择校率下降到 10％不到，使得之前稳定在 30％的择校率大幅下降（以上各项可参见下图所示）。2009 年区重点以上录取率创该校历史新高，非中考年级各学科的成绩在原有的基础也有不同程度的提高。

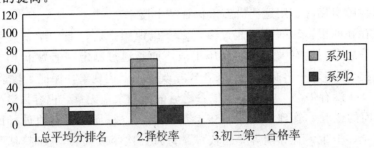

（系列 1 委托管理前一年数据；系列 2 委托管理开始一年之后数据。具体数字引自金山区教育局 2008 年 12 月金山区学校委托管理工作中期小结）

这一切使得 L 中学六年级新生的数量和质量都开始明显好转，对口入学率回升幅度较大，同时还出现了流失到其他学校学生的回流现象。然而也存在音、体、美等学科被占用的现象，学生学习负担较重也是事实。

**五、下轮展望**

依据上海市教育评估院绩效评估数据，对于本轮委托管理，L 中学 80％左右的教师认为 F 中学切实承担起了本校的办学责任，近 30％的教师认为，和托管前相比，学校的社会声誉、办学水平有提高。80％左右学生对学校一年来的变化情况总体满意度较高，近 30％的学生认为"老师的态度更加亲切了"；50％的学生认为"一年来，学校的课外活动比以前多，更加丰富多彩了"。近 70％家长对学校一年来各方面的变化总体满意度较高，80％以上的家长认为两年来教师有变化，同时对目前学校的发展态势"很满意"或"满意"。社区、政府对学校的进步和发展趋势也给予了认可。但其不足之处也较明显：对托管工作认同度较高的青年教师群体两年来享受到更多的培训福利和发展机遇，此外在认同 F 中学管理者的经验和能力的基础上，希望 F 中学在派出包括校长在内的两名骨干教师，一名工作人员的基础上扩充教学团队。本文以为委托管理虽并非合作办学，主要任务在于管理，但在尽可能的基础上，作为示范的教学管理团队的扩充确有必要。然而考虑到 F 中学的自身工作与教师负荷，这一问题也许要回归到委托管理一开始的出发点，即由教育中介组织提供专业服务的模式下才好解决，而目前距教育中介队伍的成熟壮大尚待时日。

上述委托管理成果的坚持与巩固，和所遇问题的消解都会在 2009 年 9 月起上海市教委启动的委托管理第二阶段工作当中去解决。第二阶段的委托管理工作将在原有 20 所接受委托管理学校基础上，再增加 20 所，共计 40 所薄弱中小学接受委托管理，以进一步检验和推广这一新模式。

# 第三节 委托管理之经验总结

上海市教育评估院和金山区教师进修学院中学研训室，针对金山区委托管理工作中较有代表性的管理方 F 中学两年来对 L 中学委托管理工作，作出了课堂教学专项评估和管理绩效评估意见。本节依照以此为依据来总结委托管理之经验，以供各方参阅、指正。

## 一、成绩与不足

课堂教学评估的主要指标有目标要求、教学内容、教学结构、教学策略、学生参与、教师素养、教学效果、现代技术应用、研究性学习和总体评价等。L 中学在课堂教学方面的不少优点得到了专家的肯定。例如：二期课改的理念在课堂教学中得到了一定程度的显现。表现在教师的教学目标比较明确，在所听的课中，可以看到大部分教师的课堂教学目标中注重了"三维目标"的落实；目标的制定也能从学生的实际出发，具有较高的适切性。大多教师在备课中注意了对知识的整合与统筹，注重了知识的系统化，并从学生学习角度进行了程序化处理。课堂教学中注重知识的科学性、人文性、灵活性和层次性。大部分教师上课的精神比较饱满；在教学方式上能从学生的实际出发，注意启发与引导，有的学科能在课堂教学中实施分层教学。年轻教师多能用多媒体教学，使课堂教学内容形象化；能够较好地把握教材的重点难点，并在教学过程中进行一定的突破。在有些课中（如升学考试类学科）基础知识得到了较好的落实，教学常规比较规范。表现在 L 中学能够根据金山区教育局的要求，并依据 F 中学的一些成功的常规管理经验，规范了备课、听课、课堂教学、作业批改、试卷命题、质量分析等操作流程与要求，制定了相应的规章制度，各项工作能力得以逐步提高。集体备课制度基本得到落实。集体备课基本做到统一进度、统一任务、统一重点与难点、统一教学方法与手段、统一典型例题、统一作业、统一周测和单元测验。强调提前一周备课的要求，并通过每周的常规检查，将这一要求落到实处。课堂教学比较规范。多数教师能充分利用两分钟预备铃加强对学生学习习惯的培养；大部分教师引入新课时注重运用多媒体以温故式复习练习等方式创设情景；课中能关注学情，对课堂的调控能力较好；课堂教学基本能做到精讲多练；教学设计关注了层次性、典型性和启发性。质量监控、质量分析等常规工作规范。各备课组和教研组加强了对学情与试题的研究，不但自主命题，还定期采用年级交叉命题、与 F 中学或片内学校联合命题等方法，加强对教学质量的监控。每次重大考试（如期中、期末、月考）后，各学科教师、备课组长、班主任、年级组长、教导主任都能从不同角度对考试情况进行分析，落实了教研组、年级组质量分析会的程序和内容，做好每次质量分析会议的检查和指导工作。学校利用委托管理费购买了一套成绩分析系统，使质量分析更具科学性、指导性。

由于 L 中学师资队伍基础比较薄弱，两年的托管时间也不长，所以到目前为止，L 中学的课堂教学还存在一些主要问题。具体表现在：在教师队伍建设中，虽然学校致力于青年教师的培养，但学科骨干力量还嫌不足。因此，在校本研修的过程中，缺乏有效的专业引领；部分教师对二期课改理念的认识、认同不够，造成在课堂教学过程中，教学方法比较陈旧，带领学生进行主动探究、自主学习的情况并不多见，一言堂的现象还比较普遍；好课比例较低，主要是教师有效的教学策略不多，现代教育技术的应用不够充分，学生对教学过程的参与度不高，生生互动、师生互动相对缺乏；教师的意识如科研意识、课堂教学行动的有效性的探索意识与理想状态还有着明显的距离，因此，学生的主体地位没有得到充分的尊重。对乡村中学中不同学习层次、不同家庭环境、不同个性心理学生的教育针对性和有效性显得不够；部分学科教师专业不对口，部分教师兼上其他科目，由此教学质量较难得到保证。

针对课堂教学中存在的问题，专家建议加速培养学校各学科的带头人，引领教师加强对教材的研究与教学内容的把握，创新出更多化解难点、突出重点的教学方法。同时，在条件允许的情况下，在教师力量的配备上做好相对均衡，减少或根除兼科现象；根据教师在教学过程中出现的问题，有序地、有针对性地做好教学改进计划。让全体教师明确改进的总体目标和阶段任务，切实促进教师的专业化发展，使课堂教学更有效；组织教师认真学习新课程标准，帮助老师更好地了解课程目标，把握学段要求，明了单元重点。更快、更自觉地学习和掌握新的教学技能，以提高课堂教学的效果；课堂教学要更多地关注全体学生，提高设问的技巧，想方设法激发起学生的学习意志与学习积极性，使全体学生能够主动参与到学习活动过程中去；加强教研组及备课组建设，增强学科教研氛围。加强集体备课研究，深入钻研教材，重点关注合理的教学内容与有效的教学设计，提高教师解读教材的能力。改变教师的教学观念，积极营造以"学的活动为基点"的课堂教学，充分关注学生的特点和学生的学习需求。

在管理绩效评估中，教师问卷调查反映，教师对支援机构派出的教师团队人员数量及对他们的经验和能力持肯定意见的占 37.2%，持否定意见的占 23.3%，讲不清的占39.5%；有 60.5% 的教师表示对托管工作的目标不认同或不了解；有 25.6% 的教师认为干群关系紧张。为此，专家给出的建议是学校要进一步加强对托管工作的宣传与教育；在制定新的托管方案、确定新的托管目标时，要广泛听取群众的意见，力求达到思想上的统一；要进一步加强托管团队的力量，充分发挥托管团队的作用；在加强刚性管理的同时，要注重人性化的操作，多深入群众，加强与群众的沟通；要充分发挥党支部与工会的作用，多依靠中层干部开展工作，通过激励和凝聚，进一步团结教师形成共识和合力，使托管工作做得更好。特别是在学校各项管理制度已逐步得到完善，学校管理已逐步得到规范的时候。为了使各项制度得到有效落实，保证学校能持续发展，建议学校进一步探索如何将各项常规管理与教师的考核奖励制度有机结合，逐步建立学校常规管理的长效机制。

据学生问卷调查和个别访谈了解，非考试类学科有被挤占的现象，尤其是在期中、期末考试前夕更为严重。自主拓展活动课在初二、初三尚未开设，探究型课程尚未启动。专家建议学校，进一步加强对课程的领导，制定学校课程计划，统筹安排各类课程，扩大自主拓展活动课的学生参与面，开发并启动探究型课程。同时，要引导教师严格执行学校课程计划，杜绝非考试类学科被挤占的现象。同时据学生问卷调查反映，在教师中存在罚抄作业、罚站（占 42.6%）、讽刺、挖苦学生（占 25.2%）、打骂学生（17%）等现象，希望引起学校的高度重视，通过师德教育等途径，杜绝体罚与变相体罚的现象。

据家长和社区代表问卷调查反映，对学校经常与社区联合开展各类社会实践和服务活动的认可度仅为 54.9%。为此，专家建议学校，进一步开发和利用社区教育资源，制定切实可行的社会实践活动方案，积极组织学生参加各种社会实践活动。同时，建议学校针对外来务工子女较多，以及 L 中学所处地区学生父母普遍没有时间关心、教育子女的实际情况，加强对家校互动和家庭教育的深入研究，以形成家校共同教育学生的有效机制。

## 二、不做洛兰德

"洛兰德……帮助人们解决日常问题，被众人普遍冠以解决问题的领导楷模——慷慨、神秘，但超然离群。市民们感激万分，想知道此人是谁，并希望他能留下，然而，此人已经远去，只留下他们继续从事单调的工作。如果再出现大问题，人们仍然不知道该如何处理。当面临严重危机时，他们只好期盼马蹄声的再次临近，指望这个大英雄在最后危难之时来救自己。"① 既然是委托管理，总有结束的一天，洛兰德般只会"输血"不会"造血"的情形显然是委托管理中应该避免的。委托管理的最终目的还是要给受援学校、给教师队伍留下可持续发展、前进的本领与空间。

好的制度以统一的法规约束着所有人的行为，成为一种超越于个人之上的、形式化的规则体系。这些规则成为自由主体得以交换和互动的通路，对个人努力构成了激励机制，成为人们在不确定的现代生活世界中的预期机制，成为利益、权力、地位相互冲突的人们获得相互宽容的社会机制和不同个体与群体之间达成妥协、分享权力和合作成果的分配机制。② 毋庸置疑，管理方拥有不少行之有效的好制度。不少好制度，自己会"有腿"，走入师生，带来有序有效的学校管理，制度文化同时也会深入人心。但倘若只是依靠行政命令，让管理方"简单粗暴"地在受援区学校照搬推行这些制度，肯定是不合适的。所以笔者认为，必须要将在管理方学校行之有效的"马列主义"同受援区学校，尤其是与农村薄弱中学的自身特点和历史传统的"具体实践"相结合。如前文当中所列举的 L 中学管理方通过制度文化的确立，学校富有个性的发展蓝图初步的勾画，收获了教师在精神境界上的变化，帮助学校转变惯有的思维方式和管理方式，初步实现了这一目标，也促进了整个区域教育现代化的进程。

## 三、失权不畏惧

要接受委托管理这一符合教育内在的迁移规律，代表了教育提升、发展方向的新生事物，就要求政府和教育行政部门解放思想，并能在教育管理观念上发生一些根本性转变，要适应由"包揽一切事务"的管理员变成宏观管理者角色的转换。

教育质量关系到区域社会与经济发展，事关重大，但怎样提升教育质量？怎样缩短一所名校成长周期？这些业务性、专业性很强的工作大多超出了政府部门的能力范围，也并不需要其事必躬亲。新形势下，政府要在教育质量保障方面有所作为，就必须在管理体制上进行改革创新。集中精力做好政策性工作和法规建设，把具体的执行性、操作性、技术性职能和相当一部分监督性职能授权或委托给中介组织来承担，使政府的中心工作由"划桨"转移到"掌舵"上来。以往，政府对教育管理往往是直接干预，而且，这种行政干预又是建立在行政权力和个人经验的基础之上。显然，与深化教育管理改革和提高教育质量的要求很不相适应。另一方面，在区域社会现代化进程中，各种"业务外包"、"虚拟管理"等创新管理模式层出不穷、卓有成效。这要求教育管理者紧跟时代，更多地依赖科学

---

① ［美］罗伯特·G·欧文斯著，窦卫霖，温建平，王越译. 教育组织行为学 ［M］. 上海：华东师大出版社，2001.
② 邹吉盅. 文化与制度：自由制度的两条形成途径 ［J］. 人文杂志，2003（1）.

管理，重视各种科学方法和"软手段"的运用，以提高决策水平和管理水平。

保守者问题的根源很大程度上在于改革发动者奉行行政体制力量推行的，由内而外的改革方针，将教师排除在外，作为变革对象而非变革的主角。仅仅是执行者，而非参与者和筹划者。[①] 不要做这样的保守者是委托管理参与者的共识，再好的制度也必须"目中有人"，为人服务。这里的人主要是指受援方的师生，尤其是受援学校的教师，他们才是这一场委托管理变革的主角，他们的积极参与与否决定了这一变革的成败。要相信教师和依靠教师，要让受援学校的学生和教师感受到上海城区优质教育资源带来的福祉。这是整个委托管理工作的指导理念。

义务教育均衡视野之下，"择校风"却久刮不止、愈演愈烈，甚至已经影响到不少家庭的生活质量。而敢于在做中学，在做中总结，趟出委托管理的这一符合客观规律的新路子，是符合师生与家长利益的好事。要将这一好事做好、做实，这一切都要求管理者必须转换观念，运用多种科学手段进行宏观管理和保障，从而加快区域教育管理科学化的进程，从而最终服务好社会与大众。

### 四、奖惩阻力大

委托管理区域保障机制最终还是一个实践问题。行动的灵感能在对他人行为的观察中激发，行动的谬误能在对比中发现。除了运用制度本身具有的强制性来促使教师参与研究以外，更重要的就是要形成一定的机制，包括激励机制等，让制度为教师的研究和创新服务。管理方除及时总结和推广优秀备课组、教研组的做法与经验，让多位有成效的教师在教工大会上进行了交流、示范之外，也分别按照激励制度给予了一定的奖励。但在诸多方面都遇到了一些具体困难，奖惩机制在实施过程中存在较大障碍便是较为典型的问题。奖励有阻，是因为蛋糕本不大，只能通过调整由学校投入资金对教育教学工作进行绩效考核。虽然一年来通过委托管理费的开支，进行了两个学期的期末绩效考核和奖励，但力度有限，难保长期效果。惩罚难行，是因为原有的组织文化中"平均主义"难以一时消除。

委托管理这一教育领域新生事物的实践改革需要付出艰辛的劳动，需要为创新者保驾护航、排忧解难。相关行政主管部门在政策、物质上给予一定的优惠，是鼓舞改革、鼓舞创新者和积极参与研究者积极性的必要措施。从这点来看，金山区教育局的受援区委托管理区域保障体制（由金山区教育局局长蒋志明主持的上海市 2008 年教育科学研究重点课题）的及时出台恰逢其时。在保障边远教师待遇的基础上，给予一定的优惠；薄弱中学教师配备上的政策倾斜，让优秀的教师进得来、留得住等一系列问题都是金山区教育局委托管理领导小组正在思考的问题。

微观层面的经济力度尚需不断加强。委托管理工作过程中教师的物质奖励如何配套是个亟待解决的问题。同时学校制定的奖惩机制在实施过程中存在较大障碍，主要靠学校投入资金对教育教学工作进行绩效考核，力度有限、效果不佳，更是难破原有的组织文化中的"平均主义"弊端。要想对委托管理进行有质量的保障，委托管理区域保障机制的赋权增能在此领域必不可少，金山区教育局代表上海市教委对管理方的人事、财务、资产管理、教育教学工作负有监督和管理的责任。在管理和监督管理方对市教委划拨的每校 50

---

① 周耀威. 我国传统教师形象批判 [J]. 全球教育展望，2008（7）.

万的专项经费使用和监督的同时，金山区教育局委托管理领导小组经决策，为区内三所接受委托管理的学校每校另外配套 50 万经费。执行系统、控制系统各部门对这些经费的使用做了进一步的规定和细分，必要时给予了管理方更大的分配权力。此外，金山区教育局还将三所学校来援教师全部安排在当地的农家乐宾馆住宿，同时为三所学校新配置了三部交通车，专门用于接送支援学校教师上下班，基本保证了三校管理方的日常生活质量。

### 五、发展中介少

教育的向外性在此适应了委托管理区域保障机制用以满足区域社会和个人教育需求的尺度。委托管理体系采取透明教育政策、共商质量标准、公开管理程序、公布质量信息等举措，并广泛吸收有实力的社会办学机构参与质量管理，充分满足社会用人部门对人才的要求和广大人民群众对教育的需求，将学校办学和教育质量置于社会的监控之下。这要求学校教育管理的民主化，要求受援区从政府、社区、学校到个人作用的彰显。

在本次委托管理的具体实施中，普遍反映有质量、有实力可供选择的教育中介组织较少，造成不少学校的管理方基本上是城区优质学校来充当。而建立与社会主义市场经济相适应的"小政府或小机构、大服务"的管理模式，没有社会中介机构的参与不行，这是一个元问题。社会中介机构是依法登记成立，运用专门知识和技能，向委托人提供有偿服务并承担相应责任的法人和其他组织，今后应当大力发展教育中介组织。[①] 事实上，委托管理保障机制中一些规范性、技术性和公证性的行业服务职能，也需要由专业性教育中介机构来承担，教育行政部门仍将退居幕后。而且，通过教育评估机构、考试机构和认证机构等社会中介组织所提供的特殊服务，还可以加强政府、社会与学校之间的相互联系，并促进教育质量价值取向的融合和矛盾的相互转化。[②]

而目前上海市仅有十余个诸如"评估事务所"、"评估中心"、"教育服务咨询有限公司"之类的社会中介机构。可以说，教育评估机构、考试机构和认证机构在我国尚有很大的发展空间。通过本次委托管理的实践来培植教育中介组织，政府、社会、办学机构齐抓共管，共促教育发展，正是良机。

对委托管理第一阶段两年来受援区教育行政主管部门与方方面面的辛勤劳作，管理方选派领导和教师、受援区学校师生共同洒下的汗水，所参与人士皆感慨良多，很多个中滋味非亲身经历而不得知。委托管理实实在在的成效，是最令人感到欣慰之处，相信经过委托管理几个后续阶段的努力，总结不足，坚持不懈，这些受援区的中学会迎来成为名校的一天。

---

① 孙志鸿. 大力发展民办教育中介组织 [J]. 浙江树人大学学报（人文社会科学版），2008（5）.
② 李亚东. 试论我国教育评估中介机构的构建 [J]. 教育发展研究，2002（11）.

# 后 记

自上海市教委推出"以委托管理推进郊区农村义务教育学校内涵发展"项目以来,金山区便有吕巷中学、廊下中学、兴塔中学三所学校被确定为委托管理学校,分别由徐汇田林三中、徐汇区教院附中、长宁区建青中学担任管理方。因此,为了在委托管理过程中切实地提高托管的实效性,金山区开始开展了"受援区区域委托管理保障机制的研究"这一课题,一方面期望能够通过这样的实际研究,探讨出符合实际的、有操作可能性的保障机制体系,另一方面也希望这一课题的研究能够为其他区域进行相应的委托管理提供可借鉴的经验,进而形成新的学校管理的工作模式。并且在学校委托管理项目不断推进的过程中,金山区根据本区学校发展的实际状况又提出了几种更切合本区发展状况的管理模式:一是组团发展,实现师资共用,共同发展;二是成立管理委员会;三是实现学校结对的发展方式。

为了该课题的研究,我们组成了专门的课题小组,前期成员以教育局的各部成员为主。从中期开始,我们与以上海师范大学教育学院院长陈永明教授为首的由教育学院的研究生组成的团队开始了合作研究,并在《上海教育科研》、《外国中小学教育》等核心期刊上发表了相关的文章。在《委托管理的理论与实践》这本书中所集合的就是我们整个课题研究小组的集体智慧。写作分工是:第一章(蒋志明、陈怡),第二章(陆海珍),第三章(金敏、陈怡),第四章(盛明秀、许苏),第五章(王静),第六章(王静),第七章(陆海珍),第八章(胡雪缘),第九章、第十章(蒋光祥),蒋志明、盛明秀、许苏负责全书的组织与统稿工作,陈怡负责最后的文字编辑和统稿工作。这里的每一个章节都从委托管理的不同方面,展现了学校委托管理这一项目的优势与不足,让我们得以将各个方面的实践经验总结成具有一定可操作性的理论依据,这必定能够为学校委托管理在其他区域的开展提供可借鉴的实践经验。

这次课题得以顺利地立项离不开上海市教委给予的大力支持。如果不是因为市教委积极倡导学校委托管理项目在全市的推行,我们就不会有这样一个机会亲身体会学校委托管理工作的各项优势与弊端,并能有机会从中总结出可供借鉴的经验。除此之外,也同样要感谢在上海师范大学教育学院院长陈永明教授带领下的课题研究团队为我们的课题研究带来新的思路和方向,帮助我们一起取得了一系列具有现实及理论意义的重要理论成果。当然,我还要在此向所有参与了课题研究的成员表示由衷的感谢,没有他们的辛勤努力,就不会有我们现在所取得的丰硕成果。

其余的便不再赘言,最重要的是我们很期待看到这本书能够为将来有志于对学校委托管理进行研究的同仁们提供有效的借鉴,并能够在此基础之上完善这种学校管理模式,从而能真正推动城乡教育发展一体化的进程。

蒋志明

2010 年 6 月 8 日